Mademoiselle Laguiole

Illustration de couverture : © Collection Kharbine-Tapabor/DR

www.lerouergue.com

DANIEL CROZES

Mademoiselle Laguiole

roman

ROUERGUE

1

Les Laguiolais avaient célébré Pâques dans la douceur et les mois de froidure n'étaient plus que souvenirs. En ce mercredi 12 avril 1933, un soleil généreux baignait l'esplanade du bourg qui rassemblait depuis l'aube des centaines de taurillons, de bœufs et de génisses. Les marchands tournaient autour des bêtes mais ils hésitaient à acheter. Pourtant, les éleveurs s'étaient appliqués à les préparer comme pour un concours dans l'espoir d'en obtenir une somme acceptable ; ils avaient étrillé à fond les cuisses et la queue, éliminé les poils disgracieux, nettoyé les sabots de leurs animaux qu'ils avaient nourris de leurs meilleurs fourrages depuis quelques semaines. Même s'ils reconnaissaient leurs efforts, les négociants ne pouvaient les récompenser de leur travail. Depuis deux ans, la demande des marchés urbains ne cessait de chuter tandis que la mévente du bétail s'accentuait dans les campagnes aveyronnaises. Beaucoup de propriétaires avaient ramené leurs génisses ou leurs taurillons à l'étable après la foire des Rameaux et ils constataient aujourd'hui que la situation ne s'améliorait guère. Les commerces du bourg en subissaient le contrecoup ainsi que les nombreux camelots installés en bordure de la route de Saint-Flour et de l'esplanade du foirail. Pour encourager les maîtresses de maison à dépenser, les marchands d'étoffes, de faïences, de casseroles et de quincaillerie bonimentaient.

– Aujourd'hui, mesdames, je brade ! s'exclamait un homme à la moustache gauloise, aux épaules de bûcheron, au large feutre et à la blouse bleu marine, qui avait déballé ses caisses près de la coutellerie Chauchard.

Il montrait à bout de bras une soupière en faïence pour attirer la masse des badauds autour de ses montagnes d'assiettes.

– Fabriquée à Orchies ! Décorée à la main ! Superbe modèle bourgeois pour le dimanche ! Mesdames, je la brade à 7 francs ! Les Chauchard la vendent 12 francs…

Sceptiques, les femmes tournèrent leur regard en direction de la devanture de la maison Chauchard qui présentait des faïences d'Orchies au milieu des couteaux, des services à découper, des couverts, des cuivres, des étains, des ciseaux de couture et des lampes à pétrole. Mais l'homme poursuivait déjà :

– Par-dessus le marché, mesdames, je vous offre une louche et douze assiettes creuses ! Un murmure d'étonnement parcourut l'assistance.

– Reconnaissez que c'est une affaire !

Par groupes, les ménagères commentaient ses propos mais aucune d'entre elles, toutefois, ne manifestait l'intention d'acheter la soupière. Pour les convaincre, il proposa d'ajouter aux assiettes deux couteaux de Laguiole.

– Deux authentiques laguioles ! prétendit-il. Manche en corne de bœuf taillée à la main ; ressort guilloché ; abeille ciselée selon la tradition… Et un tranchant fameux !

Installée derrière son comptoir, Blanche Chauchard observait le camelot rabâcher des arguments qu'elle entendait depuis des années. Elle s'était habituée à sa présence, en bordure du foirail entre un matelassier et une mercière, mais sa cadette refusait de l'accepter. Élodie, qui la secondait à la boutique, estimait qu'il leur portait préjudice :

– Ses soupières et ses assiettes ne sont que des imitations des faïences d'Orchies ! Ses laguioles d'usine ne sont pas aussi coupants et solides qu'il le prétend. C'est déloyal…

Sa mère essayait de la raisonner :

– Nous ne pouvons pas l'empêcher de travailler ! Il s'acquitte de ses droits de place et la mairie m'a confirmé que ses papiers sont en règle.

La taille élancée, le regard lumineux, ses cheveux relevés en chignon, aussi coquette à la cinquantaine que dans sa jeunesse, elle conservait son optimisme en toute circonstance.

– En exposant sa camelote près de notre magasin, il permet aux ménagères de comparer !

– Il cherche à les abuser…

– Les femmes de la campagne ne sont pas aussi naïves que tu le penses. Certaines préfèrent économiser pendant des mois avant de retourner à Laguiole pour acheter, dans notre boutique, une soupière d'Orchies ou même nos couteaux ordinaires ; elles n'hésitent pas à nous accorder leur confiance après avoir entendu les boniments des ambulants. Nous ne les avons jamais trompées ! Si elles nous boudent pendant quelque temps et choisissent de s'équiper ailleurs, elles ne manquent pas de revenir chez nous… Elles y trouvent sûrement leur intérêt. Voilà pourquoi la concurrence est nécessaire…

Elle l'affrontait avec courage depuis ce matin du printemps 1914 où un accident avait enlevé à son époux une partie de ses facultés et de sa motricité. Elle avait remplacé Clément à la tête de la coutellerie, déployant opiniâtreté et énergie pour maintenir l'activité de l'atelier pendant les années de guerre. Au lendemain de l'armistice, de nouvelles difficultés avaient compliqué sa tâche lorsque des entreprises de Thiers avaient commencé à produire massivement des laguioles puis à commercialiser un couteau qui ressemblait beaucoup au laguiole malgré l'absence d'abeille sur le ressort et des matériaux d'une qualité inférieure. Destiné à une clientèle paysanne, l'aveyronnais s'était bientôt imposé dans les campagnes grâce à des forains qui avaient entretenu la confusion auprès des acheteurs pour parvenir à les séduire. Soucieuse de préserver l'image de la coutellerie Chauchard que le grand-père de Clément avait fondée sous Napoléon III et qui s'était depuis distinguée dans des concours renommés, Blanche avait persisté à proposer aux amateurs de couteaux des modèles au manche sculpté dans l'ivoire et même l'ébène qui mettaient en évidence les talents de l'atelier ; ils étaient très recherchés par les familles bourgeoises de l'Aveyron, du Cantal et de la Lozère ainsi que dans la communauté rouergate de la capitale. Elle avait poursuivi néanmoins la fabrication de laguioles plus simples que les sept ouvriers assemblaient grâce à des pièces que leur contremaître, Baptiste, commandait à des grossistes auvergnats mais dont ils assuraient les finitions. Même les clients exigeants continuaient à reconnaître aujourd'hui leur qualité.

– C'est notre meilleure réplique à la pacotille ! expliquait-elle à Élodie les jours où elle s'emportait après le camelot qui s'installait à quelques mètres seulement de leur boutique comme pour les provoquer. Un travail soigné et précis, des matériaux de qualité, un ajustage au millimètre… C'est de l'ouvrage d'artisan… Voilà qui nous démarque de la production d'usine ! Le mécanisme de nos laguioles ne se grippe jamais ; la corne du manche ne se fendille pas après trois mois d'usage ; les lames s'affûtent à la perfection et elles coupent comme un rasoir… Certaines familles nous sont fidèles depuis trois générations ! C'est notre récompense…

Quittant la réserve où elle préparait les prochains envois pour leurs détaillants de Rodez et de Saint-Flour, Élodie la rejoignit au moment où le marchand essayait de trancher une cordelette pour démontrer les performances de son « authentique » laguiole. La jeune femme s'approcha de la devanture pour le brocarder :

– Un numéro de cirque ! Il a certainement entaillé la corde pour s'éviter le ridicule…

Comme à l'habitude, sa réaction amusa Blanche qui l'observait depuis le comptoir. Élodie était belle femme à vingt-trois ans ! Elle avait hérité de sa sveltesse, de son sourire et de ses cheveux châtains qu'elle aimait coiffer à la manière de Louise Brooks mais Blanche admettait qu'elle manquait de patience à l'égard des clients. Plus encore que sa mère, elle mettait un point d'honneur à se montrer élégante de la première heure de la journée jusqu'à la fermeture du magasin au point qu'elle changeait parfois de toilette après le déjeuner. Les tendances de la mode, les dernières chansons de Mistinguett et les nouvelles danses apparues dans la capitale la passionnaient bien plus que les affaires familiales. Sa mère s'en accommodait ; elle ne pouvait pas l'obliger à passer des heures dans le vacarme de l'atelier comme sa sœur aînée, Mathilde, qui assurait depuis quelques années la succession de son père à la coutellerie. Blanche pouvait d'autant moins imposer à sa cadette de s'intéresser à la fabrication des laguioles qu'elle épouserait, le samedi 9 septembre prochain, Gontran Pouget qui était l'unique héritier d'une famille d'hôteliers parisiens, originaires d'un hameau de la région de Soulages-Bonneval. Elle s'installerait à Paris dès le mois de septembre, y découvrirait le métier d'hôtelière qu'elle apprendrait dans une « belle affaire » de la place de l'Odéon en compagnie de son époux et de ses beaux-parents. Impatiente d'échapper à la monotonie du quotidien à Laguiole et de devenir parisienne, elle n'en dormait plus. « Bientôt mariée ? s'interrogea Blanche en l'entendant ronchonner après le camelot qui achevait sa démonstration. Bientôt Parisienne puis hôtelière ? » Elle avait l'impression qu'Élodie n'était pas encore entrée dans l'âge adulte contrairement à sa sœur Mathilde et qu'elle était aussi insouciante qu'à l'adolescence : les réalités ne semblaient pas l'atteindre et la jeune femme ne prêtait attention qu'aux futilités. Ce qui inquiétait Blanche depuis quelques mois. « S'adaptera-t-elle sans trop de difficultés à tous les changements qui l'attendent et auxquels elle n'est pas préparée ? se demandait-elle. Trouvera-t-elle sa place dans sa belle-famille ? »

L'arrivée d'un homme d'une soixantaine d'années, tout en rondeurs, l'arracha soudain à ses réflexions. Il était 10 heures. C'était le premier client de la matinée à pousser la porte de la boutique. Le chapeau élégant, la barbichette et la moustache blanchies par les années, les pommettes couperosées, un sourire aux lèvres, une main accrochée au pommeau de sa canne, il avait traversé la chaussée d'une allure décidée en ne manquant pas de saluer les femmes et les hommes qu'il avait rencontrés en chemin. « C'est un notable ruthénois », supposa Blanche. La porte refermée, il se présenta après avoir enlevé son feutre :

— Eugène Raynaldy !

Elle ne le connaissait que de réputation pour l'avoir remarqué en portrait dans les colonnes du *Courrier de l'Aveyron*, quotidien républicain que leur contremaître achetait souvent, tandis que les

Chauchard étaient abonnés à *L'Union catholique*. Ancien ministre du Commerce d'Édouard Herriot, il siégeait aujourd'hui au Sénat et il occupait les fonctions de maire de Rodez. Il présidait depuis quelques mois le comité d'organisation de la foire-exposition du Rouergue qui s'installerait sur l'esplanade du foirail de Rodez au cours des douze premiers jours de juin. Dès le début de l'année, il avait mobilisé toutes ses relations dans l'espoir de convaincre le président de la République d'effectuer un déplacement officiel dans l'Aveyron pour inaugurer cette manifestation, un barrage sur la Truyère et le pavillon de chirurgie à l'hôpital de Rodez. Depuis la veille, il avait la certitude que le président Lebrun séjournerait dans le département les 11 et 12 juin prochains.

– Nous souhaitons qu'il emporte avec lui de beaux produits en souvenir de son passage ! révéla-t-il à Blanche. On m'a affirmé à Laguiole que Mlle Chauchard travaille toujours l'ivoire et que vos concurrents se contentent d'assembler des couteaux ordinaires ou même qu'ils deviennent aujourd'hui des « épiciers en articles de coutellerie » !

Blanche ne répondit pas. La question était taboue à Laguiole et elle n'entendait pas polémiquer.

Eugène Raynaldy demanda à rencontrer Mathilde.

– J'aimerais qu'elle me conseille à propos de la décoration du manche, de la dimension de la lame, du guillochage du ressort…

Il s'exprimait en spécialiste. Elle le remarqua et s'en étonna ; il précisa qu'il possédait deux services à découper de la maison Chauchard !

Élodie disparut en direction de l'arrière-boutique qui permettait d'accéder à la fabrique dont le bâtiment de pierres sombres et à la toiture de lauzes s'élevait au milieu des potagers. Elle la surprit ruisselante devant son enclume.

– Une commande pour le président Lebrun ? répéta-t-elle en s'épongeant le front, abasourdie par la nouvelle.

Le temps de reprendre sa respiration et elle abandonnait son marteau pour rejoindre le sénateur Raynaldy.

– Dans cette tenue ? protesta Élodie.

Mathilde se débarrassa prestement du tablier de forgeron qui protégeait son pantalon de coutil et sa veste de travail puis elle entreprit, au-dessus de l'évier, de décrasser ses mains au savon de Marseille et à la brosse avant d'éliminer les traces de charbon qui maculaient ses pommettes. L'instant d'après, à son passage dans la réserve, la jeune femme détachait son turban pour libérer ses cheveux soyeux et bouclés qu'elle portait mi-longs puis elle les brossa devant une glace que sa sœur avait installée pour se recoiffer en cours de journée. Était-elle désormais présentable ? Mathilde le pensait mais elle préféra enlever son veston marine, confectionné dans un drap épais, pour apparaître devant l'ancien ministre du Commerce dans son chandail de couleur caramel. Au moment où elle pénétra dans la boutique, elle avait retrouvé une apparence plus féminine même si elle était moins élégante que Blanche et Élodie. L'allure sportive comme pour rappeler qu'elle parcourait en raquettes les chemins enneigés des sous-bois de Laguiole pendant l'hiver, les jambes fuselées et la taille mince, le regard mystérieux et charmeur, un sourire discret, la coutelière séduisit le notable ruthénois par sa modestie et son esprit créatif. C'était une femme réfléchie dont la retenue pouvait déconcerter au point que certains l'assimilaient à de la prétention.

En l'attendant, Eugène Raynaldy avait observé des modèles que quatre générations avaient réalisés en trois quarts de siècle. Il n'était pas attiré par le laguiole d'Antoine, arrière-grand-père de Mathilde, qui s'était inspiré de la ligne des sabres turcs à la lame recourbée vers la pointe.

– Ce couteau est plus un yatagan qu'un laguiole ! glissa-t-il en connaisseur. C'est dommage qu'il s'éloigne autant de la tradition.

Renaud, le grand-père de la jeune femme, s'était distingué au concours de l'exposition universelle de 1889 en associant l'ivoire et la corne de buffle pour composer un manche original mais son initiative ne soulevait pas l'enthousiasme de l'ancien ministre.

– C'est une œuvre raffinée ! souligna-t-il sans hésiter avant de reconnaître l'harmonie des couleurs. Mais votre grand-père a tout de même manqué de simplicité... Un plein manche en ivoire est plus élégant...

Elle imagina alors qu'il avait apprécié le laguiole de son père. En 1900, pour marquer son vingt-cinquième anniversaire, il avait participé à l'exposition universelle en présentant au concours un modèle de 15 centimètres au plein manche en ivoire dont il avait décoré la tête de ressort d'une rosace. Clément Chauchard avait employé le burin et le maillet pour embellir les ciselures de l'acier comme les Thiernois tandis que les Laguiolais utilisaient la lime.

– La technique est bien maîtrisée ! constata-t-il en l'examinant à nouveau à la loupe et à la lumière d'une lampe. Quelle finesse dans la stylisation des feuilles de chêne et dans la décoration de la lame ! Superbe mariage entre l'ivoire et l'acier… Votre père n'a négligé aucun détail. C'est digne d'un orfèvre…

En dépit de ces compliments, il affichait sa préférence pour le couteau que Mathilde avait fabriqué en 1925 après un séjour de quinze mois chez Lecollier à Nogent dans la Haute-Marne. Cette maison réputée produisait également des ciseaux et des rasoirs que les Chauchard diffusaient dans leur magasin depuis le début du siècle. Elle y avait notamment appris à sculpter l'ivoire auprès d'un ouvrier expérimenté qui avait obtenu médailles et diplômes dans les concours les plus cotés. À son retour de la Haute-Marne, elle avait consacré des soirées entières à décorer le manche d'un laguiole de 16 centimètres d'un corps de femme avant de guillocher le ressort au burin et au maillet. À la demande de sa mère et de sa sœur, elle l'avait ensuite placé dans la vitrine qui exposait les œuvres familiales ; il était toujours remarqué par les nouveaux adeptes du laguiole qui éprouvaient le besoin de le prendre dans leurs mains, de laisser glisser leurs doigts sur le manche pour épouser le contour du visage et les formes pleines du corps. Eugène Raynaldy demeurait aussi admiratif, convaincu que

Mathilde pourrait figurer bientôt parmi les Meilleurs Ouvriers de France en coutellerie.

– Préparez-vous à concourir ! Procurez-vous les volumes de l'encyclopédie de Camille Pagé et devenez incollable à propos de l'histoire de la coutellerie, de l'évolution des techniques et des matériaux, des modèles régionaux… Même si ces messieurs du concours sont pointilleux, vous leur montrerez qu'une femme est capable de décrocher le diplôme !

Mathilde y pensait depuis quelques années, encouragée par son contremaître, mais elle s'estimait trop jeune.

– Trop jeune ? s'étonna-t-il.

– À vingt-huit ans…

– C'est l'esprit et le talent qui comptent !

Après une discussion passionnée dans un recoin de la pièce que les allées et venues des clients ne troublèrent pas, il arrêta son choix pour un plein manche en ivoire de 20 centimètres.

– Un couteau d'une seule pièce !

Il ne souhaitait pas qu'elle l'équipe d'une deuxième lame, d'un poinçon ou d'un tire-bouchon.

– C'est superflu ! Le laguiole n'est pas un couteau suisse…

Il demanda à Mathilde d'incorporer des incrustations de nacre autour des rivets, de remplacer l'abeille qui décorait d'ordinaire le ressort par un profil du président Lebrun, gravé dans l'acier, pour personnaliser son cadeau.

– Le président découvrira, grâce à vous, que Laguiole existe et que des artisans y produisent de superbes couteaux. Soyez assurée qu'il ne l'oubliera pas… C'est un homme qui a beaucoup de mémoire…

Coiffant son chapeau, Eugène Raynaldy quitta la boutique et retourna auprès des éleveurs. Après son départ, sa commande entre les mains, Mathilde demeura comme pétrifiée au milieu de la coutellerie. On approchait maintenant de l'heure du déjeuner. Sa sœur avait disparu tandis que Blanche rangeait des couteaux, des ciseaux et des faïences qu'elle avait proposés à des clientes après l'arrivée du sénateur. Mathilde peinait à croire qu'elle avait à fabriquer un laguiole pour le président de la République avant le 27 mai, qu'elle assisterait aux manifestations de sa première journée de voyage à Rodez le dimanche 11 juin et au banquet républicain à l'issue duquel elle le remettrait à Albert Lebrun. Personne ne l'avait sollicitée jusqu'à présent d'une manière aussi officielle pour mettre en lumière ses talents. Depuis son apprentissage à Nogent, elle avait l'habitude de travailler dans la discrétion et de n'accorder aux compliments qu'une importance relative. Cette commande l'honorait ! La jeune femme la considérait comme une reconnaissance de ses efforts et elle mesurait le chemin qu'elle avait parcouru depuis cette matinée du printemps 1913 où elle avait assemblé les premiers couteaux sous le regard de son père en s'évertuant à appliquer ses conseils. Elle avait huit ans ! Au printemps suivant, le malheur les avait frappés. Un matin de brouillard, Clément avait quitté Laguiole pour Espalion où il devait prendre livraison de plusieurs caisses de fournitures. Ses chevaux s'étaient emballés après la traversée du village du Cayrol ; leur course l'avait précipité dans un bosquet, en contrebas de la chaussée, où il avait heurté des pierres avant de perdre connaissance. Marquée par cet accident, consciente de la gravité des blessures dont souffrait son père et de leurs séquelles, Mathilde avait persévéré dans ses intentions d'apprendre à fabriquer des couteaux ; elle avait compris qu'il ne pourrait plus diriger l'atelier et qu'il importait, malgré la présence d'un excellent contremaître, de préparer la relève. Elle avait alors promis à sa famille de perpétuer la tradition et elle n'avait jamais manqué à sa parole, constatant jour après jour que c'était bien sa vocation.

Ses rangements terminés, Blanche la découvrit songeuse à la même place ; elle ferma la porte de la boutique puis elle pressa Mathilde contre sa poitrine, l'entourant de ses bras sans cacher le bonheur qui l'envahissait depuis le milieu de la matinée.

– C'est beaucoup d'honneur pour la maison et pour Laguiole. L'occasion de t'imposer… Les journalistes parisiens qui relateront le déplacement du président Lebrun te remarqueront à Rodez ; ils demanderont à te rencontrer ; ils évoqueront dans leurs articles les ciselures de tes laguioles… Dans les prochains mois, on nous commandera des belles pièces…

– Ce qui redresserait nos comptes.

– Et renforcerait notre réputation !

– Nous pourrions peut-être proposer le laguiole du Président dans notre catalogue à l'automne ou au printemps prochain…

– Puis commercialiser des modèles qui dorment encore dans ton bureau…

– Organiser une présentation de nos couteaux dans un hôtel parisien l'année prochaine ! Comme les maisons thiernoises…

– La chance est en train de tourner grâce à tes mains d'artiste !

– Sans tes efforts, notre coutellerie aurait disparu et je n'aurais jamais assemblé des laguioles…

Pour la remercier d'avoir assumé cette tâche ingrate, Mathilde l'entraîna dans une danse endiablée au milieu de la boutique, que Blanche interrompit bientôt : il était l'heure de passer à table.

– Ton père s'impatiente sûrement…

Elles rejoignirent l'appartement familial qui occupait les étages supérieurs. Clément les attendait dans la salle à manger ; il s'était installé, comme à son habitude, près d'une fenêtre pour pouvoir observer l'animation de l'esplanade. À cinquante-huit ans, il ressemblait à un vieillard. Les cheveux clairsemés, les mâchoires saillantes, les prunelles éteintes, les lèvres tremblantes, les gestes maladroits, ployant sous le poids d'un invisible fardeau, ne s'exprimant que par des interjections et des gargouillements, Clément souffrait en silence. Depuis son accident, il ne pouvait plus se déplacer sans canne tandis qu'il avait perdu l'usage de son bras droit. À la belle saison, il passait ses journées à l'ombre des arbres dans le jardin ou sous la tonnelle de chèvrefeuille où toute la famille se réfugiait le dimanche après-midi. Depuis son poste, il écoutait le vacarme assourdissant de la forge et le ronronnement des tourets en train de percer les plaquettes de corne mais il n'était jamais retourné à son atelier. Au cours des mois d'hiver, il ne quittait guère la salle à manger ni sa place devant la fenêtre qui permettait d'apercevoir l'esplanade du foirail, le clocher de l'église du Fort, les toitures du bourg, le passage des attelages de bœufs et de chevaux, des autobus, des voitures et des camions sur la nationale conduisant de Saint-Flour à Espalion. Le regard absent et comme égaré au milieu des nuages, refusant le plus souvent de brancher le poste de TSF pour se distraire, il ressassait de sombres pensées pendant des heures.

Mathilde l'embrassa avant de chuchoter à son oreille :

– Nous parlerons tous les deux après le déjeuner ! C'est très important pour la maison…

Il répondit par un hochement de tête et s'agrippa à ses mains comme s'il cherchait à la retenir pour qu'ils entament aussitôt cette conversation. Depuis son accident, elle avait appris à interpréter ses mouvements, ses borborygmes, ses sautes d'humeur, des étincelles dans ses yeux.

– Patiente ! souffla-t-elle en se détachant doucement.

Pendant le repas, les trois femmes n'évoquèrent pas la visite d'Eugène Raynaldy, même si des questions brûlaient les lèvres d'Élodie, mais elles préféraient demeurer discrètes en présence de Charlette, jeune brunette qui s'occupait dans la maison de la cuisine, de la lessive et du ménage ; elles ne voulaient pas que la nouvelle s'ébruite, redoutant de provoquer l'hostilité des trois familles qui montaient ou vendaient des couteaux à Laguiole. Profitant d'une absence de la cuisinière affairée à ses fourneaux, Mathilde imposa à sa sœur d'adopter le même comportement à l'égard des Pouget.

– Nous nous éviterons des ennuis !

À l'image de Blanche, elle refusait d'accorder sa confiance à la belle-famille d'Élodie, notamment à son beau-père, Marceau, qui fanfaronnait dans les auberges lorsqu'il séjournait à Pomiès, près de Cassuéjouls, où il possédait un domaine.

La jeune femme s'en offusqua :

– Je ne peux même pas prévenir Gontran que j'assisterai au banquet du président le 11 juin à Rodez ?

– C'est plus prudent ! répondit sa sœur.

– Pourquoi autant de cachotteries ?

– On nous jalouserait ! Certains chercheraient à nous enlever cette commande…

Mathilde connaissait suffisamment les pratiques déloyales de certains Laguiolais pour prendre des précautions. Elle ne mettrait dans la confidence que leur contremaître, Baptiste.

– J'aurai besoin de son expérience.

Élodie s'inclina à contrecœur. Dès lors, elle ne participa plus à la conversation et elle disparut après le dessert. Renfrognée.

Charlette débarrassa et Blanche descendit accueillir les clients de l'après-midi. Quant à

Mathilde, comme convenu, elle retrouva son père près de la fenêtre et entreprit de raconter l'entrevue de la matinée. Elle aborda ensuite la manière dont elle travaillerait et elle exposa ses craintes à propos de la partie la plus délicate de l'ouvrage : la gravure du ressort. Quoiqu'elle préférât la sculpture de l'ivoire à la ciselure de l'acier, elle avait l'obligation de réussir ! Les organisateurs de la foire-exposition prévoyaient d'exposer les cadeaux du président dès le premier jour de la manifestation dans le pavillon d'honneur. Les visiteurs pourraient les admirer et elle était convaincue, par avance, que les amateurs repéreraient les moindres imperfections. Quant aux couteliers, ils la jugeraient autant sur la finesse du portrait de Lebrun que sur le forgeage de la lame. Clément devina ses appréhensions ; il s'appliqua à l'encourager par un regard plus expressif, des propos décousus mais qu'elle était capable d'ordonner correctement, un battement de paupière, un dessin malhabile qu'il esquissait sur l'ardoise qui l'accompagnait toujours et sur laquelle il rédigeait des messages souvent incomplets. À ses réactions et aux efforts qu'il déployait pour essayer de la stimuler de son mieux, Mathilde constata que l'heureuse nouvelle le remplissait de fierté. Elle pressentit même qu'il regrettait de ne pouvoir l'épauler davantage, mesurant toute l'importance de cette commande pour l'avenir, et qu'un sentiment d'impuissance le rongeait. Lorsqu'elle manifesta son intention de retourner à la coutellerie, ses doigts s'accrochèrent à son chandail comme s'il souhaitait qu'elle l'emmène à l'atelier pour qu'il puisse assister jour après jour à la naissance du laguiole du Président. Il n'était pas raisonnable qu'elle l'y conduise ; il ne supporterait pas longtemps l'agitation qui y régnait. Mais elle promit de l'associer à son œuvre en sollicitant ses conseils mais aussi son jugement. Bouleversé par son attention, il se mit à pleurer.

2

Dès l'adolescence, Mathilde avait commencé à apprendre les techniques de la coutellerie sous la houlette de leur contremaître, le plus habile et le plus ancien de la maison. Baptiste n'avait pas ménagé son temps pour révéler à la jeune femme la complexité des opérations qui permettaient de transformer une barre d'acier. Il avait hérité du tour de main de Renaud Chauchard, grand-père de Mathilde, auprès duquel il avait débuté dès quatorze ans en même temps que Clément. « Comme arpètes pour alimenter le foyer, actionner le soufflet et renouveler l'eau du baquet ! » plaisantait-il. Il estimait qu'il était de son devoir de transmettre son savoir-faire à Mathilde dans la mesure où Clément ne pouvait s'acquitter de cette mission. « Ces secrets de famille t'appartiennent : tu les légueras plus tard à tes enfants ! » avait-il expliqué. Grâce à ses conseils, elle forgeait l'acier et le trempait aussi bien que les meilleurs couteliers. Baptiste reconnaissait qu'elle avait le « coup d'œil » de son grand-père pour plonger au moment opportun le métal incandescent dans un baquet rempli d'eau ou dans un bain d'huile, en fonction de la qualité recherchée, lorsque la couleur du crampon passait du rouge cerise très clair au blanc éblouissant. Il ne manqua pas de le remarquer lorsqu'il examina un après-midi, à sa demande, l'estampe et le ressort qu'elle avait martelés pour le laguiole du Président.

– C'est de la belle ouvrage ! affirma-t-il. Comme d'habitude ! Personne ne pourra le contester…

Redouté pour ses exigences et ses manières bourrues mais apprécié pour son impartialité, il s'était imposé comme le patron auprès des ouvriers après l'accident de Clément. Son physique de colosse, ses mains larges et puissantes, ses épaules carrées impressionnaient.

– Ton père te le confirmera !

Le regard plus pétillant qu'à l'ordinaire et un sourire aux lèvres, Clément observa les pièces d'acier puis il les conserva pendant longtemps entre ses mains pour pouvoir en éprouver toutes les qualités au toucher. Satisfait. La même étincelle scintilla dans ses prunelles dès qu'elle acheva le guillochage du ressort. Elle s'était appliquée à styliser une gentiane en fleur pour mettre en valeur la plante emblématique des montagnes proches de Laguiole et elle ne recueillit que des compliments parmi son entourage. Mais au moment de commencer le portrait, l'angoisse la paralysa ainsi qu'elle l'avait pressenti. Elle avait besoin de temps pour acquérir de l'assurance dans cette technique puis exécuter des ébauches avant de procéder à la gravure.

– Et de concentration ! compléta-t-elle. J'aimerais y travailler calmement mais…

Les journées s'écoulaient trop rapidement pour Mathilde que de multiples activités absorbaient. Elle s'occupait de commander chaque semaine les fournitures à ses grossistes ; elle rencontrait tous les mois ses principaux détaillants de l'Aveyron, du Cantal et de la Lozère ; elle répondait aux courriers des amateurs qui la pressaient de questions à propos des origines du laguiole puis de ses revendeurs parisiens qui transmettaient des demandes souvent fantaisistes pour la réalisation d'une lancette à huîtres, de miniatures à collectionner et même de poignards de chasse ; elle accueillait encore, près de son enclume, des fidèles de la maison qui effectuaient des kilomètres à la belle saison pour le plaisir de retrouver le « petit paradis » du laguiole, de la regarder forger un ressort ou sculpter l'ivoire. Beaucoup s'éternisaient en souvenirs et en discussions, l'amenant à rattraper le temps perdu en soirée à la lumière des lampes. Comment échapper à ces contraintes ? Baptiste et Blanche la déchargèrent de certaines tâches dans les jours suivants mais sans succès.

– Je n'y arrive pas ! constatait-elle.

Le temps pressait maintenant. Mathilde décida de sacrifier les deux dimanches qui la séparaient de la livraison. Elle renonça à la promenade qui l'entraînait au printemps dans les sous-bois de la forêt de Laguiole, grâce à laquelle elle retrouvait en l'espace de quelques heures sa sérénité et son énergie pour aborder la semaine suivante. Elle consacra la première journée à sélectionner un portrait du président de la République parmi des photographies qu'elle avait relevées dans *Le Petit Parisien*, à le reproduire au moyen d'un calque puis à le réduire à l'échelle bien modeste de la palette triangulaire qui terminait chaque ressort. La gravure ne dépasserait pas une hauteur de trois centimètres ! Au crépuscule, abandonnant la fabrique où elle avait travaillé toute la journée, Mathilde emporta des esquisses que Blanche et Élodie critiquèrent sans indulgence. Constatant des imperfections, elles reconnurent toutefois que le portrait de Lebrun était très ressemblant.

– Tu peux encore l'améliorer ! prétendit sa mère. Essaie de le rendre moins solennel ! Les journalistes le décrivent comme un homme très respectable mais sans prestige. Un bon père de famille ! Ils prétendent qu'il n'a pas la distinction d'un président de la République et qu'il n'accorde guère d'importance au protocole. Ils racontent même qu'un reporter de la Gaumont l'a filmé en train de se tourner les pouces pendant les discours d'une cérémonie à laquelle assistait la reine d'Angleterre…

Depuis le passage d'Eugène Raynaldy, le 12 avril, elle s'était intéressée à la personnalité du président Albert Lebrun à travers les chroniques politiques du *Petit Parisien* auxquelles, d'ordinaire, elle n'accordait qu'un intérêt secondaire.

– Il apparaît bien plus sympathique que le président Doumer et plus proche de nous…

Quant à Élodie, soucieuse de le distinguer parmi les officiels à son arrivée à Rodez le 11 juin au matin, elle s'était attachée à son physique. Elle avait remarqué qu'il ne portait pas de barbichette comme le sénateur Raynaldy et qu'il n'avait pas ses rondeurs.

– Représente-le moins joufflu mais la moustache plus fournie ! N'oublie pas que c'est un ancien officier de cavalerie.

Le lendemain, le contremaître compléta leurs observations et Mathilde entreprit de peaufiner son dessin. Pendant trois soirées d'affilée, penchée au-dessus de son établi, elle s'essaya ensuite à le reproduire en gravure. Les muscles endoloris, les paupières lourdes, croquant des barres de chocolat pour résister à la fatigue de la journée, elle ne consentait à abandonner la fabrique qu'aux environs de minuit après les injonctions de sa mère.

– Tu t'abîmes la santé !

La jeune femme s'obstina. Ses gestes, malhabiles au départ, acquirent bientôt la dextérité nécessaire. Comme elle le pensait, elle procéda à la gravure définitive la semaine suivante avant de soulever l'admiration générale. Blanche triomphait :

– Tu te mésestimes toujours.

Baptiste chercha des défauts à la loupe mais n'en trouva pas. Il reconnut que c'était une œuvre de médailliste.

– Dépouillée mais distinguée !

Il était certain que le portrait prendrait plus de relief au cours du montage des différentes pièces.

– Grâce à l'éclat de l'ivoire !

Elle accorda beaucoup de temps et d'attention aux finitions au point qu'il s'exclama en le présentant sur un velours rouge :

– Ce laguiole est un bijou !

Elle le montra aussitôt au pharmacien Philippe Delagnes et à son épouse Lætitia que les Chauchard recevaient souvent sous leur tonnelle de chèvrefeuille pendant les soirées de printemps ; les deux familles se fréquentaient depuis longtemps. Le couple partagea l'opinion de Baptiste avant de la féliciter, convaincu que son travail séduirait le maire de Rodez. Effectivement, le 27 mai, lorsqu'il découvrit le couteau dans son coffret de chêne, Eugène Raynaldy ne cacha pas sa satisfaction. Chaussant ses lunettes, il le contempla fermé puis déplié avant de souligner :

– Quelle noblesse ! C'est un ouvrage qui me rappelle l'esprit du compagnonnage ; il respecte la tradition mais il s'efforce de la renouveler en l'enrichissant. Il attire d'autant plus le regard qu'on y entrevoit une touche féminine à travers la douceur des formes et l'harmonie de l'ensemble…

Confuse, Mathilde le remercia.

L'ancien ministre avait frappé au moment de la fermeture mais il avait téléphoné le matin même pour prévenir de l'heure tardive de son passage, accaparé par l'organisation des deux journées du déplacement présidentiel. Après avoir refermé le coffret puis remisé ses bésicles dans la pochette de sa veste, il évoqua les tracasseries qu'il affrontait depuis des semaines.

– Les services de l'Élysée redoublent de précautions depuis l'assassinat du président Doumer ; ils redoutent sans cesse des attentats ! Le directeur du protocole a exigé de connaître un mois à l'avance le parcours que le cortège emprunterait à Rodez et il a dépêché des contrôleurs de la Sûreté générale pour procéder à une inspection des immeubles… Il souhaite également disposer de l'identité des exposants que le président Lebrun rencontrera dans les pavillons de l'esplanade, du personnel de l'hôpital, des mille cinq cents invités du banquet officiel… La police est chargée d'établir des fiches de renseignements…

Ce dispositif impressionna Mathilde, Blanche et Élodie ; elles s'inquiétèrent d'apprendre que des commissaires s'intéressaient à leurs fréquentations, peut-être même à leurs affaires.

Il s'attacha à dissiper leurs craintes :

– C'est une enquête de routine dont vous comprendrez la nécessité depuis que des groupuscules d'extrémistes et des déséquilibrés frappent brutalement…

Il honora ensuite la facture de Mathilde, emporta son coffret et rejoignit son chauffeur qui patientait devant le magasin. L'horloge de l'église égrenait huit coups.

– Il est déjà 20 heures ? s'étonna Blanche.

Elle accrocha aussitôt les volets de protection de la devanture puis elle entraîna ses filles en direction de l'escalier qui conduisait à leur appartement, sans même compter la recette de la journée contrairement aux habitudes. D'humeur plus joyeuse encore qu'à l'ordinaire, elle chantonnait. Les réactions enthousiastes d'Eugène Raynaldy, devant l'ouvrage de Mathilde, la confortaient dans ses convictions !

Elle avait la certitude que la présentation du laguiole du Président à Rodez, pendant onze jours, devant des dizaines de milliers d'hommes et de femmes de l'Aveyron ainsi que des départements du Sud-Ouest de la France relancerait l'activité de la coutellerie familiale tout en auréolant de panache les talents de Mathilde qui n'avait pas démérité pendant des années. Soudain, les prochains mois apparaissaient moins sombres même si elle appréhendait le départ d'Élodie…

Du buffet de la salle à manger, Blanche exhuma une bouteille de gentiane.

– Maintenant, on peut trinquer !

La commande était livrée ; le couteau trônerait dans le pavillon d'honneur de la foire-exposition dès son ouverture le jeudi 1er juin et ils n'avaient plus à craindre une manœuvre sournoise de leurs concurrents. Elle en éprouvait du soulagement ! Pendant qu'elles savouraient leur satisfaction tout en dégustant un verre de liqueur, les tensions qui s'étaient accumulées depuis quelques semaines tombèrent brusquement. Mathilde s'effondra en larmes.

– Je redoutais de trembler en gravant le portrait et en ajustant les plaquettes d'ivoire, d'abîmer le couteau pendant les finitions, de décevoir le sénateur… Je n'en dormais plus comme si j'avais perdu confiance…

Heureuse de constater qu'elle était parvenue à surmonter ces difficultés, elle ne pensait plus aux moments de découragement, aux douleurs lancinantes, aux soirées à la fabrique à lutter contre la solitude et le sommeil, mais aux compliments du sénateur qui la réconfortaient. Elle remercia sa famille pour son soutien.

– Sans vous…

Les joues encore mouillées, elle embrassa Blanche et Élodie avant de prendre son père dans ses bras. Depuis leur arrivée, il partageait leurs sentiments. Souriant.

– J'aurais tellement souhaité, chuchota-t-elle à son oreille, que tu puisses participer à la réception mais…

Elle était consciente qu'il ne supporterait pas le brouhaha des convives, les discours, la musique militaire.

– C'est trop pénible…

La jeune femme, soucieuse de l'associer à l'événement, avait commandé à un photographe ruthénois des clichés de la remise du laguiole au président de la République. Dès le mois de juillet, quand les touristes envahissaient les hôtels de Laguiole, elle les présenterait dans la boutique…

Élodie s'impatientait, consultant sa montre.

– Tu me permets de prévenir Gontran ?

– Évidemment !

Elle disparut en direction du bureau en glissant :

– Nous pourrons maintenant songer à nos toilettes !

Comme le supposait Mathilde, elle y pensait depuis un mois mais elle ne s'était pas risquée à aborder cette question avant la livraison du couteau.

Le lendemain qui était un dimanche, elle la réveilla au moment où les cloches appelaient les paroissiens à assister à la première messe. Chargée de vêtements, pénétrant dans sa chambre en trombe, Élodie s'exclama :

– Les essayages commencent !

Depuis quelques mois, à l'occasion de ses séjours parisiens, Gontran l'avait accompagnée dans les boutiques de confection ; il l'avait couverte de cadeaux. Elle avait ramené des chaussures, des chapeaux et un assortiment de toilettes en prévision de son installation dans la capitale en septembre.

– J'hésite encore !

Elle était tiraillée entre l'envie de porter un ensemble en crêpe de Chine dont elle aimait le corsage blousant et une robe en soie de couleur verte, coupée en biais, qui était assortie d'un chapeau en organdi. Elle les passa à nouveau devant sa sœur, tournoya dans un bruissement d'étoffe devant la psyché en changeant de chaussures et de pochettes. Autour d'un morceau de gâteau et d'une tasse de chocolat que Mathilde avait montés de la cuisine pendant qu'Élodie cherchait des gants, elles en débattirent une partie de la matinée avant que l'ensemble en crêpe de Chine ne recueille leurs opinions unanimes.

Quant à Mathilde, elle s'était décidée dès le premier passage d'Eugène Raynaldy ; elle assisterait aux cérémonies ruthénoises dans la toilette qu'elle avait étrennée pour les fiançailles d'Élo-die : un boléro bleu, aux manches courtes, et une robe mi-longue de couleur crème. Dès qu'elle coiffa son chapeau et enfila ses gants, sa cadette la félicita.

– Féminine et distinguée ! Le président Lebrun, les ministres, les journalistes et les notables te remarqueront…

Elle déplora que Mathilde ne s'habille pas plus souvent d'une manière élégante, qu'elle préfère le pantalon et le chandail.

– Le temps des garçonnes est révolu !

– Je ne peux pas travailler à la fabrique en robe de soie !

– Mais le dimanche ?

– En toute saison, il est plus facile de marcher dans la forêt en chaussures montantes et en knickers…

Entre les deux jeunes femmes, c'était toujours une discussion passionnée à propos des goûts de chacune.

Un moment plus tard, lorsqu'elle ferma la boutique et remonta à l'appartement, Blanche les ramena à la réalité. Il était l'heure de déjeuner et elle les surprenait en chemise dans leur chambre, les cheveux ébouriffés. Pouvait-elle raisonnablement leur reprocher leur paresse bien naturelle et le désordre après des semaines de tension ? Elle s'y refusait, heureuse de constater qu'une bonne entente régnait entre Mathilde et Élodie malgré leurs différences. Dès leur enfance, elle s'était appliquée à éliminer entre ses filles la moindre pomme de discorde pour qu'elles n'adoptent pas le comportement de Clément et de son frère Jacques au moment de la succession familiale. Ils se chamaillaient souvent dans leurs jeunes années au point qu'ils s'étaient brouillés lorsqu'elle avait épousé Clément ; rien n'avait pu les rapprocher depuis. Jacques avait souhaité qu'ils s'associent pour développer les activités de la coutellerie mais ses arguments n'avaient pas convaincu Clément qui avait refusé sa proposition, imprégné de son droit d'aînesse et soutenu par leurs parents qui n'entrevoyaient pas la relève d'une manière différente. Il s'était installé à contrecœur à Espalion mais il ne pardonnait pas à son frère cette intransigeance malgré les efforts de Blanche pour les réconcilier après l'accident de Clément. Cet épisode malheureux de l'histoire familiale, elle l'avait raconté à ses filles au moment de leur adolescence et s'efforçait de préparer leur avenir en les exhortant à ne pas reproduire les mêmes erreurs dans quelques années. Leurs intentions l'avaient rassurée. Élodie, nullement intéressée par la fabrique, n'envisageait pas un instant d'en disputer la direction à Mathilde qui paraissait plus qualifiée pour succéder à leur père ; elle avait toutefois promis de seconder sa mère à la boutique jusqu'à son mariage. À quinze ans, une certitude l'habitait à laquelle elle s'accrochait : « J'épouserai Gontran ! » Comme ses parents fréquentaient la boutique lorsqu'ils séjournaient dans leur domaine de Pomiès, Élodie le connaissait depuis l'enfance et il la retrouvait à Laguiole chaque mois d'août. L'été de ses quinze ans, ils avaient passé un après-midi sur les manèges de passage dans la bourgade avant d'échanger des promesses. Gontran à peine retourné dans son quartier parisien, ils n'avaient cessé de s'écrire. Mois après mois, cet amour avait grandi au point que les Pouget et les Chauchard avaient décidé, à Pâques 1932, de fiancer puis de marier leurs enfants. Blanche avait apprécié, à cette occasion, l'attitude désintéressée d'Élodie qui avait dépassé ses attentes : elle avait manifesté sa solidarité envers Mathilde en s'engageant à renoncer, lorsque le notaire procéderait au partage, à ses parts dans la coutellerie pour conforter ses chances de réussite.

Mathilde ne pouvait oublier son geste. Elle y songeait encore, en cette après-midi radieuse, lorsqu'elle retrouva ses sous-bois. Elle avait quitté Laguiole aussitôt après le déjeuner pour prendre la direction des pâturages d'altitude puis elle avait abandonné sa Vivasix Renault, berline de 15 chevaux et de 6 cylindres, en bordure de la nationale avant de pénétrer dans la forêt de Laguiole qui s'étendait sur des centaines d'hectares. Une immense hêtraie au milieu d'un océan d'herbe que peuplaient les troupeaux depuis quelques jours. Le soleil, chaud pour la saison, diffusait une lumière douce à travers les feuillages. Elle avait marché pendant une heure en modérant son allure, en savourant le bonheur de retrouver la forêt, en essayant de repérer les changements qui étaient intervenus depuis son escapade de Pâques. Sous la conduite du garde qui avait marqué les hêtres à abattre, les Laguiolais avaient procédé à la coupe de printemps pour constituer leur provision de bois ; ils avaient transformé les troncs en billots qui s'amoncelaient près des montagnes de branches au milieu des clairières. Maintenant que les vaches avaient gagné les estives, ils les transporteraient jusqu'à Laguiole grâce à leurs attelages de bœufs. Flottait partout une odeur de sciure et de copeaux qui se mêlait à des senteurs sauvages et aux parfums des fleurs. Elle s'était arrêtée au milieu d'une clairière pour reprendre son souffle et enlever son chandail, écouter des mésanges, observer des huppes en train de fouiller l'herbe en quête d'insectes. Elle pensa soudain à Élodie et à son prochain départ. Elle s'était moquée de sa sœur lorsqu'elle avait commencé à fréquenter Gontran ; il était l'héritier d'une famille très fortunée de la capitale et il paraissait improbable à ses yeux que l'adolescente puisse l'épouser quelques années plus tard. « Ce sont des enfantillages ! avait-elle pensé. Nos deux mondes sont trop différents. » Elle ignorait alors que Gontran ne résisterait pas au sourire et à la beauté de sa sœur, que ses sentiments s'affirmeraient, que la jeune femme obtiendrait sans trop de difficulté la confiance des parents et qu'elle accomplirait son dessein de toujours : devenir parisienne. La capitale l'attirait mais également le monde de l'hôtellerie, des restaurants et des brasseries qui alimentait les conversations à Laguiole tout au long du mois d'août lorsque les Parisiens retrouvaient leurs maisons de famille. Consacrant ses journées à la coutellerie, Mathilde n'avait pas songé qu'Élodie les quitterait bientôt : la préparation du mariage occupait surtout les discussions de sa mère et de sa sœur à la boutique.

– C'est dans trois mois ! s'écria-t-elle brusquement depuis la montagne de rondins sur laquelle elle s'était hissée.

Imaginant la cérémonie, le joyeux cortège, le rayonnement de Gontran et d'Élodie, elle ressentit plus qu'à l'habitude la solitude dont elle souffrait depuis des années. À vingt-huit ans, la jeune femme demeurait célibataire même si des héritiers de grands domaines de la région de Laguiole, des commerçants d'Espalion et même des notables ruthénois l'avaient courtisée après l'avoir observée un dimanche descendre sur ses skis les pentes enneigées de la station qu'ils fréquentaient également. Sous le charme, ils avaient essayé de la séduire. Elle avait accepté leur invitation à prendre un chocolat à l'hôtel Régis ou à l'hôtel Auguy après leur après-midi de neige pour constater qu'ils se montraient trop impatients et trop superficiels à son goût. Quant aux limonadiers parisiens, ils l'avaient conviée à des soirées estivales ; elle s'était ennuyée à les entendre débattre de leurs affaires. Un propriétaire de brasseries, très amoureux, l'avait assaillie de courriers ; il était disposé à l'épouser et à financer son installation dans un quartier bourgeois mais elle l'avait éconduit. Aujourd'hui, elle désespérait de rencontrer un homme sincère.

– Tu ne te marieras jamais si tu t'enfermes chaque dimanche dans les forêts comme les chasseurs ! ironisait Élodie.

Mathilde reconnaissait qu'elle ne cherchait pas à multiplier ses relations mais elle n'entendait pas, pour autant, succomber aux belles paroles d'un don juan sous le prétexte de rompre sa solitude. Elle était consciente que les années s'écoulaient et que son bonheur était imparfait. Son métier la passionnait malgré les difficultés qu'elle affrontait ; sa famille la comprenait et la soutenait. Il ne lui manquait qu'un homme pour l'aimer et partager sa vie.

Le jeudi 1er juin, les premiers visiteurs découvraient le couteau du Président dans le pavillon d'honneur de l'exposition du pays rouergat à Rodez. Aussitôt, *Le Courrier de l'Aveyron* et *L'Union catholique* le présentèrent à leurs lecteurs. Deux jours plus tard, la jeune femme accueillait dans sa fabrique le maire d'Espalion qui souhaitait acheter douze laguioles au plein manche en ivoire pour les journalistes parisiens qu'il recevrait le dimanche 11 juin après les cérémonies de Rodez. Il avait obtenu la confirmation que les chroniqueurs politiques du *Petit Parisien*, du *Figaro*, de *L'Aurore* et du *Temps*, une équipe des « actualités parlantes » de Gaumont et des photographes accompagneraient le président Lebrun.

– Ils emporteront un laguiole en souvenir de leurs journées en Aveyron. Il leur rappellera les beautés des paysages, le charme des vieilles pierres et les richesses de la gastronomie pour qu'ils encouragent leurs lecteurs à venir y séjourner...

Il demanda à Mathilde de participer à cette réception pour leur expliquer la fabrication de ses laguioles. Ce qu'elle accepta sans hésitation. Après son départ, soucieuse d'honorer à temps cette livraison qui revêtait une importance particulière pour la notoriété de la maison, la jeune femme chargea les trois meilleurs ouvriers de fabriquer les ressorts, les estampes et l'abeille stylisée ; elle réserverait ensuite les guillochages au contremaître tandis qu'elle peaufinerait les finitions des modèles. Pendant qu'ils s'activaient, les reportages des journaux ruthénois suscitèrent des réactions à Laguiole. Les notables la félicitèrent pendant que les commères interrogeaient Charlette dans les magasins à propos du couteau qu'elles n'auraient pas l'occasion d'admirer, des amitiés politiques des Chauchard, des réceptions auxquelles ils assisteraient. Elles colportèrent même la rumeur que le président visiterait Laguiole après l'inauguration du barrage de Sarrans.

Comme Mathilde le pressentait, les jalousies et les rancœurs s'exprimèrent sans scrupules. Des lettres anonymes l'accusèrent de soudoyer des parlementaires du département et même des fonctionnaires de la préfecture pour s'accaparer des commandes publiques. Ces animosités culminèrent quelques heures avant le passage d'Albert Lebrun dans l'Aveyron à l'occasion du marché aux bestiaux que le bourg de Laguiole accueillait chaque samedi de printemps. Ce jour-là, lorsqu'elles s'installèrent dans la cuisine pour prendre leur petit-déjeuner à 7 heures, selon leur habitude, Blanche et Mathilde entendirent des hommes les brocarder sous leurs fenêtres puis plaisanter grassement. Elles songèrent à des éleveurs qui effectuaient une tournée des comptoirs en attendant l'heure des transactions et qui étaient déjà éméchés. Comme les propos salaces persistaient, elles y prêtèrent attention puis elles remarquèrent que des badauds s'étaient rassemblés devant la boutique. Ils s'esclaffaient comme le dimanche des festivités de la Saint-Mathieu lorsque Bamboula recevait des tomates blettes en pleine figure. Mathilde descendit aussitôt pour découvrir que les panneaux de la devanture étaient recouverts d'inscriptions et de dessins obscènes. Les joues rouges de colère et frissonnant de dégoût, elle foudroya les hommes du regard.

– Imbéciles !

Frappés par la hargne qui l'animait, ils s'éloignèrent lentement en direction des étalages de primeurs qui occupaient les abords de l'esplanade tandis qu'elle démontait les contrevents.

3

Le lendemain, son amertume persistait. Ces attaques et cette bassesse la révoltaient. Debout à la pointe du jour, Mathilde se précipita devant la boutique pour s'assurer qu'au cours de la nuit, des esprits malveillants n'avaient pas à nouveau souillé les panneaux de la devanture pour l'humilier en cette journée exceptionnelle. Elle les avait nettoyés rageusement dans l'après-midi en compagnie de Baptiste. Leur travail respecté, elle en éprouva du soulagement. Une heure plus tard, resplendissante dans sa toilette printanière, la jeune femme pressait sa mère et sa sœur de la rejoindre ; elle redoutait que les nombreux contrôles de gendarmerie annoncés depuis quelques jours à travers le département les empêchent de parvenir dans les faubourgs ruthénois avant 10 heures tandis que le programme prévoyait l'arrivée des personnalités près de la cathédrale Notre-Dame dès 9 h 30.

– Dépêchons-nous !

L'angélus résonnait dans les brumes matinales au moment où elles s'éloignaient de Laguiole.

– Nous n'avions jamais fermé le dimanche ! observa Blanche en rajustant son chapeau. Même après l'accident de votre père. Même pendant la guerre…

Rodez était en liesse en ce dimanche 11 juin. Les guirlandes, les oriflammes, les drapeaux rehaussaient les quartiers de couleurs éclatantes ; des gerbes de fleurs décoraient les fenêtres et les balcons ; les cloches sonnaient à toute volée, de Notre-Dame à Saint-Amans et au Sacré-Cœur. Le déplacement du président Albert Lebrun constituait un événement pour les Ruthénois et les Aveyronnais. Depuis le passage de François Ier à Rodez en juillet 1533, aucun souverain au temps de la monarchie, aucun empereur au XIXe siècle et aucun président depuis l'avènement de la République n'avait manifesté son intérêt pour la capitale du Rouergue. Albert Lebrun avait décidé de réparer cette injustice ! Aussi des milliers d'hommes, de femmes et d'enfants, accourus des faubourgs et des campagnes, s'étaient-ils rassemblés pour l'accueillir de belle manière. Ils formaient une masse si compacte et imposante que les gardes mobiles, les services spéciaux, les gendarmes avaient quelques difficultés à les contenir derrière les barrières délimitant le parcours officiel, malgré le concours de trois compagnies de fantassins. Grâce à leurs laissez-passer, les trois femmes accédèrent rapidement à la place centrale et à l'enceinte du monument aux morts où les associations d'anciens poilus de la Grande Guerre, des groupes de collégiennes, les notables et une fanfare militaire attendaient le cortège officiel.

– C'est impressionnant ! murmura Élodie.

Elle observa les drapeaux d'anciens combattants, le costume chamarré des musiciens, l'uniforme impeccable des jeunes filles, les barrettes des gradés, les complets des conseillers généraux et leurs hauts de forme, la gravité des visages.

– Quelle solennité !

Un moment plus tard, une clameur retentit sur la place : « Vive Lebrun ! Vive Lebrun ! » Des portières claquèrent. Puis un ordre qui précéda le cliquetis des armes et une sonnerie de clairon. Le président de la République, ses trois ministres, ses directeurs, le préfet de l'Aveyron qui avait déjà enlevé son tricorne et Eugène Raynaldy pénétrèrent dans le jardin où s'élevaient les colonnes blanches du monument de la victoire de 1918. Dépôt de gerbe, minute de silence, poignées de main. L'instant d'après, imitant le cortège qui quittait la place d'Armes, Mathilde, Blanche et Élodie s'engageaient dans la direction de l'hôtel de ville. Il était tout juste 10 heures. Charlette avait certainement branché la TSF pour que Clément puisse écouter les premiers discours, retransmis par la station de Toulouse-Pyrénées tout comme les allocutions qui se succéderaient pendant le déjeuner et l'inauguration du monument consacré à l'écrivain François Fabié.

La matinée s'écoula à une cadence militaire ! En raison de son programme, le président Lebrun réserva une heure seulement à l'exposition. Le temps de goûter aux chocolats des religieuses de Bonneval, d'embrasser les sept enfants d'un exposant puis une adolescente en costume folklorique avant de s'intéresser à la traite des brebis. Mathilde regretta de découvrir les stands d'une manière aussi escamotée ; elle aurait souhaité assister à la coupe des peaux de Millau et à la confection d'une paire de gants. Une demi-heure après cette visite, sous des tentes dressées pour le banquet dans les jardins des haras, la jeune femme cherchait les trois places que le sénateur Raynaldy leur avait réservées. Elles apprécièrent de déjeuner à la table de la couturière millavoise qui était chargée de remettre une paire de gants en peau de regord au président de la République. Indifférentes aux classiques que des musiciens militaires exécutaient pour les convives malgré le brouhaha, elles échangèrent quelques impressions à propos du cérémonial de cette journée avant que Justine, jeune Millavoise aux cheveux flamboyants, leur explique la fabrication des gants. Puis les personnalités reprirent la parole.

– On nous appellera bientôt à la table d'honneur ! chuchota la couturière, angoissée, à ses voisines.

Mathilde s'attacha à la rassurer : elles n'auraient ni l'une ni l'autre à s'exprimer. Le programme prévoyait quatre discours. Comme l'inauguration du monument Fabié débuterait à 16 heures devant le palais de justice et qu'il était 15 heures, elle en déduisait que le banquet s'achèverait dans trois quarts d'heure.

– La remise des cadeaux ne prendra que quelques minutes !

Justine retrouva aussitôt son sourire et son entrain, admirative devant l'assurance de Mathilde qui redoutait pourtant, malgré les apparences, de rencontrer le président. Après les interventions, lorsque Eugène Raynaldy évoqua les cadeaux qu'il emporterait, les jambes de la coutelière commencèrent à flageoler. Le cœur battant et la gorge sèche, elle traversa les tentes sous des encouragements chaleureux. La gantière millavoise et une jeune cabanière de Roquefort la rejoignirent puis Eugène Raynaldy les présenta à Albert Lebrun. Négligeant la peausserie de Millau et le fromage de Roquefort, le président ne s'intéressa qu'au couteau de Laguiole ; il le conserva dans ses mains tout en interrogeant Mathilde à propos du guillochage du ressort et de la gravure du portrait sous le regard des reporters des actualités et des photographes. Le directeur du protocole interrompit bientôt leur conversation :

– Nous sommes en retard…

Albert Lebrun embrassa Mathilde sans manière avant que le sénateur Raynaldy l'entraîne en direction du palais de justice.

La jeune Millavoise et la cabanière de Roquefort avaient déjà disparu. Elle imagina la déception qu'elles ressentaient sûrement devant l'indifférence du président Lebrun à leur égard, la jalousie qu'elles éprouvaient peut-être à son encontre. Qu'y pouvait-elle alors qu'elle s'était efforcée de satisfaire la curiosité, insatiable, du président de la République ?

Elle retrouva Blanche et Élodie à leur table alors que la masse des convives quittait les tentes. Elles exultaient :

– Tu passeras aux « actualités »…

– C'est la meilleure des publicités !

Aucune d'entre elles n'avait l'intention de s'agglutiner autour du monument François-Fabié ni de parcourir les couloirs du nouveau pavillon de l'hôpital de Rodez. À force de marcher et de piétiner, Élodie avait les pieds gonflés dans ses chaussures neuves alors que Blanche manifestait son impatience de retourner à Laguiole.

– Nous avons tellement à raconter à votre père…

Deux heures plus tard, Mathilde les déposait près de l'entrée de la boutique et les confidences pouvaient commencer sous la tonnelle de chèvrefeuille dans le jardin. Mais la journée n'était pas terminée pour la jeune coutelière, attendue à Espalion. Avant de reprendre la route, elle emporta dans une mallette des poinçons, des ébauches de lames, des ressorts, des platines en laiton qui constituent l'ossature d'un couteau, des plaquettes de corne pour expliquer aux journalistes comment elle assemblait les laguioles. Certes ils admirèrent son habileté à sculpter une abeille dans la masse du ressort mais ses propos ne les captivèrent pas. « Ils sont peut-être trop techniques ! » conclut-elle. Elle était frustrée de ne pouvoir partager sa passion. « Une occasion manquée ! » regretta-t-elle. Dans le même temps, la jeune femme remarqua qu'elle les intriguait ! Elle supposa qu'ils n'avaient pas l'habitude de rencontrer des femmes aussi singulières qui conduisaient une berline de quinze chevaux, qui dirigeaient une fabrique artisanale et qui excellaient dans un métier d'homme. Par avance, elle s'en réjouissait avant de déchanter devant leurs insinuations. En effet, deux chroniqueurs affirmèrent que seules des relations politiques justifiaient la bienveillance présidentielle envers le laguiole.

– Et une petite coutelière d'Auvergne ! ironisa le rédacteur du *Figaro*, un homme aux cheveux grisonnants et à la peau plissée. C'est tellement saugrenu que le directeur du protocole a écourté votre entretien…

– Certes vous surpassiez en beauté les jeunes femmes qui vous accompagnaient mais le président Lebrun ne court pas les jupons ! enchaîna le journaliste du *Temps* avant de caresser son double menton et sa moustache épaisse. Il n'aurait jamais porté la moindre attention à vos couteaux si Raynaldy ne vous avait pas recommandée…

– Vous fréquentez les radicaux, n'est-ce pas ? poursuivit son collègue du *Figaro* qui semblait les détester.

– Non ! La politique ne m'intéresse pas. Je ne me préoccupe que de mes couteaux et de ma clientèle…

– Vous connaissez tout de même Raynaldy ! rétorqua-t-il en devenant nerveux.

– Seulement pour l'avoir rencontré à deux reprises à Laguiole au moment de la commande du couteau…

Tous deux contestèrent sa sincérité mais le secrétaire général du syndicat d'initiative interrompit la conversation pour présenter le patrimoine espalionnais. Furieuse après les deux journalistes, elle s'enferma dans ses pensées. « Pourquoi ramènent-ils tout à des machinations politiques ? tempêta-t-elle. Et s'acharnent-ils à déformer les réalités ? » Elle ne comprenait pas cette attitude qui la surprenait et la décevait. Lorsque les convives s'installèrent dans le fumoir où le maître d'hôtel proposait des liqueurs et des cigares, elle prétexta la fatigue de la journée pour s'éclipser puis rejoindre la chambre que le syndicat d'initiative lui avait réservée à l'hôtel Berthier.

Dans la matinée, Mathilde retrouva sa famille, sa coutellerie et ses soucis. Le temps était maussade après l'averse de l'aube ; des lambeaux de nuages s'accrochaient aux pentes de la vallée mais ils s'effilochèrent à l'approche du Cayrol tandis que le soleil apparaissait timidement. Remâchant les discussions de la veille, la jeune femme était tellement nerveuse que Baptiste, Élodie et Blanche comprirent que la soirée ne s'était pas déroulée comme elle l'avait pensé. Essayant de contenir sa colère en mâchonnant un bâtonnet de réglisse, arborant son masque impénétrable des mauvaises journées, elle s'exprimait sèchement. Les employés ne se risquèrent pas à la déranger pour des broutilles tandis que sa mère et sa sœur s'abstinrent d'aborder, pendant le déjeuner, les commentaires des quotidiens aveyronnais après la première journée du président Lebrun dans le département. Ni Blanche ni Élodie ne manifestèrent de l'étonnement lorsqu'elles entendirent ronronner le moteur de la Renault devant le garage ; toutes deux pressentirent qu'elle avait besoin d'arpenter les chemins de la forêt pour pouvoir retrouver son calme. Elle ne retourna auprès de son enclume que dans l'après-midi, déjà plus sereine, mais le sourire n'éclaira franchement son visage que le lendemain quand deux journalistes souhaitèrent la rencontrer. Il était près de 11 heures. Élodie s'empressa de la prévenir à la fabrique où elle peaufinait le galbe d'un manche.

– Ils t'attendent ! Deux Parisiens dans un beau costume et qui te connaissent.

Mathilde pensa aux deux jeunes blonds qui l'avaient observée manœuvrer dans l'avenue et qui l'avaient complimentée pour sa conduite. Ils paraissaient plus sympathiques que leurs collègues du *Figaro* et du *Temps*. Ce qui l'encouragea à les accueillir sans manières en chemise écossaise et en pantalon de coutil parmi le désordre de la coutellerie ! Elle les reconnut dans l'instant mais ils marquèrent un temps de surprise. Ils ne l'avaient guère imaginée dans son atelier, au milieu des polissoirs et des meules, habillée comme ses ouvriers.

– Mademoiselle Laguiole ? s'étonna le plus charmeur, Pierre Montagnier, un homme aux prunelles bleues et au physique de comédien qui collaborait à *L'Aurore*.

Elle confirma, amusée par son humour, avant de rectifier :

– Mathilde Chauchard !

– Mademoiselle Laguiole ! triompha-t-il en accompagnant ses paroles d'un geste théâtral.

C'était tellement comique qu'elle s'esclaffa.

Des explications s'imposaient. Hector Chevalet, son confrère du *Petit Parisien*, aux cheveux en brosse et au regard tout aussi espiègle, entreprit de révéler pourquoi ils l'appelaient tous deux Mademoiselle

Laguiole. Pendant la journée qui les avait conduits d'Espalion jusqu'au barrage de Sarrans, ils avaient essayé de se souvenir de son patronyme. Sans succès. Ils s'étaient adressés à des notables du cortège présidentiel puis aux correspondants des quotidiens aveyronnais mais leurs réponses hésitaient entre Chauchard, Chardaire, Chauffour, Chadourne.

– Mademoiselle Laguiole vous convenait !

– Nous voulions vous retrouver après le départ des officiels ! enchaîna Pierre Montagnier. Vous présenter des excuses après l'impolitesse de nos collègues…

Ils avaient poussé la galanterie jusqu'à acheter un bouquet de violettes auprès d'un fleuriste espalionnais.

– Pour permettre également à nos lecteurs de découvrir votre coutellerie et vos laguioles ! ajouta Hector Chevalet. C'est mérité lorsqu'on possède du talent… Esseulée dans les montagnes de l'Aveyron, méconnue à travers la France et ignorée à Paris, vous avez besoin qu'on vous soutienne…

Touchée par leur réaction mais confuse de recevoir des fleurs, Mathilde les remercia chaudement. Elle était soulagée par ailleurs de remarquer que le comportement des rédacteurs du *Figaro* et du *Temps* ne suscitait pas l'unanimité parmi les journalistes et les photographes parisiens. Ils l'arrachèrent à ses réflexions, furetant parmi son outillage dont ils essayaient de comprendre l'utilité. Le temps de répondre à quelques questions et l'heure du déjeuner approcha. Ils poursuivirent la conversation dans la salle à manger familiale en compagnie d'Élodie et de Blanche avant de retourner à la coutellerie où Mathilde leur présenta le fonctionnement de sa forge, le montage des laguioles ordinaires puis la fabrication des modèles de prestige. Ils noircirent des pages de carnets puis ils s'attardèrent à la boutique pour admirer les belles pièces que les Chauchard avaient réalisées depuis quatre générations. Séduits, tous deux promirent de consacrer un reportage à Mathilde dans leurs journaux respectifs avant les premiers jours de juillet.

– Et l'arrivée des touristes en Aveyron ! ajoutèrent-ils. Ils vous envahiront dès le 14-Juillet…

Ils avaient la conviction qu'une demi-page dans *L'Aurore* et *Le Petit Parisien* stimulerait les affaires de la jeune femme.

– Une demi-page ? s'étonna-t-elle.

Pierre Montagnier confirma que *L'Aurore* publiait, le dimanche, des enquêtes sur les activités traditionnelles et les richesses des départements de France.

– Je défendrai la coutellerie Chauchard, Espalion et l'Aveyron auprès de ma direction !

Hector Chevalet s'y engagea également.

L'horloge les ramena à la réalité ; il était près de 5 heures et ils avaient l'intention de rejoindre la préfecture avant le dîner puis de prendre l'express de Paris. Elle proposa de les conduire jusqu'à Rodez. Élodie les accompagna ; elle était impatiente d'interroger Mathilde. Silencieuse de Laguiole jusqu'aux faubourgs ruthénois, elle rattrapa le temps perdu dès qu'elles les déposèrent devant l'hôtel Broussy.

– Raconte-moi ta journée !

Plongée dans ses pensées, Mathilde ne répondit pas.

– Ils sont drôlement galants pour t'offrir des fleurs. C'est une habitude dans la presse parisienne ?

– Quelle curiosité !

Sans se départir de sa bonne humeur, la jeune femme ignora ses suppliques pendant un moment ; elle ne consentit à révéler ses impressions qu'à une dizaine de kilomètres de la ville, après leur passage à Lioujas. Elle avait confiance en ces journalistes qui n'avaient pas cherché à la bluffer et qui s'étaient montrés attentifs à ses explications.

– Comme des amateurs de couteaux et des collectionneurs ! Ils ont relevé l'épaisseur des lames et des ressorts, la différence entre les bélières et les œillets, la correspondance entre l'échelle des températures et la graduation des couleurs au moment de la chauffe des ébauches de lames…

Mathilde ne doutait pas de leur franchise ; elle était persuadée qu'ils honoreraient leur parole. Sa sœur partageait cette opinion :

– Ils me semblent honnêtes…

Entre Espalion et Le Cayrol, elles évoquèrent ensuite l'avenir de la coutellerie qui leur paraissait désormais moins inquiétant, la préparation du mariage d'Élodie, son installation parisienne et les affaires de la famille Pouget. Quand la Renault serpenta au milieu des pâturages, entre La Vitarelle et Laguiole, leurs conversations s'arrêtèrent brusquement tandis que leur esprit s'égaillait dans les lointains que baignait une lumière éclatante. Il s'en dégageait une atmosphère envoûtante au point qu'Élodie fredonna bientôt des chansons d'amour dont, à son étonnement, Mathilde s'enhardit à reprendre les refrains.

La diffusion dans les salles de cinéma du reportage consacré au déplacement du président Lebrun les ramena à Rodez le 18 juin en compagnie de Blanche. Depuis que la presse multipliait les annonces de la projection, elle montrait de l'empressement à découvrir Mathilde à l'écran en attendant d'obtenir des clichés de la remise du laguiole. Prévoyantes, elles arrivèrent au *Family* une heure avant le début de la séance mais les spectateurs s'étaient agglutinés par dizaines autour des guichets. C'était un dimanche. Une semaine seulement après le passage du président Lebrun. Personne ne comptait manquer la rétrospective en images des deux journées de cérémonies. Ce qui provoqua bousculades et énervement ! Le *Family* ne pouvait accueillir plus de quatre cents personnes ; l'affluence exceptionnelle l'obligea à refuser plus de deux cents demandes. Blanche et ses filles entendirent les mécontents s'exprimer bruyamment devant l'entrée dès que le silence retomba entre les rangées de fauteuils au moment où les lampes s'éteignirent avant l'apparition de l'emblème de la maison Gaumont. Pour tous les spectateurs, les cinq minutes de reportage s'écoulèrent trop rapidement.

– C'est de l'accéléré : nous n'avons même pas eu le temps de repérer notre député parmi les invités ! regretta l'épouse du pharmacien de Laguiole qui les avait accompagnées.

– On montre à peine l'exposition ! déplora Blanche.

– La réception aux haras est escamotée ! regretta Élodie.

Mathilde était moins critique ; elle considérait que les reporters avaient effectué leur mission correctement. Ils s'étaient appliqués à mettre en avant l'originalité du couteau au point que l'on pouvait distinguer de manière précise le guillochage du ressort, le portrait du président, les incrustations de nacre autour des rivets. Mais ils s'étaient ingéniés également à surprendre ses réactions et celles du président de la République pendant leur conversation tandis que le commentaire était flatteur. Dès le premier entracte, certains la reconnurent et la félicitèrent. Deux heures plus tard, on l'entoura encore lorsque la séance s'acheva après le générique de *Fanny*, proposé ce jour-là à l'affiche. La semaine suivante, grâce aux « actualités parlantes » et aux journaux régionaux, elle recevait des compliments de Villefranche, de Rodez, de Mende et de Saint-Flour où la maison Chauchard diffusait ses modèles.

– Nos clients les plus fidèles ! observa Blanche. N'oublie pas de les remercier…

En réponse, Mathilde leur indiqua les nouveaux modèles que la fabrique proposerait dans les prochains mois.

– J'espère qu'ils en commanderont ! s'exclamait-elle avant de cacheter l'enveloppe.

Néanmoins, elle attendait plus de retombées des reportages promis dans la presse parisienne. À partir de la Saint-Jean, tous les matins à 11 heures lorsque le facteur distribuait le courrier, elle se précipitait à la boutique pour feuilleter *L'Aurore* et *Le Petit Parisien* avant de retourner bredouille et frustrée auprès des ouvriers.

Bientôt, Élodie modéra son impatience :

– Ne gaspille pas du temps à surveiller le courrier ! Gontran te préviendra ; il achète les journaux tous les matins pour les clients de l'hôtel… Il nous téléphonera…

Il réveilla la maisonnée le 2 juillet à 7 heures pour annoncer la parution d'une demi-page élogieuse dans l'édition dominicale de *L'Aurore*. Confirmant les intentions exprimées à l'occasion de son passage en Aveyron, Pierre Montagnier l'appelait familièrement Mademoiselle Laguiole. Ce qui amusait Mathilde :

– On imagine un personnage de théâtre, de roman ou même d'opérette… Je m'y habituerai !

– On le retiendra facilement ! poursuivit Gontran. Et tu pourrais l'associer à ton catalogue en produisant certains modèles sous la marque « Mademoiselle Laguiole »... Comme dans les maisons prestigieuses d'horlogerie…

– En s'adressant à une clientèle différente !

– Notamment aux femmes à travers des couteaux raffinés.

– Des laguioles de 9 à 10 centimètres d'une seule pièce mais au manche d'ivoire ou d'ébène… Élégants ! Légers…

– Que les hommes leur offriraient !

– Qu'elles emporteraient parmi leurs objets intimes.

– Tu lancerais peut-être une mode…

Enthousiaste, elle soumit aussitôt cette suggestion à Élodie et à Blanche au cours du petit-déjeuner. Sa sœur s'emballa comme à l'habitude pour les nouveautés, alors que sa mère affichait une attitude plus circonspecte :

– Ne nous pressons pas ! C'est à réfléchir…

Elle redoutait de déconcerter la clientèle traditionnelle mais elle n'était pas opposée à certaines évolutions.

Huit jours plus tard, dans les pages du *Petit Parisien*, Hector Chevalet émettait le souhait qu'elle fabrique des couteaux pour femmes alors qu'ils n'avaient pas évoqué le sujet à l'occasion de son passage à Laguiole. « Nous sommes persuadés, écrivait-il, que cette initiative remporterait beaucoup de succès. Beaucoup de Parisiennes notamment pourraient s'identifier à Mademoiselle Laguiole qui associe la tradition et la modernité, qui défend le vrai et le beau. » Il la conforta d'autant plus dans ses desseins qu'elle avait commencé à recevoir des courriers de lectrices de *L'Aurore* s'attachant à la convaincre de produire des couteaux de femmes. Quelle heureuse coïncidence ! « Un couteau de femme, dessiné par une femme ! expliquait Élisabeth Deffontaines qui habitait le quartier du Montparnasse. Dépouillé mais harmonieux. Un bijou. Personnalisé ! » Toutes les fantaisies s'exprimaient : y incorporer une lime à ongles ; y introduire des couleurs éclatantes comme le rouge et le bleu grâce à un manche en marqueterie ; le présenter dans un fourreau de peau d'agneau.

Mathilde répondit à chacune en les remerciant de l'intérêt qu'elles portaient à une maison bien modeste mais en exposant également ses difficultés à satisfaire des propositions originales et en soulignant les surcoûts qu'elles entraîneraient. Des lectrices du *Petit Parisien* écrivirent à leur tour. Des dizaines de lettres s'entassèrent bientôt dans son bureau et elle consacra des soirées à cette correspondance qu'elle refusait de négliger malgré son caractère fastidieux ainsi que la fatigue de ses journées à la coutellerie. Une seule s'obstina à commander : Élisabeth Deffontaines. Elles échangèrent des croquis avant que Mathilde entreprenne de fabriquer un laguiole de 12 centimètres à la ligne épurée, au plein manche d'ébène, à l'abeille stylisée et d'une seule pièce. Sa particularité ? Contrairement aux traditions, les guillochures n'occupaient que la moitié du ressort. Elle avait sculpté en lettres capitales la nouvelle marque de la maison dans la partie supérieure : « Mademoiselle Laguiole ». Sa griffe. Les compliments d'Élisabeth Deffontaines récompensèrent les soirées de veille, les douleurs aux reins, les ressorts gâchés, les picotements aux yeux, les moments de lassitude et les doutes. Quelle satisfaction ! Plus encore, Mathilde éprouvait une certaine ivresse à endosser désormais les vêtements jeunes et neufs de Mademoiselle Laguiole.

4

Pendant plus de deux mois, entre le 14-Juillet et les festivités de la Saint-Mathieu, la boutique ne désemplit pas.

– C'est tous les jours la foire ! plaisantait Charlette lorsque les commères l'interrogeaient dans les magasins du bourg à propos des attelages, des autobus et des voitures qui encombraient en permanence les abords de la fabrique.

Du milieu de la matinée jusqu'à l'angélus du soir, les amateurs de couteaux y côtoyaient des touristes qui séjournaient dans la région, des limonadiers parisiens qui s'étaient installés pour deux semaines dans leur maison de famille et qui fréquentaient la maison Chauchard depuis longtemps, des Cantalous, des Lozériens et des Aveyronnais qui, pour certains, n'avaient nullement l'intention d'acheter des laguioles mais espéraient apercevoir Mathilde. Depuis la salle à manger, Clément entendait la clochette de l'entrée tintinnabuler tandis qu'à son poste d'observation, il surveillait les arrivées et les départs !

À la suite de la publication des reportages du *Petit Parisien* et de *L'Aurore*, Mathilde avait redouté que l'affluence exceptionnelle, la présence de badauds à l'extérieur, leurs commentaires bruyants et les sonneries incessantes du téléphone ne le contrarient.

– Nous l'accompagnerons dès le matin sous la tonnelle ! avait suggéré Blanche qui partageait ses préoccupations.

Mais Clément avait refusé de rejoindre le jardin avant le milieu de l'après-midi pour profiter de cette agitation qui le réjouissait ! Il avait deviné que les affaires reprenaient après deux années de stagnation. Il y participait à sa manière, plus détendu et d'humeur moins capricieuse. Il parcourait souvent les coupures de journaux que Mathilde avait relevées, soulignant les titres à l'encre grasse de ses doigts malhabiles ; il regardait également les clichés qui la représentaient, à Rodez, en compagnie du président Lebrun. Il ne s'en lassait pas, éprouvant une fierté qu'il manifestait par un geste tendre ou un sourire. La jeune femme le retrouvait sous le chèvrefeuille lorsqu'elle remisait son outillage et quittait la fabrique après le départ des ouvriers. On approchait de 8 heures et dans la douceur crépusculaire, elle racontait sa journée. Désormais, les amateurs de couteaux étaient nombreux à demander à Élodie et à Blanche s'ils pouvaient la rencontrer pour solliciter des conseils d'entretien ou d'affûtage de l'acier, changer une lame, réparer des plaquettes de corne ou même un ressort. Soucieuse de travailler l'après-midi en toute quiétude, elle ne les recevait que le matin et elle ne ménageait pas son temps pour essayer de les satisfaire. Pourtant, d'aucuns abusaient de sa patience. Ils déballaient sur le plateau de son établi des couteaux suisses, des opinels et des pradels pour qu'elle les restaure.

– Après m'avoir découverte dans les journaux, ils débarquent de Toulouse, de Clermont et de Montpellier. Et ils me prennent pour une magicienne ! Les ressorts sont cassés ; les lames sont tordues ; les manches sont abîmés…

Elle leur expliquait gentiment qu'il était préférable d'acheter un nouveau couteau mais ils claquaient parfois la porte. Furieux.

– C'était inimaginable à ton époque ! On ne demandait pas à un coutelier de Laguiole de rafistoler des pradels, des opinels ou des antiquailles rouillées… On avait plus de respect pour l'artisan. Et peut-être aussi pour les couteaux…

Il comprenait son exaspération et il l'admirait de supporter les grincheux. Toutefois, les commandes l'intéressaient plus que les réparations des ressorts. D'une pression de la main, il l'amenait à consulter le calepin où elle inscrivait les modèles de prestige, les couteaux de mariage, les ménagères, les services à gigot et les services à découper qu'elle s'était engagée à expédier au cours des prochaines semaines ou avant la mi-décembre. Une maison réputée de Nogent fabriquait les ménagères depuis les années d'avant-guerre tandis qu'une manufacture thiernoise fournissait les pièces métalliques des fourchettes, des couteaux à découper et des manches à gigot dont Mathilde assurait le montage ainsi que les finitions. Une semaine avant le mariage d'Élodie tandis qu'elle continuait à remplir les pages de son calepin, il se soucia de la manière dont elle comptait honorer sa parole.

– J'y arriverai ! Sans sacrifier à la qualité…

Mathilde l'affirmait pour le rassurer mais elle n'en avait guère la certitude. Pendant l'automne, les ouvriers auraient à fabriquer des couteaux ordinaires dont les réserves avaient fondu en quelques semaines alors qu'elles occupaient des dizaines de caisses dans l'arrière-boutique au printemps. Certes elle pouvait confier à des entreprises de Nogent et de Thiers une partie de sa production mais elle repoussait cette possibilité pour protéger sa réputation et pour ne pas devenir une « épicière en articles de coutellerie ». Elle hésitait à former des apprentis qui ne pourraient monter des laguioles d'une manière correcte avant l'automne 1934. Engager un huitième ouvrier ? Elle y songeait. Mais où le dénicher ? Dans l'Aveyron, la Lozère et le Cantal, les couteliers employaient une main-d'œuvre restreinte. Débaucher un forgeron, un trempeur, un émouleur ou un monteur chez les industriels thiernois ? Peut-être. Mais réussirait-elle à trouver un excellent coutelier qui consentirait à déménager dans l'Aveyron dès l'automne et dont elle pourrait accepter les exigences salariales ? Elle avait la certitude qu'elle y parviendrait en sollicitant discrètement ses fournisseurs mais elle rechignait par avance à devenir leur obligée. Comment résoudre cette situation ? Le temps pressait ! Même si elle n'entrevoyait aucune solution, elle répétait à son père :

– J'y arriverai !

Ces inquiétudes ne la lâchèrent pas une journée, y compris le samedi du mariage d'Élodie. L'avenir de la fabrique la poursuivit jusqu'à la petite salle de la mairie lorsque les fiancés échangèrent leurs consentements, à l'église au moment où le prêtre procéda à la bénédiction des alliances et au domaine de Pomiès pendant la réception que les Pouget organisèrent avant le banquet. Sous les ombrages, la famille de Gontran rassembla des notables de Laguiole et d'Espalion, des relations d'affaires, des Parisiens qui prolongeaient leurs vacances estivales. Certes Marceau Pouget présenta sa belle-fille que certains auraient l'occasion de côtoyer dans les banquets amicalistes de la capitale à l'automne prochain mais également Mathilde sur laquelle il ne tarissait pas d'éloges depuis qu'elle avait fabriqué le laguiole du Président.

– J'aimerais t'amener une nouvelle clientèle ! expliqua-t-il à la coutelière dès qu'elle rejoignit la propriété des Pouget. Fortunée et attachée aux traditions…

Il l'entraîna aussitôt en direction d'un groupe de limonadiers.

– Bonne chance ! souffla-t-il.

C'était un homme à la politesse parfois obséquieuse dont les manières horripilaient Blanche. La cinquantaine passée, svelte et élégant, la moustache épaisse qu'il tortillait tout en s'exprimant, le regard aiguisé comme une faux, les cheveux déjà grisonnants et l'allure décidée, Marceau affichait la suffisance de certains patrons qui s'étaient imposés dans la capitale. Il portait le ruban rouge de la Légion d'honneur à la boutonnière de son complet, obtenue à l'automne précédent en récompense du travail qu'il accomplissait depuis vingt ans à la chambre syndicale de l'hôtellerie parisienne dont il était le secrétaire général. Il avait félicité Mathilde dès que Gontran avait révélé la commande du sénateur Raynaldy pour le président Lebrun. Il l'avait appelée à nouveau après la parution des articles de *L'Aurore* et du *Petit Parisien*. Ses compliments l'indifféraient. Cependant, même si elle n'appréciait guère le personnage, elle préférait le ménager : il avait de l'influence parmi les Aveyronnais de la capitale et les professionnels de la limonade.

– C'est ton intérêt ! soulignait Élodie. Il ne renâclera jamais à te soutenir dans les moments difficiles…

Maintenant, d'humeur hâbleuse comme à l'habitude, Marceau Pouget exposait les mérites de Mathilde à des propriétaires de brasseries et de restaurants des boulevards tout en remplissant les coupes de champagne. La jeune coutelière, gracieuse dans une toilette de couleur fuchsia, mesurait l'importance du moment ; elle n'ignorait pas que les limonadiers avaient plaisir à acheter de beaux couteaux au manche en ivoire, des services de table et à découper. Non seulement le laguiole leur rappelait les pâturages et les troupeaux de la Montagne mais il permettait également à travers des pièces de prestige d'affirmer leur position sociale les jours où ils recevaient. C'était une chance pour elle. Hélas ! Ils en possédaient souvent dans leurs appartements parisiens et dans leurs maisons de famille ; il revenait à Mathilde de les convaincre que ses laguioles méritaient leur réputation. Elle était disposée à leur expliquer, devant l'enclume et les polissoirs de son atelier, comment les Chauchard fabriquaient les couteaux d'une manière artisanale depuis quatre générations. D'aucuns promirent de consacrer une matinée à découvrir sa fabrique avant de regagner la capitale. Un restaurateur des Champs-Elysées suggéra qu'elle présente ses modèles dans les beaux quartiers.

– N'attendez pas ! Sinon on vous oubliera…

– Marceau vous accueillera ! poursuivit aussitôt un hôtelier du boulevard Saint-Michel, dont les rondeurs tendaient les coutures de son costume. Il vous estime tellement que votre nom revient toujours dans ses conversations…

Mathilde se contenta de sourire devant ses révélations qui ne l'étonnaient guère.

Entre-temps, Marceau avait disparu pour rejoindre des invités près du buffet mais cette initiative l'enflamma lorsqu'il retrouva les limonadiers une heure plus tard :

– Organiser une exposition autour des laguioles de la maison Chauchard ? Évidemment !

Puis à l'attention de la jeune femme :

– C'est comme si tu étais de la famille…

Elle ne dévoila ses projets à Blanche que le lendemain après le déjeuner. La quiétude avait envahi à nouveau la maison tandis que l'effervescence des journées précédentes n'était plus qu'un souvenir. Les mariés s'étaient installés à Pomiès en attendant de prendre la direction de Monaco où ils séjourneraient pendant une semaine en amoureux. Sous les ombrages du chèvrefeuille, les deux femmes échangèrent quelques impressions à propos des moments émouvants du mariage, des chapeaux et des toilettes qu'elles avaient remarqués, de l'ambiance de la soirée dansante, de la réception de Constance et de Marceau.

– Ils recevront d'une manière aussi sympathique les amateurs de laguioles à l'hôtel des Princes ! affirma Mathilde.

Interloquée, Blanche la regarda.

– Tu y présenterais tes couteaux ?

Elle confirma ses intentions avant de reprendre à son compte les arguments des limonadiers.

– Ils ont peut-être raison, concéda Blanche après réflexion. Tu inviterais les lecteurs du *Petit Parisien* et de l'*Aurore* qui t'ont écrit, les cinq cents adhérents de La Laguiolaise et nos détaillants que nous avons négligés depuis quelques années…

En multipliant les annonces dans les journaux amicalistes de la capitale, Mathilde caressait également l'espoir d'y intéresser les communautés aveyronnaise, cantalienne et lozérienne ; elle était persuadée par avance que cette exposition les passionnerait en associant les modèles classiques qui étaient toujours demandés, les créations sur lesquelles elle apposerait désormais la griffe de Mademoiselle Laguiole et les plus belles œuvres de la famille.

– Elle marquera pour longtemps ! Jusqu'à présent, personne n'avait jamais proposé de rétrospective.

Puisque les journalistes nous découvrent, c'est le moment de mettre en avant le laguiole, son héritage, ses symboles, son élégance…

Blanche était consciente que cette initiative conforterait à point nommé la réputation de leur coutellerie même si le parrainage de Marceau ne la séduisait guère.

– Si nous le refusons, nous ne pourrons pas organiser une manifestation à Paris ! estima Mathilde. Nous avons besoin de ses relations : il fréquente des députés, des sénateurs, des fonctionnaires, des journalistes, des hommes d'affaires et des hôteliers. Devant nos laguioles, il entraînera des épouses de banquiers et d'industriels…

Blanche en convenait ; elle surmonta ses réticences sans trop de difficultés. Ce qui encouragea la jeune femme à téléphoner à Marceau dès le lendemain. Le temps pressait désormais. Elle le retrouva à Pomiès deux jours plus tard, au cours d'un après-midi brumeux. Il avait troqué le costume contre une chemise rêche, un pantalon de travail et un chapeau de feutre avant de rejoindre les pâturages puis marquer les bêtes qu'il emmènerait au marché du 23 septembre, à Laguiole, en compagnie de son régisseur.

– La sécheresse persiste depuis des semaines ! soupira-t-il. C'est le moment de « décharger » les montagnes avant que les *bourruts** ne perdent trop de poids…

---

* Veaux de l'année de 8 à 10 mois qui ont passé l'été sur les montagnes et qui ont mis le poil long.

Ses préoccupations à propos de la baisse du cours du bétail et de la faiblesse des réserves de fourrage pour l'hiver n'avaient nullement entamé son enthousiasme. Il était toujours déterminé à la soutenir pour cette première exposition.

– Exposition ! souligna-t-il.

Il détestait le terme de « déballage » que Mathilde ne cessait d'employer dans les conversations, à l'image des directeurs des manufactures renommées de Nogent et de Thiers pour désigner une présentation de couteaux.

– Réservons les déballages aux quincailliers ambulants et à la pacotille des marchés !

Ils s'installèrent dans la salle à manger du domaine et Marceau apporta en l'espace d'une heure une réponse précise à chacune de ses questions. En habitué des réceptions, il s'était appliqué à organiser les cinq journées dans leurs moindres détails depuis le nombre d'invitations à envoyer et la soirée d'inauguration jusqu'à l'éclairage de la bibliothèque qui accueillerait les laguioles. Elle était d'autant plus confuse qu'il prévoyait de prendre à sa charge le buffet de la journée d'ouverture mais également les annonces publicitaires dans les journaux parisiens tandis qu'elle n'aurait pas un centime à débourser pour la location des salons.

– Comment vous remercier ? Je pourrais tout de même…

Marceau l'arrêta d'un geste :

– Depuis quelques années, les affaires sont difficiles… Surtout lorsqu'on débute ! Nous aimerions que tu réussisses…

Inespéré ! Elle manqua l'embrasser. Sa générosité dépassait tellement ses espérances qu'elle l'intriguait. Mathilde avait pensé qu'elle bénéficierait de conditions particulières pour exposer ses modèles dans les beaux quartiers parisiens mais elle n'avait pas imaginé qu'il allégerait autant ses dépenses. Certes les relations nouvelles qui s'étaient instaurées entre les deux familles pouvaient expliquer son comportement mais la jeune femme demeurait perplexe quant à ses intentions. Marceau était-il aussi désintéressé qu'il l'affirmait ? Ou cherchait-il à occuper une place privilégiée pour l'avenir ? C'était un homme d'affaires redoutable dont les ambitions l'amenaient à redoubler de prudence. « Il entrevoit des possibilités de développement pour notre coutellerie dans les prochaines années et il voudrait y participer ! songea-t-elle lorsqu'elle retourna à Laguiole. Il aimerait sûrement devenir notre associé… »

Blanche partageait son opinion à propos de Marceau ; elle le trouvait trop empressé.

– Ne te laisse pas éblouir !

Décidée à résister, Mathilde la rassura.

– Je ne voudrais pas perdre ma liberté…

Elles rédigèrent ensemble le texte de l'invitation aux journées parisiennes des 8-12 novembre, que Mathilde emporta chez un imprimeur d'Espalion qui s'engagea à remettre les bristols avant quatre jours. Sans attendre leur livraison, elle entreprit de rédiger près de mille cinq cents adresses. À cette tâche fastidieuse, elle consacra ses soirées mais Blanche la seconda de son mieux tandis que Charlette proposa, dès la réception des cartes, de cacheter des enveloppes après son service, découvrant bientôt l'ingratitude des travaux de secrétariat.

– Je préfère mes fourneaux !

Dans le même temps, grâce à la diligence de ses ouvriers qui ne rechignèrent pas à prolonger leurs journées, Mathilde fabriqua un assortiment de laguioles à l'abeille forgée et stylisée dont les pleins manches étaient façonnés dans l'ivoire, l'ébène et la corne blonde. Ils composeraient dorénavant une gamme de couteaux qu'elle prévoyait d'estampiller « Mademoiselle Laguiole » pour les démarquer des modèles classiques.

– Les femmes les adopteront ! expliqua-t-elle à Baptiste qui demeurait sceptique. Rapidement…

– Qui peut te l'assurer ? rétorqua-t-il en plissant le front pour la ramener à la raison. Le laguiole est un couteau ! Malgré ton talent, tu ne le transformeras pas en broche ou en collier.

– La société a changé ! Les femmes fument aujourd'hui ; elles disputent des tournois de tennis ; elles conduisent des avions et des voitures… Cette Parisienne…

– Mme Deffontaines ?

– Élisabeth Deffontaines souhaite commander douze de mes nouveaux laguioles pour ses cadeaux de Noël…

– Comment y arriverons-nous ?

Plongée dans l'effervescence de la préparation de son séjour parisien, elle ne songeait plus aux difficultés qui s'accumuleraient dans les prochaines semaines.

– Nous travaillerons une heure de plus dans la journée et je te promets que les ouvriers n'y perdront pas…

– Ils ne produisent pas des couteaux à la chaîne comme des machines. Nous ne rattraperons jamais le retard !

– J'y passerai mes dimanches après-midi…

– Pour gâcher les ressorts et l'ivoire ? Pour tomber malade et nous mettre dans la panade ? Ne raconte pas de bêtises !

– Je pourrais engager un ouvrier de plus mais…

– Tu le cherches encore !

– C'est un excellent coutelier dont nous avons besoin…

– Je connais quelqu'un…

La situation de la maison préoccupait Baptiste depuis que les commandes s'étaient accumulées. Il avait essayé de trouver, en toute discrétion, « l'excellent coutelier » qui permettrait d'assumer les expéditions à temps.

– Mais tu n'accepteras jamais de l'embaucher…

La pénombre enveloppait le bâtiment. Après le départ des employés, ils s'étaient réfugiés près de la forge dont les braises rougeoyaient encore.

– Pourquoi ?

– Il travaille chez Falguière…

– Octave Chambert.

Baptiste confirma puis il ralluma son mégot.

– C'est pourtant l'homme qu'il nous faudrait ! soupira-t-elle.

Elle avait souvent admiré ses couteaux chez des cousins des Chauchard à Curières ; il maîtrisait bien la technique de la forge et il travaillait correctement l'ivoire.

– Seulement…

Elle hésitait à exprimer ses réticences qu'il avait devinées. Il la regarda fixement puis il poursuivit à sa place :

– Comme ton père, avant la guerre, tu penses qu'il n'est pas honnête de débaucher…

– Et de provoquer inutilement !

Mathilde redoutait qu'en réaction, Edmond Falguière déboule à la coutellerie pour exploser de colère avant de les menacer de l'une de ses armes de chasse.

– Tu ne débaucheras pas Octave ! Depuis des mois, il attend l'occasion de fausser compagnie à son patron…

Le lendemain, à la brune, Mathilde le recevait en présence du contremaître. La quarantaine passée, les cheveux en bataille, les pommettes couperosées, Octave avait de la poigne.

– C'est la débandade chez Falguière ! résuma-t-il.

Edmond Falguière employait encore trois ouvriers mais ils ne fabriquaient plus de couteaux de Laguiole que fournissait depuis le printemps précédent une entreprise thiernoise.

– Elle nous expédie la même camelote qu'elle refourgue aux marchands auvergnats sous une marque différente…

Ses révélations n'étonnèrent guère la jeune femme. Au cours de la saison estivale, de plus en plus d'amateurs ramenaient ses modèles à Blanche.

– De la pacotille ! ronchonna Baptiste qui renâclait parfois à les démonter pour changer une lame ou un ressort.

En juillet et en août, Octave assemblait toutefois des laguioles dans l'arrière-boutique pour répondre à la curiosité des acheteurs qui souhaitaient découvrir les opérations de montage.

– C'est du folklore ! Le patron nous prend pour des clowns… Nous amusons la galerie en affûtant ou en ajustant…

– Les beaux couteaux ? demanda Mathilde.

Il n'en produisait que d'une manière occasionnelle.

– La clientèle s'effiloche ; elle a de moins en moins confiance… Les laguioles d'usine ont bousillé la réputation des Falguière…

Depuis que leur patron déballait ses caisses sur des foires de la vallée de l'Aveyron et du Ségala, les ouvriers passaient leurs journées à réparer des couteaux, des sécateurs et des ciseaux à découper qu'il rapportait en quantité ; ils étamaient des couverts, rafistolaient de la vaisselle, des casseroles et des chaudrons que des ambulants avaient déjà rapiécés.

– Falguière sabote notre métier !

Son comportement et ses indélicatesses le dégoûtaient mais Octave s'était résigné à accomplir les tâches qu'il leur imposait ; il n'avait pas trouvé mieux malgré ses recherches. La famille Malet n'embauchait pas dans sa fabrique d'encaustiques, de cierges et de bougies tandis que les métiers de berger dans les fermes du Causse, de buronnier dans les montagnes et de charbonnier à la Bastille ne l'attiraient pas. À Baptiste qu'il rencontrait souvent aux comptoirs des auberges le dimanche, il avait avoué qu'il aimerait travailler pour les Chauchard.

– Je peux commencer demain !

Mathilde tempéra son empressement à rejoindre la fabrique ; elle comptait s'accorder le temps d'y réfléchir avant de l'engager. Baptiste ne partageait pas ses scrupules ; il la bouscula après le départ d'Octave :

– Pourquoi te torturer l'esprit ? Et ménager Falguière qui ne le mérite pas ? C'est un camelot !

Elle avait l'intention d'en informer ses parents et d'analyser les conséquences de sa décision mais il s'obstina :

– Il n'y a pas une journée à perdre !

Comme elle le pensait, Blanche s'opposa à son recrutement.

– C'est une provocation. Nos relations sont déjà difficiles…

– Tu préfères décevoir notre clientèle ?

– Décharge le personnel de quelques travaux.

– Pour constater des défauts au moment de la livraison et ne pas pouvoir les expédier ? Notre réputation en souffrirait…

Blanche était consciente de ces inconvénients mais la réaction imprévisible de leur concurrent l'inquiétait bien plus.

– Nous pourrions le regretter…

– J'en prends le risque !

La fermeté de Mathilde l'amena à s'incliner.

Quant à Clément, il l'écouta exposer la situation de la fabrique puis dénoncer les pratiques d'Edmond Falguière qu'il sanctionna par des grimaces. Il multiplia ensuite les pressions de ses doigts pour l'encourager à prendre cette décision. Elle ne décela aucune hésitation ni ambiguïté dans ses gestes. « Il reconnaît bien que l'intérêt de la maison passe avant tout ! » en déduisit-elle. Ce qui conforta sa détermination.

Dès le lendemain, au moment où Octave s'installait autour de la table familiale pour le déjeuner, Baptiste frappait à sa porte et transmettait la réponse de Mathilde. Le coutelier patienta jusqu'à l'heure de la fermeture avant de prévenir Edmond Falguière dont il redoutait les emportements comme ses compagnons d'atelier. Il déclencha aussitôt la colère de son patron.

– Un ouragan ! raconta-t-il, après son entrevue, à Mathilde qui s'affairait toujours à la coutellerie.

Il ne souhaitait pas retourner dans le quartier de La Violette où il habitait en compagnie de son épouse et de ses quatre enfants avant de l'avoir alertée du danger.

– Dépêchez-vous d'éteindre vos lampes et barricadez-vous dans votre maison jusqu'à demain !

Observant ses conseils, elle n'évoqua pas la menace devant ses parents mais Blanche constata qu'elle mangeait du bout des lèvres alors qu'elle dévorait après sa journée à l'atelier.

– Tu es malade ?

– Non ! Ce n'est rien. De la fatigue…

Les jambes flageolantes, le corps frissonnant, elle rejoignit sa chambre sans parcourir les journaux comme à l'habitude. La peur s'était emparée de Mathilde ! Jusqu'alors, la jeune femme n'avait jamais ressenti une pareille angoisse. Elle étouffait ; elle grelottait. « Il nous attaquera ! » était-elle convaincue. Pendant un moment, à travers les persiennes, elle observa l'esplanade et les abords de la maison qu'une lumière blanche éclairait comme en plein jour mais elle ne remarqua aucun mouvement suspect. Seulement le passage de quelques hommes qui s'étaient attardés à l'auberge du Foirail. Elle résista au sommeil jusqu'à une heure tardive puis elle s'endormit dans son fauteuil tout habillée.

Lorsqu'elle descendit pour prendre le petit-déjeuner, Blanche la gronda en remarquant ses cernes :

– Tu travailles trop ! Repose-toi !

– Nous fabriquons encore des modèles pour l'exposition…

Un moment plus tard, Mathilde disparaissait en direction de la coutellerie qu'elle entreprit d'inspecter pièce par pièce tandis que les ouvriers retrouvaient leur poste. Pas de carreaux cassés ni de désordre. Soulagée, elle n'avait pas l'intention pour autant de relâcher sa vigilance.

– Tu fermeras bien les portes ! recommanda-t-elle à Baptiste. Nous aurons de la visite…

La précaution n'était pas inutile. Une heure plus tard, Edmond Falguière essayait de fracturer les serrures et de s'introduire dans le bâtiment ; il s'acharna à crocheter la moins solide puis il pénétra dans la forge où Mathilde avait allumé le foyer pour marteler des crampons. Elle n'était pas la seule à l'accueillir !

Excepté Octave qui s'était enfermé dans une réserve en entendant le tapage, les sept hommes l'entouraient. Impressionné, Falguière s'arrêta au milieu de la forge et marqua un temps de silence. C'était un grand échalas, à la figure rougeaude et à la pomme d'Adam proéminente, dont la casquette écossaise était devenue légendaire dans la région. Comme elle le pressentait, il avait emporté une arme de chasse et des munitions.

Soudain, il l'arracha à ses réflexions pour l'invectiver :

– Racaille ! Ordure ! Salope ! Crapule ! Débaucher Octave ? Tu cherches à m'écraser parce que ma quincaillerie te dérange…

Ses ricanements résonnèrent dans la forge.

– Frimeuse ! Tu pourras toujours critiquer ma camelote mais tu n'arriveras jamais à me torpiller…

Les poings enfoncés dans les poches de son pantalon et les mâchoires crispées, elle demeura impassible sous l'attaque. Ce qui le déconcerta. Pendant une accalmie, elle essaya de dissiper les malentendus mais il s'emporta à nouveau :

– Tu me prends pour un imbécile ?

Pour prouver qu'il ne plaisantait pas, il déchargea son arme. Ce qui détruisit une lampe dans une pluie de débris et un nuage de poudre puis le carreau d'une fenêtre. C'était le moment que les hommes guettaient. Ils le ceinturèrent aussitôt, avant qu'il prenne de nouvelles cartouches dans une poche de la veste. Comme il s'accrochait à la crosse de son fusil, Baptiste lui tordit le bras droit à la manière des laveuses qui essorent les draps avant de les étendre. Edmond Falguière poussa des hurlements de douleur tandis que Baptiste l'abandonnait entre les mains d'Emilien qui confisqua son arme. Il déversa aussitôt un chapelet d'injures :

– Fumiers ! Ordures ! Bandits !

Puis à l'adresse de la jeune femme :

– Tu le regretteras, petite ! Et tu me retrouveras en travers de ton chemin… Je ne te laisserai pas tranquille une journée. Jusqu'à la faillite de ta baraque !

En réponse, Baptiste s'empressa de le prévenir :

– Si tu touches à un cheveu de Mathilde, je te promets que tu t'en mordras les doigts !

5

Laguiole apprécia diversement le « débauchage » d'Octave. Des correspondants anonymes accusèrent Mathilde d'entretenir la discorde entre les habitants, de multiplier les manœuvres pour couler la concurrence et s'adjuger une position dominante dans le commerce des couteaux ; ils l'accablèrent de lettres obscènes et injurieuses qu'elle détruisait dans le poêle de la fabrique après la distribution du courrier pour que Blanche ne les découvre pas. Certains s'efforcèrent de l'humilier en déchargeant une montagne de branchages devant la boutique à l'occasion du marché annuel aux chevaux du 24 octobre, à l'heure où les éleveurs attachaient leurs poulains aux chaînes de l'esplanade. Dès la pointe du jour, elle entreprit d'en dégager les abords sous les moqueries et les regards gouailleurs des badauds.

– C'est sûrement une plaisanterie de Falguière ! gronda-t-elle, ruisselante de transpiration malgré la fraîcheur matinale, lorsque le personnel la rejoignit.

Baptiste n'en doutait pas :

– Je t'avais prévenue !

Après son expédition manquée, elle s'était imaginée que les menaces dissuaderaient Edmond Falguière de s'acharner mais le contremaître s'était chargé de dissiper ses illusions.

– Des remords ? Foutaises ! Falguière est un homme coriace. Il ne te lâchera jamais ; il prendra même du plaisir à te surprendre au moment où tu t'y attendras le moins…

L'exhortant à la prudence, il l'avait persuadée d'accepter deux chiens de garde qui cherchaient un nouveau maître. Élevés dans un domaine du Carladès, hauts sur pattes et musclés, les dents acérées et le pelage noirâtre, ils l'avaient effrayée le matin où leur propriétaire les avait descendus de sa camionnette. C'était le 12 octobre, une semaine seulement après le recrutement d'Octave. Leurs babines retroussées dégoulinaient d'écume, révélant des mâchoires de carnassiers.

– Vous croyez que je pourrai les attacher et les détacher sans qu'ils me mordent ? s'était-elle inquiétée.

– Ils s'habitueront rapidement ! avait affirmé leur ancien maître. Dans quelques jours, vous les lâcherez à la tombée de la nuit…

Baptiste avait clôturé une partie du jardin pour les parquer et y avait construit une cabane pour les abriter.

– Ils arracheront les mollets de Falguière s'il s'aventure jusqu'à la coutellerie !

Depuis, il s'occupait des molosses en compagnie de la jeune femme et Blanche les admirait tous deux de les approcher aussi facilement. Cette présence la rassurait d'autant plus que Mathilde prévoyait que la femelle passerait prochainement ses nuits dans la boutique et que son compagnon s'installerait à l'atelier après la journée des ouvriers. Elle s'en réjouissait. « Ils nous protégeront également des maraudeurs ! » pensait-elle. En effet, leur arrivée à Laguiole nourrissait les conversations. D'aucuns affirmaient que les Chauchard s'étaient procurés des loups de Sibérie dans une ménagerie parisienne…

Malgré la frayeur qu'elle avait éprouvée le matin de l'incursion de Falguière à la coutellerie et qui l'avait dressée contre Mathilde pendant quelques jours, Blanche avait surmonté ses réticences à propos de l'embauche d'Octave. Plus de remontrances. Plus de bouderies. Plus de silences prolongés à table. Elle reconnaissait maintenant que les circonstances justifiaient cette décision et que le coutelier avait sa place dans leur maison. Il s'était adapté aux exigences du contremaître tandis que ses nouveaux camarades l'avaient soutenu dès le premier matin. « Mathilde a l'étoffe d'une patronne ! songeait-elle désormais. Prendre autant de risques en provoquant Edmond Falguière ? J'y aurais renoncé. Même dans mes années de jeunesse… Il est certain qu'elle a plus d'audace… Plus de passion. Plus d'intuitions. Elle a surtout des talents que je n'aurai jamais… »

Les tensions retombèrent. Dans une sérénité retrouvée mais toujours précaire, Mathilde acheva les modèles qu'elle souhaitait exposer sous la marque « Mademoiselle Laguiole ». Présentés dans des coffrets de hêtre dont elle avait tapissé l'intérieur d'une étoffe rouge, ils attirèrent l'attention de Marceau qui les découvrit le 2 novembre dans l'arrière-boutique où elle avait rassemblé les couteaux que les Parisiens admireraient, la semaine suivante. Comme il regagnait la capitale après trois semaines passées au domaine de Pomiès, il s'était proposé de les transporter à bord de sa Delage puis de les ramener dans l'Aveyron aux environs du 25 novembre ; il envisageait de retourner à Laguiole à l'occasion du marché aux *bourruts* de la Sainte-Catherine. Il examina chaque laguiole sous la lampe avant de la féliciter.

– C'est original, moderne et distingué ! Des petits bijoux. Les Parisiennes se les arracheront…

– J'espère bien ! Sinon je peux débaucher…

Maintenant qu'elle avait engagé un huitième coutelier, la jeune femme avait l'obligation de compléter sa clientèle.

– Ne te tourmente pas : tu y parviendras ! l'assura Élodie dès la réception des mallettes.

Elle téléphonait souvent depuis son mariage et Mathilde était soulagée de constater que sa sœur était heureuse. Ses courriers exprimaient son bonheur de partager le quotidien de Gontran et d'aménager l'appartement où ils s'étaient installés en octobre dans le quartier de Saint-Sulpice, de découvrir les coulisses de l'hôtellerie et les plaisirs parisiens. Ils regorgeaient également de propositions séduisantes pour meubler les moments de liberté dont Mathilde disposerait pendant sa semaine. Élodie prévoyait de l'entraîner dans les théâtres, les coutelleries, les boutiques de confection et les grands magasins, à Montparnasse, en bordure de la Seine. « J'aimerais bien t'emmener dans des cabarets que Gontran m'a fait découvrir pour y applaudir des musiciens américains mais le temps nous manquera ! avait-elle souligné. Ils t'étonneraient par leurs rythmes qui sont tellement différents des chansonnettes qu'on entend à la TSF ! Mais tu pourras apprécier un orchestre de Louisiane que Gontran a engagé pour un mois au Club des Princes… Il règne toujours une folle ambiance dans le sous-sol de l'hôtel ! Grâce à Gontran, le Club des Princes est devenu à la mode. On y chante ; on y interprète du classique et des ragtimes ; on y tombe amoureux ; on s'y dispute et on s'y réconcilie ; on s'y trémousse dans une lumière bleutée ! C'est renversant lorsqu'on débarque, comme nous, de Laguiole où on ne connaît que la bourrée… » Mathilde en avait la conviction mais elle s'attendait à d'autres surprises encore.

Le 6 novembre, alors que la brume noyait le bourg, Baptiste la conduisit à Rodez ; elle avait décidé d'emprunter l'express de 9 heures qui la déposerait dans la capitale à l'approche de minuit après quatorze heures de voyage et trois changements. Elle ne s'était pas absentée de Laguiole plus d'une journée depuis son apprentissage en Haute-Marne et elle redoutait de s'éloigner de l'Aveyron pendant une semaine.

– Tout se passera bien ! n'avait cessé de répéter Blanche en l'embrassant.

Si la nécessité l'imposait pour Clément, elle pouvait déranger à n'importe quelle heure le pharmacien

Philippe Delagnes et son épouse qui habitaient à deux cents mètres de la coutellerie ; ils l'avaient toujours entourée dans les moments difficiles. Quant au contremaître, il la seconderait dans la direction de la fabrique.

– Comme après l'accident de ton père ! avait-elle rappelé au moment de recevoir ses consignes.

Baptiste avait proposé de passer ses nuits dans la maison et de surveiller les ateliers.

Tandis que la Renault lambinait derrière une camionnette dans la montée des Quatre-Routes, après la traversée d'Espalion, il le confirma encore à Mathilde :

– Ne t'inquiète pas ! Personne ne touchera à la coutellerie, ni à la boutique, ni à ta famille… Ou je me fâcherai !

Il s'attacha à la convaincre de séjourner huit jours de plus chez Élodie et Gontran même si elle avait annoncé qu'elle retournerait dans l'Aveyron dès le 14 novembre.

– Nous nous débrouillerons à la fabrique ! Il est grand temps que tu prennes des vacances et que tu profites de tes années de jeunesse ! Comme ta sœur…

Elle se contenta de sourire.

Devinant ses scrupules, il insista :

– Tu le mérites ! Tu travailles aussi durement qu'un homme et les camarades t'admirent…

– Une patronne…

– Ne pense pas seulement à tes couteaux ! Ton bonheur est aussi important…

Les joues cramoisies, Mathilde ne répondit pas. Elle détourna le regard pendant qu'il changeait de conversation, persuadé qu'il avait touché un point sensible.

Il transporta ses bagages jusque dans le compartiment avant de l'embrasser.

– Reviens-nous en pleine forme !

Un moment plus tard, la locomotive s'éloignait de la marquise en direction de Saint-Christophe tandis qu'il retournait à Laguiole. Comme le brouillard enveloppait les abords de Rodez, la jeune femme s'absorba dans la lecture des quotidiens parisiens qu'elle s'était procurés au kiosque à journaux de la gare après avoir acheté son billet. Pendant que la machine musardait à travers les vignes du Vallon, elle constata que *L'Aurore* et *Le Petit Parisien* mentionnaient son exposition parmi les animations marquantes dans la capitale. Soudain, elle retrouva son enthousiasme malgré la nervosité qui s'ajoutait à la fatigue. Les journalistes qu'elle avait accueillis à Laguiole ne l'avaient pas oubliée. « Quelle fidélité ! » pensa-t-elle. Sans illusion, elle leur avait adressé une invitation à ses journées parisiennes ; elle était certaine, par avance, qu'ils ne pourraient l'honorer. « Un chroniqueur politique passe son temps à la Chambre des députés, dans les ministères, à la présidence du Conseil et à l'Élysée ! imaginait-elle. C'est plus important que le déballage d'une modeste coutelière… » Ce que démentaient leurs réactions. Désormais, elle n'excluait plus qu'ils assistent à la réception du 8 novembre chez les Pouget ; elle caressait même l'espoir qu'ils consacreraient un entrefilet à ses créations récentes. Ce qui assurerait le lancement de ses nouveaux laguioles…

Quelle journée interminable ! L'express s'arrêta souvent pour prendre des passagers ou les déposer, renouveler sa provision de charbon et d'eau. Le parcours se révéla d'autant plus pénible pour la jeune femme que les banquettes manquaient de confort, que la température demeurait fraîche dans les voitures et que les passagers étaient bruyants. Toutefois, elle s'assoupit après leur passage à Châteauroux. Fourbue ! Un contrôleur la réveilla sans le moindre ménagement lorsqu'ils quittèrent Masséna. Le temps de rassembler ses bagages et la locomotive arrivait à Austerlitz. Comment parvenir à distinguer Élodie au milieu des hommes et des femmes qui s'étaient massés le long du quai ? Hissée sur la pointe des pieds, balayant du regard le bâtiment à la charpente métallique qui résonnait du vacarme des machines, de coups de sifflets et d'appels au porte-voix, Mathilde la chercha pendant un moment. Réfugiée à proximité des chariots chargés de paquets que des employés de la Compagnie s'apprêtaient à emporter, bousculée par des voyageurs pressés, repérée par un homme qui proposait de l'accompagner en voiture jusqu'à son hôtel, elle entendit soudain son prénom puis elle remarqua un foulard d'une couleur éclatante que brandissait une main nerveuse pour attirer l'attention. C'était sa sœur. L'instant d'après, elles s'embrassaient pendant que Gontran les rejoignait. Coquette dans son manteau de fourrure, Élodie rayonnait.

– Le mariage te réussit ! chuchota Mathilde.

Elle l'observa à la lumière d'un lampadaire puis murmura :

– Quelle beauté !

Gontran le confirma avant d'embrasser son épouse. Grand et mince comme son père, le front déjà dégarni à vingt-six ans, toujours courtois et élégant au point d'arborer un œillet à sa boutonnière, il était moins calculateur. Il ressemblait plus à sa mère, Constance, dont Mathilde avait remarqué la discrétion.

Heureuses de se retrouver, les deux sœurs commencèrent à échanger des nouvelles de la famille mais il les interrompit :

– Il est déjà tard…

Empoignant les bagages, il entraîna les deux jeunes femmes en direction du boulevard de l'Hôpital où les attendait la Panhard qu'il avait achetée récemment. Un moment plus tard, après avoir traversé des quartiers qui grouillaient encore de monde, Mathilde découvrit l'appartement que la famille Pouget possédait dans un immeuble de la place Saint-Sulpice ; il était aussi douillet et aussi spacieux qu'elle l'imaginait d'après les courriers d'Élodie. Depuis des semaines, ils s'étaient efforcés de l'aménager d'une manière harmonieuse. Les résultats soulevaient son admiration tandis qu'il y régnait une atmosphère rassurante.

Les noctambules de Saint-Germain ne l'empêchèrent pas de dormir. Elle était à peine couchée qu'elle tomba dans un profond sommeil. Le lendemain, elle sursauta lorsque l'horloge de la salle à manger égrena onze coups.

– Il est déjà 11 heures ?

Même les dimanches de tempête, elle n'avait jamais paressé jusqu'à une heure aussi tardive. Elle reprocha à Élodie de ne pas l'avoir réveillée avant que Gontran rejoigne la place de l'Odéon.

– Il m'aurait emmenée jusqu'à l'hôtel…

– Pourquoi te précipiter ? Prends le temps de te reposer ! Tu travailles tellement depuis des mois…

Elle disposerait de l'après-midi pour déballer ses couteaux et les installer dans des présentoirs que ses trois détaillants avaient déposés la veille à la réception des Princes, comme ils l'avaient promis, tandis qu'Élodie avait prévu de l'aider.

– À deux, nous devrions terminer avant le dîner…

– Tu n'assures pas ton service aujourd'hui ?

– Mes beaux-parents ont décidé de m'en décharger pendant une semaine !

Ils souhaitaient qu'elle seconde sa sœur pour la mise en place de l'exposition mais également pour accueillir les visiteurs et répondre à leurs questions dans la bibliothèque des Princes pendant les journées d'ouverture.

Elles évoquèrent ensuite la situation financière de la fabrique, les projets de Mathilde, le recrutement d'Octave et les réactions à Laguiole, la santé précaire de leur père qui ressentait l'absence d'Élodie depuis son mariage, les préoccupations de leur mère et ses nouvelles charges à la boutique.

– Tu nous manques ! concéda Mathilde. On ne t'entend plus fredonner des chansons… Les soirées deviennent monotones… Le dimanche, avant le déjeuner, tu ne frappes plus à la porte de ma chambre pour essayer tes toilettes…

Elle espérait qu'elle n'attendrait pas jusqu'au mois d'août pour embrasser ses parents. Surtout son père.

– Certains jours, il te cherche partout dans la maison ; il guette la sonnerie du téléphone en répétant ton prénom puis il regarde longuement les photos de ton mariage…

Élodie avait l'intention de retourner à Laguiole au printemps, à l'occasion d'un déplacement de Marceau dans l'Aveyron ; il avait l'habitude de séjourner à Pomiès au moment de Pâques.

– Il m'accordera bien une semaine !

Elle l'assura encore de son soutien dans ses décisions pour la direction des affaires familiales.

– Quoi qu'il advienne !

Elles déjeunèrent dans un restaurant de la place Saint-Sulpice avant de retrouver Gontran à l'hôtel des Princes. En cette journée ensoleillée, les amoureux peuplaient les squares tandis que des mères de famille promenaient leurs enfants. Mathilde résista à la tentation de s'aventurer dans les allées du Luxembourg dont les ombrages, les statues et les bassins l'attiraient.

– J'y aurais bien passé une heure !

– Et même l'après-midi.

– Certainement ! Je commence à étouffer sans mes chemins, mes montagnes et mes bosquets…

Bientôt, elles distinguèrent le théâtre de l'Odéon et l'hôtel des Princes qui occupait un immeuble de cinq étages, construit au XIXe siècle en pierre de taille, dont Mathilde remarqua les balcons ouvragés et le baldaquin bordeaux de l'entrée.

– Le navire amiral de la famille Pouget ! plaisanta Élodie avant de la précéder à la réception.

Gontran les y attendait dans son costume sombre, détaillant à des Suisses les heures d'ouverture du château et des jardins de Versailles. Elles en profitèrent pour disparaître aussitôt.

– C'est le meilleur moment de l'après-midi pour explorer tous les recoins ! expliqua Élodie en l'entraînant à travers les corridors. À cette heure, la maison est souvent déserte…

Elles visitèrent des chambres, la lingerie, l'office, les sous-sols et les salons. Mathilde reconnut que la réputation de l'hôtel n'était pas usurpée. Son confort, son escalier monumental aux marches de marbre, ses boiseries, ses meubles anciens, ses tableaux et ses tapisseries, son ascenseur, une TSF branchée dans chaque pièce, les tomettes dans les salles de bains pouvaient satisfaire une clientèle exigeante. La bibliothèque, destinée à recevoir son exposition, ne manqua pas de la séduire. Promenant son regard de la voûte de pierre au dallage terre de Sienne, des lampes en albâtre au mobilier en merisier et aux rayonnages où s'alignaient des centaines d'ouvrages, la jeune femme éprouva la conviction qu'elle ne pourrait jamais obtenir mieux.

– C'est exceptionnel pour une modeste coutellerie. Peut-être même prétentieux…

– Prétentieux ? Pourquoi ?

– Nous avons tellement à prouver…

– Tu travailles aussi bien que les Meilleurs Ouvriers de France. Les journalistes l'affirment ; le sénateur Raynaldy le reconnaît et il le répétera sûrement pendant la soirée d'inauguration à laquelle il nous a promis d'assister…

Rassurée, Mathilde enleva son manteau et son chapeau puis elle essaya d'imaginer la meilleure disposition possible pour les armoires vitrées et les guéridons que Gontran avait empruntés à deux antiquaires du boulevard Saint-Germain. Elles consacrèrent leur après-midi à déballer les mallettes, à déplacer les meubles, à recouvrir leurs étagères d'une étoffe de couleur bordeaux pour rehausser la blancheur des manches, à contrôler leurs éclairages puis à installer des modèles ordinaires sur les présentoirs. Elles s'affairaient encore à l'approche de 20 heures quand Gontran les retrouva après son service. Enthousiasmé, il les félicita pour leur présentation ingénieuse.

Le lendemain, à l'occasion de l'ouverture de l'exposition, trois cents personnes l'apprécièrent également, à la satisfaction de la jeune femme qui ne cessa de recevoir des encouragements tout au long de la soirée. Grâce à ses relations, Marceau Pouget était parvenu à rassembler autour de ses laguioles des personnalités aveyronnaises, lozériennes et cantaliennes qui comptaient parmi les plus influentes de la capitale. Des parlementaires, le directeur de l'administration pénitentiaire, un professeur de médecine, des fonctionnaires du ministère des Finances, un mathématicien, des officiers généraux s'attardèrent devant les collections de la famille Chauchard puis découvrirent les dernières créations de Mathilde. Comme ils n'avaient pas l'habitude de rencontrer une coutelière, ils l'assaillirent de questions à propos des origines du laguiole et de ses légendes, de la présence de l'abeille sur les ressorts, de la sculpture de l'ivoire et des techniques de fabrication artisanale. Leur succédèrent des présidents d'amicales, des limonadiers qui possédaient de prestigieux établissements sur les boulevards, les habitués des réceptions de l'hôtel des Princes, des amateurs de couteaux, des cousins de sa mère qu'elle ne connaissait pas. Jusqu'aux environs de minuit, la bibliothèque ne désemplit pas ! Souriante, détendue, Mathilde était ravissante dans une robe de soirée bleue qui la transformait. On remarqua son élégance mais également ses exigences, sa pugnacité, sa passion, ses talents. Quant à Eugène Raynaldy, il ne manqua pas de renouveler ses compliments en l'exhortant à nouveau à préparer le concours du Meilleur Ouvrier de France.

– N'attendez plus !

Comme elle le pressentait, les journalistes du *Petit Parisien* et de *L'Aurore* s'intéressèrent surtout aux modèles qu'elle destinait à la clientèle féminine. Conquis, tous deux avaient l'intention d'en dévoiler prochainement l'originalité à leurs lectrices.

– Pour les persuader qu'un laguiole pourrait figurer parmi leurs objets personnels !

Ils reconnurent toutefois qu'on ne modifiait pas facilement des habitudes.

– Même chez les Parisiennes.

– Je m'en doutais !

– Soyez patiente et obstinée ! N'hésitez pas à nous solliciter. Pour nous, c'est tellement plus agréable d'appuyer une initiative sympathique et courageuse que de répondre à des sollicitations ambiguës d'hommes politiques…

Beaucoup promirent qu'ils reviendraient avant dimanche pour examiner ses laguioles en toute tranquillité et en commander. Ou pour rencontrer plus longuement Mathilde.

– Sans bousculade ni personnalités ! souligna son admiratrice de Montparnasse, Élisabeth Deffontaines, qui l'avait approchée à trois reprises sans pouvoir engager de conversation et qui était pressée désormais de mieux la connaître.

Dès que le silence retomba dans la bibliothèque des Princes, la jeune femme s'effondra dans une bergère. Éreintée de fatigue mais heureuse.

– C'est un succès ! constata-t-elle. Grâce à vous…

Élodie l'avait soutenue, comme à l'ordinaire, mais la famille de Gontran n'avait pas ménagé ses efforts pour accueillir ses invités en respectant la tradition aveyronnaise. Au milieu de l'après-midi, avant de changer de toilette, elle avait découvert le buffet que le personnel avait dressé dans les deux salles attenantes au Club des Princes où les musiciens ne jouaient que quatre soirées par semaine. Comme dans les domaines de la région de Laguiole à l'occasion des banquets qui marquaient la fenaison et la moisson, les tables regorgeaient de victuailles. Dans l'Aveyron, auprès de leurs fournisseurs, les Pouget s'étaient procurés des charcuteries, des pâtisseries et un tonnelet de mansois de Bruéjouls tandis que Marceau avait emporté de Pomiès une fourme de Laguiole pour proposer le fromage que ses buronniers produisaient dans ses pâturages. Il n'imaginait pas célébrer le couteau de Laguiole sans y associer les produits du pays. Les Parisiens qui n'avaient aucune attache dans l'Aveyron ni dans le Massif central avaient apprécié son initiative. Jusqu'au mansois qu'ils avaient qualifié de « cathare » ! Ce qui amusait Élodie.

– Ils adopteront également tes laguioles ! prétendit-elle.

Mathilde l'espérait, débordant de confiance après les paroles encourageantes dont les amateurs de couteaux l'avaient gratifiée à propos de la singularité de sa démarche et de la qualité de ses modèles. Grâce à leurs acquisitions, elle avait la certitude qu'elle alimenterait l'activité de la fabrique jusqu'au printemps 1934. « Et nous conserverons Octave ! » en déduisait-elle.

Cependant, malgré l'affluence, elle n'enregistra que quelques commandes en l'espace de quatre jours : cinq services de table ; cinq services à découper ; sept laguioles aux manches sculptés ; neuf couteaux estampillés « Mademoiselle Laguiole » que des relations et des cousines d'Élisabeth Deffontaines avaient achetés.

– Sans elle…

Ses détaillants avaient essayé de la dissuader de poursuivre cette nouvelle collection :

– C'est trop moderne et fantaisiste !

– Respectez la tradition !

– Préservez-vous des modes ! Elles sont capricieuses. Vous y perdrez votre temps et votre argent…

Malgré leurs réactions négatives, elle n'avait pas l'intention de capituler encore. Mieux ! Elle était certaine de réussir grâce à des femmes passionnées comme Élisabeth Deffontaines.

– C'est ma meilleure ambassadrice ! annonça-t-elle à Gontran lorsqu'elle récapitula ses réservations le dimanche 12 novembre après la dernière journée d'ouverture.

Ce qui contribuait à atténuer ses désillusions. « Beaucoup de promesses dans l'euphorie de l'inauguration ! constatait-elle. Puis des défections. Ou des dérobades… Pourquoi ? » La récession économique l'expliquait certainement. Mathilde avait remarqué à l'occasion des vacances estivales des Parisiens que des familles bourgeoises restreignaient leurs dépenses.

– Même des limonadiers bien installés !

– Certains ont déboursé d'importantes sommes pour acheter des brasseries ou des restaurants ! souligna Gontran. Mais leurs recettes baissent ou stagnent…

– Je comprends mieux !

– Ils ne t'oublieront pas mais…

– Ils différeront leurs commandes.

– Ou ils y renonceront.

Mathilde s'en inquiétait. Elle observait néanmoins qu'elle avait accueilli également des fonctionnaires, des avocats, des notaires, des médecins, des dentistes.

– J'aimerais connaître leurs intentions…

Gontran qui ne souhaitait pas l'alarmer balaya ses craintes et il s'appliqua à la rassurer :

– Ils choisiront leurs modèles dans le courant de l'hiver. Ou ils s'arrêteront à Laguiole au mois d'août…

– Peut-être !

Sceptique, elle n'y comptait guère. Ce qui ne simplifiait pas la situation de la fabrique, fragilisée par ces incertitudes. Soucieuse d'honorer ses engagements envers le personnel, Mathilde avait à chercher désormais une nouvelle clientèle. Elle regrettait de ne pouvoir s'attacher les services d'un représentant pour proposer ses laguioles dans les coutelleries de la capitale mais également de Bordeaux, Toulouse, Montpellier et Marseille où on comptait des communautés aveyronnaises.

– C'est dommage ! déplora son beau-frère. Des maisons renommées exposeraient tes couteaux et tu obtiendrais la reconnaissance qui te manque aujourd'hui…

Mathilde partageait son opinion mais elle était consciente que sa trésorerie ne supporterait pas longtemps le recrutement d'un neuvième employé. En revanche, elle pouvait solliciter un représentant parisien en vaisselle de restaurant qui commercialiserait ses services auprès des limonadiers de la capitale et qui diffuserait ses laguioles dans les coutelleries des boulevards.

– Excellent et raisonnable ! s'exclama-t-il tout en éteignant les éclairages des armoires vitrées.

Gontran l'approuvait de ne prospecter que le marché parisien dans un premier temps.

– Sans prendre trop de risques.

– Tu me conseilleras avant de l'engager.

– Je connais quelqu'un qui accepterait peut-être…

– Un Aveyronnais ?

Il confirma avant de préciser que les parents de Pierre Charrié habitaient Bozouls.

– Bozouls ? Cet homme possède un laguiole dans

sa poche et il nous défendra mieux que quiconque ! prétendit-elle.

Il s'empressa de modérer son emballement ; il ignorait encore la réponse de Pierre Charrié qui représentait déjà d'une manière exclusive un faïencier d'Orchies, un porcelainier de Limoges, une manufacture de verres de La Rochelle, une fabrique de couverts et de couteaux de Thiers.

– Pourquoi refuserait-il ? rétorqua-t-elle. La solidarité a toujours fonctionné entre les Aveyronnais…

Gontran promit de l'appeler dans la matinée du lendemain au *Bonaparte* où il avait ses habitudes. Mathilde téléphona aussitôt à Blanche pour repousser son retour en Aveyron ; elle comptait le rencontrer dans la semaine, consciente de l'importance de son entrevue pour la fabrique.

6

Le lendemain, une surprise désagréable l'attendait lorsqu'elle rassembla les laguioles dans la bibliothèque. Il manquait un plein manche de 20 centimètres.

– C'était le premier que j'avais sculpté après mon retour de la Haute-Marne ! rappela-t-elle à Élodie. J'avais décoré l'ivoire d'un entrelacs de feuillages et j'y avais consacré toutes mes soirées à la lumière d'une lampe pendant trois semaines...

– Je m'en souviens ! Tu avais gravé tes initiales sur le ressort. À la boutique, il était toujours remarqué...

Rouge de colère, Mathilde tempêta après l'homme qui l'avait emporté sans scrupule pendant la dernière journée d'exposition pour le proposer à un amateur ou compléter sa collection.

– C'est peut-être une femme. Elle peut l'avoir dissimulé sous son manteau pendant un moment d'affluence...

– Tout est de ma faute !

Élodie s'était absentée à trois reprises dans l'après-midi ; elle le regrettait maintenant.

– Je ne m'imaginais pas que…

Mathilde l'arrêta dans l'instant

– C'était une œuvre de jeunesse ! Imparfaite.

Un moment plus tard, elle avait retrouvé son sang-froid quand Gontran les rejoignit. Il avait obtenu de Pierre Charrié qu'il puisse la rencontrer dans deux jours. Elle l'embrassa.

– Qu'est-ce que je te disais ? exultait-elle. J'en étais sûre !

L'après-midi puis le lendemain, elle songea souvent à leur entretien en contemplant les collections d'orfèvrerie d'Hermès au faubourg Saint-Honoré, en découvrant les poignards de chasse d'un Meilleur Ouvrier de France dans une coutellerie du boulevard de Sébastopol puis en descendant les escaliers de Montmartre pendant que les pigeons voletaient autour d'elle. Des questions l'assaillaient : apprécierait-il ses modèles pour femmes ? quelles conditions imposerait-il ? pourrait-il commencer ses prospections dans la première quinzaine de décembre ? Par avance, elle était impatiente de connaître les réponses…

La ponctualité comptait parmi les qualités de Pierre Charrié. À 19 heures précises, le 15 novembre, le réceptionniste de l'hôtel prévenait Gontran qu'il les attendait dans l'entrée. Jeune et bel homme, une silhouette élancée, élégant dans son costume bleu pétrole, des cheveux bruns et gominés, il avait le physique d'un chanteur de charme. Chez les limonadiers, on l'avait surnommé Sablon ! Il ressemblait étrangement à la révélation de la chanson de l'année précédente qui continuait à interpréter dans les salles parisiennes son premier succès, *Puisque vous partez en voyage*. L'humour en prime. C'était un homme joyeux qui fredonnait des chansons d'amour et des opérettes. Curieusement, il appréciait le jazz et les danses à la mode au point de fréquenter le Club des Princes mais il ne détestait pas tourner la bourrée dans les dancings de la Bastille où il retrouvait ses compatriotes de Bozouls. Dans son métier, il montrait de la rigueur ainsi que Mathilde le constata. À peine installé dans le bureau de Gontran, il demanda à examiner ses laguioles qu'il observa minutieusement avant de conclure :

– C'est de l'ouvrage soigné dans ses finitions et original dans ses créations. Je comprends pourquoi des journalistes parisiens s'y intéressent…

Il l'écouta ensuite exposer les difficultés qu'elle affrontait pour pénétrer le marché parisien, le comportement de ses détaillants, ses ambitions pour la coutellerie, la démarche qu'elle poursuivait à travers sa nouvelle collection pour séduire la clientèle féminine. Il ne l'interrompit pas une seule fois tandis que Gontran et Élodie guettaient ses réactions.

– J'aimerais travailler pour vous ! reconnut-il après un moment de réflexion. Pourtant, c'est impossible…

Il expliqua qu'il proposait déjà les couverts et les couteaux de la maison Guillaume aux patrons de brasseries et de restaurants. Il représentait cette entreprise auvergnate, en exclusivité, depuis le printemps 1925.

– Elle me reprocherait de manquer à ma parole…

– Fabrique-t-elle des laguioles ? rétorqua Mathilde.

– Non !

– Elle ne pourra pas vous accuser de rompre votre accord.

– Peut-être mais…

Il redoutait que leurs rapports ne se détériorent rapidement.

– Les temps sont de plus en plus difficiles et nous subissons les pressions des directeurs commerciaux… Ils nous téléphonent chaque mercredi ; ils comparent les commandes de semaine en semaine ; ils nous convoquent tous les deux mois. Si nos résultats sont insuffisants, ils menacent de diminuer notre commission…

Maintenant qu'il connaissait ses couteaux, il était convaincu par avance que des limonadiers aveyronnais, lozériens et cantaliens préféreraient ses services aux modèles de la maison Guillaume. En effet, beaucoup possédaient des attaches dans les contrées qui s'étendaient à 50 kilomètres autour de la croix des Trois-Évêques marquant les limites du Rouergue, du Gévaudan et de l'Auvergne. Principal « réservoir » de la limonade parisienne, c'était également le berceau du laguiole.

– En acceptant votre proposition, je placerai sûrement moins de couteaux pour la maison Guillaume.

– Qui pourrait vous enlever sa confiance !

Il ne répondit pas.

– Prospectez auprès des coutelleries ! enchaîna-t-elle.

Pierre Charrié ne connaissait que le monde de la limonade où il travaillait depuis son arrivée dans la capitale en 1920, commis dans une brasserie des grands boulevards puis représentant au lendemain de son service militaire. Il confessa sans manières qu'il mettrait du temps à s'introduire dans les coutelleries susceptibles de présenter ses laguioles.

– Pourtant, j'aimerais bien vous soutenir ! On devine tellement de promesses en vous…

Mathilde et Élodie s'efforcèrent de le convaincre de surmonter ses réticences. Sans succès.

À son tour, Gontran s'y essaya.

– Vous ne pouvez pas laisser Mathilde dans l'embarras ! Elle a besoin d'encouragements. Elle est jeune ; elle a du talent ; elle modernise l'image du laguiole mais en respectant l'héritage et en défendant l'authenticité. Songez à ses employés, à l'attente des amateurs de couteaux, à Laguiole, à l'Aveyron…

Ces arguments accentuèrent les hésitations de Pierre Charrié qui repoussa sa décision.

– J'y réfléchirai ! l'assura-t-il.

Pour Mathilde, c'était une première avancée.

– J'espère que nous pourrons nous entendre !

Elle n'en dormit pas de la nuit, partagée entre espoir et doute. Cette rencontre confirmait son pressentiment ; elle était plus que jamais persuadée qu'il était l'homme de la situation. « Il me paraît exigeant et honnête ! Grâce à son expérience et à ses relations, il me permettrait de développer la fabrique… »

Se manifesterait-il dans la journée ? Elle en avait la certitude comme son beau-frère.

– C'est un homme énergique ! affirma-t-il.

Pierre Charrié ne téléphona pas. Mais dès qu'il termina sa tournée, aux environs de 19 heures, il retourna chez les Pouget pour dévoiler sa réponse sous la forme d'une boutade :

– Personne ne résisterait à Mademoiselle Laguiole !

Il proposerait ses modèles à sa clientèle habituelle à partir du 1er décembre puis il démarcherait les coutelleries de la capitale au début de l'année 1934.

– L'exclusivité promise à Guillaume ? rétorqua-t-elle.

– L'Auvergnat supprimera la moitié de ma commission ; il me congédiera peut-être. J'en prends le risque.

– Vous y perdrez…

– J'y perdrai de l'argent ? l'interrompit-il. Quelle affaire ! Il y a plus important : la solidarité ! C'est heureux qu'elle existe encore dans l'Aveyron…

Ses propos la confortèrent. « C'est un homme attaché à des principes ! remarqua-t-elle. C'est de plus en plus inhabituel dans les affaires. Nous nous entendrons… »

Elle le remercia chaudement.

– Me remercier ? Patientez !

Conscient des difficultés, il ne comptait pas l'aveugler par des promesses qu'il ne pourrait honorer.

– N'attendez pas de commandes avant le mois de janvier…

Cette prudence l'amusa mais la jeune femme constata qu'elle correspondait bien à son caractère.

Gontran déboucha une bouteille de champagne. Ils scellèrent joyeusement leur accord.

– À la coutellerie Chauchard !

– Au laguiole !

– À Mathilde !

Tandis qu'ils trinquaient, elle songea à ses parents puis à ses couteliers, à sa fabrique et à ses laguioles.

Impatiente de les retrouver.

L'humeur combative.

Lorsque Baptiste la ramena à Laguiole dans la matinée du 19 novembre, la froidure persistait maintenant depuis une semaine. Le soleil demeurait généreux mais ne parvenait pas à réchauffer l'atmosphère. Plus de troupeaux aux abords des fermes dans la montée qui conduit au Cayrol. Ils avaient rejoint les étables qu'ils ne quitteraient plus avant le printemps. En bordure de la route, le nordet et les gelées avaient transformé les arbres en squelettes en les dépouillant jour après jour de leurs feuilles qui jonchaient la chaussée. Ils traversèrent des hameaux déserts. Les femmes et les hommes qui s'asseyaient devant leur maison, le dimanche, pour échanger des nouvelles ou pour observer le passage des automobiles avaient disparu ; ils s'étaient tous réfugiés autour de la cheminée dans la pénombre des cuisines. Seuls les corniauds aboyaient furieusement comme à leur habitude en poursuivant la Renault et en essayant de mordre les pneumatiques. Pour les éloigner, le contremaître klaxonnait mais ils s'obstinaient. Ce qui déclenchait sa colère.

– Les imbéciles ! Ils s'arrangeront pour les bousiller !

Pendant le parcours, Baptiste ne manqua pas d'évoquer à sa manière les événements qui avaient ponctué en son absence le quotidien des Laguiolais depuis les enterrements et les exploits des chasseurs jusqu'aux décisions municipales. Sans oublier les querelles dans les auberges ! Néanmoins, les satisfactions et les déceptions que la jeune femme ressentait après son exposition constituèrent l'essentiel de leur conversation. Elle dévoila que la fabrique disposerait le 1er décembre d'un représentant parisien.

– Un représentant parisien ? s'inquiéta-t-il. Un beau parleur en costume trois pièces qui nous roulera dans la farine ?

Pour le rassurer, elle expliqua les conditions dans lesquelles il travaillerait avant de révéler :

– Pierre Charrié possède un couteau de chez nous…

C'était un modèle ordinaire au manche de corne noire que ses parents avaient acheté à la boutique, à l'occasion d'un marché de Laguiole, lorsqu'il était devenu berger. Il l'avait conservé, depuis son installation dans la capitale, malgré son tranchant émoussé et son manche crevassé. En le montrant à Mathilde, il avait avoué :

– C'est un souvenir de mes années de domestique dans les domaines du Causse. Ma mascotte…

– J'espère qu'il te portera chance ! soupira Baptiste. Et que tu ne prendras pas trop souvent un express pour Paris : la coutellerie a besoin de sa patronne…

Blanche le pensait également ; elle reconnut, en l'embrassant, qu'elle avait compté les journées.

– Il nous tardait que tu reviennes !

Clément confirma d'un hochement de tête. Soudain revigoré, il ne cacha pas son bonheur de la retrouver.

Pendant le déjeuner, Blanche l'accabla de questions à propos des personnalités qui s'étaient déplacées à l'inauguration de son exposition, des journalistes aveyronnais et parisiens qu'elle avait rencontrés, de la décoration de l'appartement qu'occupaient les jeunes mariés à Saint-Sulpice. Elle répondit longuement puis elle s'éclipsa au moment où Clément s'installa dans son fauteuil devant la fenêtre pour somnoler comme chaque après-midi.

– Les chemins et les sous-bois m'ont manqué pendant deux semaines ! murmura-t-elle à sa mère.

Le temps de s'habiller chaudement et elle démarrait le moteur de la Renault avant de disparaître en direction de la forêt.

Les bosquets et les clairières s'étendaient au-dessus de 1 300 mètres. Il y régnait une température glaciale. Ce qui ne l'empêcha pas de marcher pendant deux heures tout en observant un oiseau dans les branches hautes ou le passage d'un sanglier. Quel bonheur ! Elle retrouvait les senteurs d'humus et de sauvagine auxquelles elle était habituée depuis toujours et qu'elle préférait aux odeurs de cigarette et de patchouli incrustées dans les couloirs du métro. Parmi ses paysages familiers, elle respirait librement.

Le lendemain, elle reprenait ses habitudes. À 7 heures, dans la cuisine où Charlette activait sa cuisinière, elle prépara son petit-déjeuner en écoutant le premier journal d'information que diffusait la station de Toulouse-Pyrénées. Quand Blanche la rejoignit, elle éteignit le poste et les activités de la coutellerie absorbèrent leur conversation. L'horloge la rappela à la réalité.

– Il est 8 heures ! constata-t-elle.

Elle détestait que les ouvriers l'attendent devant l'entrée ; elle préférait les précéder d'un quart d'heure pour rallumer les poêles et organiser le travail de la matinée.

Heureuse de retrouver l'atmosphère de la fabrique, son enclume et ses couteaux, elle travailla toute la journée sans relâche en songeant à son exposition, aux reportages que les journaux amicalistes avaient promis de publier en décembre, à son représentant dont elle était très impatiente de recevoir des nouvelles. « Quoi qu'il affirme, il pourrait peut-être me transmettre ses premières commandes avant le 25 décembre ! pensait-elle. Ce qui nous tranquilliserait… »

Elle attendait un courrier de Pierre Charrié et le facteur déposa le 15 décembre, à la boutique, une enveloppe qui provenait du ministère de la Justice.

– C'est le sénateur Raynaldy qui te remercie pour ta lettre de félicitations ! supposa Blanche.

Le 27 novembre, le nouveau président du Conseil, Camille Chautemps, avait attribué au maire de Rodez le portefeuille de ministre de la Justice dans le cabinet qu'il avait accepté de présenter devant la Chambre des députés après la démission d'Albert Sarraut. Toutefois, Blanche persistait à l'appeler « le sénateur Raynaldy ».

Les cloches égrenaient l'angélus. La boutique était déserte en cette matinée pluvieuse pendant laquelle Blanche n'avait accueilli que trois clientes. De la pointe d'un couteau qu'elle prit sur le comptoir, Mathilde décacheta l'enveloppe puis elle parcourut les deux feuillets qu'il avait rédigés en personne. L'instant suivant, le sourire aux lèvres, elle s'exclamait :

– C'est notre cadeau de Noël ! Il nous achète des dizaines de laguioles pour le ministère.

Dans l'euphorie, elle embrassa Blanche.

Lorsqu'elle retrouva ses esprits, elle énuméra pour sa mère la commande inespérée :

– Cinq services de table de vingt-quatre pièces chacun ; cinq services à découper ; vingt-cinq couteaux de 17 centimètres, au plein manche en ivoire et au ressort guilloché, pour ses proches collaborateurs ; cinquante laguioles de 12 centimètres, à l'abeille stylisée et au plein manche en ivoire, pour remettre en cadeau à l'occasion de ses déplacements…

Le ministre expliquait qu'il s'efforcerait, dans l'exercice de ses fonctions, d'encourager les initiatives dynamiques, de participer à la promotion du département. « Comme pendant mon passage au ministère du Commerce et de l'Industrie en 1924-1925 dans le gouvernement d'Édouard Herriot, je m'engage à défendre les intérêts aveyronnais !

soulignait-il. Sans esprit partisan. Je pense depuis des années qu'il est indispensable de renoncer à toutes les polémiques qui empoisonnent notre quotidien, de dépasser les différences philosophiques ou politiques qui nous opposent pour nous transformer en ambassadeurs de l'Aveyron à travers la France et même à l'étranger... »

Blanche applaudit :

– C'est une excellente résolution !

Mathilde l'écouta d'une oreille distraite. Elle avait déjà entrepris d'évaluer le nombre de journées que représentait pour l'atelier la fabrication de soixante-quinze modèles au manche en ivoire. Un moment plus tard, elle affirma à sa mère qu'elle pourrait envoyer les couteaux au ministère avant le 1er février comme le demandait Eugène Raynaldy. Elle comptait mobiliser toute son équipe dès la semaine prochaine pour y travailler ; les expéditions promises pour le 25 décembre étaient quasiment terminées.

– C'est une aubaine pour nous ! confessa Blanche, soulagée. Je redoutais le chômage pour Octave...

– Et des moqueries pour notre famille !

Bien qu'elle éprouvât une légitime satisfaction à constater que ses couteaux trôneraient désormais dans les salles à manger du ministère de la Justice, la jeune femme imposa de la discrétion à Blanche. Elle n'avait pas l'intention de divulguer cette commande à leur contremaître ni à leurs employés.

– Nous provoquerions des animosités politiques !

Dans leur majorité conservateurs, les habitants de Laguiole ne partageaient pas les opinions républicaines d'Eugène Raynaldy d'autant plus qu'il présidait, dans le département de l'Aveyron, le Crédit agricole de « gauche ».

– Certains nous ridiculiseraient en nous accusant de cautionner la propagande des « rouges » !

Par précaution, elle ne l'annoncerait pas davantage à Élodie et à Gontran. Certes ils s'inquiétaient pour la coutellerie mais elle ne souhaitait pas les mettre dans la confidence avant la livraison.

– Des paroles malheureuses devant Marceau et il répandrait la nouvelle dans la semaine…

– S'ils l'apprennent entre-temps ? protesta Blanche.

– Ils comprendront…

– Ils l'interpréteront comme un manque de confiance.

– Ou comme une prudence élémentaire !

Sceptique, Blanche haussa les épaules.

– Et notre représentant ?

Mathilde n'avait pas l'intention de l'en informer.

– Il n'appréciera pas !

– Je préfère me protéger…

Blanche admettait la pertinence de certains de ses arguments mais n'approuvait pas le comportement de Mathilde, regrettant qu'elle manifestât autant de méfiance à l'égard de son entourage.

Les crispations persistèrent dans la maisonnée jusqu'au milieu de la semaine suivante et la réception de nouvelles commandes qui permirent de détendre l'atmosphère à l'approche de la Noël. Dans un courrier qui ne manquait pas d'humour, un comte anglais qu'elle avait rencontré à l'hôtel des Princes demandait à Mathilde de fabriquer un laguiole de 18 centimètres dont elle remplacerait l'abeille par une boussole.

– C'est un Britannique excentrique ! expliqua-t-elle à Blanche. Il emporte toujours une boussole dans ses voyages à l'étranger pour s'endormir dans la direction du Levant.

Le même matin, elle trouva parmi son courrier une lettre d'une Italienne qui avait également découvert ses laguioles au mois de novembre. Chiara Begnini avait l'habitude de descendre à l'hôtel des Princes lorsqu'elle séjournait à Paris. Créatrice de mode, elle dessinait des vêtements pour une maison de Florence.

– Elle propose d'associer mes couteaux pour femmes à ses prochaines collections !

Honorant sa promesse, Chiara Begnini souhaitait acheter cinq modèles de la gamme Mademoiselle Laguiole avant son départ de France qu'elle prévoyait pour le 15 janvier pour les présenter à ses deux directrices à Florence.

– J'espère que nous parviendrons à travailler ensemble dans quelque temps... J'aimerais tellement exporter mes laguioles...

La créatrice italienne envisageait de pousser jusqu'à Laguiole, dès le printemps, lorsqu'elle reviendrait en France.

– Quelle passion ! remarqua Blanche après avoir parcouru les deux feuillets qu'elle avait rédigés d'une écriture régulière et sans incorrection. Elle s'exprime comme une femme amoureuse ! Elle a déjà adopté tes laguioles et je suis certaine qu'elle en défendra les qualités.

L'enthousiasme de la jeune femme l'encourageait à admettre que les ambitions de Mathilde ne semblaient pas si saugrenues qu'elle le supposait.

Quant à leur représentant, il s'était dépensé pour obtenir ses premières réservations avant le 20 décembre : deux services à découper et quatre services de table. « C'est encore modeste ! reconnaissait-il dans son courrier. Mais ma tournée était déjà bien entamée au 1er décembre lorsque j'ai présenté vos laguioles. Je demeure convaincu que de nouveaux restaurateurs aveyronnais et même auvergnats m'accorderont leur confiance à l'occasion de mon prochain passage au mois de janvier… » Il avait envoyé sa commande depuis Limoges où, pendant deux jours, il examinait les nouveaux modèles d'assiettes de la maison Chambaud qu'il représentait. Comme il rejoindrait Bozouls le 23 décembre pour y retrouver sa famille, il proposait de consacrer sa journée du 26 décembre à la coutellerie Chauchard. Il était impatient désormais de connaître la manière dont Mathilde fabriquait ses modèles pour pouvoir mieux les présenter à la clientèle. Mathilde accepta aussitôt sa suggestion, télégraphiant sa réponse dans la journée à l'adresse qu'il avait indiquée à Limoges.

– Ton bonhomme s'accroche ! constata Blanche.

– Il a la bosse du commerce.

– Comme les hommes de la Montagne. Blanche se réjouissait de l'accueillir en toute simplicité :

– Il partagera notre déjeuner !

– Il prendra le temps de découvrir la coutellerie, de rencontrer le contremaître et les employés…

Excellentes pour leurs affaires, ces nouvelles restaurèrent leur complicité en l'espace de quelques heures. Le jour même, elles évoquèrent la préparation du déjeuner de Noël. Les Chauchard avaient l'habitude d'inviter le 25 décembre la famille de Blanche. Norbert et Juliette Montcausson possédaient un hôtel-restaurant à Nasbinals, en Lozère, qu'ils fermaient toujours à cette occasion lorsque la clémence de l'hiver leur permettait de parcourir grâce à une robuste « Bébé » Peugeot la trentaine de kilomètres qui les séparaient de Laguiole. Mathilde et Blanche étaient d'autant plus heureuses de les recevoir, cette année, qu'elles étaient certaines de ressentir l'absence d'Élodie.

Le 24 décembre, à minuit, elles assistèrent à l'office de l'abbé Delouvrier en compagnie de Charlette. L'église était pleine à craquer ! Le temps froid perdurait depuis des semaines mais les sommets des montagnes n'avaient pas encore blanchi. Ce qui facilitait les déplacements et expliquait l'affluence exceptionnelle. À l'heure où elles rentrèrent, un chemin d'étoiles leur indiqua la direction du foirail. Installé dans la salle à manger, Clément somnolait dans son fauteuil. Un instant plus tard, respectant la tradition des années précédentes, ils savouraient tous quatre le souper que Charlette avait préparé dans l'après-midi pendant qu'Élodie absorbait leurs pensées ; c'était la première fois qu'elle célébrait Noël à Saint-Sulpice aux côtés de sa belle-famille. Le temps de remettre un cadeau à la cuisinière, pour honorer la coutume, et ils gagnèrent leurs chambres. Il était bientôt 3 heures du matin.

L'étage embaumait le caramel ! Dans la soirée, Charlette avait bassiné les draps comme à l'ordinaire mais elle avait saupoudré les braises d'une pincée de sucre. « La douceur du caramel pour affronter les rigueurs de l'hiver ! » murmura Mathilde avant que le sommeil l'emporte. L'agitation qui régnait à la cuisine ne la réveilla qu'au milieu de la matinée. Blanche terminait de décorer la salle à manger lorsqu'elle descendit. Radieuse, elle chantonnait. Quant à Clément, il s'était déjà posté près de la fenêtre dans le costume des dimanches. Les prunelles pétillantes, marmonnant quelques paroles incompréhensibles, il guettait l'arrivée de leurs invités. En les attendant, ils échangèrent des cadeaux. Un paquet enrubanné était destiné à Mathilde ; il contenait les trois volumes, illustrés de dessins et de gravures, d'une encyclopédie consacrée à la coutellerie en France que Blanche s'était procurée auprès d'un libraire parisien grâce à la diligence d'Élodie. La finesse des planches et la précision des descriptions impressionnèrent Mathilde.

– C'est l'ouvrage dont j'avais besoin et que je voulais acheter depuis longtemps pour mieux connaître l'histoire de la coutellerie et me perfectionner ! avoua-t-elle avant de la remercier pour son attention. Une jeune coutelière a beaucoup à apprendre…

– Il t'inspirera peut-être pour tes créations…

– Il me permettra surtout de proposer aux collectionneurs des modèles bien plus originaux et de me distinguer plus encore de nos concurrents !

Lorsqu'elle s'essayait à esquisser de nouveaux laguioles, elle regrettait toujours de ne pas disposer d'un ouvrage de référence pour emprunter une trouvaille ingénieuse ou un ornement insolite aux couteliers d'autrefois dont elle admirait les talents.

Blanche disparut en direction de la cuisine pour vérifier que tout serait en ordre avant l'arrivée de sa famille et Mathilde entreprit de feuilleter le premier volume en compagnie de son père. Une demi-heure plus tard, retournant dans la salle à manger pour y disposer un bouquet de houx aux boules rouges, Blanche les surprit dans une conversation animée autour des gravures. Le regard émerveillé. Comme des enfants.

7

Le 26 décembre, l'autobus Rodez-Saint-Flour déposa Pierre Charrié devant l'auberge des Gentianes au milieu de la matinée. Il était à peine descendu de la guimbarde, dans le froid mordant, que son chapeau s'envolait. Des enfants qui jouaient autour de la fontaine dans une joyeuse bousculade s'élancèrent aussitôt à sa poursuite dans les ruelles. L'instant d'après, ils le ramenèrent au jeune représentant qui les remercia. Fouillant dans les poches de son manteau, il dénicha une pièce de vingt centimes.

– Vous vous achèterez des bonbons !

Ils l'acclamèrent bruyamment puis ils l'escortèrent en chansons jusqu'à la coutellerie Chauchard dont il distingua la devanture tout en traversant l'esplanade. En premier, il remarqua les neuf lettres de Chauchard qui s'affichaient en capitales et en jaune paille puis les inscriptions « réparation » et « repassage ». La présence de porcelaines, de casseroles et de lampes au milieu des services à découper et des laguioles ouvragés ne l'étonna pas. Dans les bourgades et les modestes sous-préfectures, les couteliers ne proposaient pas uniquement des objets tranchants à la clientèle. Lorsqu'il poussa la porte, la clochette tintinnabula et son charme le séduisit ! Promenant son regard du comptoir fraîchement astiqué aux présentoirs de couteaux dont les lames scintillaient sous les lampes, des défenses d'éléphants aux diplômes obtenus dans les expositions, il ne manqua pas de constater que cette maison ressemblait aux boutiques qu'il fréquentait dans certains quartiers de la capitale et dont il appréciait l'atmosphère sympathique. Ce qui confirmait l'opinion de Gontran. La famille Chauchard n'affichait aucune prétention déplacée au contraire de certains artisans.

En entendant la clochette, Blanche accourut depuis la réserve. Elle avait conservé son manteau.

– Nous ne chauffons pas l'arrière-boutique ! s'excusa-t-elle en tendant une main glacée. C'est la Sibérie !

– Comme dans les autobus !

Dans l'attente de son arrivée, il s'était réfugié près du poêle à charbon. Elle l'entraîna à l'étage pour lui offrir de la fouace et du chocolat chaud tandis que Charlette désertait son fourneau pour prévenir Mathilde à la fabrique. Au moment où elle les rejoignit, il manifesta le même étonnement que les journalistes de *L'Aurore* et du *Petit Parisien* le matin de leur passage à Laguiole, après le départ du président de la République. Il avait rencontré dans les salons de la famille Pouget, au mois de novembre, une jeune femme élégante dont la retenue et la gravité l'avaient frappé. Aujourd'hui, à Laguiole, il découvrait la patronne de la coutellerie Chauchard. « Habillée comme ses employés et travaillant certainement dans les mêmes conditions ! observa-t-il. Tout en demeurant féminine… » Ce qui soulevait son admiration. Au contact de ses mains calleuses et tachées qui n'avaient pas la délicatesse des mains de bourgeoises, il comprenait maintenant pourquoi elle n'avait pas enlevé ses gants de peau au cours de leurs deux entretiens. Quant à Mathilde, elle retrouva un homme distingué dans son costume en tweed, son manteau trois-quarts, son écharpe rouge et son chapeau de feutre. Un « monsieur » ! Toujours prévenant mais de manière naturelle comme elle l'avait remarqué à l'hôtel des Princes.

Ils retournèrent à la boutique pour examiner les modèles que fabriquaient les Chauchard. Blanche déballa des dizaines de couteaux qu'il ferma et qu'il ouvrit avant d'en essayer le tranchant. Pendant le déjeuner, il s'intéressa à l'histoire de la famille et de sa réussite, aux influences catalanes et auvergnates du laguiole, aux évolutions techniques que quatre générations avaient imposées, aux exigences des détaillants et des Parisiens, aux demandes de la clientèle de passage… Elles manquèrent de temps pour répondre à ses questions.

Il manifesta autant d'intérêt l'après-midi à la fabrique devant le personnel. D'esprit curieux, il cherchait à connaître les différences entre les opérations de marquage et d'onglage d'un crampon, la subtilité de la trempe du métal, l'appellation de toutes les pièces d'un laguiole, les épaisseurs des lames et des ressorts. Comme les deux journalistes parisiens, il griffonna ces informations sur les pages d'un carnet. Dès que l'obscurité enveloppa les jardins qui entouraient le bâtiment, il interrompit Mathilde et son contremaître dans leurs commentaires : l'autobus de Rodez arriverait bientôt à Laguiole. Il demanda néanmoins à poursuivre cette conversation le lendemain. La jeune femme accepta de le recevoir à nouveau malgré ses occupations. Soucieuse de s'accorder un moment de relâche pendant cette dernière semaine d'une année harassante, elle était même heureuse qu'il le proposât.

– Revenez !

Hors de la présence des ouvriers, elle ajouta :

– Et habillez-vous plus chaudement !

– Pourquoi ?

– Des chaussures de campagne, des chaussettes épaisses.

Pendant qu'elle l'accompagnait jusqu'à l'esplanade, il s'attacha à éclaircir le mystère en la pressant de questions. Sans succès.

– Quelle cachottière ! s'exclama-t-il en souriant au moment de disparaître dans la demi-pénombre.

Le lendemain, au milieu de la matinée, l'autobus des Rapides Saintflorains le ramenait à Laguiole dans le même froid glacial. Pimpante dans un chandail bleu et des knickers de velours, la chevelure soyeuse sous la lumière blanche de la lampe près de laquelle elle dressait l'inventaire des ciseaux de couture, Mathilde l'attendait à la boutique. Le temps de passer son manteau et ils affrontèrent la fraîcheur persistante de la fabrique que les poêles ne parvenaient pas à dissiper avant l'après-midi. Jusqu'à l'heure du déjeuner, dans le ronronnement des tourets que rythmaient à intervalles réguliers les marteaux frappant les barres de métal, la jeune femme compléta ses explications. Baptiste avait préparé un assortiment de pièces brutes puis travaillées pour démontrer à leur représentant la complexité d'un laguiole.

– Même la fabrication de modèles très ordinaires réclame des dizaines d'opérations ! indiqua-t-elle en crayonnant sur un calepin un schéma de montage. Et une précision d'horloger ! Les gestes sont trop minutieux et les finitions sont trop exigeantes pour que nous puissions entièrement mécaniser la coutellerie… Il n'est pas possible de produire des laguioles d'excellente qualité dans les mêmes conditions que l'aveyronnais, l'aurillacois et l'opinel.

Il l'approuvait, imaginant mieux les difficultés qu'elle rencontrait pour imposer sa démarche.

Ils ne s'attardèrent pas dans la fabrique lorsque les employés abandonnèrent les marteaux, les meules à pédales, les tenailles après l'angélus. Ils apprécièrent la douce chaleur qui régnait dans la salle à manger familiale. Ils déjeunèrent rapidement et Mathilde emmena Pierre Charrié à travers les bosquets et les clairières où ils prolongeraient leurs discussions de la matinée. Observant ses conseils, le jeune homme avait troqué le costume de tweed contre un pantalon de drap et un chandail ; il avait emporté des brodequins, assouplis depuis longtemps et qu'il chaussait pour arpenter les sentiers caussenards à l'occasion de ses passages à Bozouls chez ses parents. En silence, ils marchèrent pendant une heure entre les arbres majestueux dont les branches hautes gémissaient sous les rafales de vent qui leur infligeaient également comme des morsures, en décochant mille fléchettes sur leur visage ! Les brindilles et les feuilles mortes craquaient sous leurs pas ; les sources ne sourdaient plus en bordure des chemins ; les écureuils avaient disparu, tout comme les huppes. Ils ne rencontrèrent qu'une hermine au pelage immaculé qui avait changé son manteau dès la Saint-Martin pour surprendre ses victimes dans la neige.

Ils marquèrent une pause dans une clairière. Mathilde révéla à Pierre comment reconnaître l'alisier dans lequel les éleveurs de la Montagne taillaient des bâtons ou *drelhiers* à l'efficacité redoutée, le sorbier des oiseleurs, le merisier, le bouleau et l'érable qui ne peuplent pas les étendues caillouteuses du Causse Comtal à la végétation rabougrie. Il l'écouta émerveillé, constatant qu'elle montrait plus d'aisance au milieu de la fumée de sa forge, de la limaille et du tumulte de sa coutellerie, d'une forêt de hêtres, des sous-bois et des tourbières que dans des salons parisiens. Il pensait même qu'elle avait besoin de cet environnement pour s'épanouir contrairement à Élodie qui n'entendait plus désormais quitter Saint-Sulpice ni la capitale. « Installée ailleurs, Mathilde ne s'exprimerait peut-être pas d'une manière aussi naturelle et harmonieuse ! » Après deux journées passées à Laguiole en sa compagnie, il avait la conviction qu'elle avait un caractère aussi bien trempé que ses lames. « Elle est pointilleuse, opiniâtre et résistante mais c'est indispensable pour assumer la direction d'une entreprise ! Même familiale… Et quelle maturité ! » Il avait été frappé par autant de clairvoyance pendant leurs conversations en présence de ses parents, des ouvriers et du contremaître. Elle refusait de s'étourdir de paroles…

Soudain, Mathilde murmura :

– Regardez !

Depuis quelques minutes, un rapace tournoyait au-dessus de la clairière comme s'il avait repéré une proie.

– C'est un busard ! prétendit-elle.

– Ou peut-être un faucon !

Au cours de ses années de berger, il l'avait observé chasser à travers les pâturages du causse. Elle persista à affirmer que c'était un busard.

– Un faucon a besoin de plus d'espace pour s'élancer et pour attaquer son gibier…

Il l'admira de connaître aussi bien la nature ; il l'envia surtout de pouvoir explorer le monde sauvage à quelques kilomètres de la coutellerie et de le retrouver lorsqu'elle en éprouvait la nécessité. Attaché à ses racines caussenardes, il souffrait de travailler à 700 kilomètres de l'Aveyron. Certes il pouvait apprécier dès le printemps les charmes des jardins de la capitale au retour de ses tournées et le dimanche mais, pendant les journées d'hiver, ses pensées le ramenaient souvent à ses escapades sur le causse, aux parties de chasse auxquelles il avait assisté au moment du passage des grives et aux moments heureux de son enfance. Il songeait à son prochain séjour à Bozouls qui lui paraissait encore lointain. Pour dissiper la mélancolie qui l'envahissait, il sifflotait des chansons. Soudain, à la surprise de Mathilde, il entonna au milieu de la clairière le succès de Jean Sablon qu'il aimait chanter et que la jeune femme entendait souvent dans les émissions de variétés de Toulouse-Pyrénées :

Puisque vous partez en voyage
Puisque nous nous quittons ce soir
Mon cœur fait son apprentissage
Je veux sourire avec courage
Voyez j'ai posé vos bagages
Marche avant, côté couloir…

Tout en chantant, Pierre essayait de traduire la tristesse de cet homme devant le départ de la femme qu'il avait aimée mais qu'il espérait embrasser à nouveau. C'était tour à tour émouvant, convaincant et comique. Changeant de répertoire, il poursuivit par un morceau de Duke Ellington qu'il appréciait et que les orchestres américains interprétaient souvent le samedi au Club des Princes : *Creole love me call.* Certes il en écorchait les paroles mais il en restituait fidèlement le rythme.

Sous le charme, Mathilde applaudit.

– Vous avez manqué votre vocation ! C'est à l'*Alcazar* ou au *Casino de Paris* que vous devriez vous présenter…

– Pour une carrière dans la chanson ? Non ! Soyons lucides : mes talents sont limités. C'est un amusement ! J'aime chanter mais c'est tout.

En démarrant le moteur de sa voiture, la jeune femme évoqua la stupidité et la jalousie de quelques habitants de Laguiole qui devenaient de plus en plus pesantes pour elle, mais Pierre demeura persuadé qu'elle ressentait au quotidien un sentiment de solitude malgré les apparences. Il avait remarqué que Blanche cherchait à la conseiller dans la direction de l'entreprise mais que Mathilde ne partageait pas toujours ses opinions. Ce qui ne l'étonnait guère ! « Mathilde est une femme moderne. Elle déborde d'énergie, de passion et d'audace. Plus frileuse, Blanche doute ! » Il supposait que certaines décisions provoquaient des crispations entre elles et que la maladie de Clément accentuait son isolement. En dépit de leurs relations privilégiées, il imaginait qu'elle était frustrée de ne pouvoir soumettre ses projets à l'appréciation de son père.

Ils retournèrent à Laguiole pour prendre une boisson chaude avant que Pierre ne retrouve l'autobus de Rodez. Elle l'accompagna ensuite jusqu'à l'auberge des Gentianes, indifférente aux regards intrigués des commères qui les reluquaient derrière leurs fenêtres. Sensible à son accueil, il la remercia.

– Tous les employeurs ne montrent pas autant d'attentions…

Il espérait maintenant qu'elle n'hésiterait pas à le solliciter pour ses prochaines créations.

– Envoyez-moi des croquis ! Ou téléphonez-moi…

Comme beaucoup d'Aveyronnais et d'Auvergnats, il habitait dans le quartier de la Bastille. Le matin, à 8 heures sonnantes, il feuilletait les quotidiens parisiens et échangeait des nouvelles de l'Aveyron au comptoir du *Bonaparte* dont un cousin de son père assurait la gérance. Il s'y arrêtait également après sa tournée aux environs de 19 heures ; il y déjeunait souvent le dimanche.

– C'est mon quartier général !

Il insista ; elle promit.

Elle attendit le départ de l'autobus avant de quitter les abords de l'auberge des Gentianes pour disparaître à travers les ruelles qu'éclairait la lumière blanche de la lune. Puis elle emprunta les escaliers qui permettent d'accéder à l'esplanade du Fort depuis laquelle on distingue, par beau temps, la cathédrale de Rodez, le Lévezou, le Quercy et le Plomb du Cantal. En toute saison, dès que la nuit tombait, elle essayait de repérer l'apparition de centaines de points lumineux dans les lointains tandis que les étoiles s'allumaient une à une au firmament. C'était un spectacle qui la fascinait depuis son enfance et dont elle ne se lassait pas malgré les années. Bravant le froid piquant, les mains enfoncées dans les poches de son manteau, Mathilde demeura pendant un moment accoudée à la rambarde du belvédère. Tandis que l'autobus emmenait Pierre à Bozouls, des images de leur promenade de l'après-midi revenaient à sa mémoire. Elle songea à sa modestie, à ses attentions, à sa drôlerie qui masquait sa solitude. « Quel homme attachant et d'une nature singulière ! » constatait-elle. Elle pensa également à leurs conversations, à leur prochaine collaboration, à l'avenir de la coutellerie. « Il pourra m'épauler et me conseiller ! Comme je le souhaitais... Mieux ! S'il nous amène beaucoup de commandes, nous pourrions dans quelque temps développer les activités de la fabrique comme je l'imaginais après mon retour de Nogent en modernisant la fabrication de nos modèles... » Elle en éprouvait à la fois de la satisfaction et du soulagement. Lorsqu'elle dévala les escaliers de basalte pour rejoindre la boutique, elle fredonnait une chanson.

Pierre Charrié confirma ses intentions trois jours plus tard dans une lettre qui exprimait toute son admiration pour Mathilde. « Je n'avais jamais imaginé rencontrer une femme qui possède autant de trésors dans ses doigts ! soulignait-il. Les modèles originaux de laguioles qui dorment encore dans votre réserve étonneraient les amateurs les plus exigeants... Le ministre Raynaldy a raison : inscrivez-vous au concours du Meilleur Ouvrier de France ! Cette reconnaissance que vous obtiendriez sans aucune difficulté vous apportera beaucoup. Elle constituera le meilleur argument pour convaincre les coutelleries parisiennes d'accepter vos laguioles ; elle permettra également d'y intéresser, dans un proche avenir, des maisons de province... » Dès la réception de son courrier, la jeune femme décida d'observer ses conseils et de présenter sa candidature au printemps.

C'était le 30 décembre. La neige tombait depuis l'aube sans interruption. Une dizaine de centimètres recouvraient l'esplanade à l'heure du déjeuner lorsque les ouvriers quittèrent la fabrique.

– La radio avait raison ! constata Baptiste.

La TSF ne cessait d'annoncer depuis le milieu de la semaine une offensive de la neige.

– Le baromètre avait bien trop baissé ! enchaîna Mathilde.

– La tourmente nous épargnera peut-être…

Pour l'heure, il n'y avait pas un souffle de vent mais tous deux la redoutaient. En quelques heures, des congères d'une hauteur de 2 mètres pouvaient bloquer les accès à la coutellerie et à la boutique, provoquer des coupures d'électricité, les condamner à l'isolement et au chômage technique puis paralyser l'activité de Laguiole pendant une semaine ou davantage. Tous les matins, en rallumant les poêles, la jeune femme songeait à la commande qu'elle s'était engagée à expédier avant le 1er février au ministère de la Justice ; elle espérait désormais que les caprices du temps ne déjoueraient pas ses prévisions.

Baptiste dissipa ses craintes :

– Nous échapperons à la tempête. Comme l'année dernière. Et la neige ne nous empêchera pas de terminer les couteaux de l'Américain avant le 20 janvier ! Nous travaillerons le dimanche si c'est nécessaire… Et même à la lumière d'une lampe à pétrole si nous n'avons plus d'électricité…

Ni à Mathilde, ni à Blanche, il n'avait demandé l'identité du collectionneur qui souhaitait posséder autant de laguioles.

– C'est certainement un homme d'affaires que notre patronne a rencontré chez les Pouget ! avait-il répondu aux employés qui l'avaient interrogé.

Un banquier. Un industriel. Un Parisien. Ou un aristocrate britannique. Peut-être même un Américain !

Ses suppositions amusaient Mathilde.

Jusqu'à l'aube, il continua à neiger dans un silence religieux qui étouffait tous les bruits. On entendait à peine l'horloge de l'église tandis que les chiens n'aboyaient plus.

Quand Mathilde ouvrit ses volets, le bourg baignait dans une lumière bleutée qui la fascinait depuis toujours. Elle avait imaginé pendant son enfance que la neige pouvait devenir bleue grâce à l'intervention d'un magicien ! Depuis la fenêtre de sa chambre, au deuxième étage, elle promena son regard du clocher de l'église qu'éclairait un timide rayon de soleil aux toitures des maisons et à l'esplanade. La neige avait tout envahi. On ne distinguait plus les immondices qui parsemaient le champ de foire ni les ornières qui crevassaient la chaussée, remplies de boue après les pluies de l'automne. C'était tellement plus beau. Il s'y ajoutait une quiétude inhabituelle : Laguiole somnolait encore à cette heure matinale du 31 décembre 1933 qui tombait un dimanche.

Elle s'habilla chaudement puis descendit pour libérer Toscane et son compagnon Fédérof qui s'impatientaient dans la boutique où elle les avait ramenés tous deux après le départ des ouvriers de la fabrique. Elle n'avait pas souhaité enfermer Fédérof dans la coutellerie comme elle en avait l'habitude depuis plus d'un mois, par crainte de ne pouvoir le délivrer le lendemain si, d'aventure, la tourmente sévissait. Les molosses s'élancèrent dans la neige où ils s'enfoncèrent jusqu'à la gueule ! Ils s'épuisèrent rapidement et s'empressèrent de retourner dans la pièce attenante à la réserve où les Chauchard entassaient leurs provisions de combustibles. Ils s'y ébrouèrent longuement avant de retrouver leur place dans la boutique où le poêle ronronnait. Dès qu'elle rejoignit la cuisine, Charlette abandonna son fourneau pour l'interroger à propos de l'épaisseur de neige qui s'était accumulée à l'arrière de la maison.

– Un mètre ?

– Soixante centimètres !

– Nous la conserverons jusqu'à Pâques ! soupira la cuisinière.

– Ou deux semaines seulement. La nouvelle lunaison pouvait amener l'autan et le redoux.

Dès le milieu de la matinée, Mathilde s'employa à dégager le pourtour de la maison. Elle y travailla pendant deux heures mais ne parvint à déblayer que les accès à la boutique au point qu'elle ruisselait lorsqu'elle remisa la pelle au moment du déjeuner. Elle chaussa à nouveau ses bottes l'après-midi pour ébaucher un passage de la terrasse jusqu'à la fabrique tandis que les gamins organisaient des batailles de boules de neige dans une joyeuse bousculade. L'esplanade leur appartenait de Noël à Pâques.

Réfugiées autour du poêle, Mathilde et Blanche occupèrent la soirée de la Saint-Sylvestre à écouter une émission de variétés que proposait la station de Toulouse-Pyrénées. Elles songèrent à Élodie qui avait dansé le charleston l'année précédente dans la salle à manger, sous le regard amusé de Charlette, en entendant certaines chansons de Mistinguett et des Jackson Girls. En cette année 1933, comme elle le précisait dans sa dernière lettre, la jeune femme seconderait Gontran au Club des Princes qu'elle ne quitterait pas avant l'aube. Mathilde l'imagina dans une toilette extravagante pour accueillir les habitués de la maison et célébrer le changement d'année ! Ce qu'elle confirma par téléphone dans l'après-midi du 1er janvier.

– Nous t'avons beaucoup regrettée ! L'orchestre était excellent et les danseurs swinguaient toujours à 7 heures du matin… Inoubliable ! J'aurais souhaité que tu puisses découvrir les boulevards de la capitale aux premières heures de la matinée : on s'y embrasse encore ; on y débouche des bouteilles de champagne ; on y improvise une chorale et on s'y trémousse sous un lampadaire… Quelle ambiance !

– L'année prochaine !

– Tu t'inventeras de nouvelles raisons pour refuser…

Pendant son exposition parisienne, Mathilde avait promis de la retrouver au moment du réveillon de la Saint-Sylvestre ; elle y avait renoncé sans hésitation, le 15 décembre, en recevant cette commande inespérée du ministre de la Justice.

– Les affaires ne me retiendront pas toujours à Laguiole !

Elle avait fermement l'intention de retourner dans la capitale en décembre 1934 pour y rencontrer les directeurs des coutelleries qui présenteraient désormais ses laguioles.

– Tu peux déjà me réserver tes soirées !

– Il flotte une telle ivresse et une telle liberté dans Paris que tu t'en souviendras…

En dépit de l'absence de congères, les habitants de Laguiole ressentirent l'isolement. Les journaux n'étaient plus acheminés et le bureau de poste ne recevait plus de courrier. Reprenant leurs habitudes des années précédentes, Mathilde branchait le poste de TSF à la boutique après la fermeture de la fabrique pour que les ouvriers puissent écouter le bulletin d'informations de 19 h 30 avant de retrouver leurs familles. Ils appréciaient l'initiative de leur patronne, notamment Baptiste qui s'intéressait à la politique et à l'Empire. Après l'annonce des prévisions météorologiques, il ne manquait jamais de commenter l'actualité. En républicain ! Ce qui provoquait des discussions passionnées avec ses camarades. Comme les hommes s'incrustaient, tout en savourant une liqueur de genièvre que le contremaître fabriquait et dont il avait apporté quelques bouteilles pour trinquer à la nouvelle année, Blanche et Mathilde les interrompaient en frappant dans leurs mains.

– Soyez raisonnables !

Elles les chassaient gentiment :

– Vos épouses vous attendent !

Ils s'arrachaient à la douce chaleur de la pièce pour affronter la température glaciale qui transformait l'esplanade en patinoire dès le milieu de l'après-midi, mais ils promettaient de poursuivre la conversation le lendemain.

Ce rendez-vous quotidien autour de la TSF s'acheva bientôt. D'Espalion à Saint-Flour, des équipes de cantonniers s'activaient sans relâche pour dégager la nationale ; ils rétablirent la circulation dans la matinée du 9 janvier. Dès le lendemain, les compagnies d'autobus assuraient à nouveau leurs services entre le Cantal et l'Aveyron pendant que les facteurs de Laguiole reprenaient leurs tournées dans le bourg. Une semaine plus tard, l'autan balaya le plateau d'un souffle puissant et il amena le redoux que Mathilde espérait. Un matin, à peine réveillée, elle entendit l'eau qui coulait dans les chéneaux.

– J'avais raison !

La jeune femme jubilait : la neige fondait. Elle était persuadée désormais qu'elle expédierait ses laguioles au ministère entre le 22 et le 27 janvier. Les coupures d'électricité, fréquentes pendant les périodes d'intempéries, les avaient épargnés.

– C'est tellement exceptionnel ! observa-t-elle.

Pas d'absence à déplorer parmi le personnel qui avait résisté à la grippe. Toute l'équipe travaillait à cette commande depuis le 2 janvier et le contremaître aiguillonnait ses camarades pour qu'ils s'appliquent. Ils l'écoutèrent puisque Mathilde ne releva aucune imperfection parmi les 75 couteaux au manche en ivoire qu'elle rangea dans des caissettes le 22 janvier.

– C'est de l'ouvrage d'artisan comme nous en avons toujours produit chez les Chauchard ! souligna-t-elle en les félicitant. Sans bavures. Sans clinquant.

Dans la matinée du 23 janvier, la Renault l'emmena à Rodez sous une lumière blafarde. De la neige souillée parsemait encore les pâturages entre Laguiole et Le Cayrol mais elle avait disparu de la chaussée tandis que la douceur persistait. Un quart d'heure avant la fermeture du bureau des messageries de la Compagnie du Midi, la jeune femme déposait ses caisses chez le directeur à qui elle dévoila le précieux contenu.

– Il représente une fortune pour une coutellerie de province.

– Si vous l'envoyez en express, il ne lambinera pas pendant une semaine à Limoges ou à Orléans comme certains paquets ! À son arrivée dans nos entrepôts parisiens, nous en assurerons rapidement la livraison…

Elle accepta sa proposition malgré la dépense.

En apprenant l'identité du destinataire des laguioles, l'homme à la barbe pointue et aux cheveux grisonnants ne manifesta pas d'étonnement. Depuis la nomination d'Eugène Raynaldy dans le cabinet que dirigeait Camille Chautemps, les messageries de la Compagnie avaient acheminé jusqu'à son ministère les meubles Régence d'un ébéniste ruthénois et des tapisseries d'inspiration moderne que les tisseuses de l'atelier de Zénières, installé près de Montrozier, avaient exécutées à sa demande.

– C'est le meilleur ambassadeur de l'Aveyron ! indiqua-t-il. Et nous aimerions le conserver longtemps au gouvernement…

Elle l'espérait également. « Dans quelque temps, il pourrait à nouveau commander des laguioles ! » songeait-elle. Une amère désillusion la guettait. Le 27 janvier, Eugène Raynaldy présentait sa démission à Camille Chautemps. Le jour même, à 19 h 30, la nouvelle devenait officielle à travers la diffusion d'un communiqué de la présidence du Conseil par les stations de la TSF.

– Il démissionne ? s'exclama Mathilde, abasourdie.

Elle s'interrogea sur ses motivations : un désaccord profond à propos de la politique gouvernementale ? des relations de plus en plus tendues avec Camille Chautemps ou le président de la République ? des difficultés personnelles ? une maladie ? Dans leurs prochaines éditions, les quotidiens parisiens et aveyronnais les révéleraient certainement.

– Pourquoi ? répéta-t-elle.

– Patiente ! conseilla Blanche qui la devinait nerveuse.

C'était un samedi en début de soirée. La jeune femme n'avait nullement l'intention d'attendre un jour et demi avant de découvrir les réponses à ses questions dans *Le Courrier de l'Aveyron*, *Le Petit Parisien*, *Le Figaro* et *L'Union catholique* dont les numéros du dimanche 28 janvier ne parviendraient à Laguiole que dans la matinée du 29 janvier.

– Patienter ? Non !

Elle s'inquiétait pour ses caisses de couteaux dont le directeur ruthénois des Messageries ne prévoyait la livraison au ministère qu'au milieu de la semaine, après le départ d'Eugène Raynaldy. Le nouveau Garde des Sceaux les accepterait-il ou refuserait-il d'honorer les engagements de son prédécesseur ? Certes des courriers confirmaient cette commande mais elle redoutait que la facture demeure impayée.

– Ce qui nous placerait dans une situation terrible…

– Des fonctionnaires ne manqueront pas à leur parole ! affirma Blanche qui s'efforçait de la rassurer.

Mathilde partageait son opinion mais elle souhaitait en obtenir la certitude. Depuis quelque temps, les journaux ne cessaient de dénoncer des malversations financières qui discréditaient certains fonctionnaires indélicats. Qui pourrait la renseigner ? Elle pensa à Pierre Montagnier et à Hector Chevalet, les chroniqueurs qu'elle avait accueillis dans sa fabrique. Fréquentant depuis des années les antichambres ministérielles, ils en connaissaient tous deux les pratiques inavouées. Elle décida de les appeler mais l'opératrice la dissuada de s'obstiner :

– Les journaux parisiens sont assaillis d'appels.

– Insistez ! C'est important.

Un quart d'heure plus tard, la téléphoniste la rappelait :

– Les bureaux de *L'Aurore*, mademoiselle !

Déception ! Pierre Montagnier n'était pas disponible mais une charmante secrétaire du service politique accepta de transmettre son message avant son départ.

– C'est à propos du ministre Raynaldy…

– Et du scandale financier qui l'a amené à démissionner ?

Décontenancée par cette affirmation, elle ne répondit pas.

– Proposez-vous le témoignage d'une épargnante abusée ? poursuivit la secrétaire sans se démonter.

Comme Mathilde, déconcertée par ses révélations, persistait dans son mutisme, elle préféra abréger leur conversation :

– Je comprends votre embarras. C'est tellement personnel… Pierre Montagnier vous rappellera…

Dès qu'elle raccrocha le combiné, Mathilde s'effondra dans un fauteuil ; elle n'arrivait pas à admettre qu'un homme aussi intègre puisse tromper des épargnants.

– C'est peut-être une machination.

Essayant d'imaginer les conséquences de cette affaire pour la réputation et les commandes de la coutellerie, elle ne s'endormit qu'à une heure tardive. Bouleversée.

8

Malgré les rumeurs de démission du président du Conseil qui provoquaient de l'effervescence dans le monde politique, Pierre Montagnier téléphona à Laguiole dans la matinée du dimanche. Il ne dissipa guère les craintes de la jeune femme en affirmant que les milieux autorisés ne doutaient pas de la culpabilité d'Eugène Raynaldy dans l'escroquerie qu'un banquier, Onésime Sacazan, avait organisée d'une manière astucieuse grâce à la création de la holding de France qui regroupait des souscripteurs « fantômes » parmi lesquels son nom figurait. Répondant aux accusations des journalistes nationalistes et royalistes qui n'avaient pas accepté sa nomination à la Chancellerie mais qui cherchaient également à renverser le gouvernement, le sénateur de l'Aveyron prétendait qu'il n'avait plus accordé sa confiance à Sacazan le jour où il avait constaté que ses affaires étaient suspectes.

– Il n'empêche qu'il est associé à cette carambouille ! concluait Pierre Montagnier. La justice pourrait le poursuivre ! Avouez que c'est cocasse pour un Garde des Sceaux…

– Il est tombé dans un piège ! répondit-elle. Dans l'Aveyron, les conservateurs essayent de le torpiller. C'est une occasion de s'en débarrasser…

Elle s'étonnait toutefois que le directeur de *L'Union catholique*, toujours disposé à le combattre, ne reprenne pas les chroniques des journaux nationaux qui l'incriminaient.

– Il désapprouve sûrement les méthodes de ses confrères…

– Notamment de l'Action française que l'Église condamne !

– Il manque peut-être de preuves…

– Raynaldy est attaquable ; il a commis l'erreur de soutenir un détrousseur d'épargnants ! Même s'il est sincère, il n'évitera pas les ennuis : Onésime Sacazan est une fripouille. À Matignon, à la Chambre, à la Bourse, dans les ministères et les banques, c'est désormais la panique. Dans les prochains jours, on redoute des révélations aussi fracassantes que pour l'affaire Stavisky…

Depuis un mois, les quotidiens nationaux et les magazines à sensation s'attachaient à dénoncer les agissements crapuleux de Stavisky auprès de milliers d'épargnants qu'il avait dépouillés de leurs économies pendant des années au travers des opérations frauduleuses d'une banque de Bayonne. Grâce à ces enquêtes, Mathilde avait découvert qu'il était parvenu à constituer un réseau d'influences parmi les sénateurs et les députés pour bénéficier de la mansuétude de la justice. Il y avait réussi. Le parquet n'avait pas hésité à repousser son procès à dix-neuf reprises sans que le procureur s'y oppose. Ce que les journaux avaient observé au lendemain de son étrange suicide à Chamonix le 7 janvier en indiquant notamment que le magistrat était le beau-frère du président du Conseil.

– Dans cette escroquerie, les radicaux sont mouillés jusqu'à la chemise ! expliqua le chroniqueur de *L'Aurore*. Ils sont peut-être impliqués tout autant dans les affaires de Sacazan. Même à son corps défendant parce que certains fonctionnaires acceptent des enveloppes dans les cabinets ministériels, Raynaldy peut avoir cautionné des arrangements…

– Et ma facture ?

– La Chancellerie n'a aucune raison de la refuser…

Les courriers en la possession de Mathilde attestaient que les laguioles étaient bien destinés au ministère.

– Et qu'il ne s'agissait pas d'une commande personnelle !

Pour que ses affaires n'en souffrent pas à l'avenir, il conseilla à la jeune femme de ne plus solliciter le parrainage d'un sénateur, d'un député ou d'un ministre.

– C'est devenu trop dangereux !

Il espérait encore qu'elle n'apparaîtrait pas dans les enquêtes de la presse à sensation.

– Certains confrères sont des fouille-merde ! Ils cherchent les histoires scabreuses et ils traquent les moindres failles pour vous traîner dans la boue…

Comme Pierre Montagnier le pressentait, qualifiant d'ouragan politique le nouveau scandale financier qui contribuait à écorner la réputation des radicaux, les événements s'enchaînèrent. Dans le courant de la journée, Camille Chautemps adressa sa démission au président de la République qui demanda à Édouard Daladier de prendre sa succession.

– C'est le quatrième gouvernement en douze mois ! soupira Baptiste le lendemain.

À 19 heures, après le départ de ses camarades, il rejoignit sa patronne qui continuait à marteler des barres de métal.

– Il ne résistera pas longtemps ! affirma-t-il. Daladier a montré son inefficacité l'année dernière ; il ne changera pas de politique… Le président Lebrun pourrait nommer des hommes nouveaux ; les grands notables radicaux sont dépassés…

Sans pour autant renoncer à ses convictions, il le reconnaissait tandis que l'affaire Raynaldy-Sacazan l'attristait. Il ne croyait pas à la culpabilité de l'ancien Garde des Sceaux.

– C'est un complot de la droite !

Révolté et écœuré, il ajouta :

– Mais le régime est pourri jusqu'à la moelle !

Ce 29 janvier 1934, Mathilde considéra qu'elle devait révéler la vérité au contremaître à propos de la commande qu'il imaginait destinée à un collectionneur américain. Il l'écouta sans manifester de surprise tout en mâchonnant un bâtonnet de réglisse :

– C'était logique ! Il nous a toujours promis qu'il défendrait les produits aveyronnais…

Il approuva sa discrétion.

– On n'est jamais assez prudent. Surtout à Laguiole !

Comme la jeune femme, il craignait les réactions négatives de certains habitants qui n'appréciaient pas les positions politiques de l'ancien ministre de la Justice et il ne souhaitait pas que cette nouvelle parvienne jusqu'aux oreilles de Falguière.

– Il en profiterait pour se venger !

Leur concurrent n'avait pas bronché depuis l'arrivée des deux molosses mais son attitude intriguait Baptiste. Le dimanche, il le rencontrait souvent à l'auberge des Trois Sangliers ; Falguière le conviait désormais à partager une chopine.

– Il cherche à nous endormir…

– Et une occasion pour nous attaquer !

Ce qui les encourageait à redoubler de vigilance.

Les commentaires de certains journaux qui qualifiaient Eugène Raynaldy de « gangster en costume trois pièces et de politicien d'opérette » choquèrent la famille Pouget. Dans la soirée, Élodie téléphona à sa mère et à sa sœur pour les déplorer.

– C'est de l'acharnement !

Depuis quelque temps, la violence transparaissait également dans les comportements de l'opinion parisienne. Dans les salles de cinéma, des spectateurs sifflaient les parlementaires pendant la diffusion de la bobine des actualités. Par une affiche apposée à l'entrée de leur brasserie, des limonadiers prévenaient même : « Nous ne servons pas les députés ! »

– C’est impensable ! On ne peut pas refouler un député.

L’après-midi même, à la réception, elle avait essuyé les quolibets de bourgeois d’humeur maussade qui contestaient désormais la « prétendue honnêteté » aveyronnaise.

– Dans cette affaire, nous perdrons notre réputation !

En apprenant que Mathilde avait travaillé pour l’ancien ministre de la Justice, elle redouta aussitôt que ses caisses disparaissent après leur livraison au ministère.

– Le successeur de Raynaldy ne prendra ses fonctions que dans le courant de la semaine…

– Ne dramatise pas !

Mathilde essayait de conserver son sang-froid, n’envisageant pas cette situation extrême.

Elles évoquèrent ensuite les projets que Chiara Begnini avait esquissés dans ses dernières lettres. La jeune Italienne comptait toujours associer ses modèles de Mademoiselle Laguiole à des collections de haute couture. Au moment de quitter la France, elle avait confirmé son intention de séjourner à Laguiole au printemps pour découvrir la coutellerie Chauchard et ébaucher les laguioles que ses deux directrices proposeraient peut-être à leur clientèle l’année prochaine. En retour, Mathilde prévoyait un déplacement à Florence dans le courant de l’automne. La Toscane, les collines plantées d’oliviers et de cyprès, les splendeurs des Médicis, les orfèvres florentins… Son premier voyage.

La démission de Raynaldy et l'escroquerie qui éclaboussait à nouveau le gouvernement déclenchèrent des polémiques entre les « rouges » et les « blancs » qui s'opposèrent sans retenue ; elles provoquèrent à Laguiole une ambiance électrique.

– On s'écharperait presque à l'auberge ! confessait Baptiste.

Il fréquentait les comptoirs de manière assidue pour défendre les opinions républicaines qu'il estimait menacées.

– Plus que jamais à Laguiole ! soulignait-il auprès de Mathilde. Depuis toujours, nous subissons l'influence des grands notables, des Parisiens et de l'Église…

La manifestation du 6 février, la contestation organisée par les associations d'anciens combattants et de « patriotes », l'émeute meurtrière de la Concorde, la démission de Daladier le 8 février, l'affrontement entre les communistes et les gardes mobiles à la République le 9 février, la nomination de Gaston Doumergue à la présidence du Conseil le 10 février puis la grève générale de la CGT le 12 février contribuèrent à alimenter des conversations acharnées pendant deux semaines. Les inscriptions hostiles aux socialistes et aux radicaux apparurent bientôt sur les maisons de la poignée de républicains dont Baptiste. Ce qui ne l'empêchait nullement de s'opposer à la propagande nationaliste en affirmant ses convictions partout où il le pouvait.

– Le fascisme monte ! s'inquiétait-il auprès de sa patronne les jours où ils commentaient l'actualité en préparant les expéditions ou la commande de fournitures. Même chez nous…

Et de dénoncer le comportement de quelques anciens de la Grande Guerre qui avaient adhéré aux Croix-de-Feu du colonel de La Rocque et de certains propriétaires qui avaient décidé de rejoindre le mouvement corporatiste d'Henri Dorgères ou même la Fédération des contribuables.

– C'est de la graine fasciste ! prétendait-il.

Passionnée par ses explications, Mathilde l'écoutait puis elle le pressait de questions ; elle cherchait à comprendre pourquoi la prolifération des organisations « patriotiques » mettait en danger les institutions de la République. Elle comparait les éditoriaux de *L'Union catholique* et du *Petit Parisien* aux positions du *Courrier de l'Aveyron* grâce à Baptiste qui le recevait. Ce qui déplaisait à Blanche. Elle considérait que la politique était réservée aux hommes.

– Ne t'en préoccupe pas et tu t'en trouveras bien !

Même si elle n'avait pas le droit de s'exprimer dans l'isoloir, la jeune femme ne souhaitait pas s'en désintéresser.

– L'avenir de la France nous concerne aussi !

Depuis la démission de Raynaldy, personne n'avait brocardé la famille Chauchard. L'importance des événements qui s'étaient succédé en deux semaines pouvait justifier la tranquillité dont ils bénéficiaient. Mathilde s'imagina qu'ils échapperaient peut-être à l'animosité de certains Laguiolais. Une illusion ! Dans la nuit du 13 au 14 février, les aboiements de Toscane la réveillèrent soudain. Il était près de minuit. La chienne paraissait déchaînée et Blanche accourut aussitôt dans sa chambre. Elle était persuadée que des cambrioleurs essayaient de s'introduire dans la boutique.

– Je descends ! répondit Mathilde.

Elle s'habilla chaudement avant d'emporter la carabine qu'elle avait achetée à l'automne en observant les recommandations du contremaître et qu'elle chargea de plombs de calibre 10 que les chasseurs utilisaient pour les perdreaux.

Lorsqu'elle pénétra dans la boutique, la chienne était dressée contre la porte d'entrée dont les carreaux dégoulinaient de bave. La jeune femme essaya d'apaiser l'animal qui retourna à sa place autour du poêle puis elle entendit scander des obscénités. Sans éteindre les lampes, elle entraîna Toscane dans la direction de la terrasse pour contourner la maison puis les surprendre. Une lune ronde et pleine éclairait l'esplanade. Au moment où Mathilde les découvrit, les quatre hommes avaient badigeonné les panneaux du magasin d'inscriptions lubriques. Ils y ajoutaient maintenant les patronymes de Raynaldy et de Chauchard tout en entonnant de nouveaux couplets paillards.

– Les salauds ! marmonna-t-elle.

Elle s'arrêta au milieu de la chaussée puis explosa de colère.

– Ordures ! Fumiers !

Ils continuèrent leur besogne en fredonnant des chansons de régiment et ils multiplièrent les gestes graveleux dès qu'elle leur demanda de décamper.

– Dépêchez-vous de déguerpir ! ordonna-t-elle.

Excédée de constater qu'ils ricanaient, elle les menaça :

– Dépêchez-vous ou je lâche la chienne…

Les mains accrochées au collier, elle la retenait de toutes ses forces mais l'animal bandait ses muscles. Disposé à les attaquer, il échappa soudain à sa maîtresse pour s'élancer à la poursuite des hommes qui s'enfuirent en abandonnant leurs pinceaux et la peinture. Elle rappela aussitôt la chienne qui n'obtempéra pas ! Toscane avait rattrapé un fuyard, plantant ses dents dans l'un de ses mollets. On entendait des hurlements de douleur.

– Toscane ! Toscane !

En quelques enjambées, elle les rejoignit pour les séparer et elle reconnut un employé de Falguière, Germain Bonnet, dans le jeune homme que la chienne avait agressé.

– Désolée ! Tu l'auras cherché !

Il répondit par un grognement. Portant une main à sa blessure à travers l'étoffe épaisse du pantalon que Toscane avait lacérée, il gémissait. Elle proposa de déranger le pharmacien Delagnes pour le soigner mais il refusa.

– Je me débrouillerai ! bougonna-t-il.

Elle le regarda disparaître en boitillant tandis qu'il les accablait d'un chapelet d'insanités.

L'incident n'étonna guère le contremaître. Il était persuadé que Falguière avait commandité l'opération en échange de quelques chopines dans les auberges.

– Le Germanos s'en souviendra longtemps !

Il pensait que l'intervention de Toscane dissuaderait Falguière d'importuner davantage Mathilde.

Le premier magistrat de la commune, directeur honoraire des Hypothèques, n'apprécia guère ses méthodes expéditives qu'il qualifia de « barbares ».

– Je les réprouve sans réserve : c'est de la sauvagerie !

Les huit employés nettoyaient les panneaux de la devanture lorsque Tiburce Cassant pénétra dans la fabrique au milieu de la matinée. Connaissant les relations amicales qu'il entretenait avec les Chauchard, il avait demandé à son premier adjoint, Philippe Delagnes, de l'accompagner. Le pharmacien embrassa la jeune femme comme il en avait l'habitude lorsque les deux familles se retrouvaient. C'était un homme d'une cinquantaine d'années, aux cheveux châtains, au regard rassurant et à la voix douce, que les Laguiolais estimaient pour ses compétences et sa disponibilité. Sa discrétion, son élégance, son physique de sportif tranchaient avec l'apparence de Tiburce Cassant, rondouillard, autoritaire et chauve qui souffrait d'un complexe : la modicité de sa taille ; elle s'arrêtait à l'épaule du pharmacien ! Sourcilleux dans l'application des règlements, il rappelait souvent à ses administrés qu'il était officier de police et garant de l'ordre. Informé le matin même par Edmond Falguière du différend qui avait opposé Germain et Mathilde à propos de plaisanteries « insignifiantes », il reprocha à la jeune femme d'avoir manqué de sang-froid.

– Ces quatre gaillards n'avaient pas l'intention de cambrioler ni d'assassiner ! Ils s'amusaient…

– S'amuser ?

Elle l'entraîna devant trois panneaux qui comportaient toujours les outrages nocturnes.

– Vous conviendrez, monsieur Cassant, que ces hommes ne s'amusaient pas ! Non seulement ils barbouillaient ma devanture d'insultes que vous ne pouvez pas accepter mais ils entonnaient à pleine poitrine des grossièretés sous les fenêtres de la maison pour m'humilier publiquement... Pendant l'exposition de Rodez, un samedi de marché aux bestiaux, ils m'avaient déjà rabaissée de la même manière...

Philippe Delagnes le confirma aussitôt.

– Elle ne vous en avait pas informé pour ne pas envenimer la situation, d'autant plus que les esprits s'étaient calmés...

– Et ils sont à nouveau déchaînés ! constata-t-il. Ces attaques sont intolérables ! Même s'ils ne partagent pas vos opinions et s'ils n'approuvent pas vos fréquentations, les Laguiolais doivent vous respecter. Y compris vos concurrents ! Je n'accepterai pas dans cette commune que des mauvais coucheurs se comportent comme des voyous...

Jusqu'à présent, il n'avait pas imaginé que certains éprouvent autant de ressentiments envers les Chauchard.

– C'est la jalousie qui les pousse ! expliqua le pharmacien. Une calamité dans nos bourgs et dans nos familles...

Soudain radouci, Tiburce Cassant conseilla à Mathilde plus de discrétion dans ses relations.

– Soyez prudente ! Derrière leurs fenêtres, certains passent leurs journées à observer votre boutique et votre coutellerie…

Il souhaitait également qu'elle surveille ses chiens.

– Ils pourraient commettre l'irréparable ! Vous le regretteriez…

Deux jours plus tard, une main mystérieuse glissait une feuille imprimée sous la porte des maisons de Laguiole ; elle révélait la commande que Raynaldy avait transmise à Mathilde au mois de décembre. D'une précision surprenante, elle indiquait le nombre de couteaux que les Chauchard avaient envoyés au ministère et le montant de la facture. Blanche ne la découvrit qu'à 8 heures, au moment où elle décrocha les panneaux protégeant la devanture. Sans prendre le temps de passer un manteau, elle accourut à la fabrique pour en informer Mathilde qui allumait les poêles et que les employés, à peine arrivés, entouraient déjà. La jeune femme leur confirma qu'ils avaient travaillé pour le ministère.

– En toute légalité !

La brigade financière et le service des fraudes entendaient-ils l'interroger dans le cadre de l'enquête qu'ils effectuaient à propos d'Eugène Raynaldy ? Elle les recevrait sereinement.

– Ils peuvent décortiquer les registres de la boutique et de la coutellerie : ils n'y trouveront aucune anomalie…

Elle disposait même de l'accusé de réception des caisses de laguioles que la Chancellerie avait retourné le 3 février.

– Il démontre bien que l'ancien ministre n'avait pas acheté ces couteaux pour son usage personnel !

Certes elle attendait encore le paiement de sa facture mais le directeur de la comptabilité l'avait prévenue, par avance, que les règlements exigeaient plusieurs semaines.

La spontanéité de ses explications rassurèrent les employés que cette annonce intriguait.

– On redoutait un nouveau scandale ! reconnut Octave.

Ce qui n'étonna pas Mathilde. Depuis des mois, la suspicion envers les hommes politiques et les fonctionnaires grandissait.

Les ouvriers retrouvèrent les polissoirs tandis qu'elle entraînait Baptiste en direction de l'arrière-boutique. Les nerfs en boule, le regard sombre, elle traversa le jardin en répétant :

– Quelle poisse ! Quelle poisse !

Une question la tourmentait : d'où provenait l'indiscrétion ? de leur contremaître ? Elle n'imaginait pas qu'il pourrait manquer à sa promesse mais elle souhaitait en obtenir la certitude.

– Tu n'aurais pas…

– Chez nous, la parole est sacrée !

– Une allusion à l'auberge…

– Non !

Sa réponse catégorique la soulagea mais ne dissipa guère le mystère qui s'épaississait. Comment l'information était parvenue jusqu'à Laguiole ?

– Les journalistes sont bavards ! prétendit Blanche.

– Montagnier ? Impossible !

Lorsqu'il avait téléphoné le 28 janvier, après la démission du ministre aveyronnais, Mathilde n'avait dévoilé aucune précision à propos de cette acquisition exceptionnelle.

– C'est peut-être un fonctionnaire aveyronnais qui travaille à la Chancellerie et qui n'apprécie pas Raynaldy…

– Ni notre famille !

– Ou Élodie.

– Pourquoi l'accuser ? protesta Blanche.

– Ne te ronge pas les sangs ! conseilla le contremaître. Tu ne découvriras peut-être jamais qui a lâché le morceau.

Une certitude l'habitait néanmoins : il était persuadé que c'était une machination de Falguière.

– Il prétend qu'il a des relations dans les ministères…

– Il bluffe ! rétorqua Mathilde.

– Il pourrait connaître parmi sa clientèle un gratte-papier quine rechignerait pas à lui transmettre des informations en échange de quelques billets.

– C'est possible ! souligna Blanche qui partageait l'opinion de Baptiste.

Malgré leurs arguments, Mathilde avait peine à concevoir que Falguière ait rédigé cette feuille.

– C'est un salmigondis politique !

Une nouvelle lecture des dernières phrases le démontra :

– « Même si elle fréquente pieusement les églises, la famille Chauchard soutient aujourd'hui les anarchistes, les francs-maçons, les socialistes, les anticléricaux et les crapules du gouvernement. Quelle hypocrisie ! Elle a tourné casaque sans scrupules. Quelle ignominie ! C'est inadmissible. Surtout pour des catholiques ! En cette période de scandales à répétition et de l'omniprésence de hors-la-morale, nous espérons qu'un régime à poigne restaurera rapidement l'honneur et la dignité de la France... »

Le contremaître en convenait mais il maintenait sa position :

– Falguière déteste les radicaux et il a certainement sollicité un notable de la région pour rédiger son torchon... Il ne manque pas de propriétaires et de notaires revanchards !

La disparition du Crédit agricole de « droite » provoquée par la déconfiture des coopératives, des mutuelles et des syndicats du puissant Plateau central avait bénéficié au Crédit agricole de « gauche » que présidait Eugène Raynaldy.

– Ils ne l'ont jamais accepté !

Ses explications paraissaient cohérentes.

– C'est peut-être Falguière ! concéda-t-elle après réflexion. Blanche le redoutait depuis toujours :

– Menteur et roublard !

– Maintenant qu'il a trouvé une faille dans nos affaires, nous en baverons ! soupira la jeune femme.

– Nous le coincerons ! les rassura Baptiste.

Le lendemain, elles affrontèrent à l'église le regard suspicieux des Laguiolais. En ce dimanche de février, elles avaient fermé la boutique pour assister au service funèbre que l'abbé Delouvrier célébrait en mémoire d'un cousin de Clément qu'une pneumonie avait emporté l'hiver précédent. Lorsqu'elles pénétrèrent sous le porche, juste avant le début de la messe, les bigotes s'étaient rassemblées pour les empêcher de s'approcher du bénitier.

– N'y touchez pas ! hurlèrent-elles.

Comme elles essayaient d'enfoncer le barrage, le groupe de paroissiennes les accabla d'injures :

– Communardes !

– Communistes !

– Mécréantes !

– Parpaillotes !

– Bouffeuses de soutanes !

Elles attirèrent l'attention de l'abbé Delouvrier qui fredonnait le kyrie dans sa sacristie. Il dépêcha aussitôt le marguillier pour les ramener à la raison. Peine perdue !

– Depuis des siècles, les femmes sans morale sont interdites dans les églises ! décrétèrent-elles.

En réponse, il les repoussa de ses bras de bûcheron.

– Laissez-les passer !

À contrecœur, elles s'écartèrent lentement. Bouillant de colère, une bigote à la peau parcheminée et aux prunelles d'aigle cracha au visage de Blanche.

– Bouffeuse de soutanes !

Mathilde riposta aussitôt en la frappant du revers de la main.

– Punaise de sacristie !

Un murmure d'indignation parcourut le porche mais les cloches l'étouffèrent. Il était 11 heures. Le desservant, le sacristain et les fabriciens entonnaient le premier psaume.

– Dépêchez-vous ! ordonna le marguillier en ouvrant la porte.

Dans un froissement d'étoffes, les femmes s'engouffrèrent en silence à l'intérieur de l'église. Blanche et Mathilde entrèrent les dernières pour rejoindre à la quatrième rangée les chaises que la famille occupait depuis des générations.

Dans la pénombre, personne ne remarqua que des larmes mouillaient leurs yeux.

9

Pendant une semaine, des facteurs anonymes persistèrent à distribuer des feuilles imprimées dans les quartiers de Laguiole tout en ignorant la boutique de la famille Chauchard, obligeant Blanche et Mathilde à patienter jusqu'à l'arrivée du contremaître à la coutellerie avant de découvrir les nouvelles « révélations » du commando Bayard. Dans ses attaques, le corbeau apparaissait désormais sous la signature d'un groupuscule. Ce qui contribuait à renforcer le mystère ! Ses messages s'appliquaient à associer les Chauchard aux escroqueries du banquier Onésime Sacazan que les journaux parisiens continuaient à évoquer ; ils prédisaient des « rebondissements fracassants » en Aveyron et à Laguiole. « L'enquête progresse ! prétendait le commando. Les masques tomberont dans les prochaines semaines et on démantèlera des organisations de gangsters fortunés qui détournent des sommes colossales depuis des années en détroussant tous les honnêtes épargnants. Sous la couverture d'une coutellerie provinciale que personne ne songerait à suspecter, les Chauchard participent à cette entreprise criminelle qui transformera bientôt la France en un nouveau Chicago ! Ils possèdent des hôtels borgnes dans des quartiers sordides de la capitale et ils blanchissent leur argent en investissant dans des immeubles bourgeois. Désormais, ne les considérez plus comme des Laguiolais honorables mais comme de dangereux malfaiteurs dont nous espérons que la police et la justice nous débarrasseront sans indulgence si elles ne sont pas pourries jusqu'à la moelle… »

– C'est un dingo ! estimait Baptiste.

Il n'était plus convaincu désormais de l'implication de Falguière dans la prolifération de ces feuillets diffamants et restait perplexe devant la singularité de leurs revendications politiques. Comme Blanche et Mathilde, il avait remarqué que le commando Bayard réclamait d'une manière insistante la suppression du régime parlementaire en France et le rétablissement de la monarchie « pour assainir la société, liquider les assassins et les malfrats qui dirigent le pays, restaurer les droits des citoyens, moraliser le monde des affaires, interdire la maçonnerie et le communisme ».

– C'est bien savant ! observait-il.

Il ne pensait pas que Falguière pût adopter le programme des Camelots de Charles Maurras. Certes, dans les discussions qui les opposaient fréquemment à l'auberge, il qualifiait les radicaux de « maquignons » mais il respectait la République.

– Les émeutes de février l'ont peut-être amené à changer de drapeau ! supposait Blanche.

– Et il brouille les pistes en recopiant dans ses torchons des passages de l'*Action française* ! enchaînait le contremaître. Il est tellement finasseur que tout est possible…

Il n'en demeurait pas moins que ces calomnies révoltaient les deux femmes tout en les plongeant dans l'embarras. Comment combattre efficacement les rumeurs et défendre leur réputation ? Elles se sentaient désarmées alors que les réactions hostiles se multipliaient. Charlette affrontait les railleries tous les matins dans les commerces de Laguiole. De la boucherie, de l'épicerie ou de la boulangerie, elle revenait en larmes et d'autant plus désolée que les garnements la poursuivaient le dimanche en l'injuriant :

– Carpette ! Putasse !

Les Chauchard n'assistaient plus à la messe dominicale ni aux offices funèbres pour ne pas provoquer à nouveau de réactions virulentes parmi les paroissiens. Les bigotes triomphaient ! Elles brocardaient les femmes « sans religion » qui sacrifient la morale à l'argent.

– Elles sont réellement cinglées ! tempêtait le contremaître en recevant ces courriers.

– Elles influencent les familles ! déplorait amèrement Mathilde. C'est une catastrophe pour la boutique…

Certains habitués ne poussaient plus la porte du magasin où ils achetaient pourtant depuis des générations des ciseaux, des blaireaux, des pierres à aiguiser, des verres de lampes.

– Ils reviendront dans quelque temps ! affirmait Blanche.

– Ou jamais ! redoutait Mathilde.

– Ils comprendront que c'est une cabale…

D'aucuns leur demeuraient fidèles, n'écoutant que les propos de Philippe et Lætitia Delagnes qui s'empressaient de prendre leur défense derrière le comptoir de l'officine lorsque des clients contestaient l'honnêteté de Mathilde et de Blanche. Soucieux de les soutenir, le pharmacien et son épouse n'avaient pas hésité à rapprocher leurs visites que la maisonnée appréciait : les soirées paraissaient moins longues tandis que les deux femmes y trouvaient toujours du réconfort.

Heureusement, depuis le début de l'année, les commandes leur parvenaient régulièrement. Elles dépassaient les prévisions les plus optimistes de Mathilde grâce à leur représentant qui ne ménageait pas son temps pour convaincre les limonadiers de la capitale d'accorder désormais leur préférence aux laguioles de la maison Chauchard. Il démarchait également les coutelleries et les premiers résultats qu'il avait obtenus étaient prometteurs. Ce qui réconfortait un peu la jeune femme.

– Sans Pierre Charrié, nous aurions déjà débauché ! admettait Blanche.

Toujours aussi confiante, elle imaginait que les emplettes des fermières et des éleveurs de la région à l'occasion du marché au bétail du Mardi-Gras compenseraient la baisse des ventes de la boutique. Quelle déception ! Un temps exécrable perdura toute la journée. Dans le brouillard et la neige, les hommes grelottaient autour des bœufs en contestant les propositions des marchands qui cherchaient à acheter au rabais. Personne ne s'arrêtait devant les caisses de faïences et de couteaux que le camelot auvergnat essayait de protéger sous des bâches. Il s'égosillait sans succès pendant que les bourrasques menaçaient d'emporter son feutre. En attendant le passage de ses habitués qui ne semblaient pas disposés à pousser la porte de la boutique ou qui n'avaient pas souhaité affronter des chemins défoncés et les averses glaciales, Blanche l'observa depuis son comptoir dans la douce chaleur de son magasin où sommeillait la chienne. « Aujourd'hui, il n'écoulera que trois assiettes et deux couteaux ! » en conclut-elle, satisfaite.

Quand l'Auvergnat remballa sa camelote entre chien et loup, la clochette tintinnabula. Blanche accourut depuis le premier où elle s'était réfugiée dès 4 heures pour y retrouver son époux. C'était le maire. Il avait consacré sa journée à inspecter les étalages des forains en chipotant pour des broutilles, à parcourir l'esplanade à la rencontre de ses administrés, à interroger les éleveurs et les négociants pour s'informer de l'évolution du marché du bétail, à trinquer dans les auberges. Son pardessus blanchi par la neige, Tiburce Cassant avait maintenant les chaussures maculées de bouse et les pommettes cramoisies.

– Quelle journée ! s'exclama-t-il en enlevant son chapeau qu'il épousseta. L'hiver nous revient… Il éternua bruyamment avant d'ajouter :

– Quelle époque ! On ne s'intéresse aujourd'hui qu'à Bayard, à Sacazan, à Raynaldy et…

– Et à la famille Chauchard ! compléta Blanche.

– Comme si les difficultés agricoles et la mévente des bœufs de boucherie ne concernait personne.

– C'est tellement plus passionnant de répandre des fausses nouvelles…

– Réagissez !

– Comment ?

– Démentez dans les journaux !

– Pour que la rumeur galope à travers l'Aveyron, la Lozère et le Cantal ? Nous perdrions la confiance de notre clientèle…

– Vous allez vous enfoncer !

Elle esquissa un sourire puis haussa les épaules ; elle refusait d'accorder plus d'importance à ces accusations.

– Des calomnies villageoises.

– Elles contestent votre honnêteté…

– C'est notre réussite que certains ne supportent pas.

Elle souligna que les commissaires de la brigade financière ne les avaient pas ennuyées pour l'affaire Raynaldy-Sacazan.

– Ils peuvent contrôler nos comptes, interroger nos détaillants et nos fournisseurs… Même notre banquier ! Ils découvriront que nous sommes étrangers à cette escroquerie…

Quoiqu'il ne le contestât pas, il demanda toutefois à examiner les documents du ministère.

– C'est une marotte de gratte-papier.

Sceptique, Blanche ironisa :

– Vraiment ?

Comme le pharmacien leur avait révélé qu'il l'avait interrogé à propos de cette commande, elle était convaincue qu'il cherchait à obtenir une confirmation officielle des renseignements concédés par son premier adjoint.

– Tous les jours, depuis une semaine, certains Laguiolais me pressent de questions ! expliqua-t-il. Leurs racontars m'agacent. J'aimerais leur apporter des réponses précises qui permettraient sûrement de dégonfler les rumeurs…

Ses intentions la réconfortèrent. Soudain, il remonta dans son estime. « Même s'il est pointilleux, il n'est pas aussi sectaire qu'on le prétend ! songea-t-elle. C'est peut-être un homme plus sensible que nous le pensions et que l'injustice révolte… »

Il nettoya puis chaussa ses lunettes avant de reprendre d'une manière insistante :

– Le ministère vous a bien adressé des courriers…

– Mathilde vous expliquera.

Prévenue par Charlette, elle les rejoignit un moment plus tard. Étonnée par sa démarche, elle accepta toutefois de soumettre à son appréciation les correspondances des services du ministère de la Justice qu'elle avait conservées.

– Et même les lettres de Raynaldy ! suggéra la jeune femme. Elles ne contiennent aucune information confidentielle…

Le temps de prendre le dossier dans son bureau du premier et elle le remettait à Tiburce Cassant.

Il abandonna aussitôt sur le comptoir le chapeau qu'il tortillait entre ses mains pour le parcourir à la lumière d'une lampe. Après un examen minutieux, il confirma aux deux femmes suspendues à son jugement :

– Aucune irrégularité ! Les inspecteurs de la brigade financière pourront toujours vous entendre mais ils ne pourront jamais vous poursuivre pour cette commande… C'est bien une cabale contre votre famille !

– Et Raynaldy ! prétendit Mathilde.

Malgré les attaques redoublées de la presse nationaliste, elle constatait qu'il demeurait populaire dans le département au point que les éditorialistes de *L'Union catholique* l'épargnaient depuis quelque temps. Les Aveyronnais, dans leur majorité, attendaient les résultats de l'enquête avant de mettre en doute son intégrité ; ils observaient notamment qu'il conservait ses mandats de maire de Rodez, de sénateur de l'Aveyron, de président de la Caisse de Crédit agricole et des Mutuelles Agricoles.

– Il n'est pas coupable ! souligna-t-elle. Sinon la justice l'aurait suspendu de ses fonctions…

Tiburce Cassant, qui ne partageait pas les opinions de l'ancien ministre de la Justice, admettait qu'il était peut-être une victime de l'acharnement des mouvements nationalistes après les radicaux.

– Je ne l'imagine pas tremper dans des affaires crapuleuses ! soupira-t-il. Mais tous les coups sont permis en politique…

– Comme chez les couteliers ! l'interrompit la jeune femme. À Laguiole ou ailleurs…

– C'est bien regrettable ! déplora-t-il.

Il conseilla ensuite aux deux femmes de déposer une plainte auprès de la gendarmerie.

– Pour protéger votre réputation.

Mathilde et Blanche ne souhaitaient pas exposer au brigadier leurs tracasseries ni répondre à ses questions.

– C'est une affaire d'honneur qui ne le regarde pas.

Connaissant les pratiques des familles de la Montagne, il ne manqua pas de les mettre en garde :

– Ne vous vengez pas ! Le temps des justiciers est terminé. Si vous découvrez le coupable, prévenez les gendarmes…

Il redoutait qu'elles appliquent les principes de la « justice de Laguiole ». Pour les humiliations, les manquements à la parole et les trahisons, il existait un châtiment terrible ! C'était le *drelhier* qui l'infligeait au milieu d'une clairière ou d'un pâturage. Sans témoins. Ce bâton de foire, les éleveurs le taillaient dans l'alisier puis ils le plongeaient dans la chaux et ils le cravataient de lanières avant que le forgeron ne le renforce d'une ferrure à l'extrémité. Une arme ! Il tranchait d'une manière impitoyable les querelles de voisinage, les contentieux entre les buronniers et les problèmes d'héritage. Frappées violemment, les victimes expiraient après de longues souffrances mais personne n'était inquiété. Le silence prévalait.

La famille Chauchard n'avait jamais approuvé ces méthodes ; elle répugnait toutefois à solliciter l'arbitrage du brigadier dans les différends auxquels elle était parfois confrontée dans ses affaires et elle préférait recourir à la conciliation d'un notable du pays. Il ne manquait pas d'hommes expérimentés parmi leur parentèle et dans la région de Laguiole.

– Si vous découvrez le coupable, prévenez les gendarmes ! répéta-t-il en coiffant son chapeau. Beaucoup de Laguiolais sont impatients de retrouver leur tranquillité…

Elles promirent.

– Je défendrai votre honneur ! les assura-t-il encore en quittant la boutique. De mon mieux.

Elles le remercièrent.

Il disparut dans le brouillard et Blanche accrocha les panneaux de la devanture. Les engagements de Tiburce Cassant l'avaient ragaillardie ! Sans manteau ni chapeau, elle ne ressentait pas les bourrasques qui persistaient à balayer l'esplanade. « La chance a peut-être tourné ! » pensait-elle. Elle avait la conviction que les paroles de Tiburce Cassant restaureraient rapidement la sérénité chez les Laguiolais. « C'est un homme respecté et personne ne les contestera ! songeait-elle. On n'en parlera plus à Pâques… » Soudain, l'avenir paraissait moins sombre.

Les marchés du Mardi-Gras s'achevaient toujours à une heure tardive dans les auberges où les hommes ripaillaient en bandes avant les privations du Carême. Cette journée n'échappa pas à la tradition. Au moment de la diffusion du bulletin d'information de la station de Toulouse, des jeunes déambulèrent bruyamment à travers les places et les ruelles. Ils avaient maculé leurs joues de charbon de bois et échangé leurs défroques quotidiennes contre des vêtements féminins ; ils avaient dérobé dans la réserve des boucheries des vessies de cochon qu'ils avaient gonflées et qui produisaient une étrange musique en se dégonflant tandis qu'ils avaient transformé des bidons en tambours ; ils avaient emporté également des trompettes au point que le tintamarre couvrait les couplets égrillards qu'ils débitaient. Ils frappaient aux portes des maisons qui abritaient des jeunes filles à marier dans l'espoir que les parents leur ouvriraient et leur offriraient une chopine avant de continuer leur tournée.

Lorsqu'elle monta dans sa chambre et ferma ses persiennes, aux environs de 22 heures, Mathilde remarqua qu'ils traversaient l'esplanade pour rejoindre l'auberge du Foirail.

– Encore du tapage jusqu'à une heure tardive ! soupira-t-elle.

Quoiqu'elle ronchonnât après les fêtards, elle ne redoutait pas les cortèges nocturnes de la période de carnaval : les jeunes ne les importunaient jamais, s'appliquant à respecter la présence de Clément dont personne à Laguiole ne pouvait ignorer la fragilité. En revanche, ils n'épargnaient pas certaines familles toujours à la recherche de prétendants pour leurs héritières mais qui refusaient d'observer la coutume ; ils les harcelaient sans relâche.

À peine s'était-elle glissée entre les draps tièdes que la jeune femme s'endormit sans se soucier du chambard qui parvenait de manière confuse jusqu'à sa chambre. Mais, trois heures plus tard, des paroles grivoises l'enlevèrent à son sommeil. Des hommes braillaient devant leur maison mais elle ne broncha pas. « Ils se lasseront bientôt ! » Des bruits sourds succédèrent ensuite aux chansons : elle comprit qu'ils martelaient à coups de poing les panneaux de la devanture. « Ils sont capables de les arracher et de les brûler au milieu de l'esplanade ! » Dans le même temps, ils provoquaient Toscane dont Mathilde entendit les aboiements de plus en plus enragés. « Ils voudraient qu'elle renverse les présentoirs et qu'elle transforme le magasin en capharnaüm. Ou qu'elle s'entaille les pattes à une lame bien affûtée… » Ce que la jeune femme ne pouvait accepter. L'instant suivant, elle s'habillait pour rejoindre Toscane. Elle n'emporta pas sa carabine avant de refermer la porte de sa chambre : elle n'avait nullement l'intention de déclencher des réactions brutales chez ces hommes au sang chaud qui éclusaient des carafons de rouge depuis le matin ; elle ne souhaitait pas davantage solliciter sa chienne pour les amener à déguerpir. « C'est bien trop dangereux ! Ils l'excitent tellement qu'elle leur sauterait à la gorge… » Mathilde reconnaissait que les circonstances imposaient du sang-froid. « S'il arrivait un accident, je le regretterais ! » Résignée à encaisser leurs obscénités et à supporter des destructions, elle préférait emmener Toscane au deuxième étage pour la soustraire au tintamarre.

Blanche, angoissée, l'attendait dans le couloir.

– Ils exagèrent ! Ton père est à bout…

Depuis qu'ils vociféraient sous les fenêtres, Clément s'agitait. Il marmonnait en brandissant les poings ; ses lèvres tremblaient ; sa respiration devenait de plus en saccadée. Elle s'en inquiétait.

– Le médecin est formel ! Des émotions peuvent déclencher une nouvelle attaque…

– Ils décamperont dès que Toscane n'aboiera plus…

Elle retourna au chevet de Clément pour préparer un calmant tandis que Mathilde dévalait l'escalier.

Comme elle le craignait, le désordre régnait dans la boutique : des dizaines de couteaux, des faïences et des lampes cassées jonchaient le parquet. La chienne, déchaînée, essayait d'ouvrir la porte mais elle n'était pas blessée. Elle déploya des trésors de patience et d'autorité pour modérer ses ardeurs.

Dès que l'animal retrouva confiance, Mathilde l'entraîna dans la chambre d'Élodie dont les fenêtres surplombaient la tonnelle de chèvrefeuille et où elle prévoyait également de s'installer pour la surveiller. Il était maintenant deux heures ; le calme était revenu à l'étage. Clément somnolait, assommé par les médicaments que Blanche l'avait obligé à prendre.

– Il dormira jusqu'au matin ! chuchota-t-elle.

Les hommes continuèrent à s'égosiller devant la maison mais ils s'éloignèrent lorsqu'ils n'entendirent plus les aboiements et ne distinguèrent plus de lumière derrière les persiennes. Soulagée, Mathilde soupira longuement avant de murmurer :

– Pourquoi s'acharnent-ils ?

Elle ne comprenait toujours pas pourquoi quelques Laguiolais s'entêtaient à les poursuivre de leur hargne depuis bientôt deux semaines jusqu'à mettre en danger la santé de son père.

– Les humiliations publiques, les courriers d'insultes et même les chansons paillardes ne leur suffisent plus ? tempêta-t-elle en serrant les poings de colère.

Elle estimait qu'ils n'exprimaient plus seulement de la jalousie mais des sentiments exécrables. Baptiste la conforta dans cette opinion le lendemain en constatant les dégâts dans le magasin :

– C'est bien de la haine !

Il proposa de dormir dans la réserve pendant quelque temps et d'exercer une surveillance de la maison comme à l'automne.

– Pour que vous puissiez vous reposer.

Elle le remercia de son attention mais elle rechigna à accepter. Les carnavals s'achevaient d'ordinaire le mercredi des Cendres et même si des irréductibles déambulaient dans Laguiole après le Mardi-Gras, elle demeurait convaincue que le désordre cesserait rapidement. S'il persistait, les Chauchard pourraient demander à Philippe Delagnes d'intervenir auprès de Tiburce Cassant et de la gendarmerie.

Déjouant ses prévisions, les trompettes, les tambours, des chansons et même des pétards que les jeunes employaient le 14 Juillet troublèrent leur sommeil pendant trois soirées. Blanche ne décolérait pas :

– C'est inadmissible ! On ne respecte plus les malades…

La nervosité de Clément la préoccupait. Il ne mangeait plus ; il ne dormait plus ; il poussait parfois des hurlements ; il rabrouait la maisonnée. Excédée, elle appela le médecin.

– Je ne le reconnais pas : il devient de plus en plus acariâtre ! déplora-t-elle, la gorge serrée.

– Clément a besoin de tranquillité ! répondit-il.

Aussitôt prévenu, Philippe Delagnes abandonna son officine pour persuader le maire puis le brigadier Lambert d'adopter les mesures qui s'imposaient désormais. Dans l'après-midi, Tiburce Cassant prononça l'interdiction des cortèges de carnaval puis il dépêcha le garde champêtre dans les quartiers du bourg pour en informer ses administrés. Quant au brigadier, il s'engagea à multiplier les patrouilles nocturnes pour dissuader les jeunes de récidiver. Ces décisions froissèrent quelques Laguiolais, comme Mathilde et Blanche le prévoyaient. Ils s'exprimèrent au travers de courriers anonymes les bombardant de paroles injurieuses pour dénoncer leur susceptibilité et leur arrogance ; ils les qualifièrent d'éteignoirs renfrognés, de rombières coincées et de bourgeoises constipées. Ce qui amusa Mathilde.

– Ils ne manquent pas d'imagination !

Son sourire disparut brusquement le matin du 2 mars lorsque le facteur déposa à son attention un paquet au contenu alarmant. Au moment de son passage, elle avait rejoint la boutique pour y retrouver le représentant de la maison Lecollier qui les fournissait depuis l'avant-guerre en ciseaux, en blaireaux et en rasoirs ; elle l'avait souvent rencontré pendant son apprentissage et elle avait toujours du plaisir à échanger des nouvelles de la manufacture où elle s'était perfectionnée. À l'approche du déjeuner, elle retourna à la fabrique en emportant des lettres et le fameux paquet dont l'expéditeur anonyme avait composé l'adresse à partir de lettres d'imprimerie qu'il avait découpées dans un journal. Elle s'installa à son établi pour décacheter les enveloppes qui renfermaient des commandes de nouveaux détaillants parisiens et les factures de ses fournisseurs habituels puis elle déchira les quatre épaisseurs de papier d'emballage du mystérieux paquet dont elle observa qu'il provenait du bureau de poste de Sénergues dans la région de Conques. Elle y découvrit une potence, une cordelette, deux candélabres et un message macabre : « Premier avertissement. Les trafiquants et les profiteurs méritent la corde sans autre forme de procès. C'est le châtiment implacable que nous infligerons à tous les salauds qui ont escroqué les petits épargnants et qui ont trempé dans l'affaire Sacazan. » La jeune femme manqua défaillir devant cette menace qu'elle ne prenait pas à la légère à l'inverse des nombreux courriers d'injures auxquels elle n'accordait plus une grande importance aujourd'hui. Les jambes flageolantes et la bouche sèche, elle ressentit le besoin de s'accrocher fermement à son établi, de fermer les paupières puis de porter une main à son front qu'elle trouva moite malgré la fraîcheur qui régnait dans le bâtiment. Tourneboulée, elle n'entendit pas les ouvriers quitter la coutellerie quand l'horloge de l'église égrena douze coups. Le corps parcouru de frissons, elle essayait de retrouver son calme.

Un moment plus tard, Baptiste la surprenait dans cette même position. Le visage hagard et blême. Devant les sinistres objets qu'elle avait déballés parmi son outillage, il comprit pourquoi. Sa colère éclata aussitôt :

– Les fumiers ! Les ordures !

Il l'emmena ensuite près du foyer de la forge où rougeoyaient quelques charbons et il l'obligea à s'asseoir.

– S'attaquer à une femme ? poursuivit-il tout en bandant les muscles et en crispant les mâchoires. Quelle honte ! Quelle lâcheté ! C'est un procédé ignoble.

Cherchant à la rassurer, il ajouta :

– Quoi qu'il advienne, je te protégerai !

Elle le remercia puis il s'attacha à dédramatiser la situation en affirmant :

– C'est peut-être un coup de bluff…

Certaines familles que des différends opposaient depuis des générations s'expédiaient parfois des potences et des cercueils mais elles n'exécutaient jamais leurs menaces.

– Tu penses à Falguière, n'est-ce pas ?

– Il n'aurait aucun scrupule à te harceler…

Il examina la potence et les candélabres dans l'espoir de le démasquer. Sans succès.

– C'est un renard ! Falguière a profité d'un déplacement dans une commune suffisamment éloignée de Laguiole pour envoyer son paquet et ne pas éveiller les soupçons…

Il extirpa de la poche de son veston un almanach aux pages écornées que publiait chaque année la maison Carrère à Rodez. Le temps de compulser le calendrier des foires de l'Aveyron et il transforma ses suppositions en affirmations ! Il relevait, en effet, que le corbeau avait déposé sa potence le 28 février au bureau de poste de Sénergues.

– C'était une journée de marché aux bestiaux à Sénergues.

Il était persuadé que Falguière y proposait sa camelote. Pour en obtenir la certitude, il interrogea discrètement Octave dès que le personnel retrouva les polissoirs et les enclumes au début de l'après-midi. Ce que confirma son ancien ouvrier.

– C'est bien Falguière ! expliqua ensuite Baptiste à Mathilde. Quoiqu'il ne disposât d'aucune preuve, il n'éprouvait pas à ce propos la moindre hésitation.

Il recommanda à la jeune femme de ne pas prévenir sa mère pour ne pas l'effrayer. Ni les gendarmes.

– Nous réglerons nous-mêmes cette affaire…

Il décida d'installer un matelas dans l'arrière-boutique comme il l'avait suggéré à Mardi-Gras pour monter la garde.

– Le temps de le coincer !

Soulagée, elle s'empressa d'accepter. À Laguiole, beaucoup le redoutaient. « Dès l'instant où Charlette répandra la nouvelle, personne ne chantera sous les fenêtres ! » était-elle convaincue.

Plus de tapage nocturne ; plus d'inscriptions injurieuses ; plus d'ordures devant le magasin ; plus de feuillets imprimés sous les portes des maisons. Dès le 5 mars, le commando Bayard ne se manifesta plus que pour rabâcher ses discours politiques et il ne divulgua aucune des « révélations fracassantes » promises dans l'affaire Sacazan-Raynaldy.

– C'était de l'esbroufe ! en déduisit Mathilde.

La personnalité de Bayard l'intriguait toujours. Qui était-il ? Qui le renseignait ? Habitait-il Laguiole ? S'était-il associé à Falguière pour défendre des intérêts communs ? Elle s'interrogeait encore sans trouver de réponses à ses questions.

Elle remarquait, en revanche, que la présence du contremaître dans la maison n'empêchait pas les corbeaux de poursuivre leur besogne. D'aucuns les abreuvaient de courriers dont les termes ne changeaient guère de jour en jour tandis que les potences et les cercueils s'entassaient à la coutellerie, dans une caisse dont la jeune femme avait cadenassé le couvercle pour la soustraire aux indiscrétions. Entre le 2 et le 15 mars, la poste distribua à Mathilde neuf paquets qui comportaient tous autant de menaces de mort. Baptiste ne manqua pas d'observer des coïncidences troublantes qui le confortaient dans son opinion : c'était Falguière qui menait la danse. Le corbeau avait effectué ses expéditions depuis Bozouls, Rodez, Entraygues, Espalion, Chaudes-Aigues, Saint-Amans-des-Cots, Sainte-Geneviève, Saint-Geniez-d'Olt et Pierrefort à des dates correspondant à des jours de foire.

– Et à ses tournées !

– Il s'applique à brouiller les pistes.

– Et à nous égarer !

Il signait ses messages d'un nom différent qu'il avait peut-être emprunté au Bottin-Didot que des bureaux de poste et certains commerçants possédaient.

– Falguière bouffera ses potences ! affirma Baptiste.

Depuis le 2 mars, il réfléchissait à la manière de l'intimider et il cherchait le moment opportun.

– Il regrettera ces plaisanteries macabres !

– Doucement, Baptiste !

Connaissant son caractère emporté et ses impulsions qu'il ne contrôlait pas toujours, elle l'exhortait à la prudence.

– Il mérite une correction ! reprit-il.

– Peut-être mais…

– Je le forcerai à avouer…

– Non !

– Je te promets que j'aurai pas la main lourde !

Elle ne le croyait qu'à moitié.

– Je n'ai jamais étranglé personne !

Elle le dissuada sèchement de s'obstiner :

– Je t'interdis de le toucher !

10

La jeune femme songeait souvent à Pierre Charrié au cours de ces journées difficiles. Pendant que le nordet s'engouffrait dans la cheminée et que les bourrasques blanchissaient les toitures, elle l'imaginait dans les brasseries parisiennes. Depuis le 1er janvier, il écrivait toutes les semaines pour présenter les résultats de ses démarches et il réussissait parfaitement dans sa mission comme le prouvaient les commandes qu'il transmettait. Dans ses lettres, il mentionnait les suggestions qu'il recueillait auprès de la clientèle et des remarques personnelles qui s'avéraient pertinentes ; il y décrivait également ses tournées dans les quartiers, des scènes pittoresques qu'il avait observées à Montmartre, des rencontres inattendues comme à Montparnasse où il avait obtenu un disque dédicacé de Mistinguett. Malgré des journées bien occupées et gratifiantes, il reconnaissait qu'il éprouvait souvent de la nostalgie. « Le Causse me manque ! confessait-il dans ses courriers. Il me ramène à mon enfance et à ses plaisirs : marcher en toute liberté à travers les chemins. J'aimerais pouvoir retrouver au printemps les étendues de genévriers et vous y emmener pour reprendre nos conversations de décembre… » En retour, elle évoquait les activités de la coutellerie et l'évolution des affaires ; elle s'étonnait que Chiara Begnini ne réponde pas à ses lettres, regrettant déjà qu'elle ne s'intéresse plus à ses modèles. « Pourtant, je persiste à prétendre que le laguiole deviendra très bientôt un accessoire indispensable aux femmes modernes ! affirmait-elle. Comme un poudrier, une lime à ongles, un bâtonnet de rouge à lèvres ou un miroir… » Elle joignait à ses courriers des esquisses de modèles qu'il annotait avant de les renvoyer ; elle racontait ses sorties du dimanche après-midi sur les pentes enneigées du Roussillon à une douzaine de kilomètres de Laguiole. Certes le brouillard et le mauvais temps l'avaient obligée à plusieurs reprises à annuler ses escapades mais elle avait profité pleinement des plaisirs de la montagne à l'occasion de quelques journées ensoleillées qui avaient illuminé les puechs et les sous-bois depuis la mi-janvier. « Quel bonheur de s'élancer du haut de la piste, de prendre de la vitesse, de décoller sur une bosse, d'entendre la neige crisser sous les skis et le vent siffler dans les arbres ! écrivait-elle. J'en ressens une telle griserie que je ne m'en lasse pas. Dès que vos affaires vous ramèneront à Thiers, poussez jusque dans l'Aveyron et rejoignez-moi avant que le printemps n'efface la neige… Je vous apprendrai à skier ; je vous entraînerai à travers les drailles. L'Aubrac est tellement différent à cette saison… » Séduit, il avait accepté aussitôt son invitation pour la deuxième quinzaine de mars au moment où il séjournerait en Auvergne pour la présentation des nouveaux couteaux de la maison Guillaume.

Une complicité s'était établie entre eux semaine après semaine grâce à des échanges de plus en plus personnels. Mathilde s'était laissé aller à quelques confidences à propos des difficultés qu'elle affrontait dans le quotidien et des animosités qu'elle provoquait à Laguiole depuis le printemps 1933. « Travailler en permanence dans une ambiance aussi détestable m'épuise ! admettait-elle. Il y a des moments où j'éprouve l'envie de liquider ma fabrique et de boucler mes valises pour proposer mes services à un grand coutelier ! J'y gagnerais en tranquillité… » Elle avait informé Pierre des tracasseries qu'elle subissait, depuis les chansons grivoises, les inscriptions égrillardes et les humiliations publiques jusqu'aux attaques du commando Bayard. Elle n'avait pas hésité un instant à téléphoner au *Bonaparte* en recevant la première potence et il s'était appliqué à la réconforter. Depuis, elle l'appelait souvent lorsqu'elle terminait sa journée à la coutellerie, savourant le plaisir de l'entendre. Pendant que ses parents s'installaient autour de la TSF pour le journal de 19 h 30, elle s'enfermait dans le bureau et elle demandait à la demoiselle du téléphone Bastille 16-34. Elle attendait parfois un quart d'heure avant d'obtenir la liaison.

– C'est l'heure d'affluence au *Bonaparte* ! avait précisé Pierre. Et certains habitués sont bavards…

Le cœur de Mathilde s'accélérait dès qu'elle reconnaissait la voix chaude qui couvrait les grésillements.

Malgré le brouhaha, il l'écoutait toujours d'une oreille attentive, heureux de partager ses satisfactions, essayant de comprendre ses angoisses et de dispenser quelques conseils sans chercher à s'imposer. Elle appréciait sa délicatesse, ses prévenances, sa disponibilité alors qu'elle avait l'impression d'ennuyer sa sœur en racontant ses difficultés lorsqu'elles s'appelaient le dimanche. Elle admettait désormais qu'Élodie évoluait dans un monde différent. Son métier, les réceptions et les plaisirs parisiens absorbaient la jeune femme ! Plus qu'auparavant, elle semblait préoccupée par les collections des couturiers et les spectacles de la capitale ; elle y consacrait l'essentiel de ses courriers et de leurs conversations. « Les affaires familiales ne l'ont jamais passionnée mais elles l'intéressent de moins en moins ! » constatait-elle.

Il poussait Mathilde à se ressaisir pour qu'elle ne sombre pas dans le désespoir :

– Courage ! Ne capitulez pas ! Songez à l'avenir !

Dans ses paroles stimulantes, elle puisait de l'énergie.

– Certains triompheraient si vous renonciez ! ajoutait-il.

Elle en convenait, promettant de ne pas ménager ses efforts pour développer sa coutellerie.

– Ne vous occupez plus des corbeaux ! Vous perdriez votre temps à les démasquer. Proposez-moi de nouveaux modèles ! Persévérez dans la qualité !

Elle ne doutait pas de sa sincérité ; il prouvait depuis le début de l'année son attachement à la fabrique. Le combiné raccroché, elle retrouvait son enthousiasme.

Lorsqu'il téléphona pour annoncer son passage en Aveyron, elle ne recevait plus de paquets macabres depuis une semaine. C'était le 22 mars. Soulagée, elle avait à nouveau du mordant et multipliait les projets. Ce qui souleva l'admiration de Pierre :

– Quelle femme ! Solide comme du basalte.

– Vous le croyez ? Sans vous, j'aurais sombré…

– N'exagérez pas !

Consciente qu'elle avait surmonté les moments d'abattement grâce à ses encouragements, la jeune femme le remercia.

– Je ne l'oublierai pas…

Il ne répondit pas.

Elle imagina que l'opératrice avait interrompu la communication mais il murmura bientôt :

– L'orage est passé ! N'y pensez plus.

Maintenant qu'il la prévenait de son arrivée, dans l'après-midi du 29 mars après son séjour thiernois, elle songeait désormais à leur journée au Roussillon dont les pentes boisées conservaient une épaisse couche de neige. Pressée de le retrouver, elle souhaitait également l'associer de manière plus étroite à ses réflexions à propos de l'avenir de la coutellerie.

– C'est important… Je vous attends ! Les dernières journées hivernales sont toujours superbes ; elles deviennent de plus en plus lumineuses… Le printemps approche mais les sous-bois et les chemins gardent toute leur beauté…

Comme à l'habitude, elle s'exprimait avec passion à propos des contrastes surprenants que provoquaient à travers l'Aubrac les changements de saison.

Quoiqu'il ne le montrât pas, il éprouvait la même impatience à la rejoindre. Il l'admirait depuis leur premier rendez-vous parisien mais il reconnaissait également que son charme ne le laissait pas indifférent. Semaine après semaine, il constatait qu'elle l'attirait de plus en plus. Il s'interrogeait : son imagination le trompait-il ou ressentait-il des sentiments plus profonds que de l'amitié ? Le comportement de la jeune femme l'intriguait dans le même temps. Il avait remarqué qu'elle le sollicitait souvent pour l'entretenir de ses difficultés et qu'elle ne manquait jamais d'excellents prétextes pour l'appeler. « Elle souffre de la solitude ! pressentait-il. Même si elle est bien entourée dans sa famille et à la fabrique… » Il n'en déduisait pas pour autant qu'elle cherchait à instaurer une relation plus intime ; il ne disposait aujourd'hui d'aucune preuve pour le prétendre mais il avait la conviction que leur prochaine rencontre dissiperait toute ambiguïté.

Ce jour-là, à propos de son voyage dans le Puy-de-Dôme, il évoqua l'attitude du directeur commercial de la maison Guillaume qui n'appréciait guère sa décision de défendre les couteaux de Mathilde. Depuis le 1er janvier, il l'avait sermonné à plusieurs reprises.

– Pourtant, il ne fabrique pas de laguioles ! rétorqua-t-elle.

– Il est susceptible ! Il considère que le contrat est rompu… Son comportement ne le surprenait pas et il s'attendait à une diminution de sa commission.

Mathilde était désolée qu'il s'attirât des ennuis.

– C'est de ma faute…

– Mais non !

Balayant ses scrupules, il expliqua l'attitude du directeur thiernois par un manque de créativité qui le poussait à protéger sa maison en multipliant les pressions auprès des représentants.

– Plutôt que de fabriquer des laguioles, des aurillacois, des aveyronnais, des alsaciens et des capucins, les patrons thiernois pourraient produire leurs propres modèles ! Mais ils s'accrochent à leurs privilèges de capitale coutelière…

Exaspéré, il était décidé à ne plus proposer à sa clientèle les couverts et les services de la maison Guillaume si la direction de l'entreprise manifestait trop d'exigences.

– En me séparant de Guillaume, je pourrais imposer plus facilement vos laguioles…

Après avoir défendu pendant huit ans des intérêts industriels, il préférait désormais consacrer son énergie à une coutellerie qui demeurait artisanale.

– C'est bien plus gratifiant !

Elle le remercia pour son désintéressement et sa passion.

– Nous ne pouvions pas rencontrer de meilleur représentant ! expliqua-t-elle à sa mère en rapportant leur conversation puis en dévoilant ses résolutions. C'est un homme précieux…

Son passage à Laguiole réjouissait d'autant plus Blanche que les Chauchard devaient accueillir, à la même époque, Élodie, qui avait promis de leur consacrer deux semaines. Gontran comptait la rejoindre au terme de son séjour, à l'occasion de Pâques, puis tous deux retourneraient dans la capitale.

– Nos Parisiens ! soulignait fièrement Charlette.

La cuisinière, qui avait déjà préparé leur chambre et songé au déjeuner de Pâques, était heureuse de les recevoir, pressée de retrouver Élodie.

– Et de l'entendre chantonner dans la maison !

Une déception la guettait. Dans la soirée du 24 mars, Élodie téléphona pour reporter ses vacances. Ce matin-là, Constance avait glissé dans l'escalier aux marches de marbre qui menait à la bibliothèque des Princes. Une entorse à la cheville l'immobilisait pour quelque temps.

– Je la remplacerai à la réception...

Cette nouvelle remplit de tristesse Charlette mais bien plus encore Blanche : Clément ne cessait de la réclamer tandis que la perspective de l'embrasser dans quelques jours le revigorait.

– Il s'impatiente.

– Je viendrai au mois d'août !

– En coup de vent ?

– Pendant deux semaines comme convenu.

– Pour les réceptions des limonadiers, les piqueniques dans les montagnes et les banquets d'amicales !

– Tu exagères, maman !

– Tu n'échapperas pas à tes obligations de Parisienne...

– Ce qui ne m'empêchera pas de vous retrouver l'après-midi à Laguiole ni de vous emmener en promenade à Saint-Flour… Devant autant de promesses, Blanche demeura sceptique.

– Pourquoi manquerait-elle à sa parole ? rétorqua Mathilde en réponse aux craintes de sa mère dès qu'elle raccrocha. Elle nous appelle tous les dimanches ; elle répond toujours à nos lettres ; elle vous a envoyé un cadeau à l'occasion de votre anniversaire de mariage… Elle n'oublie jamais personne de la maisonnée. Ni Baptiste, ni Charlette. Que demander de plus ?

Même si elle appréciait ses attentions, Blanche admettait que la séparation était difficile.

– Je compte les journées et les semaines…

– Pourtant, elle n'est pas installée en Russie ou en Chine !

– Tu comprendras lorsque tes enfants quitteront ta maison…

Elle ressentait son absence tout autant que son époux.

– Même s'ils souhaitent leur bonheur, les parents souffrent de cette séparation… Le départ d'Élodie…

– Tu t'imagines peut-être qu'il m'a laissée de marbre ?

– Oh ! Non ! Mais…

Soucieuse de ne pas la braquer, Blanche chercha ses mots.

– Ta situation est différente ! indiqua-t-elle après réflexion. La coutellerie accapare toutes tes journées… Et puis…

« Un homme te soutient dans tes projets et il te réconforte de son mieux… », brûlait-elle d'envie de préciser. Depuis quelques semaines, Mathilde évoquait souvent leur représentant à travers ses démarches et ses commandes ; elle appréciait ses qualités. Comme elle l'appelait régulièrement et à des heures réservées aux confidences, Blanche avait le pressentiment qu'il occupait de plus en plus ses pensées ; elle s'en félicitait. « C'est un homme efficace et réfléchi ! considérait-elle. Un caractère pondéré ! C'est tellement inhabituel chez les courtiers… » Malgré les calomnies et les difficultés économiques, Pierre Charrié leur avait permis grâce à son réseau de relations de maintenir les activités de la fabrique avant d'imposer leurs laguioles dans des boutiques renommées de la capitale. « C'était inespéré ! » convenait-elle. Blanche était persuadée qu'il était parvenu, dans le même temps, à rompre la solitude de Mathilde. « Et même sa carapace ! » Certains signes ne la trompaient guère : elle rayonnait lorsqu'elle l'avait appelé et les jours où elle découvrait une lettre de Pierre dans son courrier. Pour autant, la jeune femme avait-elle rencontré l'amour ? Depuis des semaines, Blanche en caressait l'espoir.

Le vendredi 29 mars, comme convenu, Mathilde guettait son arrivée parmi les familles des passagers et les manœuvres de la Compagnie qui s'étaient massés sous la marquise de la gare de Rodez. Elle avait suggéré de le retrouver en début d'après-midi à sa descente de l'express ; elle le déposerait ensuite chez ses parents à Bozouls et il la rejoindrait à Laguiole le lendemain pour découvrir le domaine enneigé du Roussillon. Depuis le milieu de la semaine, les quotidiens aveyronnais publiaient des prévisions météorologiques rassurantes que les journalistes de la station de Clermont-Auvergne avaient confirmées dans leur bulletin du matin : le soleil persisterait encore pendant au moins trois jours. Mathilde s'en réjouissait. En cette après-midi lumineuse mais fraîche, elle était rayonnante dans sa canadienne, son pantalon fuseau et son chapeau de feutre, disposée à dispenser des conseils à Pierre avant de l'emmener dès les premières heures de la matinée au sommet du Roussillon.

L'horloge de la Compagnie indiquait 14 h 30 lorsque l'express pénétra sous la marquise au milieu d'une fumée blanche et de grincements d'essieux. Dans une voiture, la jeune femme reconnut Pierre : il s'était penché à une fenêtre du compartiment en essayant de l'apercevoir parmi les badauds.

– Pierre ! Pierre !

Il répondit d'un signe de la main avant que la machine ne s'arrête.

Lorsqu'il la rejoignit, elle remarqua aussitôt ses traits tendus et des poches sous ses yeux. Il enleva son gant et tendit sa main. À son étonnement, Mathilde l'embrassa.

– Vous êtes fatigué ! observa-t-elle.

– Quelle expédition !

Debout au milieu de la nuit, il avait emprunté le premier rapide pour Clermont-Ferrand.

– Il n'était pas encore 5 heures ! soupira-t-il avant d'étouffer un bâillement.

Quatre changements l'avaient emmené dans l'Aveyron en un parcours interminable et inconfortable à travers le Massif central.

– Neuf heures de tortillard !

Sans plus tarder, elle l'entraîna en direction de sa voiture puis dans les quartiers anciens de Rodez. Ils entrèrent au *Grand Café* qui proposait des casse-croûte à toute heure de la journée. En ce vendredi de Carême, le patron leur apporta une pascade aux herbes, une assiette de fromages et de la fouace.

– Dans mon enfance, c'était le quatre-heures que je préférais. Un petit repas de fête. Ma mère le réservait au dimanche quand nous recevions de la famille...

Il mangea d'un solide appétit et Mathilde apprécia également cette collation même si elle n'avait pas l'habitude de s'attabler en plein après-midi. Bientôt, grâce à la bouteille de mansois que la patronne avait déposée sur leur table, Pierre retrouva de l'entrain et des couleurs. Comme il plaisantait à nouveau, elle l'interrogea à propos de son entrevue de la veille.

– L'Auvergnat vous a sermonné ? demanda-t-elle en plantant son menton dans la paume de ses mains.

Sans se départir de son humour, il raconta les trois heures qu'il avait passées dans la maison Guillaume.

– Un après-midi orageux !

Il avait essuyé la mauvaise humeur du directeur commercial et encaissé ses remontrances.

– Loubeyre est obsédé par la concurrence et par Laguiole ; il ne supporte pas qu'on fabrique des couteaux dans l'Aveyron ni que des artisans réussissent à s'implanter dans les armureries et les coutelleries parisiennes. La jalousie l'étouffe ! Il n'a même pas écouté mes explications…

– Et il vous a remercié.

– Non ! Il souhaite que je continue à représenter la maison…

– Dans les mêmes conditions ?

– Sans exclusivité. En réduisant ma commission de 50%.

– Pourtant, les courtiers ne manquent pas…

– Loubeyre a besoin d'un homme bien introduit auprès des limonadiers aveyronnais : c'est la clientèle la plus importante…

– Vous avez accepté ?

Il esquissa un sourire avant de répondre qu'ils avaient débattu de ses propositions pendant près d'une heure.

– Nous avons discutaillé comme des maquignons !

De guerre lasse, Ferdinand Loubeyre avait consenti à baisser sa commission de 10 % seulement.

– Il enrageait.

– Pourquoi travailler pour cet homme qui vous méprise ?

– J'aimerais conserver des relations chez les Thiernois. C'est précieux lorsqu'on fabrique des couteaux…

« Il me surprend encore ! songea Mathilde. Il pense à l'avenir de la maison comme s'il la dirigeait… »

Ils poursuivirent leur conversation à travers les ruelles proches de la cathédrale de grès rose, évoquant à nouveau les événements qui avaient émaillé le fonctionnement de l'entreprise depuis trois mois. Il était heureux de constater que le mystérieux commando ne la harcelait plus, que les corbeaux relâchaient la pression, que les affaires reprenaient à la boutique. Par ailleurs, il observait que les calomnies laguiolaises n'étaient pas parvenues jusque sur les berges de la Seine, tout au moins qu'elles n'avaient pas entamé la réputation de ses laguioles auprès des limonadiers et parmi la communauté aveyronnaise.

– C'est l'essentiel ! estima-t-il.

Elle en ressentit du soulagement :

– Je redoutais tellement leurs réactions que je n'arrivais plus à trouver le sommeil certains soirs ; je m'imaginais même que nous fermerions la fabrique dans le courant de l'année…

Dissipant ses doutes, il confirma que ses couteaux étaient de plus en plus appréciés dans la capitale.

– Ne relâchez pas vos efforts ! C'est le secret de la réussite…

Ils quittèrent Rodez au moment où les horloges des bureaux libéraient les fonctionnaires qui envahiraient bientôt les comptoirs et les magasins. Lorsque la Renault traversa le Causse Comtal, entre Lioujas et Curlande, le crépuscule inondait les étendues de genévriers d'une lumière éclatante.

– C'est toujours aussi fascinant ! souffla Mathilde. Et tellement différent de nos montagnes. On a l'impression d'avoir déjà quitté l'Aveyron pour un territoire mystérieux et des labyrinthes où l'on pourrait s'égarer en s'écartant de la route…

– S'égarer ? Non ! Le Comtal n'est pas aussi grand…

Il promit de l'emmener dès le printemps à la découverte des pâturages et des chemins rocailleux de son enfance.

Puis ils distinguèrent les sommets enneigés de l'Aubrac et ils abordèrent leur escapade du lendemain. Habituée à la pratique des sports de neige, elle s'autorisa des recommandations pour leur journée au Roussillon.

– Le matériel ? s'inquiéta-t-il soudain.

– Soyez tranquille : je m'en occuperai ! répondit-elle avant de demander sa pointure de chaussures et de gants.

Le samedi, à 9 heures précises, Pierre poussait la porte de la boutique à la surprise de Blanche et de Mathilde qui l'attendaient seulement en milieu de matinée, après l'arrivée de l'autobus des Rapides Saintflorains. Un négociant en engrais de Bozouls dont l'entrepôt s'élevait près de l'atelier de son père avait accepté de le conduire jusqu'à Laguiole où il avait une livraison à assurer. Le temps d'avaler une boisson chaude dans la salle à manger puis il essayait son équipement que la jeune femme avait rassemblé dans l'arrière-boutique après son retour de Rodez grâce à la compréhension du pharmacien. Comme les deux hommes avaient le même physique, elle avait trouvé dans sa réserve des gants, des chaussures, des bâtons de bambou et une paire de skis qui pouvaient convenir à Pierre. En sportif émérite, Philippe Delagnes fréquentait la station du Lioran dans le Cantal depuis les années d'avant-guerre ; il y avait disputé des compétitions, affrontant les meilleurs éléments des équipes pyrénéennes. Son expérience avait permis à Mathilde d'apprendre dès l'enfance les rudiments de la descente à Laguiole avant de perfectionner sa technique à l'adolescence sur les pistes du Lioran.

Dès qu'ils arrivèrent au Roussillon, ils remarquèrent que deux voitures seulement occupaient la clairière longeant la route où les amateurs d'Espalion et de Rodez délaissaient leur véhicule avant de grimper au sommet. Pierre en éprouva du soulagement ; il redoutait de s'exposer au ridicule en s'essayant à chausser des planches devant des pratiquants affirmés. C'était une matinée éblouissante de lumière. Majestueuse. Silencieuse. Le soleil brillait sans partage mais il ne parvenait pas à réchauffer l'atmosphère qui demeurait glaciale dans l'ombre des arbres aux branches chargées de neige et de givre. Pas un souffle de vent. À intervalles réguliers, parmi les milliers de hêtres qui couvraient la montagne dont le sommet atteignait 1 400 mètres, résonnaient les appels joyeux des intrépides qui les avaient précédés pour emprunter les premiers le passage bosselé à travers les arbres dont le dénivelé impressionnait les néophytes ! Le jeune couple déchargea le matériel pour rejoindre la clairière voisine avant que Mathilde n'explique à Pierre la manière d'attacher les lanières de ses planches et de manœuvrer ses bâtons de bambou. Elle détailla ensuite chaque mouvement qu'un débutant devait connaître puis elle l'engagea à le répéter pour pouvoir corriger ses gestes tout en multipliant les conseils.

– Doucement. En souplesse. Regarde-moi bien. Prends ton temps… Ne contracte pas tes muscles ! À droite ! À gauche ! Ne panique pas ! Respire bien à fond… Recommence encore et ne te crispe pas sur tes bâtons… Il n'y aucune raison pour que tu n'y arrives pas. On tâtonne toujours dans les débuts…

Elle l'avait tutoyé soudain sans y prêter attention. Il le constata aussitôt pour adopter la même attitude à son égard tandis qu'elle poursuivait ses démonstrations. Ce qui contribua à instaurer une ambiance plus détendue.

Pendant deux heures, il s'appliqua à écouter ses explications, à demander des précisions et à acquérir des réflexes. Il tombait souvent en s'esclaffant devant ses maladresses et elle accourait dans l'instant pour tendre sa main. Malgré les élancements dans les muscles et le froid mordant, il ne souhaitait pas renoncer. Par amour-propre. Il rassembla toute son énergie pour démontrer à la jeune femme ses capacités à accomplir d'une manière correcte les mouvements qu'elle suggérait.

Consciente des efforts qu'il avait déployés et de ses limites, elle abrégea bientôt ses souffrances.

– C'est suffisant pour une première matinée.

Soulagé, il ne manqua pas d'avouer :

– Je me débrouille mieux dans les brasseries à proposer de la vaisselle et des couteaux que sur des planches !

– Ne désespère pas ! Patience. Tu réussiras ! J'étais encore godiche lorsque mon moniteur m'a entraînée jusqu'à la piste des débutants. Il m'a obligée à travailler sans relâche et, en quelques dimanches, je ne me reconnaissais plus ! Je suis persuadée que tu progresseras rapidement mais…

Elle le regarda fixement avant de compléter sa phrase tout en esquissant un sourire malicieux :

– Mais n'attends pas le 1er mai !

Pierre dévoila qu'il avait l'intention de retourner en Aveyron au moment de Pâques dans deux semaines ; il en profiterait pour y poursuivre son apprentissage.

– Il est certain que nous trouverons de la neige au Roussillon ! l'assura-t-elle. Sur les versants qui sont exposés au nord, elle résiste pendant longtemps dans les sous-bois…

L'appétit aiguisé, ils regagnèrent la voiture pour partager les provisions que Mathilde avait emportées puis avaler une tasse de café que la bouteille thermos avait conservé au chaud depuis leur départ de Laguiole. Le soleil était au zénith mais il n'était pas encore l'heure de rentrer. La jeune femme s'installa à nouveau au volant de sa Vivasix pour emmener Pierre à la montagne que le pharmacien de Laguiole possédait près de Saint-Urcize, dans le Cantal, à quelques kilomètres seulement du Roussillon. Depuis la Saint-Urbain (25 mai) jusqu'à la Saint-Géraud (13 octobre), un propriétaire de la vallée de l'Aveyron y conduisait son troupeau tandis qu'une équipe de saisonniers y fabriquait des fourmes de Laguiole. En hiver, lorsqu'elle randonnait dans la région, Philippe Delagnes permettait à Mathilde de se réfugier dans le bâtiment de pierres noires, aux murailles épaisses, que les buronniers occupaient pendant les cinq mois de l'estive. Il y avait toujours des fagots pour allumer une flambée. Aujourd'hui, ils pourraient s'y réchauffer après avoir parcouru une partie de la draille qui serpentait à travers les pâturages.

Lorsqu'ils abandonnèrent la Vivasix en bordure du chemin qui desservait Saint-Urcize, Pierre distingua le buron au milieu de la montagne grâce à ses pierres sombres qui se détachaient parmi l'immensité blanche. L'espace était dégagé jusqu'à l'horizon. Ce paysage, différent des clairières et des bosquets du Roussillon, évoquait une magnificence qui fascinait. Pendant un moment, ils admirèrent la beauté des pâturages pétrifiés par l'hiver, la pureté des couleurs de la neige et de l'azur ; ils devinèrent la délimitation des parcelles en suivant du regard les murets de pierres sèches qui s'égaraient dans les lointains avant de disparaître. Ensuite, ils chaussèrent des raquettes pour s'aventurer à travers la draille qui conduisait au buron. Dès qu'il s'y engagea, Pierre n'éprouva pas de difficultés à soutenir l'allure modérée que la jeune femme avait adoptée. À l'évidence, il se sentait plus à l'aise que sur des skis. Ils s'arrêtèrent pour reprendre leur souffle, observer le passage d'un rapace, contempler les cristaux de neige et de glace mêlés qui étincelaient sous les rayons du soleil. Enfin, ils parvinrent à la demeure des buronniers qui résistait chaque année aux assauts de la tourmente et dont Mathilde avait emportée la clef. Elle n'y était pas revenue depuis la Toussaint lorsqu'elle avait renouvelé les provisions qu'elle rangeait toujours dans un placard de la salle commune en prévision d'une soirée à passer dans le buron si le brouillard et la tempête survenaient.

Tandis que Pierre explorait le bâtiment depuis le grenier et la fenière jusqu'à la cave à fromage, elle prépara une flambée dans la cheminée où des souches brûlaient toute la journée quand les buronniers y séjournaient. Des senteurs de genêt et de hêtre ne tardèrent pas à baigner la pièce pour chasser l'odeur persistante de renfermé, d'ammoniaque, de cigarette froide. Ils prirent place devant les chenets où les flammes léchaient maintenant un billot, enlevèrent leurs chaussures et leurs chaussettes pour réchauffer leurs pieds humides. Croquant une barre de chocolat, ressentant les bienfaits de la chaleur, rechargeant sans cesse le foyer pour qu'il ne faiblisse pas, ils échangèrent bientôt des confidences. La quiétude et la demi-pénombre s'y prêtaient. Sans se soucier de l'heure, ils évoquèrent longuement leurs origines familiales et leur enfance aveyronnaise puis quelques moments douloureux qu'ils ne pourraient jamais gommer de leur mémoire comme l'accident de son père pour Mathilde et les brocards des « poilus » pour l'adolescent qui débutait dans les brasseries parisiennes.

– C'étaient les lendemains de la guerre ! expliqua-t-il. Il manquait des hommes… Dans les bistrots, on embauchait des gamins qui devenaient les souffre-douleur des « revenants » des tranchées. Les manchots, les borgnes et les éclopés qui avaient réchappé à la boucherie des batailles ne me supportaient pas… Parce que j'étais jeune et en pleine forme…

En y songeant à nouveau, sa gorge se serrait.

Puis des souvenirs heureux remontèrent à leur mémoire et ils dissipèrent la mélancolie. Pierre rappela les heures qu'il passait dans des odeurs de copeaux à regarder son père fabriquer des tombereaux et des charrettes.

– Je l'admirais et je l'admire encore ! Enfant, je le prenais pour un magicien. Ses mains transformaient les billots de chêne avec une précision et une habileté étonnantes…

Entraînés par leur conversation, ils marquaient néanmoins quelques pauses pendant lesquelles on n'entendait plus que les flammes pétiller. Ensuite, ils chuchotaient des confidences plus personnelles comme s'ils craignaient qu'on ne les surprenne dans ce refuge au milieu des pâturages enneigés. Mathilde souhaitait depuis longtemps qu'un homme la considère d'une manière délicate et franche, en n'employant que des paroles simples mais dictées par le cœur. « Des mots qu'aucune femme dans le monde n'aurait peut-être jamais entendus depuis des siècles ! avait-elle imaginé. Magiques. Tendres. Uniques ! »

Soudain, elle chercha sa main et ne la lâcha plus. Bientôt, elle frissonna au contact de sa peau qui était aussi chaude et douce que le timbre de sa voix. Jusqu'alors, elle n'avait jamais ressenti d'émotion aussi intense en présence d'un homme et de trouble aussi profond. Son cœur battait sous le chandail ; sa respiration montait et descendait comme une vague ; son corps tout entier frémissait. Elle baignait dans le bonheur au point qu'elle s'interrogeait : l'amour procurait-il cette sensation ?

Soudain, rompant le silence, elle chuchota :

– Pierre…

Elle plongea alors son regard dans ses yeux où dansaient les flammes.

– Je voulais te dire…

Elle n'acheva pas sa phrase, se précipita dans ses bras et se blottit contre sa poitrine.

L'instant d'après, elle l'embrassait avec une extrême douceur.

11

Ils demeurèrent longtemps enlacés devant la cheminée et ne s'arrachèrent à leur étreinte qu'au moment où l'obscurité envahit la pièce. Mathilde souffla sur les braises pour activer le foyer avant de constater à travers la petite fenêtre que le soleil avait disparu. Le brouillard enveloppait désormais le paysage au point qu'elle ne distinguait plus les murets de la draille. Il était imprudent de s'aventurer sur le chemin pour rejoindre la berline à quelques centaines de mètres et de prétendre ensuite retourner jusqu'à Laguiole dans ces conditions. C'était trop risqué ! Elle ne disposait plus d'aucun repère.

– Nous nous perdrions avant même de regagner la voiture et nous nous épuiserions inutilement à marcher dans la neige pour essayer de retrouver le buron… Des voyageurs sont morts dans le brouillard et la tempête, à quelques centaines de mètres d'une habitation, parce qu'ils avaient négligé les conseils des anciens… Des facteurs et des cantonniers qui connaissaient les dangers de la Montagne sont également tombés dans le piège…

Disposant de provisions, équipés d'un réchaud, d'une lampe à pétrole, de couvertures, d'une paillasse et d'un matelas que la jeune femme ramenait dans le grenier chaque automne après le retour des buronniers et du troupeau dans la vallée, ils étaient en mesure de résister à l'isolement dans ce refuge pendant deux à trois jours. C'était d'autant plus rassurant que le soleil illuminerait à nouveau les pâturages dès les premières heures de la matinée. Mathilde en avait la certitude. Le temps de remplir de neige une casserole et de la déposer près des braises puis elle prépara une infusion de calament dont le cantalès conservait des feuilles dans une boîte métallique sur le manteau de la cheminée. Tous deux l'avalèrent brûlante dans des bols ébréchés : elle avait une saveur sauvage et un goût de liberté. Ensuite, ils descendirent le matériel de couchage pour l'installer sur les dalles de pierre de la salle commune après y avoir étendu une pièce de toile puis des cartons qui les protégeraient de l'humidité.

– Nous dormirons comme les trappeurs dans le Grand Nord ! plaisanta-t-elle en lectrice des romans de Jack London. Devant la cheminée ! Prisonniers du brouillard et de la neige. Mais sans les fourrures de renard et les odeurs de sauvagine…

Elle le regarda tendrement. Ils échangèrent un sourire complice avant qu'il ne l'emprisonne dans ses bras. Puis ils se pressèrent d'enlever leurs vêtements pour se réfugier sous les couvertures qu'ils trouvèrent glaciales en dépit de leur épaisseur. Frissonnant, elle se pelotonna contre sa poitrine pour réchauffer son corps. Ils demeurèrent longtemps immobiles et entrelacés, attendant que la chaleur les envahisse à nouveau. Un moment plus tard, Pierre se détacha de Mathilde et la caressa longuement avant de plaquer la main à la place du cœur et de constater que sa peau était brûlante. Maintenant, ils avaient l'impression qu'une flamme les dévorait. Dans la demi-obscurité, ils s'aimèrent avec douceur et violence mêlées. Pour Mathilde et Pierre, le temps ne comptait plus au milieu du silence qui régnait à travers la montagne en cette nuit de mars : ils se découvraient. À intervalles réguliers, ils s'arrachaient néanmoins à la tiédeur des couvertures pour recharger le foyer mais ils y revenaient aussi rapidement et ils s'aimaient à nouveau avec passion et une énergie qui paraissait inépuisable. Ils ne ressentaient plus la fatigue en dépit des efforts de la journée. Il leur arrivait de s'assoupir dès que leurs paupières devenaient lourdes, retenant leur respiration puis écoutant leurs deux cœurs qui battaient la chamade, mais ils ne somnolaient jamais longtemps. Bientôt, ils se réveillaient plus amoureux pour essayer d'assouvir cette fièvre qui avait embrasé leur corps.

Le lendemain, au milieu de la matinée, ils assistèrent au lever du soleil sur la Montagne depuis l'entrée du buron. Un vent léger chassait peu à peu le brouillard tandis que la lumière devenait de plus en plus éclatante. C'était un spectacle qui fascinait toujours Mathilde. Des lambeaux de brume s'effilochaient encore dans le lointain, ou s'accrochaient à la ligne d'horizon, mais les cristaux de neige scintillaient à nouveau. Le paysage retrouvait sa splendeur comme par enchantement.

Ils chaussèrent les raquettes pour poursuivre leur exploration de la draille qui s'enfuyait jusqu'au sommet des pâturages avant de disparaître en direction de l'autre versant. Ils retournèrent près de la cheminée au moment du déjeuner pour dévorer une partie des provisions de Mathilde au terme de cette randonnée qui les avait épuisés. Dans les bras de Pierre, la jeune femme passa à nouveau d'inoubliables moments qui scellèrent leur entente. La tendresse de ses caresses et sa délicatesse pendant l'amour la plongèrent aussitôt dans une forme d'exaltation comme la veille. Mathilde avait la conviction qu'ils n'éprouvaient pas simplement de l'amitié, de l'estime et de l'affection mais un sentiment plus profond. Les deux journées qu'ils avaient partagées dans les montagnes avaient confirmé leur attirance réciproque qu'ils avaient pressentie depuis quelques semaines et surtout une harmonie de pensée. Ils étaient à l'unisson ! La jeune femme s'en réjouissait.

Ils désertèrent le refuge au moment où le soleil les appelait encore à la flânerie mais Pierre reprenait l'express de 19 h 45 qui le déposerait sous la marquise d'Austerlitz le lendemain à 9 h 30. Ils s'arrêtèrent à Bozouls pour qu'il change de vêtements, emporte ses affaires et embrasse ses parents. Ils arrivèrent à Rodez une demi-heure avant le départ du train mais les passagers et leurs familles étaient déjà massés devant les voitures.

– Viens ! souffla-t-il.

Il l'entraîna dans la direction des entrepôts de marchandises et ils pénétrèrent sous une halle où les employés avaient déchargé des dizaines de caisses. Dans des odeurs mêlées de graisse et de goudron, ils s'embrassèrent passionnément.

Ils échangèrent des photos qui ne les quittaient jamais. Pour Mathilde, il s'agissait d'un portrait qui la représentait dans le square du Palais, à Rodez, à l'occasion du déplacement du président de la République. Élégante dans une toilette estivale, elle rayonnait.

– Le banquet était terminé ; j'étais heureuse que le président s'intéresse à une modeste coutelière…

– Et tu pensais à l'avenir !

À travers son sourire et son regard, il retrouvait bien la femme qui le séduisait.

À son tour, il remit à Mathilde une photographie défraîchie qui remontait à son apprentissage de commis dans une brasserie du boulevard Beaumarchais.

– J'étais encore un gamin.

– Un jeune homme distingué ! corrigea-t-elle.

Écourtant leurs souvenirs, ils retournèrent sous la marquise où le chauffeur actionnait d'un geste nerveux le sifflet de sa machine.

– Dépêchons ! Dépêchons ! aboyait le chef de gare.

Il pressait les passagers de rejoindre leur place.

Avant de monter à bord, Pierre caressa les joues de Mathilde puis chuchota :

– Je t'aime !

Esquissant un sourire, elle murmura :

– Je t'attends.

Les portières des wagons claquèrent ; la locomotive s'éloigna et Mathilde demeura longtemps immobile au milieu des chariots, indifférente à l'agitation des employés, jusqu'à ne plus distinguer les signaux lumineux de la dernière voiture.

Elle ressentit surtout son absence en retrouvant la solitude de sa chambre en début de soirée et elle rédigea une lettre à son attention qu'elle expédierait le lendemain. « Ce matin, main dans la main, nous marchions encore à travers les drailles et le temps ne comptait pas ! souligna-t-elle. Quel bonheur ! Tu avais chassé de mes pensées la coutellerie, les commandes, les détaillants et même les corbeaux. Jusqu'alors, je n'avais jamais éprouvé une sensation aussi intense : j'étais heureuse d'être une femme et de me blottir entre tes bras… C'était aujourd'hui. Seulement ? Non ! J'ai l'impression qu'il s'est écoulé une éternité… »

Mathilde l'embrassa à nouveau le samedi de Pâques tandis qu'ils retrouvaient pendant trois jours le refuge montagnard de la famille Delagnes, toujours encerclé par les neiges. Même si les températures s'étaient radoucies depuis le début de la semaine, la couche recouvrant les clairières et les bosquets du Roussillon permettait de chausser les planches. Grâce à l'expérience et à la patience de sa monitrice, Pierre progressa rapidement, comme la jeune femme l'imaginait. Dès la deuxième matinée, il avait acquis suffisamment d'assurance pour descendre la pente réservée aux débutants. Enthousiaste, elle l'applaudit et ne ménagea pas ses encouragements pour qu'il persévère.

– L'année prochaine, après quelques journées de pratique, tu grimperas jusqu'au sommet. Puis nous dévalerons ensemble la Montagne…

Ils parcoururent également les chemins en raquettes, s'arrêtant pour observer une hermine qui traquait ses proies dans la neige ou pour reprendre les conversations qu'ils avaient commencées le samedi où le mauvais temps les avait retenus au cœur de la Montagne. Ils les poursuivaient pendant des heures devant la cheminée de leur thébaïde où flambait une vieille souche tandis que leurs confidences les entraînaient de plus en plus loin. Débordant de confiance, ils avaient la certitude qu'ils pouvaient envisager ensemble leur avenir mais également qu'ils étaient capables d'affronter les tempêtes de l'existence. Pierre ne cachait pas son bonheur d'avoir rencontré une femme aussi naturelle, sensible et battante que Mathilde. Depuis qu'il était installé à Paris, il en avait pourtant côtoyées dans les soirées amicalistes et les dancings mais aucune n'avait ses qualités. Quelques marchands de boissons et des limonadiers auraient souhaité qu'il épouse une Aveyronnaise pour prendre ensuite une gérance de brasserie ou de restaurant ; ils avaient multiplié les présentations à l'occasion des banquets et même de ses tournées mais toutes ces prétendantes affichaient un comportement qui l'avait dissuadé de les fréquenter. Il avait essuyé les mêmes déboires dans les bals musettes et au Club des

Princes où il n'avait croisé que des femmes légères pour des aventures sans lendemain. Il espérait mieux de la vie… Soudain, Mathilde était apparue dans son quotidien pour y occuper de plus en plus de place semaine après semaine. Leurs relations dépassaient aujourd'hui ses attentes et elles avaient transformé son existence. Déjà, il avait organisé ses tournées de manière différente pour pouvoir prendre l'express plus souvent. La longueur et la fatigue du parcours ne l'effrayaient pas même si Mathilde le plaignait d'avoir à passer deux nuits dans un tortillard pour deux à trois jours à Laguiole.

– Il m'est impossible de résister ! répondait-il en souriant. Je t'aime trop pour patienter des semaines jusqu'à mes prochaines vacances avant de t'embrasser…

Honorant ses promesses, Pierre ne manqua pas de retourner dans l'Aveyron à l'occasion du 1er mai avant qu'elle ne remette la clef de leur refuge aux Delagnes et que les troupeaux ne regagnent les pâturages. En dépit de son austérité et de son confort spartiate, le bâtiment offrait grâce à son isolement une intimité que tous deux appréciaient. Lorsqu'ils s'y installèrent dans l'après-midi du samedi 28 avril, le printemps s'était imposé depuis le début de la semaine. Un souffle de douceur parcourait le plateau. Sous les rayons du soleil, la neige disparaissait à travers les estives ; il ne subsistait plus que des plaques sur les sommets et dans les combes les plus froides. Les sources qui coulaient sans retenue, irriguaient les prairies qui étaient désormais amollies et poreuses. Pendant leurs promenades dans les sous-bois, ils relevèrent la présence de bourgeons aux branches des groseilliers et des framboisiers sauvages. Des écureuils sautillaient dans les arbres, des oiseaux construisaient leur nid, des lièvres détalaient à leur approche pour rejoindre leur terrier. Dans une hêtraie, Mathilde découvrit des anémones dont elle confectionnerait un bouquet à l'attention de son père avant leur départ de la Montagne.

– Comme il ne peut plus marcher dans les bois, il en profite à la maison… Les parfums de la forêt envahissent l'étage pendant quelques jours… C'est un délice !

Pierre ménagea une surprise à la jeune femme à l'occasion de son anniversaire qui tombait le 9 mai mais qu'il souhaitait marquer à sa manière avant de revenir à Paris. Il l'invita dans un restaurant de Saint-Urcize autour d'un dîner de fête et déposa sur la nappe un paquet enrubanné. Dans une boutique de la maison Guerlain, il avait acheté un parfum.

– *Champs-Élysées* ! s'exclama-t-elle en le découvrant.

Elle l'avait remarqué à l'automne à la devanture du parfumeur en compagnie de sa sœur qui l'avait emmenée sur l'avenue du même nom. Son flacon en forme de tortue l'avait attirée.

– Comment savais-tu que j'en avais envie ?

– Je le savais !

Lorsqu'ils rentrèrent au buron, Pierre entonna *Happy Birthday* d'une manière irrésistiblement comique sous les chemins d'étoiles qui illuminaient le firmament avant de l'entraîner dans une bourrée endiablée…

En ce printemps 1934, toute la famille observa que Mathilde baignait dans le bonheur. Blanche la taquinait souvent les matins où elle reconnaissait l'écriture de Pierre parmi les courriers que le préposé déposait à la boutique et où elle accourait à la fabrique pour remettre son enveloppe :

– Tu l'aimes, n'est-ce pas ?

Elle devenait écarlate avant de répondre :

– Oui, je l'aime ! Et il me manque dès qu'il reprend l'express… Comment t'expliquer ? Une évidence s'est imposée : c'est bien l'homme que j'espérais rencontrer depuis longtemps…

– Heureuse ?

– Oui !

– Tout le monde l'a deviné ! Même ton père.

Il demandait souvent des nouvelles de Pierre, s'informant de son prochain passage à Laguiole.

– Il a compris qu'il n'est pas simplement notre représentant et qu'il compte de plus en plus dans ta vie…

Élodie s'en réjouissait également :

– Ma grande sœur amoureuse ? C'est formidable !

Une semaine après Pâques, Mathilde l'avait prévenue que Pierre occupait dorénavant une place importante dans sa vie. La nouvelle l'avait enchantée :

– La routine est terminée ! Tu ne penseras plus aux corbeaux et aux calomnies mais à l'amour…

Elle y songeait toujours avant de s'endormir en parcourant les messages les plus tendres de Pierre, en regardant le portait qu'il lui avait adressé quelques jours après son retour dans la capitale et qui le représentait dans un square parisien, en comptant les jours qui les séparaient de leurs retrouvailles. Comme éperonnée par une énergie nouvelle, Mathilde chantonnait devant l'enclume et le polissoir malgré le vacarme qui persistait à longueur de journée à la coutellerie où l'ambiance était plus détendue. Elle travaillait à la fabrication du laguiole qu'elle présenterait au concours du Meilleur Ouvrier de France : un modèle au manche sculpté dans l'ivoire et reprenant le mouvement d'une levrette en pleine course, dont la queue permettrait d'ouvrir et de fermer la lame.

– Une lame de 20 centimètres ! avait-elle dévoilé à Baptiste. En forme de yatagan.

– C'est ambitieux ! avait-il souligné.

Elle reconnaissait que sa réalisation ne s'adressait guère à des débutants mais les difficultés ne l'effrayaient pas.

– Je réussirai !

Elle était consciente que l'harmonie de l'ensemble exigeait de respecter la morphologie de l'animal pour la forme du ressort, de l'extrémité du museau jusqu'aux pattes. Quant à la sculpture des plaquettes du manche, elle imposerait plus d'habileté et plus de précision qu'à l'habitude.

– Un doigté d'artiste !

Devant les employés qui l'entouraient après leur journée, elle n'hésitait jamais à évoquer l'avancement de l'ouvrage ni à mettre en évidence les obstacles qu'elle rencontrait puis la manière dont elle prévoyait de les contourner. Elle acceptait leurs suggestions dont ils débattaient longuement. Ils l'interrogeaient sans cesse et elle ne montrait aucune réticence à leur expliquer un tour de main. Ses compétences soulevaient leur admiration.

– C'est une magicienne ! affirmait Gustave.

– Une encyclopédie ! surenchérissait Émilien.

– Un bolide qui tourne à plein régime ! s'extasiait Octave.

Libérée des tracasseries qui avaient empoisonné le quotidien de la coutellerie et de la famille pendant des semaines, Mathilde exprimait pleinement ses capacités.

– Je ne songe plus qu'à ce laguiole ! indiqua-t-elle à Pierre. Et à l'homme que j'aime…

Elle avait chassé Falguière et Bayard d'autant plus facilement de ses pensées qu'ils n'alimentaient plus les discussions dans la bourgade. À cette saison, les éleveurs préparaient les meilleurs spécimens de leurs cheptels pour les présenter au concours de Laguiole avant de les emmener dans les montagnes le 25 mai.

– Les corbeaux ne les intéressent plus ! se félicitait Blanche.

Ils évaluaient plutôt les chances d'Alazard, Baduel, Rieucau et Causse de remporter le grand prix cette année.

La disparition de Falguière interrompit soudain une trêve que les Chauchard appréciaient. De la boucherie, la cuisinière ramena la nouvelle à Blanche dans la matinée du 16 mai :

– Les gendarmes recherchent Falguière !

– Ils veulent l'arrêter pour fraude ?

– Il a découché.

– Une histoire de jupons ! Il avait la réputation d'un chaud lapin dans sa jeunesse… D'Entraygues à Mur-de-Barrez et d'Espalion à Saint-Geniez, il rencontre tellement de femmes à l'occasion de ses marchés qu'il n'aura pas résisté à la tentation d'une soirée…

Elle en plaisanta ensuite pendant le déjeuner en présence de Clément et de Mathilde.

– Les commères le ridiculisent ! exultait Blanche.

– C'est notre revanche.

Baptiste et Octave jubilaient également.

– Il ne fanfaronnera plus dans les auberges le dimanche : tout le monde le brocardera ! affirma le contremaître.

– Sa femme n'est pas commode ! ajouta son ancien ouvrier. Thérèse est un dragon ; elle ne le ménagera pas.

Ils fréquentèrent les auberges après leur journée à la fabrique pour en apprendre davantage. À 20 heures, Baptiste retournait chez les Chauchard. Consterné.

– Le grand échalas a trépassé.

– Dans les jupons d'une demoiselle ? s'exclama Mathilde.

– Ficelé à un arbre…

– Oh !

Mathilde regrettait les moqueries dont elle l'avait accablé à tort depuis le début de l'après-midi.

– Sans le moindre vêtement ! révéla-t-il.

– C'est un meurtre crapuleux ! en déduisit Blanche.

– Non ! Peut-être pas… On a retrouvé son portefeuille dans la poche de sa blouse : il paraîtrait qu'il était bien rempli…

Un propriétaire du hameau de La Devèze, dans la commune de Montpeyroux, avait découvert Falguière à 11 heures dans le pâturage où il conduisait son troupeau depuis quelques jours.

– Un macchabée.

– Il ne pouvait qu'arriver d'une foire ! présuma Mathilde.

Baptiste confirma que leur concurrent avait passé sa journée à Entraygues qui accueillait un marché mensuel ; il précisa qu'il avait l'habitude de remballer ses couteaux à l'heure de l'angélus et de retrouver des marchands dans une auberge des Bessades pour bambocher avant de regagner Laguiole.

– C'était un traînard ! Il rentrait très souvent après minuit et il le claironnait dans les bistrots…

– Des hommes l'attendaient certainement dans la camionnette avant qu'il ne reprenne le chemin de Laguiole ! supposa-t-elle. Ou à un croisement entre Les Bessades et Le Bousquet.

– Pour appliquer la justice de Laguiole ? s'inquiéta Blanche en frissonnant.

– On ne l'aurait pas frappé…

– Seulement saucissonné à un arbre ? s'étonna Mathilde.

– Mais bien bâillonné. Ils avaient enfoncé un mouchoir dans la bouche pour que personne ne l'entende… C'est un châtiment aussi terrible que des coups de *drelhier*. Imaginez ! Supporter le froid pendant des heures…

Marquant le retour des saints de glace que les éleveurs et les jardiniers redoutaient toujours au printemps, la température s'était considérablement rafraîchie depuis une semaine ! On grelottait ; la campagne était blanche de cristaux de givre tous les matins et Mathilde remarquait qu'une couche de glace recouvrait la gamelle des molosses devant leur cabane. Les justiciers avaient entraîné leur victime au sommet d'un pâturage exposé au vent et éloigné des maisons. Ils étaient assurés qu'on ne le délivrerait pas avant le milieu de la matinée lorsque le soleil réchauffait l'atmosphère et que les vaches gagnaient les prairies.

– Et le malheureux s'est *sanglacé** ! conclut Blanche.

– Ou il s'est étouffé ! répondit-il. Ou le cœur a flanché.

– Ces hommes n'avaient peut-être pas l'intention de l'éliminer et ils cherchaient seulement à le corriger ! poursuivit Mathilde. Un avertissement pour ses coups tordus…

– C'est barbare ! l'interrompit-il.

La regardant fixement, il compléta :

– Il méritait une semonce pour ses cercueils et ses vacheries. C'était un salopard ! Personne ne le pleurera… J'étais disposé à le « chapitrer » à ma manière mais tu ne le souhaitais pas… Je ne l'aurais jamais tabassé comme un forcené pour qu'il en meure… Il existe une police et une justice…

Ses propos rassurèrent Mathilde et Blanche qui ne doutaient pas de sa franchise. Depuis des semaines, elles craignaient que le contremaître ne respecte

---

* Mort de froid.

pas ses promesses et qu'il saisisse une occasion pour accomplir sa vengeance.

Comme Octave, il s'attendait à recevoir une convocation de la gendarmerie dans la semaine.

– Il y avait tellement de différends entre nous que le brigadier pourrait nous suspecter de tremper dans cette affaire…

– Il nous interrogera également ! rétorquèrent-elles de concert. C'était notre principal concurrent…

– Et des dizaines de familles à Laguiole et dans la région. Les raisons ne manquent pas ! Mais je suis persuadé qu'on n'arrêtera jamais les coupables…

Les gendarmes questionnèrent longuement les Chauchard et leurs employés.

– C'est la procédure habituelle ! souligna d'entrée le brigadier Lambert qui souhaitait les mettre en confiance.

Deux jeunes militaires dépêchés de Rodez l'assistaient dans ses recherches. Ils ne connaissaient pas Laguiole, ses habitants, leurs traditions, leurs principes d'honneur, leur justice expéditive. Ni l'atmosphère délétère que d'aucuns entretenaient depuis des années. Ils ignoraient que des familles laguiolaises recevaient de manière régulière des paquets macabres.

– Vraiment ? insistèrent-ils.

Pour leur prouver qu'elle ne mentait pas, Mathilde déballa sur le comptoir les cercueils, les potences et les lettres d'insultes qui s'entassaient dans une caisse.

– Constatez !

Bientôt, leur comportement l'exaspéra. Tout les intriguait dans les pratiques commerciales de la maison, la concurrence entre les couteliers laguiolais et auvergnats, les rapports de voisinage. Ils interrompaient constamment sa déposition pour demander des éclaircissements.

– Nous perdons notre temps ! s'emporta Grégoire Lambert. La réputation des Chauchard est irréprochable…

Le plus arrogant de ses collègues répliqua aussitôt :

– C'est justement notre problème ! À les interroger et à vous écouter, toutes les familles présentent une moralité exemplaire… Ce n'est qu'une apparence. Le coupable s'y trouve.

– Personne ne lâchera le morceau ! affirma Lambert en lissant ses moustaches. C'est un règlement de comptes…

– Vous vous trompez ! C'est un meurtre passionnel. Thérèse Falguière est persuadée que son époux avait une maîtresse…

– Peut-être.

– Elle brouille les pistes pour que vous ne fouilliez pas dans ses papiers ! répondit Mathilde.

Elle partageait les convictions du brigadier Lambert à propos des mobiles de cette vengeance meurtrière :

– Vous n'obtiendrez jamais de preuves !

Ses insinuations hérissèrent le gendarme ruthénois. Cramoisi, il la foudroya du regard avant de marteler :

– Nous consacrerons à l'enquête le temps nécessaire mais je vous promets que nous bouclerons l'assassin !

Le 25 mai, les troupeaux s'installèrent dans les montagnes et les trois militaires frappaient toujours aux portes des maisons de Laguiole pour essayer d'arracher quelques indices.

– Les couillons ! s'exclama Baptiste.

Souvent, après sa journée à la fabrique, il rencontrait Lambert en compagnie de ses deux acolytes.

– Bredouilles et fumasses !

Dès la semaine suivante, leurs supérieurs décidèrent d'arrêter cette enquête qui ressemblait de plus en plus à une mascarade. Ils rappelèrent les deux jeunes gendarmes qui retournèrent dans leur caserne ruthénoise. Ce qui amena les corbeaux à reprendre leur activité après leur départ. Le brigadier Lambert constata que des lettres anonymes s'accumulaient à nouveau sur son bureau, que des fantaisistes s'amusaient à désigner le quincaillier Costes, le pharmacien Rochegude et même l'abbé Delouvrier parmi les commanditaires de « l'exécution » de Falguière.

– Quelle pétaudière ! soupirait-il.

L'accablant de courriers obscènes, de potences, de cercueils, de cordelettes et de candélabres, les délateurs les plus enragés reprochèrent également à Mathilde de chercher à supprimer ses concurrents pour s'adjuger le marché du couteau à Laguiole. Ils la surnommèrent Caligula. Furieuse, blessée, elle appela Pierre.

– Ils m'accuseraient presque de cet assassinat !

Il l'encouragea à bourrer le poêle des torchons et des insultes qu'elle conservait dans son bureau depuis des semaines puis à se débarrasser des paquets macabres :

– Des obsessions de maniaques !

Il souhaitait qu'elle accorde moins d'importance à ces attaques pour consacrer son énergie à la coutellerie.

– Et à ton concours ! Tu montreras ton talent aux imbéciles qui s'acharnent…

Soucieux de chasser ses idées noires et de la stimuler, Pierre s'empressa de la rejoindre. L'arrachant à ses montagnes que les troupeaux peuplaient désormais, il décida de l'entraîner à travers le Causse Comtal comme il l'avait promis depuis des semaines. Après Bozouls, ils roulèrent sans se presser dans la direction de Curlande avant d'emprunter une route plus étroite pour parvenir à Concourès où ils abandonnèrent leur voiture à proximité d'une demeure bourgeoise. Elle emporta une gourde comme toujours dans ses randonnées puis ils s'engagèrent dans un large chemin qui serpentait à travers les pâturages caillouteux et les bosquets entre deux murets de pierres sèches. En cet après-midi de juin, un temps orageux s'était installé au point que la chaleur devenait étouffante et les abeilles irritables tandis que les oiseaux volaient à basse altitude. Pierre estima toutefois qu'ils pourraient achever leur promenade avant l'averse. Les pierres étincelaient sous les rayons du soleil, éblouissant Mathilde qui était habituée à une lumière moins éclatante et à des paysages verdoyants, mais elle découvrait la beauté du Causse. Entre autres, elle y retrouvait la même sensation de légèreté qu'elle ressentait au mois d'août au sommet des estives dépourvues d'arbres et que les vaches avaient tondues.

Transpirant sous leurs chapeaux de paille, ils marchèrent dans la pierraille tandis que Pierre évoquait ses années de berger. Ils continuèrent la conversation qu'ils avaient commencée au téléphone après les attaques répétées des corbeaux contre les Chauchard. Il ne ménagea pas ses efforts pour reprendre les mêmes arguments que l'avant-veille dans l'espoir qu'elle ne succomberait pas à la panique.

– Ne te préoccupe pas des insultes et des rumeurs ! Sinon tu te rendras malade… Et les jaloux seraient trop contents… Songe à notre amour, à nos projets, aux enfants que nous aurons. C'est le plus important…

Ils débattaient de l'atmosphère détestable qui empoisonnait le quotidien des habitants de Laguiole lorsqu'ils entendirent des grondements de tonnerre. Soudain, le soleil avait disparu tandis que des nuages couleur d'encre s'amoncelaient.

– Dépêchons-nous !

Il connaissait une cabane, à quelques centaines de mètres, où ils s'abriteraient. Ils coururent ! Dans la précipitation, elle trébucha contre les pierres du chemin et manqua tomber à plusieurs reprises puis une rafale de vent enleva son chapeau pour l'accrocher aux branches d'un genévrier. Ses cheveux flottaient désormais mais elle ne s'en plaignait pas.

Cette course contre l'orage l'amusait au point qu'elle chantonnait joyeusement et qu'elle serrait plus fort la main de Pierre. Lorsqu'ils approchèrent du cabanon du berger, les gouttes de pluie mouillaient leurs vêtements. La robe légère que Mathilde avait passée ce jour-là plaqua bientôt à son corps tandis que ses joues ruisselaient. Quelques mètres encore et ils poussèrent la porte branlante pour s'écrouler dans la réserve de fourrage qui occupait un angle de la pièce. Ils reprirent leur souffle puis Pierre l'enferma dans ses bras et l'embrassa…

Lorsqu'ils quittèrent la cabane, l'orage s'était éloigné. La jeune femme avait les cheveux constellés d'herbes sèches et sa robe froissée mais elle était rayonnante.

12

Cette confiance retrouvée l'aiguillonna pour mieux affronter les provocations de Thérèse Falguière. Prévenue par Octave et par Baptiste, Mathilde s'attendait à ses réactions sournoises.

– Elle t'enverra des cercueils : c'est la spécialité de la maison ! prétendaient-ils. Mais elle ne débarquera jamais à la fabrique en brandissant une carabine comme Edmond. C'est peut-être une femme d'affaires mais elle n'est pas courageuse…

Quelle illusion ! Le samedi 16 juin, à l'heure du petit-déjeuner, Mathilde observa depuis une fenêtre de la cuisine les forains qui s'installaient en bordure de l'esplanade comme tous les samedis de printemps à l'occasion des marchés aux bestiaux. D'emblée, elle repéra la fourgonnette des Falguière à l'emplacement que le marchand de couteaux occupait d'habitude.

– C'est encore une plaisanterie ! expliqua-t-elle à Blanche qui ne l'avait pas remarquée. Des jeunes l'auront déplacée…

La veille, la mairie de Laguiole accueillait le conseil de révision, et les conscrits avaient passé la soirée dans les auberges.

Un moment plus tard, elle poussa une exclamation lorsque le bateleur auvergnat à la moustache gauloise et à la blouse marine entreprit de déballer ses caisses de couteaux : il les déchargeait de la camionnette des Falguière. Incrédule, elle appela Blanche.

– Tu penses que Thérèse l'aurait engagé pour vendre sur les marchés et remplacer Edmond ?

– Peut-être ! supposa sa mère. Si elle abandonne les foires, elle risque la faillite.

– Elle a besoin d'un homme blagueur et racoleur pour écouler sa camelote. C'est une aubaine pour elle : il n'a pas sa langue à la poche et il sillonne les routes de la région depuis des années. Elle ne pouvait pas mieux trouver.

– Pour une femme qui manque de courage, elle a l'audace de le faucher aux Thiernois…

Le marchand au chapeau de feutre travaillait jusqu'alors pour la maison Buisson de Thiers.

– De l'audace ? C'est à prouver ! rétorqua Mathilde. Falguière et Buisson sont peut-être de mèche. Edmond achetait déjà des couteaux de ménage chez Buisson…

Blanche ne partageait pas son opinion :

– Elle a quand même le toupet de présenter ses laguioles de pacotille sous nos fenêtres.

– Elle chercherait la bagarre ? s'étonna sa fille.

Le moustachu le confirma en exhumant des profondeurs de la fourgonnette un panneau dont les inscriptions les ulcérèrent dans l'instant : « Thérèse Falguière fabrique, à Laguiole, l'authentique et le véritable couteau de Laguiole. »

– L'authentique ? Le véritable ? s'emporta Mathilde. C'est de la foutaise ! Une coutellerie artisanale ? Mensonges ! Il n'y a dans cette baraque que des couteliers d'opérette. On y blanchit de la pacotille. C'est de l'arnaque…

Les poings fermés, elle ne décolérait pas.

Lorsque les employés la rejoignirent, à 8 heures, le marchand essayait de séduire les premiers chalands :

– Falguière fabrique les meilleurs laguioles de l'Aveyron et de l'Auvergne ! N'achetez plus de couteaux chez Chauchard ! C'est la boutique des Parisiens et des bourgeois où on escroque tous les honnêtes campagnards.

À deux ménagères qui s'étaient arrêtées devant son étalage, il s'appliquait à démontrer la qualité de ses modèles :

– D'authentiques laguioles, mesdames ! Un manche en corne de bœuf de nos montagnes ; un ressort guilloché à la main ; une abeille travaillée selon la tradition… Une solidité à toute épreuve ! Un tranchant irréprochable !

Il déposa dans leurs mains un laguiole qu'il avait ouvert :

– Regardez-le bien, mesdames ! C'est un bijou ! Il est beau ; il coupe bien mieux que les laguioles de la maison Chauchard et je vous le propose pour une misère !

Elles paraissaient hésitantes tandis que le contremaître et ses camarades, regroupés devant la boutique autour de Mathilde et de Blanche, l'insultaient. Déterminés à intervenir, ils interpellèrent les deux ménagères pour les dissuader d'acheter :

– Il vous amuse ! Ses « authentiques et véritables » laguioles sont fabriqués industriellement.

– Ils ne tranchent que du sable !

Interloquées, elles restituèrent le couteau au marchand et elles s'éloignèrent en grommelant.

Après leur départ, ils le menacèrent directement :

– On te bougnera si tu n'arrêtes pas ton cinéma !

– On balancera ta camelote dans le ruisseau !

L'Auvergnat encaissa les attaques sous le regard intrigué des passants ; il était convaincu qu'ils le frapperaient s'il répondait.

– Remballe ta marchandise ! ordonna ensuite le contremaître. Ou nous nous en occuperons...

Comme il n'obéissait pas, Baptiste traversa la chaussée pour renouveler son injonction :

– Remballe !

Mathilde et Blanche tempérèrent son impatience :

– C'est notre affaire !

Redoutant l'affrontement, elles décidèrent de prévenir Tiburce Cassant avant qu'il ne contrôle les forains installés dans le quartier ; il ne les inspectait qu'en milieu de matinée seulement. Par avance, toutes deux étaient persuadées qu'il imposerait à l'Auvergnat de déménager. Sceptiques, les hommes haussèrent les épaules.

– C'est un mollusque ! affirma Baptiste, qui ne partageait pas ses opinions politiques.

– Il a défendu notre honneur contre Bayard ! rétorqua

Blanche.

À contrecœur, ils s'inclinèrent.

Mathilde leur demanda de retourner à la fabrique pendant son absence mais ils préférèrent surveiller l'Auvergnat.

– Et l'empêcher de bavasser !

– Ne le touchez pas ! exigea-t-elle.

Ils promirent.

La jeune femme disparut ensuite en direction de l'auberge de la Fontaine où Tiburce Cassant avait ses habitudes les samedis de marché. Une demi-heure plus tard, elle l'emmenait devant les étalages de l'Auvergnat qui persistait à rameuter la clientèle dans des termes toujours aussi accrocheurs mais tout en ménageant la maison Chauchard. Ils parlementèrent au milieu du brouhaha des marchands qui ceinturaient l'esplanade et des meuglements des génisses. Le bonimenteur contesta les accusations de Mathilde ; il s'appliqua également à retourner la situation à son avantage en reprochant à son personnel de dénigrer ses laguioles. La jeune femme avait l'impression, en l'écoutant, d'entendre les Laguiolais qui l'accablaient de courriers injurieux ; elle imaginait que Thérèse Falguière rabâchait le même discours à longueur de journée dans sa boutique. Dégoûtée, Mathilde n'éprouva pas la nécessité d'y répondre. « Tiburce Cassant connaît la situation de la coutellerie laguiolaise ! songeait-elle. J'espère qu'il ne tombera pas dans le panneau ! » Effectivement, il demanda calmement à l'Auvergnat de déplacer ses étalages à 150 mètres de l'esplanade mais en bordure de la nationale.

– C'est tout aussi passant.

L'homme à la blouse bleue regimba :

– Vous m'avez accordé cette place pour une année et je n'en changerai pas avant le 1er octobre.

Obstiné, il n'en démordit pas et Tiburce Cassant capitula.

– Je ne peux pas l'obliger : il est dans son droit ! expliqua-t-il ensuite à Mathilde.

– Je n'en doute pas ! ironisa-t-elle. Mais il nous attaque : c'est inadmissible. Souhaitez-vous une bagarre ?

Il essaya de justifier sa position puis de ramener Mathilde à la modération. Sans succès. Elle n'avait pas l'intention d'entendre le discours persifleur de l'Auvergnat pendant toute la journée tandis que la prudence excessive du premier magistrat l'horripilait. Elle était décidée à adopter désormais l'attitude de son personnel et à s'affranchir de la légalité.

– Vous nous y poussez ! Mes ouvriers trépignent de colère ; je comprends leur indignation… Je ne les retiendrai pas.

– Vous le délogerez ?

– C'est inévitable.

– N'attendez pas que je vous soutienne mais…

Reconnaissant la responsabilité des Falguière, il n'était pas mécontent en définitive qu'elle puisse résoudre à sa manière leur différend en dehors de sa présence.

– Je fermerai les yeux.

« Quelle lâcheté ! soupira-t-elle. Toujours la même hantise de froisser… Baptiste avait bien raison : il manque de courage et de fermeté dans les situations difficiles… » Toutefois, elle le remercia pour sa bienveillance.

– Ne le brutalisez pas ! conseilla-t-il. S'il prévenait le brigadier, je ne pourrais pas intervenir…

Elle s'y engagea.

Il traversait encore l'esplanade en saluant les éleveurs que les employés de la coutellerie ceinturaient l'Auvergnat. Le marchand n'opposa aucune résistance ; il avait compris que personne ne le défendrait parmi les passants. Ni même ses habitués. Depuis le début de la matinée, il avait accumulé les reproches à propos de son comportement malhonnête. On l'avait houspillé ! Le bateleur avait perdu de son arrogance.

– Maintenant, on remballe ! annonça Baptiste. Sans casse.

Ils rangèrent précieusement les couteaux et les faïences dans leurs caisses qu'ils entassèrent ensuite dans la camionnette.

– On te ramène chez Falguière ! indiqua Baptiste au camelot.

Mathilde comptait les accompagner mais le contremaître ne le souhaitait pas : il considérait que Thérèse Falguière devait fournir une explication à l'équipe des couteliers pour les calomnies dont l'Auvergnat l'avait accablée tout au long de la matinée.

– C'est une question d'honneur.

– Pour notre famille également ! rétorqua-t-elle.

Malgré sa réputation, Thérèse Falguière ne l'intimidait pas. La jeune femme avait le sentiment qu'elle était capable de l'affronter les yeux dans les yeux. Entre femmes.

– Crevons l'abcès ! C'est l'occasion.

– Ne te précipite pas ! l'arrêta Baptiste.

Il estimait que le moment n'était pas opportun : le chagrin et la douleur l'aveuglaient.

– Et la vengeance. C'est une enragée. Elle ne t'écoutera pas. Dans quelque temps…

Blanche l'approuva également. Ces arguments réussirent à la convaincre mais ils n'entamèrent pas sa détermination.

– Je patienterai mais nous réglerons cette affaire.

Toutefois, elle demanda à Baptiste de respecter la boutique, la patronne et son personnel. Il l'assura qu'il ne toucherait pas à un cheveu de Thérèse ni de ses employés.

Lorsque les huit hommes entrèrent dans la boutique, Thérèse ne manifesta aucune surprise.

– Je vous attendais.

Grande, maigrichonne, habillée de sombre, le chignon haut et le regard d'aigle, elle s'affairait derrière son comptoir.

– Quelle expédition !

Baptiste répliqua dans l'instant :

– Tu mériterais une torgnole.

Elle abandonna son registre pour le provoquer :

– Frappe-moi !

Ses prunelles semblaient décocher des centaines de flèches mais elles n'impressionnèrent pas Baptiste.

– Personne, à Laguiole, n'a apprécié le numéro du guignol qui bavassait devant notre porte ! poursuivit-il.

– L'Auvergnat a la bosse du commerce.

– Il applique des méthodes de gangster. S'il nous chatouille à nouveau, tu t'en mordras les doigts.

– Tu t'attaquerais à une pauvre veuve ?

– Comme tu t'acharnes après deux femmes sans défense !

Écarlate, elle ne répondit pas.

Quelle douche ! Deux clientes qui choisissaient des couteaux réprimèrent leur étonnement. Ce que remarqua Baptiste. Il était persuadé qu'elles rapporteraient ses propos dans les magasins de Laguiole, l'après-midi même. « Quelle révélation ! imaginait-il. Et quelle humiliation ! » Par avance, il savourait sa revanche.

On commenta diversement l'équipée des huit couteliers mais une certitude s'imposa : le facteur ne distribua plus de potences et de cercueils à Mathilde. Ni même de menaces. Elle éprouvait du soulagement à retrouver la sérénité tandis que le contremaître triomphait modestement :

– Patientons jusqu'à samedi.

Il redoutait que l'Auvergnat déballe à nouveau ses faïences et ses couteaux à quelques mètres de la boutique.

– Il est toujours dans son droit.

Le samedi 23 juin, dès l'aube, Mathilde observa l'arrivée des marchands ambulants depuis une fenêtre de sa chambre mais, à 7 heures, l'Auvergnat demeurait toujours invisible. Bientôt, un maraîcher déchargea ses paniers de salades entre le matelassier et la mercière. Elle descendit aussitôt pour l'annoncer à Blanche.

– Les Falguière renoncent.

– Ils craignent Baptiste.

– Et Thérèse a remarqué que tous les Laguiolais ne la portent pas dans leur cœur.

Le remplacement des laguioles de Falguière par les primeurs d'un maraîcher de Banhars ne pouvait que satisfaire les ouvriers de la coutellerie. Désormais, ils n'entendraient plus les calomnies de l'Auvergnat.

– S'il était revenu, nous l'aurions étranglé ! confessa Baptiste.

Ils étaient conscients toutefois qu'il persisterait à employer les mêmes arguments sur les marchés de la région et à les dénigrer sans scrupules pour écouler sa camelote.

– C'est la recette de la maison ! souligna Octave.

Pendant qu'ils retrouvaient leurs postes à la fabrique, la jeune femme remercia Baptiste.

– Tu avais raison ! reconnut-elle. Les Falguière méritaient bien une semonce. J'espère qu'ils s'assagiront…

Tout en esquissant un sourire, le contremaître alluma le mégot qui pendouillait à ses lèvres avant d'avouer :

– La coutellerie est ma seconde famille depuis la mort de ma pauvre Noémie… Je ne te l'apprends pas.

L'émotion l'étreignit au souvenir de sa femme. Il plissa le front puis il essuya une larme avant de continuer :

– J'y travaille depuis plus de quarante ans et je ne pourrais jamais travailler ailleurs. C'est toute ma vie.

Elle appréciait tout à la fois son dévouement sans failles, son expérience dont elle bénéficiait encore et sa présence dans les moments difficiles ; elle n'oubliait pas qu'il s'était efforcé pendant des années de remplacer son père à la fabrique auprès d'elle et des employés pour que la coutellerie ne disparaisse pas.

– Je m'en souviendrai toujours.

Il la revoyait maintenant à l'adolescence lorsqu'elle apprenait à fabriquer un couteau dans la froidure, la poussière ou la fournaise. Il s'était montré exigeant et ne le regrettait pas. Son maître, chez Lecollier à Nogent, l'avait félicité. Baptiste mesurait aujourd'hui le chemin qu'elle avait parcouru.

– Comme le temps passe…

Éprouvant une grande affection pour Mathilde, il la considérait depuis des années comme sa nièce.

– J'aimerais que tu réussisses…

– La maison prospère !

– Et que tu penses également à ton bonheur…

Depuis des semaines, lorsque leur conversation adoptait une tonalité plus personnelle, il revenait toujours à la charge. Même si ses joues rosirent, elle répondit franchement.

– Mon bonheur ? J'y pense chaque matin.

– Et même dans la journée !

– Tu l'avais compris ?

– Des pressentiments. Les courriers que ta mère t'apporte à la fabrique dans la matinée…

– Tu désespérais ?

Il tergiversa avant de concéder :

– Je m'inquiétais ! Tu auras bientôt trente ans…

– Et tu étais persuadé qu'aucun homme ne m'aimerait à cause de mon métier salissant…

– De ton pantalon de forgeron, de tes mains rêches…

– Pourquoi un homme ne pourrait-il pas m'aimer ?

Perplexe, il haussa les épaules.

– Je m'imaginais que… C'était différent à mon époque !

Il avait observé que les relations amoureuses avaient changé depuis les années de guerre et l'émancipation de la femme mais également que les hommes désertaient toujours les campagnes aveyronnaises pour travailler dans la limonade parisienne.

– Dans le même temps, je redoutais que tu nous quittes pour épouser le maître d'hôtel d'un palace, un patron de restaurant ou de brasserie… Comme Élodie !

– Pour dépérir derrière un comptoir ? Tu plaisantes ! Pierre ne me l'imposerait jamais…

– Pierre ?

Constatant soudain qu'elle avait dévoilé à Baptiste le prénom de l'homme qu'elle aimait, la jeune femme se mordit les lèvres.

– C'est Pierre Charrié, n'est-ce pas ?

Mathilde, qui avait confiance dans son contremaître, en apporta la confirmation. Un sourire illumina le visage du coutelier.

– Je m'en doutais bien ! Tu en parles souvent… Et puis… Tu t'absentes certains samedis…

Il conservait un excellent souvenir de leur rencontre et de son passage à la fabrique en décembre.

– Il s'intéresse au laguiole et à notre métier ; il est exigeant sur les qualités d'un modèle. C'est un homme simple et modeste ; il te secondera… J'espère que votre bonheur ne s'éteindra pas !

Ensuite, son regard se brouilla. Des images remontaient à sa mémoire : son mariage en l'église de Curières, leur installation à Laguiole, leurs plaisirs de jeunes mariés, la brutale disparition de Noémie à trente ans après une courte maladie…

Mathilde l'embrassa puis chuchota à son oreille :

– Même si j'épouse Pierre, tu auras toujours ta place dans la maison et j'aurai besoin de ton expérience… Et je ne doute pas qu'il sollicitera également tes conseils…

Touché par sa confiance, il la remercia avant de murmurer :

– Vous pourrez compter sur moi…

L'instant d'après, la jeune femme disparaissait en direction de Rodez pour y retrouver Pierre à sa descente de l'express ; elle fredonnait des chansons d'amour en conduisant, heureuse de le rejoindre mais également soulagée de constater que Thérèse Falguière avait renoncé à leur infliger de nouvelles provocations. Ils flânèrent en amoureux dans les ruelles du centre, déjeunèrent dans un restaurant de la place du Bourg, passèrent l'après-midi à l'ombre des peupliers qui bordent l'Aveyron à Layoule avant de reprendre le chemin de Laguiole. En ce samedi 23 juin, Marceau Pouget les avait conviés à participer à la soirée de la Saint-Jean dans la montagne de Rochegras qu'il possédait près de Lacalm. À la requête du cantalès, Mathilde alluma le bûcher avant que le jeune couple ne s'élance au-dessus des braises sous les vivats. Ils partagèrent l'aligot en compagnie des buronniers ; ils chantèrent ; ils dansèrent des bourrées jusqu'à minuit ; ils marchèrent ensuite à travers les pâturages sous une lune blanche et pleine puis ils échangèrent des promesses, savourant le bonheur de s'aimer.

La semaine suivante, l'annonce de la faillite de la banque Villa la ramena brutalement à la réalité. Elle s'afficha en lettres capitales dans les journaux aveyronnais le 28 juin 1934. Ce matin-là, dès qu'elle feuilleta la dernière édition de *L'Union catholique* après la distribution du courrier, Blanche découvrit la nouvelle. Blême, elle s'appuya contre le comptoir avant de murmurer :

– Quelle catastrophe !

Depuis que la banque disposait d'un bureau à Laguiole où le sous-directeur de la succursale d'Espalion permettait à la clientèle d'effectuer des opérations tous les samedis et les jours de foire, les Chauchard y possédaient un compte. Pendant des années, lorsqu'elle assumait la direction de la coutellerie et de la boutique, Blanche avait apprécié les services de la banque aveyronnaise : ils avaient simplifié le fonctionnement de ses affaires. Le samedi, elle y déposait les recettes de la semaine au magasin ainsi que les chèques de ses détaillants.

– C'est bien plus rassurant que de conserver son argent dans une caissette !

Lorsque le Crédit lyonnais avait inauguré une permanence à Laguiole et essayé de débaucher les plus fidèles de la banque aveyronnaise, elle n'avait pas modifié ses habitudes.

– Pourquoi nous plaindre de Villa ? Depuis des années, ses employés sont compétents et disponibles...

Toutefois, l'année de sa majorité, Mathilde n'avait pas hésité à transférer ses économies de la Caisse d'Épargne d'Espalion au Crédit lyonnais de Laguiole, persuadée de pouvoir séduire de nouveaux amateurs parmi le personnel de cette banque.

« Elle ne le regrettera pas ! » soupira Blanche en traversant l'arrière-boutique pour la prévenir, soulagée de constater qu'elle préserverait son capital.

Lorsqu'elle parcourut le journal, la coutelière ne songea qu'aux affaires familiales :

– Quelle poisse !

Elle manquait de chance. Maintenant que les commandes leur parvenaient de manière régulière et soutenue, que les détaillants parisiens acceptaient ses laguioles sans rechigner, la débâcle de leur banquier la plongeait dans le désarroi.

– Nous pourrons liquider !

– Ne raconte pas de bêtises ! protesta Blanche.

Elle l'avait entraînée à l'extérieur pour que les employés ne surprennent pas leur conversation.

– Tout n'est pas perdu !

Mathilde détacha son turban d'un geste rageur ; elle ruisselait.

– Comment assurerons-nous le paiement des salaires et des factures des fournisseurs ?

– Nous nous débrouillerons !

Depuis la guerre, Blanche avait toujours observé les conseils d'un caissier de la Banque de France de Rodez qui figurait parmi les habitués de la boutique : elle souscrivait, les bonnes années, à des emprunts proposés par la Défense nationale, le ministère des Finances et la Caisse des dépôts.

– Vous ne prendrez pas le moindre risque ! avait-il expliqué. Le gouvernement les garantit…

Un emprunt de la Défense nationale arrivait à échéance au 1er juillet prochain ; son remboursement permettait de renflouer leur trésorerie dès la première semaine de juillet.

– Pour quelle somme ? demanda Mathilde.

Blanche ignorait le montant exact.

– Cinq mille francs. Ou six mille francs. Peut-être plus…

– C'est insuffisant !

– Vraiment ?

Depuis que Mathilde la déchargeait des comptes, Blanche ne connaissait plus d'une manière précise la situation financière de la fabrique. Confiante dans ses capacités à assumer la direction de l'entreprise et consciente des exigences qu'elle manifestait dans le quotidien, elle ne contrôlait plus les registres. Néanmoins, à sa demande, elle continuait chaque semaine à remettre à la banque les mandats des détaillants et à ramener l'argent des salaires.

– Cinq mille francs ? C'est insuffisant ! répéta Mathilde.

– Tu y ajouteras tes économies.

Ses économies ? La jeune femme les avait ponctionnées au printemps 1932 pour acheter la Renault qu'elle brûlait d'envie de conduire. Même si elle n'était pas dépensière, son compte ne parviendrait jamais à reconstituer leur trésorerie.

– Nous ne résisterions pas jusqu'à l'automne.

– Je déposerai nos colliers et nos bagues chez le bijoutier…

– C'est encore insuffisant. Ils ne rapporteront pas assez pour nous empêcher de sombrer…

De quelle manière pouvaient-elles rassembler des fonds ? À l'occasion de son mariage, en 1904, Blanche avait apporté dans la famille Chauchard la maison de son grand-père Gaspard dont elle avait hérité ; c'était une superbe demeure bourgeoise que le pharmacien de Nasbinals habitait depuis des années mais il était convenu qu'elle reviendrait à Élodie qui avait renoncé à ses parts dans la coutellerie. Par ailleurs, Blanche et Clément avaient décidé d'attribuer également le champ d'Hortense à leur cadette. Grâce à la mère de Clément, les Chauchard disposaient d'une parcelle d'un hectare dans le quartier de la Patte-d'Oie qui bordait la nationale de Saint-Flour à Rodez. Malgré leurs difficultés, ils ne souhaitaient pas transgresser aujourd'hui ces engagements et ils ne mettraient pas en vente la maison ni le champ.

– Même si nous avons besoin d'argent, ce serait injuste pour

Élodie ! Elle nous le reprocherait ; nous nous brouillerions…

Ce que Mathilde admettait :

– Nous n'y toucherons pas !

Disposée à préserver la fabrique, Blanche proposa alors de souscrire un emprunt auprès du Crédit lyonnais :

– Comme tu y possèdes un compte, le directeur de l'agence de Laguiole te consentirait des conditions particulières…

– Certainement ! Mais…

L'incertitude persistait dans tous les secteurs de l'économie et Mathilde craignait de ne pas pouvoir honorer sa parole. Comme ils hypothéqueraient la maison et la coutellerie, elle avait peur de dilapider leur patrimoine.

– Et nous nous retrouverions dépouillés de tous nos biens si nous ne parvenions pas à rembourser dans les délais ! Papa ne s'en remettrait pas…

Les Aveyronnais redoutaient autant les dettes que la maladie, notamment les visites des huissiers de justice qui devenaient de plus en plus courantes dans les campagnes depuis le début de la récession. Les « décrocheurs de crémaillères », comme on les surnommait désormais, dépouillaient sans vergogne les familles qui éprouvaient des difficultés à s'acquitter de leurs annuités ; ils provoquaient souvent des drames. On avait retrouvé des pères pendus à une poutre de la grange ou d'une remise le lendemain de leur passage ; ils n'avaient pas supporté le déshonneur.

Après réflexion, Blanche partagea ses réticences :

– C'est peut-être plus prudent…

– Les banquiers sont de plus en plus gourmands.

– Et ils nous trompent !

Elle avait découvert dans le journal que la famille Villa, installée à Millau depuis des générations, n'avait pas résisté à la tentation d'acquérir des banques en faillite, de prendre des participations dans des compagnies électriques aux comptes déficitaires et de s'associer à un groupe belge aux activités douteuses.

– Je ne comprends pas !

Comme les sept mille épargnants, fonctionnaires, bourgeois, propriétaires, industriels et employés qui constituaient l'essentiel des créanciers, elle exigeait des explications.

– C'est bien le moins !

Elle demanda à Mathilde de l'accompagner à Espalion pour y rencontrer le directeur de l'agence.

– Charlette s'occupera de la boutique.

D'ordinaire pacifique, elle tempêtait :

– C'est une trahison !

Jusqu'à présent, Blanche imaginait qu'elle pouvait accorder sa confiance à « son » banquier parce que les décisions revenaient à une famille de Millau dont on soulignait l'excellente réputation à travers l'Aveyron. « C'est peut-être une maison plus sérieuse et plus honnête que certaines banques parisiennes ! » pensait-elle. La prévoyance et l'intégrité aveyronnaises ne constituaient-elles pas les meilleures des garanties ?

Quelle illusion ! Elle constatait aujourd'hui que ses directeurs avaient dilapidé son argent.

– C'est inadmissible ! Ils détruisent des années de travail et la réussite d'une famille ; ils mettent au chômage des ouvriers…

Leur comportement la dégoûtait.

– Nous nous passerons des banques !

Elle avait l'intention de dissimuler ses liasses de billets sous le parquet de l'arrière-boutique, à l'image de certains marchands de boissons aveyronnais de la capitale, mais également de trouver les moyens de préserver la coutellerie.

– Je ne pourrai jamais accepter qu'elle ferme !

Blanche pensait à ses années de combat après l'accident de Clément, à ses moments de découragement, aux attaques des concurrents, aux insomnies et aux déceptions. Elle avait défendu farouchement la fabrique comme si elle avait grandi à Laguiole et dans une famille de couteliers. C'était désormais sa maison.

– Toute cette énergie dépensée pour renvoyer le personnel dans une semaine et pour vendre des couteaux de Thiers dans notre boutique ? Ah ! non ! C'est au-dessus de mes forces…

– Mais comment éviterons-nous la faillite ? demanda Mathilde qui demeurait sceptique, n'entrevoyant aucune solution.

– L'oncle Norbert nous dépannera…

Blanche et Norbert s'entendaient à merveille depuis l'enfance. Ils ne se retrouvaient qu'à quelques occasions dans l'année mais ils s'appelaient chaque semaine.

– Je suis convaincue qu'il ne nous lâchera pas ! affirma-t-elle. Il m'a toujours épaulée sans hésitations… Je le préviendrai à notre retour d'Espalion…

Blanche comptait informer Élodie de leurs déboires financiers avant que la communauté aveyronnaise de la capitale n'apprenne la déconfiture de la banque millavoise.

– Sinon elle nous le reprocherait et elle aurait raison… Je crois qu'elle nous soutiendra de son mieux. Même si la fabrication des couteaux ne la passionne guère, Élodie s'intéresse à la maison : elle nous l'a prouvé au moment de notre exposition parisienne…

Mathilde ne le contestait pas ; elle l'avait observée présenter les modèles aux amateurs de laguioles : ses explications étaient cohérentes et elles traduisaient une juste fierté. En revanche, elle ne souhaitait pas que Blanche expose leurs déboires à Marceau même s'il avait la possibilité de les renflouer rapidement.

– Il proposerait de nous associer et je ne le veux pas !

– Nous associer ? Jamais. Il ne m'était pas venu à l'idée de te le suggérer ! Nous perdrions notre liberté : il nous imposerait ses décisions et il contrôlerait tout…

Elles refusaient qu'il s'immisce dans leurs affaires. Depuis des années, il ne cachait pas qu'il cherchait à investir dans la petite industrie à Espalion, à Laguiole, à Sainte-Geneviève ou à Saint-Geniez. Elles supposaient qu'il essayait de renforcer son influence dans le Nord-Aveyron pour préparer sa candidature à des élections cantonales ou législatives ; il ne dissimulait pas ses ambitions politiques.

– Et puis…

Blanche la regarda fixement :

– Tu penses que nous pourrions solliciter nos fournisseurs ?

– Les Thiernois ? Oh ! Non ! Ils triompheraient de nous mettre le grappin dessus et nous renoncerions pour longtemps à notre indépendance. Ils nous obligeraient à industrialiser la production, à ne plus fabriquer les laguioles de prestige qui constituent notre réputation. Je n'aimerais pas travailler dans ces conditions : nous n'avons pas le même esprit…

Cette situation chagrinait Blanche :

– Nous ne pouvons pas décevoir les ouvriers ! Encore moins ton père qui en mourrait de chagrin… Réduisons nos dépenses : nous n'emploierons désormais Charlette que pour le ménage et la lessive. Tu échangeras ta voiture contre un modèle d'occasion et nous récupérerons de l'argent !

– Il en faudrait tellement que…

Mathilde n'acheva pas sa phrase ; elle avait la conviction qu'ils ne parviendraient pas à rassembler les fonds nécessaires pour maintenir l'activité de la coutellerie. Ce qui la conduisait désormais à imaginer une décision douloureuse. Elle licencierait le personnel dès la semaine prochaine pour ne pas aggraver son découvert ; elle terminerait les ouvrages que des collectionneurs avaient commandés depuis quelques semaines et qu'elle s'était engagée à expédier avant le 31 juillet ; elle monterait seule les modèles ordinaires que les employés n'auraient pas assemblés avant la fermeture de la maison ; elle espérait liquider ses stocks à la boutique auprès des Parisiens et des touristes pour pouvoir honorer les dernières factures de ses fournisseurs ; elle quitterait ensuite l'Aveyron et ses parents pour rejoindre Pierre à Paris. Changer d'horizon ! Ce bouleversement, Mathilde était disposée à l'accepter… Elle pensait proposer ses services à un coutelier parisien mais n'excluait pas d'apprendre un métier différent et même de travailler pour la famille Pouget si les nécessités l'imposaient. Comment en convaincre Blanche qui ne paraissait pas prendre la mesure des difficultés à affronter ?

13

Elles expédièrent leur déjeuner, sans échanger une parole, et elles rejoignirent Espalion avant que les ouvriers ne retournent à la coutellerie afin d'esquiver leurs questions. Lorsqu'elles arrivèrent dans l'ancienne sous-préfecture aux environs de 14 heures, plus de trois cents personnes s'étaient massées devant les bureaux de la banque qui occupaient les deux étages d'un immeuble de l'avenue principale. Elles brandissaient des panneaux hostiles à la famille Villa tout en scandant des slogans vengeurs à l'adresse du directeur de l'agence, Ernest Maurel, qui leur avait promis une entrevue pour l'après-midi :

– Crapule !

– Fripouille !

– Canaille !

– Profiteur !

Les deux femmes y retrouvèrent des éleveurs, des épiciers, des bouchers, des charpentiers de Laguiole qui avaient déserté leurs champs, leurs boutiques et leurs chantiers pour obliger les dirigeants de la banque à s'exprimer. La même colère marquait tous les visages et l'on sentait que les anciens et les jeunes redoutaient les lendemains.

– On partagera la soupe populaire.

– On mendiera devant les églises comme autrefois.

– On s'habillera de guenilles !

Parmi la masse des clients furieux, Mathilde distingua Thérèse Falguière qui gesticulait sous les ombrages de l'avenue. « Nous sommes embarquées dans la même galère ! » pensa-t-elle.

Pendant toute l'après-midi, ils attendirent patiemment l'arrivée du directeur de la succursale. Blanche souffrit de la chaleur malgré une toilette estivale et son chapeau de paille qui ne la quittait pas en cette saison. Fatiguée, les jambes lourdes, elle ne cessait de s'éponger le visage.

La grogne s'installa dans les rangs quand l'horloge de la mairie indiqua 17 heures.

– Maurel est un guignol et un dégonflé.

Beaucoup pressentaient qu'il manquerait à sa parole :

– Il ne reconnaîtra jamais les conneries de la banque.

Des bourgeois bouillonnaient maintenant d'exaspération et ils s'associaient aux classes populaires pour vociférer :

– La finance à la potence !

– Les banquiers en prison !

Ils fulminaient après Ernest Maurel :

– On te pendra par les bretelles !

– Et on retournera tes poches !

Où le trouver ? Se cachait-il à l'intérieur ? Il était impossible de pénétrer dans le bâtiment. Des barreaux protégeaient toutes les fenêtres mais des hommes essayèrent de fracturer la serrure de la double porte d'entrée. Sans succès. D'aucuns suggérèrent de demander au premier magistrat d'Espalion d'intervenir auprès de la banque de France et de la préfecture.

– Ils ne nous laisseront pas dans la mouise !

Un groupe d'irréductibles s'y opposa : il n'avait pas confiance dans les fonctionnaires.

– Les gratte-papier sont tous des pourris !

Défendant des méthodes plus musclées, il préférait investir le domicile d'Ernest Maurel pour le ramener dans ses bureaux.

– Et je vous garantis qu'il s'expliquera !

L'homme qui haranguait maintenant les manifestants pour les convaincre de s'attaquer sans hésitation au banquier espalionnais n'était pas un inconnu pour Blanche. Les cheveux grisonnants, le regard d'un rapace, le visage coupé à la serpe, le physique d'un trappeur canadien, il impressionnait les habitants de Laguiole.

– Raoul Riffard ! s'exclama-t-elle.

Engagé dans l'armée à dix-huit ans, il était revenu dans l'Aveyron à l'approche de la soixantaine après une carrière d'officier dans la coloniale en Indochine et au Sénégal ; il s'était installé à quelques kilomètres de Laguiole dans la maison de ses parents, isolée au milieu d'une forêt de hêtres. Il y menait une existence d'ermite au point d'interdire aux cueilleurs de champignons et aux chasseurs de traverser sa propriété.

On le surnommait Le Sanglier. Depuis son comptoir, Blanche l'apercevait souvent les matins de marché en chaussures de combat et en pantalon de treillis : il déambulait entre les étalages des marchands ambulants en compagnie d'un molosse au pelage noirâtre qui provoquait Toscane et Fédérof au passage. Sa présence aujourd'hui à Espalion l'étonnait.

– C'est un solitaire. Un homme des bois ! Riffard ne cherche à côtoyer personne…

Son comportement ne surprenait Mathilde qu'à moitié.

– Comme beaucoup à Espalion, à Laguiole et dans la région,Riffard a peut-être tout perdu ; il compte récupérer son argent en rameutant les épargnants surexcités pour séquestrer le directeur de la succursale. Les plus désespérés le suivront sans réfléchir : les militaires ont l'habitude de manœuvrer les hommes.

– Ils n'obtiendront pas un centime : la banque est en faillite.

– Mais ils essaieront sûrement de se venger…

La jeune femme redoutait qu'ils molestent Ernest Maurel puis qu'ils saccagent son domicile. Les menaces que multipliait Riffard à son encontre semblaient le confirmer :

– Je m'en occuperai personnellement et je vous promets qu'il ne résistera pas longtemps. Il nous remboursera !

On devinait de la hargne dans ses paroles et de la jubilation à organiser cette expédition punitive. Ce qui déplaisait à Blanche. Elle ne souhaitait pas qu'on les associe à Riffard.

– J'en mourrais de honte !

Elles s'éclipsèrent lorsque le groupe de Riffard s'engagea en cadence dans l'avenue d'Estaing où habitait le directeur de l'agence pendant que la majorité des manifestants rejoignait l'hôtel de ville pour y rencontrer le premier magistrat d'Espalion.

La voiture ressemblait à une fournaise au moment où elles s'y installèrent pour reprendre la direction de Laguiole. Il était déjà 18 heures. Elles roulèrent toutes fenêtres ouvertes en remâchant les discours alarmants du Sanglier.

– C'est un homme dangereux ! souligna Blanche. Il s'imagine en Indochine à commander des hommes dans la brousse…

Mathilde hésita à aborder la décision difficile qu'elle prévoyait de prendre à propos de la fabrique ; elle considérait en effet que sa mère ne l'écouterait pas : cette manifestation des épargnants avait accentué son exaspération. Depuis leur départ d'Espalion, elle s'emportait pour des broutilles. Par ailleurs, la jeune femme essaya de réfléchir aux réponses qu'elle aurait à apporter tout à l'heure aux questions des employés ; elle refusait de dramatiser la situation en dévoilant des intentions que ses parents ignoraient encore mais elle ne souhaitait pas abuser de leur crédulité et leur confiance. Terrible dilemme ! Elle avait besoin de temps pour les préparer à l'avenir sombre qui les guettait tandis qu'ils espéraient des assurances de leur patronne quant à la poursuite de l'activité. L'exercice était périlleux.

À leur arrivée, Mathilde retourna à la fabrique sans prendre le temps de troquer sa toilette légère contre une chemise de toile et un pantalon d'étoffe épaisse. Elle avait à peine franchi l'entrée qu'ils l'entouraient pour l'assaillir de questions : honorerait-elle les salaires le 30 juin ? débaucherait-elle la moitié du personnel ? ou comptait-elle même fermer la maison ? L'angoisse les dévorait. Excepté Baptiste et Gustave, ils songeaient tous à leur famille. Que deviendraient-ils sans travail ? Où trouver de l'embauche ? À l'heure de la reprise, avant de mettre en marche les polissoirs, ils avaient longuement commenté autour de leur contremaître les reportages des journaux consacrés à la déconfiture de la banque millavoise. Baptiste avait affirmé que la famille Chauchard n'avait jamais manqué à sa parole pendant les moments difficiles, entre autres après l'accident de Clément puis pendant les années de guerre, mais ils souhaitaient l'entendre de la bouche de Mathilde. Soucieuse de les rassurer, la jeune femme confirma sans hésiter qu'elle remettrait à chacun son enveloppe le 30 juin.

– Dans deux jours ? l'interrompit Octave, incrédule.

– Samedi !

– À l'heure de l'apéritif ! compléta le contremaître qui cherchait à détendre l'atmosphère.

Depuis des années, à l'occasion du paiement des salaires, le personnel conviait sa patronne à trinquer.

– Ensuite ? enchaîna Octave.

Choisissant ses mots pour ne pas les brusquer ni engendrer des illusions, Mathilde leur expliqua qu'ils travailleraient au moins pendant la première semaine de juillet.

– Seulement ? s'étonna-t-il.

– Et après ? poursuivit Félicien.

– Il nous faudrait de l'argent pour continuer…

Pressentant que le pessimisme s'accentuait dans les rangs, le contremaître essaya aussitôt de retourner la situation à l'avantage de la famille Chauchard pour désamorcer les inquiétudes ; il avait la conviction que Mathilde et Blanche multipliaient les démarches pour garantir la pérennité de l'entreprise en toute indépendance, n'envisageant pas une seconde qu'elles cesseraient de produire prochainement des laguioles.

– Ne vous frappez pas sans raisons ! répondit-il alors à ses camarades. La patronne ne nous laissera pas tomber. Elle a des relations ; elle cherche déjà de l'argent…

Gênée, Mathilde ne démentit pas.

– Chez les Thiernois ? ironisa Octave.

À ses yeux, la question paraissait tellement incongrue qu'elle se contenta de sourire.

– Chez les Parisiens ? demanda Émilien.

– Tu penses à Marceau ?

– Peut-être…

Tous redoutaient que le patron de l'hôtel des Princes apporte des capitaux à la famille Chauchard puis qu'il intervienne dans la direction de la coutellerie. Elle dissipa les craintes.

– Mes affaires ne le regardent pas.

Ils l'approuvèrent.

– Serrons-nous les coudes ! proposa aussitôt Baptiste dans l'espoir de rassembler les énergies autour de leur patronne pour préserver le devenir de la maison. Ne perdons pas notre temps à la harceler de questions et à pleurnicher. Elle s'occupe de nous. Mais nous devons également la soutenir ! Retroussons-nous les manches…

Il suggéra de travailler une heure de plus dans la journée, dès la semaine prochaine, pour le même salaire.

– C'est le moment ou jamais de s'entraider si nous souhaitons conserver longtemps notre casse-croûte ! La patronne a besoin d'une équipe soudée et vaillante pour redresser la barre…

Ils acceptèrent sans rechigner. Elle les remercia, revigorée par les paroles de Baptiste. Troublée même.

Dès qu'ils quittèrent l'atelier, le contremaître dévoila à Mathilde une décision à laquelle il avait longuement réfléchi depuis l'heure du déjeuner : il renoncerait à son enveloppe mensuelle pendant quelque temps.

– Tu me paieras plus tard.

– Mais tes dépenses quotidiennes ?

– Je prendrai dans mes réserves.

– C'est…

Tremblant d'émotion, la jeune femme n'acheva pas sa phrase pour l'embrasser. C'était la première nouvelle réconfortante de la journée. Soudain, elle retrouva son sourire.

Pénétrant dans la salle à manger où ses parents écoutaient le journaliste de Toulouse-Pyrénées exposer dans son bulletin les conséquences de la déconfiture de la banque millavoise dans le Sud-Ouest, notamment pour des compagnies électriques et les mégisseries de l'Aveyron, Mathilde observa que Blanche s'était transformée en l'espace d'une heure : elle paraissait plus sereine qu'à leur retour d'Espalion. Les tensions de l'après-midi s'étaient relâchées au point qu'un sourire discret éclairait son visage. Sans attendre les prévisions météorologiques du lendemain, Blanche l'entraîna dans le bureau. Pendant que la jeune femme rencontrait le personnel, elle avait appelé sa famille à Nasbinals. Juliette et Norbert avaient découvert la nouvelle en feuilletant les pages de *L'Éclair du Midi* après le service du déjeuner dans leur restaurant. Ils avaient essayé de les joindre mais Charlette leur avait précisé que ses patronnes étaient absentes pour l'après-midi.

– Ils s'alarmaient pour la coutellerie et la réponse confuse de notre cuisinière ne les avait pas rassurés. Ils nous dépanneront ! Ils m'ont toujours entourée dans les épreuves.

Les Montcausson leur avanceraient, le 15 juillet, la somme de 15 000 francs. Leur comportement n'étonna pas Mathilde ; elle y retrouvait bien l'esprit de famille qu'ils montraient à l'occasion des événements qui marquaient le quotidien de la maisonnée.

Soudain, la sonnerie l'arracha à ses pensées.

– Pour Mlle Chauchard dans l'Aveyron ! claironna la demoiselle du téléphone. Odéon 14-16.

L'instant suivant, Élodie la pressait de questions à propos de la banque Villa. L'administrateur d'une compagnie électrique de la Dordogne qui fréquentait l'hôtel des Princes l'avait informée de ses difficultés au milieu de l'après-midi. Depuis, elle avait essayé d'appeler Blanche et Mathilde. Sans succès.

– Le 8 à Laguiole était toujours occupé comme le 12 chez les Pouget ! Nous n'arrivons pas à joindre Marceau au domaine. Le téléphone ne fonctionne plus dans l'Aveyron ?

L'impossibilité d'obtenir une communication et la nervosité de la standardiste avaient décuplé son angoisse. Une inquiétude la taraudait : risquaient-ils la liquidation ?

En réponse, Mathilde entreprit de raconter sa journée depuis l'annonce de la nouvelle dans les quotidiens aveyronnais jusqu'à la manifestation des épargnants, la promesse des employés de la fabrique de travailler davantage et l'engagement financier de leur famille de Nasbinals. Elle s'abstint toutefois de toute allusion à propos de la fermeture de la coutellerie puis de son départ de Laguiole qu'elle envisageait sérieusement avant de retrouver les employés : la solidarité que ses déboires suscitaient parmi leur entourage depuis son retour d'Espalion calmait quelque peu ses angoisses. Quelle décision prendre ? Mathilde s'interrogeait. Les propositions d'Élodie accentuèrent bien plus ses hésitations : sa cadette entendait participer au redressement des comptes pour que la fabrique ne disparaisse pas. Renonçant à ses droits, elle autorisait ses parents à mettre en vente la maison de Gaspard à Nasbinals pour renflouer la trésorerie.

– Et pour que tu puisses continuer à fabriquer des laguioles et à exercer un métier que tu aimes ! Je ne supporterai pas que la maison Chauchard n'existe plus. Pour toute la famille, ce serait un crève-cœur… C'est notre fierté ! Maman s'est démenée pendant des années pour maintenir sa réputation et pour pouvoir nous la transmettre dans les meilleures conditions ; elle y est parvenue… La maison est à nouveau menacée aujourd'hui et c'est à nous de l'arracher à la faillite… C'est notre devoir !

Quelle flamme ! Quelle volonté ! En l'écoutant, surprise par sa réaction et touchée par son geste, Mathilde mesura soudain son attachement à l'honneur de la famille, à leur modeste coutellerie et à l'héritage des quatre générations qui l'avaient modelée ; elle reconnaissait qu'elle l'avait mésestimée. L'élégante Parisienne qui accordait beaucoup d'importance aux spectacles, aux toilettes et aux mondanités masquait une femme plus profonde et sensible qu'elle ne l'aurait pensé. Contrairement à ce qu'elle affirmait, Élodie n'avait aucune obligation à se séparer de la maison de Gaspard qu'elle prévoyait depuis son mariage et son installation dans la capitale de transformer en demeure de vacances pour sa famille. Mathilde interprétait ses résolutions comme une preuve d'amour envers leurs parents qui s'étaient dépensés pour assurer l'avenir la coutellerie mais également comme une marque de générosité à son égard. Élodie n'ignorait pas que son métier et la fabrique constituaient sa raison de vivre.

– C'est l'occasion ou jamais de te soutenir ! souligna-t-elle. Tu disposes d'un excellent représentant et tu prépares le concours de Meilleur Ouvrier de

France ; les amateurs apprécient de plus en plus tes couteaux ; tu récoltes maintenant les fruits de quinze années d'efforts. Si tu étais obligée de fermer, tu gâcherais pour longtemps tes chances de t'imposer !

Non seulement elle contribuerait au sauvetage de l'entreprise mais elle souhaitait permettre à sa sœur de la développer, dans les prochaines années, en mettant en œuvre le projet auquel elle songeait depuis son apprentissage à Nogent.

– Quel projet ? s'exclama Mathilde, tout étonnée.

– Tu envisageais après ton retour de Nogent de construire de nouveaux bâtiments pour la coutellerie, de l'équiper d'une forge plus spacieuse et plus moderne, d'y installer des machines que possèdent les maisons nogentaises et de fabriquer entièrement les couteaux ordinaires... Et ne plus dépendre des Thiernois ! Tu l'avais oublié ?

– Les temps sont tellement difficiles que... Élodie balaya ses craintes :

– Si tout le monde retrousse les manches, je suis persuadée que tes affaires s'arrangeront rapidement ! Dans quelque temps, tu pourras sûrement y réfléchir. Je demanderai à nos parents, au moment du partage, que le champ d'Hortense te revienne : tu y bâtiras la nouvelle coutellerie...

– Le champ d'Hortense ? J'y avais pensé mais nous avions convenu que...

– Nos arrangements ? Ne t'en préoccupe plus... Il t'appartient désormais ! Je veux que tu réussisses.

Soudain ragaillardie par cette perspective, Mathilde imagina la manufacture, l'énorme marteau-pilon pour frapper les estampes, les machines pour dresser puis marquer les lames, découper les platines et guillocher les ressorts, les polissoirs et les riveteuses, les dizaines d'employés qui pourraient produire dorénavant des centaines de laguioles chaque semaine mais en respectant des principes de qualité. C'était totalement inattendu en cette journée qui avait commencé comme dans un cauchemar ! Elle la remercia pour sa confiance, son esprit d'entraide.

– Je me battrai pour la maison ! l'assura-t-elle en réponse. Je proposerai de nouveaux modèles ; je travaillerai tous les soirs ; j'ouvrirai même la boutique le dimanche après-midi pour recevoir les touristes pendant la saison estivale…

Regonflée d'espoir, il n'était plus question dorénavant pour la jeune patronne de capituler devant les difficultés qui l'attendaient. Elle avait bien compris que son entourage et le personnel, prêts à l'appuyer, ne doutaient pas de sa capacité à les surmonter ni de sa pugnacité. « Ils n'accepteraient jamais que j'y renonce et ils me le reprocheraient si je m'obstinais… » en déduisit-elle. Cette même détermination, elle la retrouva dans les propos de Pierre. Il l'appela aussitôt après Élodie. On approchait de 21 heures et il avait appris la nouvelle dès son arrivée à la brasserie au terme de sa tournée. Des représentants aveyronnais d'un négociant en boissons l'avaient révélée à ses cousins ; elle nourrissait depuis les discussions autour du comptoir. À son tour, il s'inquiétait pour la fabrique. Il s'accorda le temps de l'écouter raconter toutes les péripéties de cette journée dont il supposait qu'elles s'inscriraient pendant longtemps dans sa mémoire. Comme il était convaincu par avance qu'elle mobiliserait toute son énergie pour consolider l'entreprise, il ne l'interrogea pas à propos de ses intentions qui semblaient évidentes à ses yeux. Lorsqu'elle aborda la réaction des employés et de leur contremaître à son retour d'Espalion, il l'interrompit pour annoncer sa décision avant même de connaître la manière dont sa famille comptait l'épauler : il ne percevrait ses commissions que dans le courant de l'automne mais il voulait également engager ses économies dans la coutellerie.

– J'aimerais que tu m'acceptes comme associé…

Sa proposition l'enthousiasma. Elle l'entrevoyait comme une chance pour la coutellerie familiale qui bénéficierait pleinement de ses compétences mais également comme une nouvelle étape dans leur cheminement personnel.

Il expliqua qu'il était disposé à investir la somme de 20 000 francs dans l'immédiat.

– 20 000 francs ?

– Plus 15 000 francs l'année prochaine ! Le temps de liquider mes placements.

L'annonce la stupéfia : elle ne possédait que 20 000 francs au Crédit lyonnais. « C'est un homme débrouillard et économe ! » en déduisit-elle. Les 35 000 francs qu'il prévoyait d'apporter à la trésorerie de la fabrique représentaient aujourd'hui l'acquisition de deux Traction Avant, la nouvelle Citroën commercialisée depuis le printemps.

– Comment…

– Tu te demandes comment un représentant en coutellerie et en vaisselle de restaurant peut déposer de manière honnête à la Caisse d'Épargne ou dans une banque des milliers de francs en l'espace de quelques années et devenir également propriétaire d'un deux-pièces ! La recette est connue… Dans les brasseries, les patrons nous conseillaient de ne pas fréquenter les champs de courses et les maisons de passe, ni les joyeux fêtards qui dépensent leur argent dans les cabarets de Montmartre ou qui claquent leur salaire dans les parties de poker… Depuis cinq ans, mes affaires marchent très bien.

Sa générosité la bouleversait. Mathilde avait conscience de la profondeur de ses sentiments qui le poussait à la soutenir sans la moindre hésitation.

– Comment te remercier ?

– On est toujours mieux armés à deux.

– Bien sûr ! Mais je ne voudrais pas que…

Elle redoutait à son tour qu'il manque d'argent dès l'automne. Il s'empressa de la rassurer :

– Le superflu ne m'intéresse pas…

Il souhaitait également consacrer une partie de ses vacances à rencontrer des détaillants dans le Massif central et le Sud de la France pour compléter leur réseau. Chaque année, il s'accordait trois semaines de relâche et il retrouvait l'Aveyron aux premiers jours du mois d'août quand les limonadiers parisiens retournaient dans leur maison de Chaudesaigues, Saint-Flour, Laguiole ou Nasbinals. À l'occasion de cette tournée, il espérait ramener des commandes qui conforteraient les activités de la fabrique.

– Nous la sauverons de la faillite. Elle ne peut pas fermer ! Je
ne me le pardonnerais jamais.

Sa combativité soulevait l'admiration de Mathilde.

– Sans vous tous, j'aurais laissé tomber…

– Vraiment ?

– Ce matin, je n'entrevoyais pas de solution à nos difficultés… En constatant que tous mes efforts et mes espoirs étaient ruinés, je n'avais plus envie de me battre mais de liquider nos affaires et de changer de métier…

– Changer de métier ? Gaspiller tes talents ? Une bêtise ! Je t'en aurais empêchée…

Elle ne répondit pas puis esquissa un sourire.

Lorsqu'elle raccrocha le combiné puis referma la porte de son bureau, la jeune femme était exténuée ! Les paupières lourdes, la poitrine encore comprimée par des tenailles, des picotements dans les jambes et dans les épaules, elle ressentait la fatigue de la journée. Partagée entre soulagement et inquiétudes, elle était satisfaite de constater que toutes les énergies confluaient autour du même objectif et que la situation n'était pas désespérée mais elle était consciente dans le même temps qu'elle aurait à batailler durement pour ne décevoir personne.

Charlette attendait pour débarrasser mais elle ne grignota que quelques rogatons ; elle n'avait pas faim.

– Obligez-vous à manger ! Sinon vous flancherez…

Elle montrait le même dévouement que Baptiste et le même attachement à la famille. La cuisinière était décidée à renoncer à son salaire pendant quelque temps pour continuer à assurer son service ; elle considérait que ses patronnes étaient suffisamment débordées dans la journée.

– Ne vous surchargez pas !

À l'image du contremaître, elle avait la conviction que Mathilde et Blanche réussiraient à rétablir la situation. Dans quinze jours, au moment du 14 Juillet, Laguiole accueillerait plus de touristes et la boutique ne désemplirait pas pendant cinq semaines.

– Comme d'habitude !

Son optimisme leur mettait du baume au cœur.

– Depuis le départ d'Élodie, elle s'efforce d'égayer la maison dans les moments pénibles pour rendre nos soucis moins pesants ! observa Blanche lorsqu'elle disparut en emportant les assiettes. Si nous n'avions plus les moyens de l'employer, je ne pourrais plus consacrer le même temps à notre clientèle et à la boutique… Et elle manquerait également à ton père qui apprécie ses attentions lorsque je m'absente…

Mathilde était heureuse qu'il puisse bénéficier de sa présence pendant les prochaines semaines ; elle redoutait par avance que leurs déboires financiers l'accablent davantage. Il avait feuilleté le journal dans l'après-midi ; il avait entendu le bulletin de Toulouse-Pyrénées ; il avait remarqué leurs préoccupations et leur fatigue ; il imaginait sûrement les difficultés qu'elles affrontaient maintenant. Ses crispations, son regard anxieux ne trompaient pas. Lorsque Blanche rejoignit Charlette à la cuisine, elle s'attacha à le rassurer en détaillant la manière dont elle comptait redresser les comptes grâce à la participation active de tous. Il l'interrompit de temps en temps pour réclamer une précision, acquiescer d'un hochement de tête ou d'une pression des doigts. Jusqu'à une heure tardive, ils demeurèrent côte à côte dans la demi-pénombre de la salle à manger tandis qu'une odeur d'herbes sèches et des piaillements d'hirondelles leur parvenaient depuis les fenêtres entrouvertes. Clément était plus détendu lorsqu'elle l'accompagna jusqu'à sa chambre ; il était sûr qu'elle réussirait.

14

Tourneboulée par les événements de la journée, Mathilde ne s'endormit qu'à 3 heures du matin. Elle songea à la manifestation d'Espalion, aux menaces terrifiantes de Riffard, à la détresse des modestes épargnants, aux gestes de désespoir que susciterait certainement la fermeture de la banque dans les campagnes et à la solidarité spontanée de leur entourage qui la réconfortait. Pierre absorba également ses pensées ; il démontrait qu'il était décidé à partager les moments de bonheur et les épreuves ainsi qu'elle l'imaginait depuis des semaines. « Son amour me permettra de surmonter les obstacles ! songeait-elle. Ensemble, nous consoliderons la coutellerie. Je me battrai pour pouvoir la transmettre plus tard à nos enfants… »

Le lendemain, les employés remarquèrent que leur patronne fredonnait une chanson lorsqu'ils la retrouvèrent à la fabrique pour reprendre leur poste comme chaque matin. Certes les cernes de ses yeux trahissaient sa fatigue mais elle était souriante.

Ils en éprouvèrent du soulagement, persuadés qu'elle était parvenue à surmonter ses difficultés financières. « Nous sommes sauvés ! répétaient-ils. La maison ne fermera pas… » Puis ils observèrent dans l'après-midi qu'elle chantonnait toujours. « Elle a de l'étoffe ! conclurent-ils. Quelle femme ! » Ils l'admiraient plus que jamais. À l'heure de l'angélus, dérogeant à l'habitude, ils ne rangèrent pas leur matériel et continuèrent de travailler. Ce qui l'étonna aussitôt : ils avaient convenu d'attendre la semaine prochaine avant de prolonger la journée d'une heure.

– Tout le monde a compris que vous avez besoin d'argent et que la situation est grave ! expliqua Baptiste à Mathilde après le départ de ses camarades. Tu pourrais maintenant leur demander davantage qu'aucun ne renâclerait : ils sont convaincus que tu ne les lâcheras pas…

Respectant sa parole, elle distribua les salaires le samedi dès que les polissoirs s'arrêtèrent de tourner. Les hommes glissèrent l'enveloppe dans la poche de leur chemise puis trinquèrent dans une ambiance moins joyeuse qu'à l'ordinaire mais plus détendue que l'avant-veille.

La semaine suivante, comme elle le supposait, les banquiers s'intéressèrent aux affaires de la famille Chauchard. Le matin où il avait apporté en personne l'argent des salaires des ouvriers, le sous-directeur de la succursale espalionnaise du Crédit lyonnais n'avait pas ménagé son temps pour la convaincre de conforter la trésorerie de la fabrique et de la boutique en empruntant ; il avait savamment argumenté pendant une heure dans la réserve où ils s'étaient installés mais elle n'avait pas changé d'opinion bien qu'il proposât des conditions attractives.

– Pourquoi emprunter ? rétorqua-t-elle.

Dans un premier temps, grâce aux engagements personnels de l'oncle Norbert et de Pierre auxquels s'ajoutaient ses propres économies, Mathilde considérait qu'elle pourrait disposer dès les prochaines semaines de la somme qu'elle estimait nécessaire au fonctionnement de l'entreprise.

– Je m'en contenterai !

Il s'était ensuite adressé à Blanche dans l'espoir d'infléchir ses réticences ; elle avait poliment expliqué au jeune homme qu'elle n'assurait plus la direction de la maison.

Les démarcheurs de la Société générale et du Crédit foncier de France la sollicitèrent à l'occasion d'une tournée dans la région de Laguiole où ils espéraient persuader l'ancienne clientèle de la banque aveyronnaise de les rejoindre. Elle les accueillit au milieu des enclumes et des polissoirs pour leur répondre qu'elle n'avait pas besoin de leurs services. Mais ils s'entêtèrent, multipliant les propositions alléchantes pour démontrer qu'ils présentaient dans l'Aveyron les meilleures garanties possibles. Leurs agissements l'exaspérèrent.

Bayard, qui ne les appréciait pas davantage, les attaqua selon ses méthodes. Les Laguiolais pensaient qu'il avait disparu : il ne s'était plus manifesté depuis des semaines. La déconfiture de la banque millavoise et les prospections des courtiers espalionnais constituaient un excellent prétexte pour signifier aux habitants de la région qu'il existait toujours. Dès la première semaine de juillet, des mains anonymes glissèrent des pamphlets sous les portes des maisons de Laguiole puis d'Espalion, ainsi que le signalèrent deux quotidiens dans leurs chroniques consacrées à l'actualité de l'ancienne sous-préfecture. Les Chauchard remarquèrent que les « facteurs » du commando ne les avaient pas oubliés dans leurs distributions nocturnes mais que Bayard les épargnait. C'était un événement. À l'image de leur personnel, Mathilde et Blanche en étaient soulagées ! Le mystérieux Bayard, Robin des Bois des campagnes rouergates, pourfendait aujourd'hui les banquiers qui détroussaient les épargnants, qui trompaient leur confiance et qui les conduisaient au suicide ; il préférait dénoncer la collusion entre la politique et la finance, promettre un changement des pratiques à travers le rétablissement de la monarchie puis l'instauration d'un gouvernement qui n'apparaîtrait « ni de droite ni de gauche » en échappant aux influences des syndicalistes et des politicards. La même virulence persistait dans ses propos.

– Il est toujours aussi dingo ! commenta Baptiste.

– C'est un extrémiste ! considérait Mathilde.

Puisque Bayard les ménageait, elle supposait désormais qu'il appartenait à un groupuscule monarchiste qui s'efforçait à travers ses interventions de retourner l'opinion des campagnes contre la République et ses maladies chroniques comme l'escroquerie et la corruption à grande échelle. Blanche partageait son analyse : la Montagne avait une réputation conservatrice. On racontait encore chez les Montcausson comment les déserteurs, les insoumis, les réfractaires à la nouvelle religion, les rebelles de toutes espèces et même des notables avaient répondu à l'appel d'un notaire de Nasbinals, Charrier, au printemps 1793, pour renforcer les rangs de l'armée chrétienne du Midi puis assurer le succès de la contre-révolution de la Lozère. En une semaine, les troupes de Charrier s'étaient emparées des principales bourgades du département et la Convention avait redouté qu'une petite Vendée s'installe dans le Massif central ! Hésitant à exploiter ses succès, le notaire de Nasbinals avait renvoyé ses hommes avant d'être arrêté puis de tomber sous le couperet à Rodez. Blanche comparait volontiers l'énigmatique Bayard à Charrier dont son grand-père évoquait la mémoire dans les veillées.

– C'est un nostalgique de la royauté et de l'ancienne religion ! Peut-être même un descendant des combattants de Charrier qui refusaient la République… Il en existe sûrement.

– Un homme dangereux comme tous les fanatiques ! indiqua Mathilde. Capable d'exécuter ses menaces…

Son acharnement la préoccupait d'autant plus que le brigadier Lambert en plaisantait.

– C'est un fantaisiste ! estimait-il.

Bientôt, les préparatifs des festivités du 14-Juillet éclipsèrent les outrances de Bayard. Le bureau de l'amicale parisienne avait proposé d'organiser le vendredi 13 juillet une soirée dansante à laquelle

Mathilde souhaitait emmener son père. Ils s'installeraient à la terrasse de l'hôtel Régis en compagnie des Delagnes ; ils y rencontreraient des Laguiolais de la capitale qui fréquentaient la boutique et les notables de Laguiole qui ne manquaient jamais une manifestation amicaliste. Clément écouterait des mazurkas et des bourrées, ses chansons préférées. Comme le beau temps persistait, Blanche accepta dans l'instant pour qu'il puisse profiter de cette ambiance chaleureuse qu'il appréciait avant son accident mais elle pressentit également que Mathilde comptait s'accorder quelques heures de relâche après deux semaines éprouvantes. Tous trois quittèrent la maison à la fraîche. Dès qu'ils traversèrent l'esplanade, ils entendirent les musiciens interpréter une bourrée que Clément essaya de reconnaître avant d'articuler :

– C'est *La Mon-ta-gnar-de* !

Elles confirmèrent ; il esquissa un sourire. Les réactions de leur entourage l'avaient ragaillardi au point qu'il avait recouvré l'appétit puis le sommeil. Dès qu'ils arrivèrent à l'hôtel Régis, il ne chercha pas à en bouger : il était heureux de regarder les couples danser à la lumière des lampes à pétrole, de fredonner les chansons de sa jeunesse, de retrouver des connaissances, d'écouter Philippe Delagnes qui évoquait les dernières décisions de la municipalité. Quant à Mathilde, rêveuse, elle songeait à Pierre qui avait quitté la capitale au début de la soirée pour la rejoindre. Impatiente de l'embrasser, elle était certaine qu'ils passeraient ensemble deux merveilleuses journées : elle oubliait toujours ses soucis dès qu'il l'embrassait puis murmurait des paroles tendres… À cette heure, elle imaginait l'express traversant les plaines de la Beauce et les champs de céréales, les voyageurs assoupis dans des voitures surchauffées. Une certitude l'habitait : Pierre ne s'était pas encore endormi. « Il pense à nous… »

Ils ne rentrèrent qu'après minuit au milieu des détonations des pièces d'artifice qui explosaient depuis l'esplanade de l'église au milieu de panaches d'étoiles éblouissants. Comme ils habitaient le même quartier, les Delagnes les accompagnèrent. En chemin, le pharmacien entraîna la jeune femme à distance de ses parents. Il avait remarqué ses joues creusées, la pâleur de son teint et les plissements de son front, constatant au cours de la soirée qu'elle essayait de résister au sommeil.

– Tu travailles trop ! Tu devrais te reposer et te détendre. Ne renonce pas à tes promenades. Ne t'enferme pas la semaine et le dimanche dans ta coutellerie ! Sinon tu tomberas malade avant l'automne… Tu pourrais souffler…

– Prendre des vacances ? C'est impossible ! Vous le savez. Ce n'est pas le moment.

– Ne te néglige pas ! Tu t'en trouveras mieux.

Elle ne s'était pas accordé une matinée de détente depuis la déconfiture de la banque le 28 juin. Le sauvetage de l'entreprise l'accaparait à tout moment de la journée jusqu'à l'obsession : elle contrôlait sans cesse les dépenses et les rentrées d'argent ; elle demandait à Baptiste de procéder chaque matin à l'inventaire de leur provision d'estampes, de platines et de ressorts pour limiter leurs achats auprès des fournisseurs ; elle attendait fébrilement le passage du préposé en espérant découvrir parmi ses courriers des commandes de ses détaillants et des fidèles de la maison ; elle consultait également les registres de la boutique, comparant les comptes journaliers aux résultats des années précédentes et aux prévisions de Blanche. Ces chiffres l'assaillaient jusque dans son sommeil ; ils nourrissaient des cauchemars qui la plongeaient dans l'angoisse de ne pas pouvoir remplir sa mission. Craignant d'échouer, Mathilde rassemblait toute son énergie pour parvenir à redresser et à conforter la situation de la fabrique. Conscient de ses responsabilités mais également de ses capacités, Philippe Delagnes s'appliqua à la mettre en confiance.

– Ménage tes forces ! Ne te tourmente pas sans raison ! Les premiers touristes de la saison arriveront la semaine prochaine et l'ambiance changera à Laguiole… Les hôteliers sont très satisfaits des réservations de cette année. Nous sommes persuadés que tes affaires profiteront de l'affluence estivale…

La jeune femme le pensait également. *Le Guide de la Route*, du Touring-Club de France, mentionnait désormais les couteaux de collection de la famille Chauchard et les créations de Mathilde parmi les richesses de l'artisanat rouergat. Elle avait obtenu cette reconnaissance grâce aux relations et à la diligence du notaire de Laguiole qui avait même consacré trois pages à la fabrication de ses modèles de prestige dans le magazine du Touring-Club de France dont il était le correspondant.

Les propos rassurants de Philippe Delagnes dissipèrent ses inquiétudes au moment de s'endormir. Tombant de fatigue mais rassérénée, Mathilde sombra dans un profond sommeil au point qu'elle s'éveilla seulement à 10 heures. Comme c'était le jour du 14-Juillet, personne ne s'en alarma dans la maisonnée. Occupée à la boutique à renseigner les premiers amateurs de laguioles de la journée, Blanche ne se souvenait plus que Pierre devait arriver au milieu de la matinée à Rodez. Le temps de se préparer et la jeune femme démarrait la berline avant de disparaître en trombe dans la direction d'Espalion, contrariée par son retard. Lorsqu'elle pénétra sous la marquise, l'express avait déjà rejoint les hangars d'entretien. Les quais étaient déserts à cette heure : il ne restait plus qu'un unique passager devant le kiosque à journaux. C'était Pierre ! Il l'attendait tout en sifflotant une chanson et en feuilletant un quotidien ruthénois. Avait-elle une heure de retard parce que personne ne l'avait réveillée ce matin ? La belle affaire ! Rongé d'anxiété, il avait redouté une panne de moteur, une crevaison et même un accident : elle n'avait jamais manqué jusqu'à présent le moindre rendez-vous. Maintenant, soulagé de la retrouver, il était heureux de l'embrasser. Toutefois, il observa qu'elle flottait dans sa toilette estivale ; elle paraissait amaigrie depuis leur dernière rencontre à la Saint-Jean. Caressant ses joues dont la peau était plus blanche qu'à l'ordinaire, il murmura :

– Il était temps que je revienne pour t'amener à reprendre les balades dans la forêt, à chercher à nouveau le soleil et à respirer les parfums de la Montagne…

Guère habituée à se plaindre, Mathilde ne répondit pas : elle haussa les épaules puis esquissa un sourire.

Malgré l'incommodité du voyage entre Paris et l'Aveyron, il prévoyait de multiplier les déplacements à Laguiole pour l'obliger à délaisser plus souvent ses bordereaux de commandes et ses couteaux.

– Nous en profiterons !

Ses résolutions réjouirent Mathilde :

– Tu me ramèneras dans la cabane du berger sur le Causse ; je t'emmènerai dans les restaurants de campagne où la patronne propose les produits de la ferme ; nous danserons la bourrée et la mazurka dans les fêtes votives…

– J'y compte bien !

Satisfait de sa réaction, il déposa ses affaires dans le coffre et il s'installa au volant de la berline qu'elle l'autorisait à conduire. Ce privilège, il l'appréciait ! Même s'il avait préparé puis obtenu son permis dans la capitale, il disposait rarement d'une occasion pour s'aventurer dans les quartiers parisiens. À l'inverse de son cousin qui avait acheté une Peugeot mais qui s'en montrait jaloux, Pierre Charrié ne possédait pas encore de voiture.

Ils déjeunèrent sans se presser à l'auberge de Curlande puis ils passèrent l'après-midi sous les ombrages qui bordent le Lot entre Espalion et Saint-Côme. Ils ne résistèrent pas longtemps à la tentation de patauger dans la rivière où deux enfants jouaient à la balle : il remonta son pantalon tandis qu'elle relevait sa jupe dont l'ourlet descendait au-dessous du genou. Ils s'aspergèrent joyeusement et essayèrent de capturer des poissons mais sans grand succès. Ils se réfugièrent ensuite dans une prairie inondée de lumière dont l'éloignement du chemin présentait une intimité suffisante pour enlever leurs vêtements qui étaient mouillés par endroits. Ils roulèrent dans l'herbe tendre sous le soleil qui dardait encore ses rayons à cette heure de la journée…

Ils s'arrachèrent à la quiétude de cette prairie en ressentant les premiers souffles de fraîcheur. On approchait de 20 heures et on n'entendait plus les baigneurs dans la rivière. Ils reprirent la route de Laguiole. À La Vitarelle, des musiciens s'étaient installés sous la tonnelle d'un restaurant où des familles s'étaient attablées pour déguster les spécialités de la cuisinière tandis que des hommes exécutaient une bourrée. L'appétit aiguisé, les deux amoureux s'y arrêtèrent pour se restaurer ; ils mangèrent et trinquèrent puis ils dansèrent jusqu'au milieu de la nuit. Éreintés mais heureux, ils ne rentrèrent à Laguiole qu'à 3 heures. Ils n'avaient pas envie de dormir même si leurs pieds imploraient grâce.

– Quelle soirée ! murmura-t-elle dès qu'ils pénétrèrent dans la maison. C'était magique. Je ne pensais plus à nos difficultés, à la coutellerie et à nos détaillants mais à nous…

– Pour moi, c'était le même bonheur ! Tu suivais le rythme de la musique ; tu chantonnais ; tu plaisantais…

Il l'avait entraînée dans un tourbillon de mazurkas, de polkas, de marches et de bourrées qu'il connaissait parfaitement jusqu'à fredonner la musique et même des paroles. Pendant les valses, elle s'était abandonnée contre son épaule…

Parvenu devant la première marche de l'escalier, il la souleva entre ses bras pour l'emmener jusqu'au deuxième en chuchotant des paroles d'amour. Puis ils s'embrassèrent avant qu'il ne rejoigne la chambre réservée aux invités.

Pendant la deuxième quinzaine de juillet, des journées encore harassantes se succédèrent à la coutellerie pour la jeune femme ; elle songeait à Pierre pour parvenir à résister en attendant leurs retrouvailles dans lesquelles elle renouvelait son énergie jusqu'à son prochain séjour. Elle y réussissait d'autant mieux que leurs détaillants transmettaient les commandes de manière régulière et que la boutique ne désemplissait pas. Une inquiétude subsistait néanmoins à propos de la maison de Gaspard pour laquelle les Chauchard cherchaient un acquéreur. Mathilde s'était imaginé que le pharmacien de Nasbinals signerait sans hésitation : il appréciait les charmes de cette résidence bourgeoise qu'il occupait depuis une quinzaine d'années. Surprise ! Il leur avait annoncé qu'il avait l'intention de construire une maison à Montgros, à 3 kilomètres de Nasbinals, où il possédait un terrain grâce à un héritage de sa femme. Blanche avait sollicité le notaire du bourg, maître Bernat, pour qu'il inscrive leur demeure parmi les propriétés de la région qu'il réservait à sa clientèle parisienne tandis que l'oncle Norbert prospectait parmi ses relations. Mathilde était consciente que les transactions immobilières étaient laborieuses en ces années de récession économique ; elle espérait toutefois que la maison de Gaspard séduirait un limonadier parisien à l'occasion de son passage en Lozère pendant la première quinzaine d'août et qu'il leur proposerait une somme acceptable pour qu'elle puisse renforcer la trésorerie de la coutellerie dès l'automne.

Contribuant à accroître la nervosité qui demeurait perceptible parmi le personnel et la maisonnée, Bayard déploya à nouveau de l'agressivité à leur encontre. Soulignant dans ses feuillets que la déconfiture de la banque millavoise avait entraîné depuis le 1er juillet des licenciements dans certaines entreprises et des faillites, il s'étonnait de remarquer que la maison Chauchard ne rencontrait en apparence aucune difficulté. Il prétendait que Marceau Pouget s'était empressé de renflouer ses finances pour pouvoir prendre le contrôle de la fabrique. « C'est une charogne ! affirmait-il dans des pamphlets distribués au matin du 30 juillet. Qui a échappé à Laguiole à la déculottée des Villa ? Marceau Pouget. Il est certain que les directeurs l'avaient informé des problèmes de la banque et qu'il avait retiré ses fonds à temps… » Il l'attaquait ensuite pour les relations ambiguës qu'il entretenait dans la classe politique et parmi le monde de la finance grâce à ses fonctions de secrétaire général de la Chambre syndicale de l'hôtellerie parisienne. « Le propriétaire du domaine de Pomiès consacre l'essentiel de ses journées à combiner dans les ministères. Il ne cesse d'inviter des députés, des sénateurs et des directeurs de service dans son palace de l'Odéon ; il grenouille dans les coulisses de la Bourse pour augmenter ses bénéfices ; il magouille en compagnie des banquiers de Lausanne pour transférer sur un compte en Suisse des mallettes bourrées de grosses coupures… C'est de l'argent douteux qui permettra désormais aux Chauchard de continuer à fabriquer des laguioles… »

– Quelle charge ! s'exclama Mathilde.

Elle constatait que Bayard dévoilait d'étonnantes révélations à propos de Marceau mais dont certaines paraissaient difficilement contrôlables et qu'il manifestait désormais le même acharnement à son encontre. Ses phrases agressives laissaient entendre que des différends l'opposaient à leurs deux familles. Perplexe mais soucieuse de comprendre sa motivation, elle demanda aussitôt à Blanche de rassembler ses souvenirs.

– Tu n'aurais jamais assisté, à la boutique, à une dispute pour une commande ou un règlement ?

– Jamais !

– Ni pour des mariages arrangés, des bornages de parcelles, des héritages dans des branches éloignées de la famille ou des numéros malchanceux au conseil de révision ?

– Non !

Elle s'adressa ensuite à son père qui ne l'éclaira pas mieux : il souffrait de défaillances de mémoire.

Elle sollicita également leur contremaître mais il ne la renseigna pas davantage.

Dès le lendemain, elle questionna Gontran après son arrivée. Il esquissa un sourire avant de répondre :

– Mon père ne manque pas d'ennemis à Laguiole et ailleurs : il provoque toujours des jalousies !

Elle n'était guère avancée…

Pour rejoindre Laguiole et Pomiès où ils comptaient séjourner jusqu'au 15 août, le jeune couple avait traversé dans la fournaise les plaines de la Beauce et de la Limagne avant d'apprécier une température plus supportable dans les montagnes d'Auvergne. Entre la surchauffe du moteur et des crevaisons répétées qui les avaient obligés à s'arrêter fréquemment, sans oublier une étape dans une auberge bruyante aux environs de Châtel-Guyon, les deux journées de voyage les avaient exténués. Tandis que son épouse en racontait les péripéties à ses parents, Gontran s'était échappé pour retrouver sa belle-sœur à la fabrique. Maintenant, il découvrait le laguiole qu'elle voulait présenter au concours du Meilleur Ouvrier de France. Certes elle envisageait de consacrer encore quelques soirées à l'embellir mais la sculpture de l'ivoire était terminée. Elle était parvenue à impulser du mouvement à sa création en traduisant à sa manière la détente énergique des pattes de l'animal en pleine course.

– C'est une splendeur ! murmura-t-il en caressant d'un doigt le museau et l'échine de la levrette.

Les qualités de l'ouvrage l'impressionnèrent. Il était persuadé que les professionnels les reconnaîtraient et que cette distinction consoliderait les activités de la fabrique. C'était aussi l'espoir que caressait Mathilde.

La présence du jeune couple transforma l'ambiance ordinaire de la maisonnée, atténuant les tensions accumulées depuis près d'un mois. Installée à ses fourneaux depuis le milieu de l'après-midi, Charlette s'était surpassée pour accueillir « ses » Parisiens ; ils apprécièrent ses prévenances. Quant à Clément, il rayonnait de bonheur ; il participait à sa manière aux échanges tandis que ses prunelles pétillaient d'énergie.

– Il était temps que tu reviennes ! souffla Mathilde à Élodie au moment où leur mère l'accompagna jusque dans leur chambre, à l'approche de minuit. Il était impatient de t'embrasser : il comptait les semaines depuis la Saint-Jean…

Reprenant leurs habitudes d'adolescentes, elles poursuivirent leurs discussions dans la chambre de Mathilde qui n'hésita pas à évoquer devant sa sœur ses relations avec Pierre.

– Je comprends maintenant pourquoi tu te rongeais les sangs à la boutique en guettant le passage du courrier. J'ignorais alors que l'amour pouvait procurer des sentiments aussi puissants. Un bonheur ! C'est merveilleux de tomber amoureux… Mais quelle souffrance ! Il y a des jours où je ne supporte plus son absence : je redoute même de le perdre…

Élodie reconnaissait qu'elle avait éprouvé, avant son mariage, des sensations analogues.

– Aujourd'hui, je ne pourrais pas me séparer de Gontran plus d'une matinée !

Elle considérait qu'ils étaient parvenus à une parfaite harmonie dont elle avait besoin au quotidien pour son équilibre.

– Sans Gontran, mes journées n'auraient plus aucune saveur. Nous partageons les mêmes passions ! Jusqu'à notre métier… Dans quelque temps, tu auras la même chance !

Mathilde n'en doutait pas. Ensuite, elle aiguilla la conversation autour des confidences qu'Élodie avait concédées au printemps à propos de son souhait d'agrandir sa famille. Elle était devenue la marraine du premier enfant d'un cousin germain de Gontran qui possédait un restaurant avenue Duquesne. Lorsqu'elle retrouvait sa filleule, elle apprenait à la langer et à la bercer sous le regard attendri de sa cousine. Dans ses lettres, Élodie admettait qu'elle s'attachait à cette petite Béatrice. « Ce qui me prépare semaine après semaine à accueillir notre premier enfant ! » n'avait-elle pas manqué de souligner.

– Tu te souviens toujours de ta promesse ?

L'année dernière, elle avait demandé à Mathilde de devenir la marraine de leur premier enfant.

– Nous y tenons.

– C'est pour bientôt ?

– Peut-être…

Malgré ses questions, elle demeura d'une discrétion parfaite.

– N'insiste pas ! Je te préviendrai…

Emportant ses secrets, elle retourna ensuite dans sa chambre d'adolescente où Gontran avait déposé les bagages. Toutefois, en cette soirée de juillet, toutes deux avaient conscience que leur séparation et les difficultés de la fabrique les avaient rapprochées.

15

Pendant les deux semaines de son séjour laguiolais, honorant son engagement, Élodie demeura très présente auprès de ses parents. Certes elle participa à des banquets, des pique-niques et des réceptions en compagnie de Gontran, mais elle emmena également Clément en promenade et elle seconda Blanche à la boutique. Souvent, elle retrouvait Mathilde à la coutellerie après le départ des employés pour raconter sa journée, examiner les nouveaux modèles qu'elle présenterait dès l'année prochaine à leurs détaillants, observer l'habileté de ses gestes lorsqu'elle assemblait un laguiole. Ses visites ne pouvaient que satisfaire la coutelière : elle constatait qu'Élodie manifestait plus d'intérêt pour ses activités et qu'elle fréquentait la fabrique où elle ne pénétrait jamais pendant l'adolescence. À l'occasion de ces conversations, Mathilde ne manquait pas de l'informer d'une manière précise de la situation financière de la maison puis des réactions stimulantes que Pierre recueillait auprès des couteliers du Sud de la France à propos de ses laguioles.

Déchargé pour trois semaines de ses obligations parisiennes par les maisons qu'il représentait, il avait entrepris dès le 1er août à Limoges une tournée qui le conduirait à Bordeaux, Toulouse, Montpellier et Marseille. Il l'avait préparée minutieusement depuis le début du mois de juillet, consultant les rubriques du *Bottin*, prenant en compte les conseils de quelques détaillants parisiens qui connaissaient la réputation de certains de leurs collègues en province. Comme toutes ces villes du Sud de la France abritaient une communauté aveyronnaise, il s'adressait aux présidents d'amicales pour obtenir des recommandations et pour les rencontrer ; il n'ignorait pas que les Rouergats installés à Marseille ou à Bordeaux appréciaient les produits artisanaux de leur département tout autant que les patrons de restaurants et de brasseries de la capitale. Les rapports qu'il expédiait à Laguiole après chaque étape réconfortaient Mathilde. Pierre admettait que ces couteliers méconnaissaient souvent l'existence du laguiole et les capacités des artisans rouergats à fabriquer des ouvrages de prestige mais il soulignait, dans le même temps, qu'ils montraient toujours beaucoup de curiosité lorsqu'il déballait le contenu de sa mallette dans leur arrière-boutique. « Ils admirent tes guillochures et tes sculptures à la lumière d'une lampe ! écrivait-il. Et même à la loupe pour certains ! Ils m'assaillent de questions à propos de l'histoire du couteau, de ses légendes et de sa fabrication. Et ils m'écoutent longuement ! Pour satisfaire nos détaillants, je pense que nous devrions imprimer un catalogue présentant les différents modèles de la maison mais également les origines du laguiole et son originalité : il faciliterait nos démarches. Illustré de photos et de croquis, il mettrait aussi en valeur ton talent… » Pour l'heure, débordant d'optimisme, Pierre demeurait persuadé que ces rencontres permettraient d'enregistrer des commandes dans les prochaines semaines, notamment après la Toussaint lorsque les couteliers et les armuriers prépareraient les vitrines de Noël.

Il confirma ses impressions en regagnant l'Aveyron et Rodez dans l'après-midi du 14 août au terme de cette tournée qu'il avait achevée à Montpellier.

– Quelle révélation ! Certains s'étonnent de découvrir que tu fabriques de superbes couteaux à l'ancienne et à Laguiole ! Une femme de trente ans ? C'est formidable ! Ils n'en reviennent pas… Maintenant, ils essaieront de convaincre des amateurs exigeants pour qu'ils achètent tes modèles et j'espère qu'ils tiendront leurs promesses… Dans quelque temps, nous leur écrirons pour qu'ils ne t'oublient pas…

En cette après-midi étouffante, Mathilde avait également une excellente nouvelle à annoncer. Une heure avant son départ de Laguiole pour Rodez, le notaire de Nasbinals les avait prévenus que la maison de Gaspard intéressait un limonadier parisien. Cet homme d'une cinquantaine d'années, originaire d'un village de la commune de Nasbinals et propriétaire de deux brasseries dans les beaux quartiers, contemplait souvent dans sa jeunesse cette demeure de notable aux parements de basalte qu'il ne pourrait jamais acheter. Quatrième d'une famille de sept enfants, il s'était expatrié dans la capitale au lendemain de son service militaire et il y avait travaillé durement comme bougnat avant d'épouser une femme de son village et d'acquérir sa première brasserie. Dès son arrivée à Nasbinals le 5 août, apprenant la mise en vente de cette maison qui avait hanté ses rêves, Eugène Mouillade s'était précipité chez le notaire. Depuis, il l'avait visitée à trois reprises et il était toujours disposé à l'acquérir.

– Et à nous la payer très cher pour que personne à Nasbinals ne s'y installe à sa place ! expliqua la jeune femme. Il est pressé d'y emménager et il propose une somme supérieure de 30 % à nos prévisions les plus hautes ! Dès la semaine prochaine, nous signerions la promesse de vente. C'est une aubaine pour nous. Ces derniers temps, j'étais inquiète…

Il partageait son soulagement :

– Dans l'immédiat, tu n'auras plus d'ennuis d'argent et tout le monde dormira mieux ! La tempête s'éloigne… Les commandes me semblent suffisantes pour l'automne et tu constateras bientôt que la fabrique est sauvée…

Pour toute réponse, elle l'embrassa passionnément.

Ils quittèrent Rodez à l'heure la plus chaude, roulèrent dans la fournaise jusqu'à Espalion et retournèrent en bordure de la rivière pour tremper leurs pieds dans les eaux fraîches. Ils retrouvèrent sans difficultés la prairie baignée de soleil où ils s'étaient aimés et ils ne l'abandonnèrent qu'au moment où les cloches d'une église égrenèrent l'angélus dans les lointains.

À Laguiole, toute la maisonnée fit état de leur mine de papier mâché qu'une escapade champêtre de deux heures n'avait pas atténuée. Leur visage accusait la fatigue, l'énervement, les soucis de ces dernières semaines. Blanche leur conseilla de s'accorder quelques journées de vacances.

– Reposez-vous ! Vous le méritez.

Élodie repoussa son retour dans la capitale du 16 au 20 août, pour que sa sœur puisse s'absenter : elle continuerait à assumer son service à la boutique.

– Vous avez besoin de prendre le soleil et le large !

Philippe Delagnes le leur répéta au début de la soirée quand il rejoignit la famille Chauchard sous la tonnelle en compagnie de son épouse comme ils en avaient souvent l'habitude après une chaude après-midi.

– Et vous reviendrez en pleine forme.

Convaincus, ils décidèrent de s'installer pendant trois jours au camping de Palavas près de Montpellier, d'emporter une tente, une table pliante, un réchaud et du matériel de couchage que leur prêterait le pharmacien. Ils ne connaissaient pas les plages de la Méditerranée et tous deux étaient impatients de les découvrir. C'était l'occasion. En moins d'une demi-heure, ils avaient arrêté le programme de leurs premières vacances.

– On s'amusera plus dans un camping qu'à l'hôtel ! chuchota la jeune femme à l'oreille de Pierre. Et nous aurons moins froid qu'à Pâques dans notre buron...

Ils consacrèrent la matinée à préparer leurs affaires mais ils ne chargèrent leur berline de bagages et de provisions qu'au milieu de l'après-midi : ils ne souhaitaient pas s'engager sur les routes avant que la chaleur ne tombe. À 18 heures, Mathilde avait à peine ressenti un souffle de fraîcheur qu'elle se pressait de démarrer le moteur de la Vivasix. Ils s'éloignèrent de Laguiole en actionnant joyeusement leur avertisseur. C'était l'aventure qui commençait ! Ils étaient tellement heureux de prendre en amoureux le chemin de Palavas qu'ils chantaient à tue-tête. Ils marquèrent une étape à Millau pour pique-niquer et planter leur tente dans un terrain qui bordait le Tarn. Des moustiques et des fourmis perturbèrent leur sommeil mais leur bonne humeur perdurait aux premières lueurs de l'aube lorsqu'ils replièrent leur canadienne.

Au moment du déjeuner, une féerie les attendait à Palavas où le soleil scintillait sur une mer d'huile, les éclaboussant de lumière, où le bleu de l'eau se mêlait à l'azur du ciel et à l'ocre du sable. C'était tellement différent de leurs paysages familiers qu'elle les émerveilla. Ils marchèrent dans le sable chaud, pataugèrent dans l'eau blanche d'écume que les vagues ramenaient sur la plage et ramassèrent des coquillages. Pierre chantait mais les piaillements des oiseaux couvraient sa voix. Quant à Mathilde, elle songeait à leurs projets de promenades en bateau, au mont Saint-Clair, à l'étang de Thau. Ils ressentaient une impression de liberté !

Dans cette sérénité retrouvée, ils préparèrent leur avenir. Les recettes inespérées que la boutique avait enregistrées depuis le 15 juillet grâce à une fréquentation exceptionnelle, la progression des commandes et les perspectives prometteuses que laissait espérer la tournée de Pierre pour la diffusion des modèles dans le Sud encourageaient la jeune femme à développer désormais les activités de la coutellerie.

– Si nous ne construisons pas une nouvelle fabrique, nous ne parviendrons plus dans quelque temps à satisfaire la demande ! expliqua-t-elle. Les amateurs de laguioles ne patienteront jamais pendant des semaines avant de recevoir leurs couteaux. Ni nos revendeurs. Nous perdrons notre crédibilité et leur confiance que nous avons difficilement acquise…

Il approuvait ses projets sans réserve :

– C'est le moment d'investir même si les temps sont toujours difficiles ! On te connaît de mieux en mieux et les professionnels ne t'ignoreront plus après ta participation au concours du Meilleur Ouvrier de France. En rassemblant toutes nos énergies et nos compétences, nous arriverons à imposer tes modèles…

Elle entrevoyait un grand avantage avec l'extension de l'entreprise : ils pourraient enfin travailler ensemble ! Ils le souhaitaient depuis qu'ils s'étaient avoué leur amour, impatients d'échapper aux longues séparations dont tous deux souffraient. Pierre la déchargerait des tâches commerciales et de la comptabilité ; il n'aurait plus besoin de représenter dans la capitale la coutellerie Guillaume de Thiers, le faïencier Chabrier d'Orchies, la fabrique de porcelaines

Gautier de Limoges et la verrerie Pellereau de La Rochelle : il occuperait avec brio les fonctions de directeur commercial de la maison.

– Tu pourras m'épauler au quotidien même si tu te déplaces souvent pour rencontrer nos détaillants ! précisa-t-elle. Pour moi, c'est tellement important… Nous échangerons nos points de vue avant une décision ; nous partagerons les responsabilités ; nous réfléchirons à de nouveaux modèles… Et puis…

Elle le regarda tendrement puis poursuivit :

– Nous nous marierons !

Il esquissa un sourire, essayant de cacher son émotion avant de répondre :

– Enfin !

Savourant son bonheur, il l'attira dans ses bras et murmura :

– Dès notre première soirée dans la Montagne, je savais déjà que tu deviendrais ma femme.

Mathilde avait éprouvé la même certitude qui s'était confirmée semaine après semaine. Depuis, elle ne cessait de penser à un grand et beau mariage avec une centaine d'invités des deux familles, des demoiselles d'honneur, des musiciens pour les escorter à travers les places de Laguiole, entraîner les habitants dans une bourrée endiablée, donner une aubade dans les auberges puis animer la soirée dansante. Elle avait imaginé également inaugurer à cette occasion la nouvelle coutellerie.

– Nous organiserons une journée dont les invités, les ouvriers et même les habitués de la maison se souviendront ! Jusqu'aux habitants de Laguiole.

Maintenant, le temps pressait ! Pour que le bâtiment accueille ses employés et ses machines dès l'automne 1935, il paraissait indispensable de commencer les travaux cette année avant que les rudesses hivernales ne plongent la Montagne dans sa léthargie habituelle. Ils profitèrent de ces journées pour esquisser la manufacture que Mathilde prévoyait de construire en bordure de la nationale dans le champ d'Hortense : elle occuperait une superficie de 1 000 mètres carrés environ. Avant de pénétrer dans le bourg de Laguiole depuis la direction de Saint-Flour, les automobilistes la repéreraient : elle attirerait tous les regards grâce à la présence d'un laguiole de 3 mètres de hauteur. À l'occasion de son exposition parisienne, à l'automne précédent, la jeune femme s'était attardée devant un couteau de collection qu'une maison de Thiers avait fait réaliser par ses employés pour sa boutique de la capitale ; elle avait admiré les scènes de savane gravées dans l'acier de la lame et le buste d'une Africaine qui en décorait le manche d'ébène. Soucieuse de manifester autant d'originalité pour son laguiole destiné à devenir l'emblème de la maison, Mathilde avait l'intention de demander à un ébéniste du faubourg Saint-Antoine de sculpter dans l'ébène un taureau d'Aubrac dont les couteliers utilisaient les cornes pour les manches depuis un siècle à Laguiole. Dans le même temps, elle solliciterait un graveur de renom pour représenter sur la lame les sources volcaniques des plateaux qui permettaient d'obtenir une excellente trempe de l'acier, mais également la diversité des paysages à travers les pâturages, les burons, les chemins de transhumance, les forêts, les murets de pierres sèches et les croix de basalte. Elle considérait que le laguiole traduisait à sa manière l'osmose entre l'homme et la nature.

– J'aimerais que les touristes de passage et les amateurs de couteaux le découvrent grâce à cette œuvre ! souligna-t-elle tout en crayonnant le modèle. Leur curiosité aiguisée, ils souhaiteront connaître la fabrication et les origines de notre couteau...

Enthousiaste, Pierre soutenait cette initiative :

– Elle nous démarquera de nos concurrents et elle contribuera à moderniser l'image de la maison. Les rédacteurs des guides la signaleront : elle deviendra bientôt l'emblème de la manufacture et même de Laguiole...

Mathilde détermina plus rapidement encore la disposition des ateliers à l'intérieur du bâtiment en s'inspirant de la répartition que la maison Lecollier avait adoptée dans sa fabrique de Nogent et qu'elle conservait en mémoire. La vitesse à laquelle elle dessina son schéma déconcerta son compagnon comme la précision de ses explications. Quelle assurance ! Il était animé de la conviction que ses projets d'extension de la coutellerie familiale mûrissaient depuis des années. Une question brûlait ses lèvres : auraient-ils les moyens financiers de les réaliser ? La jeune femme, qui avait deviné ses pensées, y répondit sans détour. Grâce aux recettes inattendues de la saison estivale et à la vente de la maison de Gaspard, elle pourrait assumer les dépenses de la construction du bâtiment en empruntant auprès de son banquier une somme raisonnable. Certes il n'était pas dans les habitudes de la famille Chauchard de s'endetter mais Mathilde souhaitait y déroger pour développer rapidement les activités de la coutellerie.

– Même si nous prenons des risques, je ne veux surtout pas manquer cette occasion…

Pierre partageait son opinion, disposé à tout mettre en œuvre pour que leurs projets aboutissent. Il proposa de se séparer du logement dont il était propriétaire dans le quartier de la Bastille et qu'il occuperait seulement à la faveur de ses séjours à Paris dès qu'il s'installerait à Laguiole. Il était persuadé que ses cousins du *Bonaparte* pourraient l'héberger.

– Ils possèdent une chambre de bonne sous les combles de l'immeuble de la brasserie. Personne ne l'habite ! Ils accepteront de me dépanner lorsque je visiterai notre clientèle… Et je pense que je trouverai facilement un acheteur pour mon deux-pièces ! L'immeuble est agréable. Presque bourgeois. Le logement est confortable et bien éclairé… Cet argent nous permettra d'acquérir le matériel !

Il prévoyait de prospecter en Auvergne, à l'occasion de ses déplacements dans les bureaux de la société Guillaume, auprès des fabriques en difficulté pour qu'ils procèdent dès l'automne à des acquisitions d'outillage. À la faveur de ses passages dans le bassin coutelier thiernois et de ses entrevues, il avait relevé que la récession n'épargnait pas des industriels qui fournissaient des platines, des ressorts, des mitres et des lames pour le montage de différents modèles de couteaux.

– Même dans la capitale de la coutellerie où les maisons sont capables d'affronter la concurrence étrangère, on m'a assuré que des patrons licencient ou ferment ! Nous pourrions nous équiper dans de bonnes conditions et peut-être plus rapidement que si nous commandions des machines neuves…

Mathilde en convenait ; elle le remercia d'y avoir songé et surtout de s'engager ainsi à ses côtés : elle souhaitait que la construction de la manufacture puisse renforcer encore leur complicité amoureuse et leur entente profonde.

– C'est une aventure passionnante que nous vivrons tous les deux : elle nous marquera pour longtemps… Elle nous soudera durablement ! Et nous en aurons besoin car les embûches ne manqueront pas…

Le recrutement dans quelques mois de nouveaux employés la préoccupait notamment. Laguiole et sa région ne disposaient que d'un modeste « réservoir » de main-d'œuvre ; les jeunes préféraient rejoindre leurs cousins et leurs voisins dans la capitale plutôt que de survivre dans les villages de la Montagne où il n'y avait pas d'embauche. Grâce à Baptiste, elle pensait convaincre quelques buronniers qui travaillaient dans les abattoirs parisiens ou des entrepôts de charbon de la Bastille, depuis la Toussaint jusqu'à l'Ascension, de renoncer à leurs migrations saisonnières et à leur métier de vacher en changeant d'activité pour devenir couteliers. Mais elle n'avait aucunement la certitude qu'ils accepteraient.

– Et nous devrons les « dégrossir ».

Elle avait conscience des difficultés qu'ils rencontreraient dans les deux prochaines années et de la lourdeur des tâches qu'elle accomplirait, dès l'automne, en supplément de ses journées à la coutellerie après le démarrage des travaux. Pierre la rassura : il la seconderait auprès du contremaître pour surveiller le chantier.

– Ces charges, nous les assumerons à deux ! Je te promets que nous nous battrons…

Il mesurait son privilège de pouvoir participer à ses côtés à cette entreprise.

– Ce sera l'œuvre de notre vie !

Lorsqu'elle retrouva sa famille à Laguiole le dimanche 19 août, en début de soirée, après avoir quitté Pierre à la gare de Rodez où il reprenait un express pour Paris, tout le monde remarqua sa pétulance. Bronzée, le sourire éclatant et les cheveux en bataille, elle était radieuse ! L'annonce de l'extension de la coutellerie ne les étonna pas. Connaissant son caractère combatif, tous étaient convaincus qu'elle s'obstinerait dans ses intentions et qu'elle était capable d'attendre pendant des années pour pouvoir les mettre en œuvre dans les meilleures conditions. Quant à son mariage, ils s'y préparaient depuis ses premières confidences ; ils étaient persuadés que Mathilde et Pierre ne tarderaient pas à officialiser leurs relations. Ses parents exprimèrent leur satisfaction lorsqu'ils apprirent la nouvelle. Clément embrassa la jeune femme ; il était animé de l'espoir que la famille s'agrandirait et que les enfants de

Mathilde aimeraient les couteaux et surtout les fabriquer. Il souhaitait plus que tout que leurs disputes, leurs chansons et leurs galopades égayent sa solitude et ses dernières années qu'il savait comptées.

– Mon der-nier bon-heur…

Quant à Blanche, elle souligna sa chance.

– Pierre t'aime vraiment pour investir autant dans la fabrique, s'installer à Laguiole et changer d'horizon…

Elle s'en réjouissait d'autant plus que sa présence apporterait une pointe de fantaisie et d'humour dans un quotidien souvent morose depuis le départ d'Élodie.

Mathilde présenta ensuite des croquis de la manufacture qui les captivèrent au point d'alimenter les conversations jusqu'à une heure tardive. Clément n'avait plus sommeil malgré la fatigue de la journée ! Il l'écouta attentivement avant d'examiner les dessins puis de la presser de questions en utilisant l'ardoise et la craie qui ne le quittaient jamais. Ces perspectives inespérées le revigorèrent :

– Nous pour-rons au-tant que les Thier-nois.

Comme elle le pensait, la réalisation d'une œuvre artistique et originale enflamma Élodie. Aussitôt, elle proposa d'effectuer des démarches auprès de sculpteurs du faubourg Saint-Antoine et de professeurs des Beaux-Arts pour que sa sœur les rencontre dès l'automne. En effet, Mathilde prévoyait d'installer l'emblème de la maison à l'occasion de leur mariage au mois d'août 1935 et de l'inauguration de la manufacture ; elle espérait convaincre les entrepreneurs d'achever le bâtiment pour cette journée, tout au moins la charpente.

Le lendemain, après le départ du personnel, elle dévoila ses desseins à Baptiste qui ne manifesta aucune surprise.

– Je me doutais que tu te lancerais bientôt ! Nous sommes à nouveau en pleine bourre : les comptes sont redressés et nous n'avons jamais écoulé autant de couteaux que cette saison. Nos réserves de laguioles sont bien basses... Tu as sûrement raison. C'est le moment de foncer !

Pendant les deux années qui avaient succédé à son passage dans la maison Lecollier de Nogent, elle l'avait souvent entretenu de ses ambitions pour la fabrique familiale ; il n'avait pas cherché à la dissuader de les entreprendre pour ne pas la décevoir mais il demeurait persuadé que les réalités l'amèneraient à y renoncer. Les Chauchard ne disposaient pas des moyens financiers pour les mettre en œuvre. Mathilde ne les évoquait plus depuis que la récession économique provoquait une baisse d'activités dans l'industrie et l'artisanat. Toutefois, il imaginait qu'elle s'y accrochait toujours. Ce qu'elle lui confirma :

– Tu sais bien que je ne capitule jamais !

Très ému, il accepta de l'épauler :

– Tu pourras compter sur Baptiste mais...

Embarrassé, il éprouva soudain des hésitations à poursuivre. Soulevant sa casquette pour enfoncer la pointe d'un crayon dans ses cheveux, Baptiste reconnut qu'il vieillissait :

– Ne me demande pas de rejoindre «l'usine » et de contrôler des machines ! Je continuerai à travailler à l'ancienne...

Mathilde répondit qu'elle n'avait pas l'intention de modifier ses habitudes de production mais qu'elle recruterait un contremaître pour superviser la fabrication modernisée des laguioles.

Soulagé, il murmura :

– Je préfère !

Elle envisageait même de le débaucher dans une entreprise auvergnate.

– Dans l'Aveyron ou à Laguiole, je ne le trouverai jamais…

Toutefois, elle entendait imposer ses exigences pour que les nouveaux employés produisent d'excellents couteaux.

– C'est une question d'honneur : nous avons toujours respecté ceux qui nous font confiance.

Il l'approuva :

– Sinon notre réputation n'y résisterait pas !

– C'est le moment de nous distinguer de la quincaillerie.

– Et de concurrencer les Thiernois.

Bien qu'il ne souhaitât pas s'y associer d'une manière directe, les desseins de Mathilde le stimulaient tandis que son projet de mariage le réjouissait. L'installation de Pierre ne le préoccupait pas : il avait la conviction qu'elle ne changerait pas leurs relations de confiance et que la « petite » le consulterait toujours aussi souvent. Les événements qui s'enchaînaient depuis quelque temps l'amenaient à penser que les années difficiles s'achevaient.

– Le printemps revient toujours ! souffla-t-il à la jeune femme.

16

Les jours suivants, elle rencontra des entrepreneurs de Saint-Flour, Espalion et Rodez pour leur soumettre des esquisses de la manufacture. Certains refusèrent de la recevoir :

– Laguiole ? C'est au diable !

D'aucuns prétendirent qu'ils ne disposaient pas du personnel nécessaire pour satisfaire ses exigences.

– Planter le bouquet au 15août ? C'est une plaisanterie !

Il était de tradition de placer un rameau de verdure à la poutre maîtresse d'un bâtiment dès que les charpentiers avaient installé les solives et d'organiser un banquet pour célébrer l'événement.

Ils la dissuadèrent de s'obstiner :

– À 100 kilomètres à la ronde, dans l'Aveyron, la Lozère et le Cantal, personne n'acceptera ces contraintes.

Heureusement, un Ruthénois s'intéressa à son projet. Honoré Bousquet appréciait ses laguioles qu'il avait découverts grâce à Eugène Raynaldy qu'il côtoyait au conseil municipal depuis que l'ancien ministre avait remporté les élections en 1929. Il l'accueillit dans son bureau de la place du Bourg et tous deux évoquèrent les déboires de Raynaldy depuis sa démission. Elle apprit que ses démêlés judiciaires l'affectaient profondément.

– C'est un homme honnête mais trop candide ! précisa-t-il. Il a tendance à accorder facilement sa confiance : c'était une aubaine pour un banquier sans scrupules. Raynaldy en mesure aujourd'hui les conséquences… On l'accable de reproches ; on le persuade de renoncer à ses mandats. Même des fidèles le lâchent…

Ses révélations la touchèrent. Mathilde décida d'adresser une lettre de soutien à cet homme qui l'avait arrachée à l'anonymat.

Pendant près de deux heures, ils examinèrent ses ébauches et Honoré Bousquet demanda une quantité de précisions qui l'impressionna puis il les consigna dans un calepin à la couverture défraîchie. Les contraintes qu'elle imposait ne l'effrayèrent pas : il avait l'habitude d'embaucher une main-d'œuvre temporaire pour des chantiers importants. Dans les campagnes de l'Aveyron, de modestes agriculteurs complétaient leurs revenus en effectuant à la morte-saison des journées de terrassiers ou de manœuvres. Il en engagerait autour de Laguiole pour creuser les fondations et seconder l'équipe des maçons.

– Si nous nous entendons !

Il était disposé à envoyer ses propositions sous huitaine et à remettre le 15 août 1935 un bâtiment équipé de sa charpente. Peut-être même de sa couverture de lauzes.

– Pourtant, même si nous y travaillons dès cet automne, tout dépendra des caprices du temps.

Son enthousiasme et sa franchise la séduisirent d'autant plus qu'il acceptait d'assumer la direction des travaux en sollicitant des charpentiers, des couvreurs, des menuisiers et des électriciens. Il n'y avait aucun doute aux yeux de Mathilde : c'était l'homme de la situation. N'avait-il pas participé à la construction du barrage de Sarrans inauguré l'année passée par le président Lebrun ?

– C'est une belle référence ! souligna-t-elle auprès de Blanche dès qu'elle retourna à Laguiole.

Elle rapporta ensuite son entrevue à Baptiste. Il peina à croire qu'Honoré Bousquet achèverait la nouvelle coutellerie pour le 15 août 1935, expliquant que les rigueurs de l'hiver obligeraient les ouvriers à abandonner les pelles, les truelles, les brouettes et les « gamates » depuis la Saint-André jusqu'à Pâques.

– Ils ne reviendront peut-être qu'à la Saint-Georges si le froid et la neige résistent comme certaines années ! Ils n'arriveront pas à rattraper quatre mois de perdus…

Mathilde ne contesta pas ses arguments : elle était consciente que les intempéries compliquaient les tâches des entrepreneurs dans la Montagne. Toutefois, elle était persuadée que Bousquet respecterait ses promesses ; il bénéficiait partout dans la région d'une excellente réputation. Philippe Delagnes le confirma après avoir interrogé l'un de ses confrères ruthénois qui le fréquentait.

– Il ne supporte pas les retards ! affirma-t-il. Ni les malfaçons ! Et personne ne conteste ses factures. Il ne devrait sûrement pas te décevoir…

Rassurée, elle pouvait annoncer ses intentions à Pierre dès le samedi 25 août lorsqu'elle l'embrassa à sa descente du Parisien à Saint-Flour. Certes elle ne connaissait toujours pas l'estimation des dépenses qui dépasseraient peut-être ses prévisions mais elle avait la conviction qu'ils trouveraient un accord.

– Si les terrassements débutent dès la première quinzaine d'octobre, ses équipes arriveront à terminer les fondations avant les gelées et la neige ! indiqua-t-elle à Pierre. Et peut-être même les dalles des ateliers ! Ce qui nous avancerait pour continuer les travaux au printemps…

– Et nous permettrait de produire nos premiers laguioles dans la nouvelle fabrique dès le courant de l'automne 1935 !

Il partageait son optimisme, constatant que ces perspectives la galvanisaient ! Surtout, il remarquait qu'elle était heureuse de le retrouver une semaine seulement après leurs vacances ainsi qu'il l'avait promis. Il organisait désormais ses tournées d'une manière différente pour la rejoindre le samedi. Pour cela, il empruntait les express de la compagnie du P.L.M. desservant Saint-Flour pour pouvoir raccourcir son voyage de trois heures. Comme la même distance séparait Laguiole de Rodez et de Saint-Flour, Mathilde préférait l'attendre dorénavant dans la sous-préfecture du Cantal. Les heures qu'ils passaient ensemble leur paraissaient tellement précieuses…

En cette matinée du samedi 25 août que baignait une lumière presque automnale, Pierre manifestait d'autant plus d'impatience à retourner en Aveyron qu'il présentait aujourd'hui même la jeune femme à ses parents ; il l'emmenait dans la demeure familiale qui s'élevait modestement en bordure du chemin départemental de Bozouls à Saint-Geniez. Eugénie et Gabriel les avaient invités à partager leur déjeuner ; ils étaient pressés de rencontrer Mathilde depuis qu'il leur avait révélé son existence et leurs sentiments. Pour les Charrié, le moment était important. Solennel même. Ils n'avaient pas d'autres enfants. Lorsqu'ils arrivèrent, les amoureux surprirent Gabriel sous les ombrages d'un marronnier en chemise blanche et en pantalon du dimanche. Enlevant son chapeau, il se précipita en direction de la Renault pour accueillir Mathilde qu'il embrassa sans manières.

– Bienvenue dans notre maison !

Pierre disparut aussitôt dans la prairie voisine ; il en ramena un bleuet pour décorer la boutonnière de son boléro sous le regard amusé de son père. Puis il l'entraîna dans l'atelier de charronnage où elle découvrit un tombereau en pièces détachées parmi une montagne de copeaux. Dans une odeur de hêtre et de peinture fraîche, il rappela quelques souvenirs d'enfance puis ils rejoignirent la cuisine où Eugénie dressait le couvert tandis que Gabriel débouchait une bonne bouteille. Les pommettes cramoisies, la maîtresse de maison délaissa ses casseroles et dénoua son tablier pour la prendre dans ses bras.

– Il nous tardait de vous connaître ! avoua-t-elle à Mathilde en l'embrassant. Depuis que Pierre nous a annoncé votre mariage, nous ne parlons plus que de vous…

C'était une femme toute en rondeurs et aussi affable que son époux dont la simplicité rassura Mathilde. « Nous devrions bien nous entendre ! » pensa la jeune femme. Pour marquer son entrée dans la famille, elle avait apporté pour les parents Charrié deux beaux laguioles au manche d'ébène : une « jambe de femme » qu'elle destinait à Eugénie et une « queue de scorpion » qu'elle réservait à Gabriel. Ils les admirèrent à la lumière de la fenêtre de la cuisine puis les déplièrent et en contrôlèrent le tranchant.

– Superbe ouvrage ! s'exclama Gabriel.

Il était tellement bouleversé par son attention qu'il demanda à Mathilde de l'étrenner pour tracer le signe de la croix sur la miche croustillante puis découper le chanteau.

– Mais je ne peux pas ! répondit-elle.

Selon la tradition, c'était le maître qui s'acquittait de cette tâche dans les familles aveyronnaises. Cependant, Gabriel n'en démordit pas :

– Nous ne respecterons pas les coutumes : c'est une journée exceptionnelle ! Faites-nous l'honneur de partager cette miche…

Elle s'exécuta après le bénédicité. Tous deux observèrent la délicatesse de ses gestes.

– Elle a des mains d'artiste ! murmura Eugénie.

Quand Gabriel distribua les tranches, Mathilde comprit qu'une relation de confiance s'était établie avant même qu'ils la rencontrent et qu'ils l'avaient adoptée. Elle en remerciait Pierre.

Le lendemain, ils réunissaient leurs parents à Laguiole pour organiser le mariage qu'ils arrêtèrent au 17 août 1935, pendant la « quinzaine des Parisiens », ce qui permettrait aux deux familles de rassembler tous les expatriés qu'elles comptaient dans la capitale. En milieu d'après-midi, la jeune femme conduisit Gabriel et Eugénie à la coutellerie pour leur expliquer la manière dont elle fabriquait les laguioles. Ensuite, ils poussèrent jusqu'au champ d'Hortense où elle esquissa en compagnie de Pierre les ambitions qu'ils nourrissaient pour les prochaines années. Ce qui impressionna grandement Gabriel.

– Une manufacture de couteaux en Aveyron ? murmurait-il en les écoutant. Je n'aurais jamais pensé à une industrie à Laguiole ! Des machines, du travail à la chaîne… Le triomphe de la pacotille dans les magasins et sur les foires… Le sabotage de l'artisanat… Mais si c'est pour produire des laguioles qui tranchent aussi bien que les modèles des meilleurs couteliers et que vous pourrez vendre sans rougir, je vous approuve… Et je vous admire pour votre passion et votre audace ! J'espère que vous réussirez car vous le méritez.

Ils écourtèrent les discussions à l'approche de 18 heures. Les parents Charrié retournaient à Bozouls par l'autobus des Rapides Saintflorains tandis que

Mathilde ramenait Pierre à Saint-Flour où il reprendrait un express à 20 heures. Tandis qu'ils roulaient dans la direction de Chaudesaigues, ils échangèrent leurs impressions à propos des moments qu'ils avaient passés entourés de leur famille. La jeune femme avait apprécié l'accueil simple, sincère et chaleureux des Charrié mais également les réactions de Gabriel devant leurs projets ; elle ne doutait pas qu'il les soutiendrait à sa manière. Ce que Pierre confirma. Tandis que Mathilde détaillait la fabrication des couteaux, il avait senti que son talent suscitait de la fierté chez ses parents.

– Depuis toujours, mon père travaille de ses mains ! C'est un amoureux de l'ouvrage à l'ancienne. Il est heureux que j'épouse l'héritière d'une famille d'artisans et que je revienne dans le pays. Il s'imaginait que je me résoudrais à accepter un mariage arrangé dans la limonade parisienne lorsque je ne supporterais plus ma solitude… Vous vous entendrez : vous défendez tous les deux les mêmes exigences… Et il nous épaulera…

Il révéla que ses parents s'étaient séparés d'un champ pour compléter ses économies lorsqu'il avait acheté son logement. Maintenant, il était persuadé qu'ils participeraient à la réalisation de la nouvelle manufacture.

– Je suppose que mon père y réfléchit déjà !

Il pensait que Gabriel proposerait de construire des étagères pour les rangements, des caissons pour le stockage des pièces, des râteliers pour l'outillage des monteurs. Par avance, Mathilde se réjouissait de constater que chacun apporterait sa contribution à la construction de la coutellerie.

À Saint-Flour, les quais de la gare grouillaient de monde en ce dernier dimanche d'août qui avait un avant-goût de rentrée. Une ribambelle d'enfants, des voyageurs chargés de provisions et de bagages regagnaient la capitale après leurs vacances dans le Massif central. Ils s'embrassèrent dans la bousculade avant que la locomotive ne s'éloigne dans un nuage de fumée.

Lorsqu'elle s'installa dans sa berline pour rejoindre Laguiole, Mathilde éprouva de la tristesse et du bonheur entremêlés. L'express n'avait effectué que quelques kilomètres à travers les environs immédiats de Saint-Flour mais elle ressentait déjà fortement l'absence de Pierre : la tendresse de ses gestes, la douceur de ses baisers, ses attentions et même l'odeur de sa peau lorsqu'il l'enfermait dans ses bras… Dans le même temps, ses pensées la ramenaient à sa décision de s'installer à Laguiole dès le début des travaux de terrassement de la fabrique. « Tu me manques tellement que je ne pourrai pas patienter jusqu'au mois de juillet avant de déménager de Paris ! » avait-il reconnu le matin même pendant une promenade qui les avait entraînés à leur cabane du Causse avant qu'ils n'emmènent Eugénie et Gabriel à Laguiole où les Chauchard les attendaient. Il était résolu à limiter ses séjours dans la capitale à huit jours par mois pour visiter les couteliers et les armuriers mais également les limonadiers qui appréciaient les laguioles et les porcelaines. Déterminé à rompre les contrats qui l'unissaient à Guillaume de Thiers, à Pellereau de La Rochelle et à Chabrier d'Orchies, il ne représenterait plus dorénavant que le porcelainier Gautier de Limoges. « J'aurai suffisamment de travail à Laguiole à répondre aux demandes des détaillants, à envoyer les commandes, à rédiger des notices pour le catalogue de nos modèles, à m'occuper des comptes, à surveiller le chantier pour que je réduise déjà mes tournées parisiennes ! » avait-il indiqué. De plus en plus impatient de partager son quotidien, Pierre était persuadé que ses résolutions permettraient de conforter encore leur entente et leurs sentiments. Mathilde savourait par avance leur complicité. Bientôt, ils ne se quitteraient plus.

Dès le lendemain, elle se soucia de chercher dans le bourg un logement où il résiderait jusqu'à leur mariage. Philippe Delagnes possédait une petite maison dans le quartier de la mairie dont un cordonnier occupait le rez-de-chaussée mais dont l'unique étage demeurait sans locataires depuis des années. Il accepta aussitôt de rénover les deux pièces pour que Pierre puisse s'y établir au cours de l'automne. Ils abordèrent ensuite les projets du couple. Leurs ambitions séduisirent le pharmacien ; il considérait que les activités de coutellerie avaient besoin à Laguiole de retrouver le dynamisme de l'avant-guerre pour affronter la concurrence et que Mathilde paraissait la mieux placée pour accomplir cette mission. Il proposait d'intervenir auprès du directeur de l'agence du Crédit lyonnais d'Espalion qu'il connaissait et dont dépendait le bureau de Laguiole pour qu'elle obtienne les meilleures conditions pour emprunter. Il promettait également d'expliquer sa motivation aux Laguiolais qu'il avait l'occasion de côtoyer à la pharmacie et dans le cadre de ses fonctions de premier adjoint ; il n'ignorait pas que la construction de la manufacture déclencherait les passions parmi la population et qu'elle alimenterait des rumeurs.

– Je prendrai le temps d'exposer tes intentions aux Laguiolaisqui se risqueraient à te condamner ou à te calomnier jusque dans mon officine… Certains m'écouteront !

Il s'efforcerait encore de convaincre le conseil municipal de leur pertinence, persuadé que Tiburce Cassant l'admettrait.

– C'est un homme réfléchi : il comprendra l'intérêt de Laguiole dans cette affaire. Il vous appuiera sans hésiter si vous avez des difficultés ; il a des relations…

Il espérait que les Laguiolais dépasseraient les différends et les jalousies pour les soutenir.

– Et nous prouverons aux Thiernois que nous pouvons nous rassembler autour de notre couteau…

Elle le remercia pour ses conseils et son aide.

– Nous en aurons besoin ! L'entreprise est périlleuse… Nous y engageons toutes nos économies et nous emprunterons…

Il chercha à dissiper ses craintes :

– Ne te tourmente pas ! Vous débordez de compétences et d'enthousiasme : vous réussirez !

Avant qu'ils n'apprennent de fausses nouvelles à l'auberge, la jeune femme rassembla ses employés pour dévoiler comment les Chauchard développeraient leurs activités familiales dans un proche avenir. Certains l'approuvèrent : ils pensaient en premier à l'embauche des jeunes qui n'auraient plus à s'expatrier dans la capitale pour travailler, ensuite à la concurrence qu'une coutellerie aveyronnaise opposerait désormais aux industriels auvergnats. Sceptiques, d'autres estimaient que l'initiative demeurait hasardeuse en ces temps de récession ; ils redoutaient la faillite. Mathilde s'efforça de les rassurer, confirmant que les comptes de la maison étaient redressés et que leurs laguioles étaient de plus en plus demandés. Quant au contremaître, il les poussa à serrer à nouveau les rangs autour de leur patronne :

– Elle a beaucoup d'audace et nous devons l'encourager. Elle prépare le renouveau du laguiole ! L'avenir de vos enfants…

Ce qui n'échappa nullement à Tiburce Cassant. Dès que son premier adjoint l'en informa, il se précipita à la coutellerie. C'était une matinée pluvieuse. Mathilde s'appliquait à la lumière d'une lampe à retoucher et à embellir le laguiole qu'elle enverrait au secrétaire du concours du Meilleur Ouvrier de France. En découvrant l'ouvrage, Tiburce Cassant s'extasia :

– C'est magnifique !

Il chaussa ses bésicles pour admirer la sculpture qui traduisait dans le mouvement et la morphologie de la levrette des qualités artistiques surprenantes puis il apprécia le mécanisme ingénieux de fermeture et d'ouverture du couteau.

Ensuite, il la regarda fixement et il la provoqua à dessein pour l'entendre défendre elle-même ses projets :

– Je souhaiterais maintenant que vous m'expliquiez pourquoi une coutelière talentueuse a l'intention de produire ses modèles comme les industriels auvergnats. C'est une hérésie !

– Une hérésie ? Non ! Une logique économique.

Mathilde s'attacha à démontrer que cette initiative répondait à une nécessité économique pour son entreprise : elle permettrait de fabriquer des laguioles en quantités importantes pour obtenir de meilleures marges.

– En toute indépendance.

Elle ne supportait plus la situation de monopole des Thiernois pour la fourniture des pièces. Grâce à leur toute- puissance dans le secteur de la coutellerie, les sociétés auvergnates imposaient leurs tarifications, leurs délais de livraison et leurs conditions de paiement tandis qu'elles ne produisaient que des ressorts, des lames et des platines d'une qualité insuffisante pour la réputation du laguiole. Comme ils ne réalisaient qu'un chiffre d'affaires négligeable, comparé à l'activité générale des maisons thiernoises, les Aveyronnais ne disposaient d'aucun moyen de pression auprès de ces industriels pour obtenir de meilleures conditions et ils ne pouvaient pas changer de grossistes car les entreprises de Nogent et de Langres ne proposaient pas, dans leurs catalogues, des pièces pour l'assemblage des laguioles.

– Vous n'allez pas nous envahir de « quincaillerie » ?

– Ah, cela jamais ! Vous connaissez mon amour de la belle ouvrage.

Pour dissiper les malentendus, elle souligna que ses ouvriers respecteraient ses exigences.

– Nous n'aurons pas à rougir de nos couteaux.

– J'y compte bien.

La jeune femme dévoila encore qu'elle envisageait d'engager une quinzaine de personnes dès l'ouverture puis d'augmenter la production pour employer jusqu'à une cinquantaine de couteliers et d'apprentis dans quelques années.

– Une cinquantaine ? s'étonna-t-il.

– C'est une chance pour les jeunes.

Tiburce Cassant en convenait.

– Et pour les artisans de Laguiole qui pourraient s'affranchir de la tutelle des Thiernois ! ajouta-t-elle.

Oubliant les querelles qui les opposaient depuis des années, Mathilde était disposée à satisfaire des commandes de ressorts, d'estampes, de platines et de mitres pour qu'ils puissent assurer désormais le montage de leurs modèles grâce à des pièces qui proviendraient d'une entreprise de Laguiole. Une première ! Elle considérait qu'ils disposeraient d'un argument commercial auprès des amateurs de couteaux.

– C'est incontestable.

– Et, ainsi, peut-être, cesseront-ils de débiter des bêtises.

Il connaissait les mensonges que Philibert Bessières assenait aux touristes : il leur racontait qu'il forgeait les barres de métal de la Toussaint à Pâques mais personne n'ignorait aujourd'hui parmi les Laguiolais qu'il n'assemblait même plus ses couteaux et qu'il les recevait d'une maison auvergnate depuis les lendemains de la guerre. Marcellin Maillebuau effectuait encore des travaux de réparation et de montage mais il reconnaissait qu'il demandait souvent à une « excellente » manufacture thiernoise de fabriquer ses laguioles dans « des conditions très honnêtes » ! Quant à Thérèse Falguière, certains prétendaient qu'elle avait rétrocédé sa coutellerie à son principal fournisseur depuis la déconfiture de la banque Villa pour échapper aux saisies d'un huissier de justice mais Tiburce Cassant n'en avait aucune certitude.

– C'est possible ! concéda-t-il.

– Ce qui n'arrangerait pas mes affaires.

Mathilde redoutait qu'à cette occasion, les Thiernois renforcent leurs positions commerciales dans l'Aveyron.

– Ils deviendraient plus agressifs.

– Vous résisteriez !

Soucieux d'apporter son concours à la jeune femme comme Philippe Delagnes le pensait, le maire suggéra de transmettre la proposition à ses concurrents et de reprendre à son compte ses arguments pour les convaincre.

– C'est une excellente initiative ! Tout le monde y gagnerait.

– La réputation de Laguiole également.

Elle réfléchissait par ailleurs à la manière de distinguer tous les couteaux assemblés à Laguiole grâce à des pièces façonnées à Laguiole pour que les amateurs puissent apprécier leurs qualités dans les boutiques de la bourgade mais également en Aveyron et à l'extérieur du département.

– Une jurande l'attribuerait…

– Comme à l'époque de la Renaissance.

– Et vous la présideriez.

Dans les arbitrages auxquels il procédait souvent à l'occasion de différends familiaux et de querelles de voisinage, la majorité des Laguiolais reconnaissait l'impartialité du maire.

– Vous pensez que je devrais accepter ?

– Évidemment ! Qui d'autre que vous pourrait le faire ?

– Il est vrai que c'est un grand projet pour l'avenir de notre commune…

Se rengorgeant, il la remercia de sa confiance.

– J'aimerais tous vous réconcilier autour du laguiole avant l'ouverture de votre fabrique…

– Et surtout le tintamarre de la campagne électorale ! ajouta-t-elle avec un sourire malicieux.

Le ministère de l'Intérieur avait programmé le renouvellement des municipalités pour le printemps. Tiburce Cassant n'avait pas encore annoncé ses intentions mais les Laguiolais étaient certains qu'il solliciterait un autre mandat même s'il approchait les soixante-dix ans.

Sa détermination réjouissait Mathilde. « Il a compris que c'était l'occasion d'apaiser les passions et de nous retrouver autour d'un objectif commun ! » Certes elle était consciente qu'il s'exposerait à des critiques mais elle considérait qu'il était le mieux placé pour accomplir cette délicate mission. « C'est téméraire ! pensait-elle. Personne ne s'y est jamais risqué… » Par ailleurs, elle éprouvait la satisfaction de disposer d'un soutien précieux.

– C'est important qu'il soit avec nous ! concéda Blanche.

– Beaucoup l'écoutent car c'est un bon maire.

– Nous prendrons quand même des coups mais on peut toujours espérer que les conflits s'apaisent…

Malgré un caractère optimiste, elle demeurait sceptique quant à ses chances de réussite de rassembler leurs concurrents autour de l'initiative de Mathilde.

– Ils ne s'abaisseront jamais à nous acheter des pièces.

– Thérèse peut-être mais Philibert ?

– Maître Cornille ?

Des Laguiolais affublaient Philibert Bessières du sobriquet de maître Cornille pour ridiculiser son comportement.

– C'est un paresseux ! objecta Blanche. Il refusera de passer ses journées dans l'arrière-boutique à assembler des ressorts et des platines pour que tu empoches des bénéfices ! Il continuera à vendre des laguioles de Thiers.

– Marcellin ?

– C'est le plus tolérant ! Il nous a dépannés au lendemain de l'accident de ton père.

Il avait exécuté quelques commandes pressées pour que les Chauchard puissent honorer leurs engagements.

– Nous nous entraidions avant la guerre. C'était mieux…

Elle admettait que la fabrication industrielle des couteaux dans des manufactures auvergnates avait exacerbé les relations entre les artisans laguiolais mais elle espérait que la famille Maillebuau accepterait leur proposition : il était important de démontrer aux récalcitrants qu'une complémentarité pouvait s'instaurer.

– Et remplacer une concurrence acharnée, qui est néfaste pour tous.

Les réponses que Tiburce Cassant leur communiqua dans la même semaine, confirmèrent les pressentiments de Blanche. Le samedi 1er septembre, il les rejoignit à la boutique au moment de la fermeture. Mathilde et Pierre arrivaient d'Espalion où ils avaient rencontré le directeur de l'agence du Crédit lyonnais tandis qu'ils avaient consacré l'essentiel de leur matinée à débattre, dans ses bureaux ruthénois, des estimations de l'entrepreneur. Tous deux ressentaient la fatigue de la journée mais les révélations du maire les requinquèrent : il était parvenu sans difficulté à obtenir l'accord d'Henriette et de Marcellin Maillebuau.

– C'est un début ! souligna-t-il, modeste.

Il avait également essuyé des rebuffades.

– Je m'y attendais !

Thérèse Falguière et Philibert Bessières n'envisageaient pas de modifier leurs habitudes ; ils s'obstinaient à prétendre que les maisons thiernoises fournissaient d'excellents couteaux et que la proposition des Chauchard contribuerait uniquement à conforter leur situation dominante à Laguiole.

– La solidarité laguiolaise ! ironisa-t-il.

Ils le remercièrent tous trois pour son intervention.

– Un demi-succès ! soupira-t-il.

Ce qui n'entamait pas ses résolutions.

– Nous prendrons le temps nécessaire mais je n'y renoncerai jamais : c'est important pour Laguiole. À force de patience, nous y parviendrons peut-être…

Tandis que sa mère accrochait les panneaux de protection de la devanture, Mathilde entraîna Pierre en direction de la boutique de la famille Maillebuau. Lorsqu'ils pénétrèrent dans le magasin, Marcellin consignait les recettes de la journée dans un registre et Henriette complétait les présentoirs. Grands et minces, proches de la cinquantaine, tous deux semblaient flotter dans leur blouse bleu marine. Fidèles à leur réputation, ils ne manquèrent pas de les accueillir d'une manière chaleureuse. Mathilde présenta Pierre comme leur courtier parisien.

– Et il deviendra bientôt ton époux ! l'interrompit Marcellin tout en esquissant un sourire.

Devant leur stupéfaction, le coutelier précisa que des cousins avaient ramené cette rumeur de Bozouls.

– On en parle déjà ? s'étonnèrent-ils.

Ils ne cherchèrent pas à démentir leur prochain mariage même si la cérémonie ne se déroulerait qu'en août 1935. De plus, les Laguiolais les apercevraient souvent ensemble dès le début des travaux de la manufacture et la nouvelle ne manquerait pas de faire le tour des familles. Ils s'attirèrent aussitôt des félicitations avant de complimenter à leur tour Henriette et Marcellin pour la décision courageuse qui les réconfortait.

– Vous investissez à Laguiole ? C'est le moment ou jamais de s'épauler ! répondirent-ils.

Ils s'étaient résignés à accepter qu'aucun de leurs trois enfants ne leur succède dans quelques années, puisqu'ils travaillaient dans les brasseries parisiennes, et que la coutellerie laguiolaise disparaisse dans l'indifférence. Ils demeuraient persuadés qu'elle survivrait seulement dans leurs souvenirs.

– Et dans les fabriques thiernoises ! souligna Henriette tout en arrangeant son chignon.

– Vous investissez ? répéta son époux qui affûtait un crayon de la pointe d'un couteau. C'est une chance pour Laguiole : ne la laissons pas passer.

Cette perspective les stimulait. Ils n'excluaient pas désormais que leurs enfants reprennent l'affaire familiale lorsque viendrait le moment de la retraite. Ils avaient la conviction que l'initiative de Mathilde permettrait de provoquer un mouvement dynamique à Laguiole, d'entraîner dans son sillage des industriels exigeants.

– Et nos enfants s'intéresseront peut-être enfin aux couteaux. Mathilde et Pierre le souhaitaient également.

– S'ils voulaient revenir dans quelques années, vous pourriez les conseiller et les soutenir ?

Ils acceptèrent sans hésitation. Dans l'instant, leur spontanéité illumina les visages d'Henriette et de Marcellin.

Le coutelier disparut en direction de la réserve pour ramener une bouteille de gentiane. Ils trinquèrent.

– À votre réussite !

– À votre bonheur !

– À Laguiole !

Lorsque Mathilde et Pierre traversèrent la nationale, envahie d'attelages devant les auberges, un bel espoir les animait.

17

Quelques journées suffirent pour répandre dans les auberges et les boutiques de Laguiole la nouvelle de la construction d'une manufacture de couteaux. Malgré les explications que pouvaient apporter Blanche, Mathilde, Baptiste, Tiburce Cassant, Marcellin Maillebuau et le pharmacien Philippe Delagnes aux habitants qui les pressaient de questions, d'aucuns accusèrent les Chauchard de chercher à détruire l'image de marque du laguiole et à éliminer les trois artisans qui avaient survécu à la fabrication industrielle du couteau dans les maisons thiernoises. Toutefois, la jeune femme ne s'en alarma guère ; elle avait conscience que son initiative ne parviendrait jamais à recueillir l'unanimité parmi la population : les esprits grincheux profitaient toujours de la moindre occasion pour dénigrer les commerçants et les artisans qui prenaient le risque d'entreprendre. En revanche, elle craignait une réaction hostile de Bayard dont le mutisme l'inquiétait.

– Il prépare son attaque ! affirma-t-elle à sa mère. Blanche demeurait sceptique :

– Il a peut-être disparu…

– Non ! Il attend son heure dans l'ombre…

Effectivement, rompant le silence dans lequel il s'était réfugié depuis deux mois, il distribua à l'aube du 8 septembre un feuillet qui combattait l'extension de leur fabrique tout en brandissant le spectre du communisme. « Dans toutes les régions de France, les industries amènent des ouvriers “rouges” qui ne fréquentent pas les églises, qui déclenchent de l'agitation dans les bistrots et dans les quartiers, qui entretiennent plusieurs maîtresses, qui ne comptent plus leurs bâtards et qui passent leur temps à étudier des ouvrages subversifs pour les besoins de leur propagande. Ces salopiauds en casquette revendiquent la nationalisation des propriétés agricoles comme en Russie ! Nous ne tolérerons pas qu'ils s'installent dans nos campagnes et nous sommes décidés à détruire “l'usine à couteaux” de la famille Chauchard pour qu'ils ne débarquent jamais à Laguiole… » Il diffusa son pamphlet un dimanche pour que les habitants le commentent après la messe. Comme il l'imaginait, les dangers communistes alimentèrent les conversations. On présenta aussitôt les Chauchard comme des sous-marins de la Russie qui préparaient l'accession au pouvoir des partisans de Thorez à l'occasion des prochaines municipales du printemps 1935.

– Encore des couillonnades pour embrouiller les Laguiolais et accentuer les zizanies dans le bourg !

s'emporta Baptiste. Je me demande où Bayard pêche ses inventions…

Il s'empressa de rapporter aussitôt ces propos à Blanche en l'absence de Mathilde qui s'était octroyée une échappée dans le Lévezou en compagnie de Pierre qu'elle avait retrouvé la veille. Le contremaître s'attacha à décrire la panique qui s'était emparée de certains Laguiolais.

– Comme si la peste galopait à nos portes ! Ils pensent que vous souhaitez déclencher une révolution…

Ils proclamaient désormais que les Chauchard engageraient à la manufacture une main-d'œuvre étrangère à l'Aveyron chargée de propager la doctrine communiste : des chômeurs du Nord de la France, des anciens « métallos » du Creusot, des Italiens, des Polonais, des Espagnols et bien évidemment des Russes pour organiser des manifestations politiques.

– Mais c'est absurde ! tempêta Blanche. Nous ne prévoyons d'embaucher que des jeunes de la région… Peut-être même les enfants des Laguiolais qui nous accusent aujourd'hui sans preuve d'être des agents de la Russie…

Elle avait compris que le commando s'ingéniait à provoquer la psychose du communisme parmi la population puis à la dresser contre la construction de « l'usine à couteaux » pour que Mathilde y renonce. Offusqué par ces allégations, Baptiste s'était attaché à défendre les projets de sa patronne mais il n'avait pas réussi à convaincre : le doute s'instaurait dans les esprits. Mais la menace de Bayard préoccupait davantage Blanche : entendait-il détruire réellement leur manufacture pour que Laguiole n'accueille pas de « salopiauds » en casquette ni de communistes ?

Le contremaître ne le pensait pas.

– Ne prenez pas ses torchons à la lettre ! Bayard s'efforce de vous dissuader de commencer les travaux ; il emploiera tous les moyens pour vous intimider en bluffant…

Après réflexion, Blanche partagea bientôt cette opinion ; elle ne connaissait, dans la région, aucun ennemi déclaré de la famille Chauchard qui éprouvât à leur encontre un ressentiment capable d'engendrer une opération aussi violente. Mathilde en convenait mais elle comptait toutefois redoubler de vigilance : l'identité de Bayard demeurait trop énigmatique pour prendre ses attaques à la légère. Elle découvrit son dernier feuillet dès qu'ils arrivèrent du Lévezou en milieu d'après-midi pour ressentir de la stupeur puis de la colère. L'angoisse la tourmenta à nouveau comme pendant les semaines sombres qui s'étaient écoulées après la démission d'Eugène Raynaldy. Pierre essaya de la rassurer de son mieux : elle ne s'exposait, dans l'immédiat, à aucun danger. Ni sa famille. En admettant qu'il envisage d'exécuter ses menaces, Bayard ne pourrait intervenir avant le printemps prochain puisque le chantier n'avait pas encore débuté.

– Et les gendarmes l'auront démasqué avant qu'il n'agisse !

Pour l'heure, dans l'espoir d'apaiser ses peurs, il proposa à la jeune femme de demander au brigadier de Laguiole d'assurer la surveillance nocturne de la coutellerie et de la boutique.

– Des patrouilles ? Il refusera ! répondit-elle. Depuis le début, le brigadier Lambert a catalogué Bayard parmi les fantaisistes et les corbeaux d'opérette…

Elle accepta néanmoins de l'accompagner jusqu'aux bureaux de la gendarmerie. Contrarié qu'on le dérange un dimanche pour des broutilles, le brigadier les accueillit fraîchement.

– C'est à propos de Bayard, je suppose ? grommela-t-il tout en boutonnant son uniforme.

Ouvrant l'une des chemises qui s'entassaient sur son bureau, Grégoire Lambert en exhuma le feuillet distribué le matin même.

– Nous sommes informés !

Certes il concédait que les attaques devenaient plus radicales à l'encontre des Chauchard mais qu'elles ne nécessitaient aucune mesure particulière de protection.

– Je vous le répète, mademoiselle ! Bayard est un illuminé : il n'est pas dangereux. N'imaginez pas une machination contre les Chauchard ! Les complots n'existent que dans les romans… Je vous conseille de chercher ailleurs les raisons de ces anicroches ! Vous vous doutiez bien que vous susciteriez des animosités en construisant une « usine » à couteaux, n'est-ce pas ? Bayard est un ombrageux qui ne supporte pas la réussite… Surtout quand elle a l'audace de sourire aux femmes…

Ils rentrèrent bredouilles, exaspérés, perplexes. Comme les propos du brigadier Lambert ne pouvaient dissiper leur anxiété, Pierre repoussa son retour dans la capitale. Depuis une chambre du deuxième qu'il occupait à chacun de ses séjours en attendant que son appartement soit prêt, il demeura aux aguets jusqu'à une heure tardive pour surveiller les mouvements de l'esplanade. Mais sans succès ! Le quartier était paisible. À 7 heures, ils ne découvrirent pas de nouveau feuillet en enlevant les panneaux de protection de la devanture. Ce qui ne surprenait pas Mathilde.

– Maintenant, Bayard patientera peut-être une semaine avant de glisser ses torchons sous les portes ! expliqua-t-elle à Pierre. C'est devenu une habitude… Il nous oblige à mariner : c'est une véritable guerre d'usure…

– Nous attendrons ensemble !

– Vous y perdriez inutilement du temps et de l'argent ! estima le contremaître après son arrivée à la fabrique. Nous risquons de poireauter pendant longtemps…

Il le persuada de reprendre un express pour la capitale.

– Ne décevez pas votre clientèle ! Elle ne comprendrait pas que vous la négligiez…

Baptiste souhaitait installer son matelas dans l'arrière-boutique pour monter la garde dans la maison comme au lendemain de la réception des potences et des cercueils au mois de mars.

– Ne vous tracassez pas ! Baptiste a de la ressource et c'est une bonne gâchette…

Il réussit à le convaincre et Mathilde emmena Pierre à Saint-Flour. Il multiplia les conseils de prudence avant de l'embrasser depuis le marchepied du wagon puis il l'assura qu'elle pouvait compter sur son retour à la moindre menace.

– Tu m'appelles au *Bonaparte*, tu me transmets un message, ou tu expédies un télégramme et je te rejoindrai par le premier express !

Elle promit.

Cinq jours plus tard, la jeune femme le retrouvait à Saint-Flour en bousculant les familles des voyageurs et des manœuvres de la Compagnie pour l'accueillir dès sa descente du compartiment. Elle se réfugia contre sa poitrine puis murmura :

– Je comptais les heures… J'étais pressée que tu reviennes !

Le matin même, le commando s'était à nouveau manifesté en rallumant les polémiques qu'il avait provoquées au moment de la démission de Raynaldy du ministère de la Justice. Il prétendait que Mathilde Chauchard construisait une « usine à couteaux » grâce aux fonds extorqués par le banquier Onésime Sacazan et la holding de France auprès des épargnants mais plus encore grâce aux millions « douteux » des Pouget. « On connaît la réputation d'homme d'affaires de Marceau Pouget ! écrivait-il. Depuis des années, il constitue sans scrupules une fortune grâce aux recettes que procurent un palace parisien et trois hôtels de "voyageurs" qu'il possède dans les quartiers passants de la capitale où ils rapportent beaucoup d'argent. Des "voyageurs" étranges les fréquentent : les hommes volages y batifolent en compagnie de leurs maîtresses l'après-midi tandis que des femmes de mœurs dissolues et même des prostituées leur succèdent en soirée. En Aveyron, Marceau Pouget déborde de générosité auprès des œuvres de bienfaisance. En échange, il a obtenu d'occuper les places d'honneur dans l'église de Cassuéjouls. Dans quelques années, il présidera le conseil de fabrique. Quelle étrange consécration pour un maquereau déguisé ! C'est un scandale… »

– Bayard s'acharne également sur Marceau ! indiqua-t-elle en s'installant dans la Vivasix.

Pendant qu'ils roulaient, Pierre parcourut le feuillet qu'elle avait emporté dans une poche de son manteau.

– Et à vous mouiller dans ses affaires ! constatat-il.

Désormais, pour la jeune femme, il n'y avait plus aucun doute. Certes le commando Bayard s'activait à propager ses opinions politiques mais il cherchait également à assouvir une vengeance personnelle. Deux certitudes l'habitaient : il ne plaisantait pas et il les frapperait à l'improviste. Dès aujourd'hui, agacée par l'attitude de Grégoire Lambert, elle était décidée à solliciter une entrevue auprès du commandant de la compagnie d'Espalion.

– Je me doute que le brigadier Lambert ne l'a pas prévenu ! estima-t-elle. Nous devons l'informer…

Ils se rendirent dans la matinée à la gendarmerie d'Espalion et transmirent leur requête à son secrétaire avant de patienter dans un corridor pendant près d'une heure. Enfin, le capitaine Bertrand accepta de les recevoir. Les cheveux grisonnants, la moustache en brosse, le visage émacié, c'était un homme qui n'inspirait pas la sympathie. Il les écouta tout en tapotant son sous-main avant d'examiner les feuillets que Bayard avait distribués à Laguiole et de préciser qu'il sévissait également dans des villages proches d'Espalion. Les réactions qu'il suscitait parmi les habitants depuis quelque temps l'horripilaient.

– Bayard ! Encore Bayard ! On s'imagine que c'est un criminel et peut-être même un anarchiste. Foutaises ! L'Aveyron regorge de corbeaux de toutes espèces qui suspectent leurs voisins de carambouillage et de fraude ; ils nous adressent chaque année des centaines de dénonciations tellement fantaisistes qu'elles ne nécessitent aucune enquête sinon nous y passerions notre temps… Bayard ? C'est simplement un corbeau qui dépense son argent en imprimant des stupidités politiques et des racontars. Surtout, ne confondez pas Bayard et Bonnot : il ne détroussera pas des banquiers ; il n'assassinera pas des bourgeois ; il n'attaquera pas des limonadiers ; il n'allumera pas une mèche de dynamite dans une manufacture de Laguiole. Les disciples de Bonnot écument aujourd'hui les palaces et les casinos…

– Comme des gentlemen cambrioleurs dans les romans de Maurice Leblanc ? ironisa Pierre.

Le capitaine Bertrand n'apprécia pas sa remarque. Le visage cramoisi, il le foudroya du regard avant de rétorquer :

– Exactement, monsieur !

Lorsqu'ils rejoignirent Laguiole où Blanche les attendait pour le déjeuner, tous deux s'indignaient encore de la désinvolture des gendarmes de Laguiole et d'Espalion.

– Ils nous considèrent comme des farfelus ! On a l'impression que nos histoires les assomment et les exaspèrent… Et ils nous reprocheraient presque de les inventer et de leur accorder une importance exagérée !

Ce comportement les encouragea au début de l'après-midi à rédiger un courrier pour le directeur des services de la Sûreté générale à Rodez. Lorsqu'ils le déposèrent au bureau de poste avant la fermeture des guichets, Mathilde éprouva soudain une sensation de légèreté ; elle respirait plus librement et elle souriait à nouveau. Soulagée ! Ils marchèrent à travers des ruelles avant de monter quatre à quatre l'escalier conduisant au logement que Pierre occuperait dans le courant de l'automne, place de la mairie. Les ouvriers avaient entrepris d'aménager un cabinet de toilette et de changer le vieux poêle à charbon ; ils équiperaient ensuite le deux-pièces de l'électricité : les derniers locataires refusaient le progrès et s'éclairaient à la lampe à pétrole ; ils badigeonneraient également les cloisons et les plafonds. Depuis les fenêtres, le couple observa l'animation qui régnait autour des boutiques et de la fontaine avant de grimper jusqu'à l'église du Fort. Lorsqu'ils accédèrent au promontoire, le crépuscule incendiait d'une lumière rougeâtre les portails sculptés et les pierres noires de l'édifice du XVe siècle. Pour Mathilde, c'était le moment le plus fascinant de la journée.

– Dès que le soleil est au couchant, on a soudain l'impression que le basalte s'embrase et que les flammes ne tarderont pas à s'attaquer à la charpente… Une invention d'enfant ! Quand j'avais une dizaine d'années, je craignais que l'église ne brûle…

Depuis cette esplanade qui dominait les toitures de lauzes en écailles de poissons, elle s'abandonnait souvent à des rêveries qui l'entraînaient immanquablement dans les lointains.

Bientôt, l'obscurité et la fraîcheur les chassèrent de leur refuge. Ils s'étreignirent tendrement dans la pénombre avant de dévaler les escaliers de basalte.

Le lendemain, Pierre retourna dans la capitale pour reprendre ses tournées mais le mystérieux commando l'inquiétait toujours : que réservait-il à Mathilde ? Il intervenait d'une manière tellement déconcertante qu'il paraissait impossible d'imaginer une parade. Ce qui provoquait son agacement ! Il ignorait comment protéger efficacement la jeune femme, sa famille et la fabrique. Confronté à un sentiment d'impuissance, il ne pouvait qu'insister à nouveau auprès de Mathilde pour qu'elle n'hésite pas à le prévenir dès le moindre incident.

En ce 16 septembre pendant que son express traversait les plaines de la Limagne, entre Clermont-Ferrand et Nevers, deux hommes découvrirent dans le métro une femme poignardée par un laguiole de la maison Chauchard. C'était un dimanche sombre et pluvieux dans la capitale. Depuis l'aube, les averses s'étaient succédé sans interruption. On approchait de minuit au moment où deux voyageurs montèrent, à la station Reuilly-Diderot, dans une voiture de première classe. Une passagère à l'élégance surprenante occupait leur compartiment. Coiffée d'une capeline d'où s'échappaient des mèches brunes et qui plongeait son visage dans la pénombre, les deux mains accrochées à son parapluie, elle paraissait somnoler sur la banquette. À l'instant où les wagons s'ébranlèrent dans la direction de la Bastille, la jeune femme s'effondra brusquement sur le plancher. En tombant, elle provoqua dans l'instant une exclamation horrifiée dans la bouche des deux voyageurs qui bavardaient à l'extrémité opposée de la voiture : un manche de couteau dépassait de l'encolure de son manteau ! Ils se rapprochèrent pour remarquer qu'il était enfoncé jusqu'à la garde, à droite de la nuque. La victime respirait encore mais faiblement. Le temps d'actionner la sonnette d'alarme et la machine ralentissait déjà pour s'arrêter à la station Faidherbe. Les contrôleurs accoururent. Pendant qu'ils prévenaient les secours et la Brigade criminelle, un médecin installé dans une voiture voisine examina la jeune femme. Constatant qu'elle avait la jugulaire et la carotide tranchées, il était sceptique à propos de ses chances de survivre. « La moelle épinière est sûrement atteinte ! » affirma-t-il aux deux voyageurs qui l'entouraient toujours. On la transporta à l'hôpital Saint-Antoine dont les bâtiments s'élevaient à proximité mais elle décéda pendant son transfert.

Dès le 18 septembre, les journaux révélèrent le meurtre de Camilla Marchini dans leurs éditions en soulignant que l'assassin avait employé un couteau de Laguiole de la maison Chauchard. Lorsqu'il les feuilleta au *Bonaparte* comme tous les matins avant de commencer sa tournée, Pierre blêmit.

– Quelle poisse !

Les explications des journalistes l'inquiétaient. « À l'évidence, l'assassin de Camilla Marchini est intervenu pendant les quarante secondes d'arrêt à la station Reuilly avant de passer dans les wagons de deuxième ou d'emprunter la ligne n° 1 pour rejoindre la place de la Nation ou la gare de Lyon ! indiquaient-ils. Ou bien de disparaître à travers les couloirs du métro pour s'égailler dans le quartier… En ce dimanche, à cette heure tardive, l'affluence était réduite à la station. Personne n'a relevé la présence d'un individu au comportement suspect ou étrange aux abords des voitures. Ce qui suppose du sang-froid pour le criminel, une préparation et une maîtrise qui trahiraient les gestes d'un "professionnel". » Un professionnel ? C'était la principale préoccupation de Pierre, d'autant plus que les reporters mettaient en avant la personnalité énigmatique de Camilla Marchini ; ils prétendaient que la jeune et charmante femme travaillait pour une entreprise qui était chargée de la protection de l'ambassade italienne. Il se demanda aussitôt pourquoi l'assassin avait choisi un laguiole. « C'est une mauvaise publicité pour la maison ! » Il redoutait que ce meurtre n'encourage les amateurs de couteaux à délaisser leurs laguioles au moment où les professionnels reconnaissaient leurs qualités. « Ils risquent de prendre nos modèles pour des poignards d'apaches ! »

Il s'alarma davantage en remarquant dans les reportages une précision qui pouvait paraître anodine à une majorité de lecteurs mais dont l'importance n'échapperait pas à Mathilde : les lettres M. et C. étaient gravées sur le ressort. Ses propres initiales ! La description du couteau que les journaux publiaient correspondait aux particularités d'un modèle de prestige : « Un laguiole de 20 centimètres de longueur, dont la décoration du manche en ivoire comporte notamment une sculpture d'entrelacs de feuillages… » Ces indications permettraient à Mathilde de l'identifier. Il frissonna d'angoisse en songeant que le couteau du meurtre appartenait à sa collection personnelle. Comment l'assassin était-il parvenu à se le procurer ? s'interrogeait-il. Pour l'heure, c'était un mystère mais une certitude l'habitait : Mathilde était en danger.

Il lui téléphona aussitôt à Laguiole car les éditions du *Temps*, du *Figaro* et du *Petit Parisien* ne parviendraient pas à Laguiole avant la matinée du lendemain. Cette nouvelle l'abasourdit. En écoutant Pierre qui détaillait les informations des journaux à propos de ce crime, elle pouvait en déduire sans hésiter que le meurtrier avait utilisé le modèle qu'elle avait fabriqué après son retour de Nogent et qui avait disparu de l'une des vitrines à la bibliothèque des Princes à l'automne précédent. Des questions l'assaillirent dans l'instant : la connaissait-il ? L'avait-il rencontrée à l'occasion de son exposition parisienne ? Appartenait-il au commando qui ne manquait jamais une occasion de la harceler ? Comme Chiara Begnini qui n'avait pas répondu à ses courriers depuis des mois, Camilla Marchini fréquentait-elle l'établissement de la famille Pouget ? Dans son esprit, tout s'embrouillait : le vol du couteau, le silence de Chiara Begnini, les attaques de Bayard, le meurtre du métro. Mathilde éprouvait désormais l'impression qu'elle était entraînée dans des événements mystérieux qui la dépassaient mais dont elle avait conscience qu'ils pourraient la précipiter peut-être dans un traquenard. Convaincue qu'on surveillait tous ses gestes dans l'ombre, depuis Laguiole, la jeune femme en tremblait malgré la douceur qui baignait son bureau en ce début de matinée. Même pendant les journées pénibles qu'elle avait traversées quand les corbeaux l'inondaient de menaces, de potences et de cercueils, elle n'avait jamais ressenti un sentiment aussi profond de fragilité. Soudain, Pierre l'arracha à ses pensées ; il prévoyait de prendre l'express de 21 heures à destination de Saint-Flour. Impossible de la rejoindre dans le courant de la journée : les compagnies du P.L.M. et du Midi ne proposaient aucune circulation avant le début de la soirée pour Saint-Flour et Rodez. Impatient de la retrouver et de la protéger, il en était profondément contrarié.

– Je perdrai ma journée à attendre le départ de l'express de Saint-Flour pendant que tu te rongeras les sangs à Laguiole tout en remâchant cette histoire… L'Aveyron est vraiment au diable !

Il la stimula de son mieux pour qu'elle résiste aux idées noires jusqu'à son arrivée et il l'exhorta à redoubler de précautions.

– Ne t'éloigne pas de Laguiole ! Ni même de la maison et de la fabrique. C'est plus prudent…

Il précisa encore que les inspecteurs de la Brigade criminelle risquaient de l'appeler dans la journée pour l'interroger, ou même la gendarmerie, à propos de son couteau.

Mathilde avait à peine raccroché que la sonnerie du téléphone retentissait à nouveau. C'étaient Gontran et Élodie. L'annonce de l'assassinat de la station Reuilly les avait abattus. Ils s'alarmaient pour la jeune femme ; le retour de Pierre en Aveyron les rassura. Par ailleurs, ils redoutaient que les activités de la maison souffrent de cette étrange affaire.

– La malchance te poursuit ! soupira Élodie. Maintenant que tu as redressé la trésorerie après la déconfiture de la banque Villa, tu n'avais pas besoin de ce tintamarre autour de tes laguioles dans les quotidiens parisiens et les magazines à sensation…

Ils l'encouragèrent à ne pas renoncer à ses ambitions :

– Nous te soutiendrons jusqu'au bout pour que tu réalises tes projets… Quoi qu'il advienne !

Mathilde les remercia chaudement, la gorge serrée.

Elle songea toute la journée au meurtre de la station Reuilly au point qu'elle avait abandonné marteau et enclume pour surveiller l'esplanade depuis la porte. Baptiste la gronda gentiment :

– Ne te torture pas l'esprit ! C'est un drame de la jalousie ou de la rupture. Cette belle Italienne avait sûrement des amants…

– Peut-être. Mais le couteau m'appartient. On me l'a dérobé ! Pourquoi s'acharne-t-on à me mouiller dans cette histoire ?

Au moment de la fermeture de la coutellerie, elle ne manifesta aucune surprise lorsque l'inspecteur principal Étienne Balleret, de la Brigade criminelle, l'appela pour la prévenir de son passage dans l'Aveyron le lendemain pour un interrogatoire. Rattaché aux services de la préfecture de police qui ne pouvaient enquêter en dehors du département de la Seine, il avait obtenu du magistrat instructeur une commission rogatoire pour recueillir sa déposition à propos de l'arme du crime.

– Nous ne négligeons jamais le moindre indice ! indiqua-t-il en expliquant sa démarche. C'est une mission fastidieuse qui n'est pas toujours gratifiante et qui réclame surtout de la patience. Une besogne de fourmi… C'est notre métier !

Pour procéder à son audition dans une commune qui relevait du territoire de la gendarmerie, il avait besoin de la présence du brigadier Lambert qui rédigerait le procès-verbal.

– Vous le connaissez, je suppose ?

Il souhaitait la mettre en confiance avant de la rencontrer.

– Ne vous tourmentez pas ! conseilla-t-il avant de raccrocher. Nous cherchons seulement quelques informations qui pourraient nous éclairer…

Nullement impressionnée, Mathilde entendait soumettre à cet inspecteur les menaces de Bayard que la Sûreté générale et les gendarmes refusaient de prendre au sérieux ; elle le convaincrait de demander l'ouverture d'une enquête qui permettrait d'arracher son masque. La Brigade criminelle n'avait-elle pas la réputation de résoudre les affaires les plus complexes ? Plus que jamais, la jeune femme était pressée de découvrir le visage de l'homme qui la harcelait depuis des mois.

18

Le lendemain, en milieu de matinée, Pierre la rejoignait enfin à Laguiole. Elle était heureuse et soulagée de l'accueillir. Le visage chiffonné, les yeux cernés, le front plissé, elle n'avait pas réussi à trouver le sommeil malgré la présence rassurante de Baptiste et de Toscane dans la maison. Constamment aux aguets, elle avait sursauté au moindre craquement des parquets et des boiseries, au moindre trottinement des souris dans les greniers, au moindre hululement d'une chouette sur la toiture. Devenues lancinantes, les menaces de Bayard la tenaillaient. Elle avait sombré dans un cauchemar où des hommes cagoulés aux manières de soudards la capturaient au cours d'une promenade dans la forêt avant de la menotter puis d'abuser d'elle.

– Je me débattais de toutes mes forces mais je n'arrivais pas à me libérer ! raconta-t-elle à Pierre. Ils étaient trop musclés pour que je m'en débarrasse facilement ! Je poussais des hurlements qui les rendaient furieux… Ils me battaient. J'appelais au secours mais il n'y avait personne dans les bois... C'était horrible...

Réfugiés dans l'intimité de son bureau, il s'appliqua à dissiper ses angoisses.

– C'est une chance qu'un inspecteur de la Criminelle enquête jusqu'à Laguiole à propos de ce meurtre ! Je suis persuadé qu'il acceptera de t'entendre sans préjugé. Il comprendra ensuite que Bayard n'est pas un plaisantin et que nous sommes réellement en danger... Les chantages, les menaces de mort, les situations embrouillées, c'est la spécialité quotidienne de la Brigade. Grâce à leur expérience et à leur perspicacité, ces hommes sont parmi les meilleurs policiers de France... Dans la disparition du couteau, l'assassinat de la station Reuilly et les attaques de Bayard, il y a trop de choses troublantes pour que l'inspecteur ne cherche pas à les démêler ! Il démasquera Bayard qui est peut-être au centre de toute cette histoire. Même s'il ne réussit à le coincer que dans quelques semaines, je resterai à Laguiole et je ne te quitterai pas une seule journée avant qu'il ne l'arrête...

Ses promesses la revigorèrent au point qu'elle avait retrouvé son mordant après le déjeuner pour recevoir l'inspecteur Étienne Balleret, le brigadier Lambert et un gendarme ruthénois qui avait conduit le policier parisien à Laguiole. Courtois, l'inspecteur de la Criminelle se pressa d'enlever son chapeau lorsque Grégoire Lambert le présenta. La quarantaine, les mâchoires saillantes, les prunelles aiguisées, il avait le physique d'un gymnaste ainsi que l'humeur joyeuse à l'inverse des gendarmes. Avant de visiter la coutellerie, il s'attacha à dédramatiser sa présence :

– Dans les affaires criminelles, comme je vous le précisais au téléphone, nous interrogeons souvent des centaines de témoins avant de rassembler des milliers d'indices et de procéder à des recoupements pour composer notre puzzle !

Comme il s'intéressait aux laguioles pour les besoins de son enquête, elle expliqua longuement les étapes de leur fabrication avant de l'entraîner en direction de la boutique pour y admirer les modèles ordinaires et les couteaux de prestige que proposait la maison Chauchard. Ses questions techniques déconcertèrent les gendarmes qui ne percevaient aucune relation probante entre le guillochage des ressorts et le meurtre de Camilla Marchini. Elles déroutèrent également Mathilde. « Une marotte des inspecteurs de la Criminelle ! » songea-t-elle. La pendule indiquait 17 heures lorsqu'elle les précéda dans l'escalier conduisant au premier puis dans la salle à manger.

– Comme nous sommes bavards ! constata Étienne Balleret en consultant sa montre.

Contents de s'asseoir, ils s'installèrent autour de la table sous le regard intrigué de Clément. Le temps de déguster une liqueur et l'inspecteur déballait sous la lumière du plafonnier le couteau qui avait assassiné Camilla Marchini.

– Le reconnaissez-vous ?

Elle examina minutieusement les entrelacs de feuillages qui le décoraient et la gravure des initiales M. C. avant de préciser aux trois hommes qu'elle l'avait fabriqué à l'automne 1925 après son apprentissage dans la Haute-Marne.

– Une œuvre de jeunesse…

– Félicitations !

Scrupuleuse, elle tempéra ses compliments en soulignant les imperfections qui entachaient les sculptures.

– C'est un modèle que je n'avais pas l'intention de vendre…

Puis elle dévoila qu'il avait disparu de ses collections au cours de son exposition dans la bibliothèque de l'hôtel des Princes le dimanche 12 novembre 1933.

– C'était la dernière journée d'ouverture.

– Comme c'est étrange…Fouillant dans sa serviette, il en exhuma un portrait de femme.

– Figurait-elle parmi vos visiteurs ?

– C'est Chiara Begnini ! Une créatrice de mode. Elle dessine des vêtements pour une maison de couture de Florence… Nous nous sommes rencontrées à l'occasion de cette exposition ; elle m'a commandé cinq couteaux que nous avons expédiés à Paris avant son départ de France…

– Les a-t-elle payés ?

Mathilde confirma sans hésiter :

– Dès réception de la facture !

Puis elle poursuivit :

– Pendant son séjour à Florence, Chiara comptait les présenter à ses deux directrices ; elle envisageait d'associer mes couteaux pour femmes à ses prochaines collections et elle m'avait même demandé de la recevoir dans l'Aveyron…

– Vous l'avez accueillie à Laguiole ?

– Non !

Elle ne comprenait toujours pas pourquoi la créatrice de mode italienne n'avait pas honoré son invitation.

– Dans quelque temps, je la relancerai…

Étienne Balleret esquissa un sourire avant de glisser :

– C'est inutile ! Elle ne répondra pas à vos lettres.

– Pourquoi ?

– Elle a été assassinée.

Captivés par la conversation, les deux gendarmes, Blanche, Clément et Pierre n'en perdaient pas une miette ; ils attendaient des révélations que les chroniqueurs judiciaires ne connaissaient pas. Ils apprirent que la victime du métro avait quatre identités et qu'elle s'appelait légalement Francesca Piazzesi.

– Francesca Piazzesi ? s'exclama Mathilde, abasourdie.

– Une excellente comédienne.

– Elle n'était pas créatrice de mode à Florence ?

– Ni directrice de théâtre à Venise. Ni antiquaire à Bologne. Ni même cousine des célèbres bijoutiers Missiaglia qui fournissent la bourgeoisie depuis 1846 ! Elle affabulait.

Pendant des années, cette Italienne était parvenue à tromper la crédulité d'industriels, de députés, de sénateurs, de banquiers et de fonctionnaires de quelques ministères importants dont elle s'était efforcée d'obtenir la confiance.

– Pour leur extorquer des informations qu'elle transmettait aux services spéciaux de Mussolini.

Des inspecteurs de la Sûreté générale la surveillaient depuis son installation dans un appartement du 16e arrondissement, au printemps précédent, où elle recevait les hommes influents de la capitale après avoir fréquenté les grands hôtels.

– C'était une cocotte ! Elle appliquait des méthodes efficaces pour leur arracher des confidences…

– Le charme ?

– Beaucoup n'y résistaient pas.

Francesca travaillait officiellement comme comptable dans une entreprise constituée d'anciens gangsters et de militants fascistes qui assumait la sécurité de l'ambassade d'Italie en France. Ce qui compliquait l'enquête en multipliant les suspects ! L'assassin de Francesca pouvait figurer parmi les employés de la société mais également parmi ses soupirants, des indicateurs ou les services spéciaux de Mussolini.

– C'est une affaire délicate ! reconnut-il. Elle pourrait nous entraîner dans les milieux de l'espionnage et du banditisme…

Sous la direction du commissaire Bombard, une équipe de la Criminelle avait entrepris d'interroger les résidents de l'immeuble qu'elle habitait avenue Kléber, ses collègues et la direction de l'entreprise Gaspérini, les réceptionnistes des palaces où elle avait séjourné depuis l'automne 1932, ses relations politiques et amoureuses qui remplissaient deux agendas. Des centaines de personnes à rencontrer ! Pour remonter jusqu'au meurtrier, les enquêteurs avaient l'obligation de reconstituer l'emploi du temps de la victime pour la soirée du 16 septembre, son existence singulière et ses mœurs dissolues, d'en dissiper les ombres, de s'introduire dans son intimité, de rassembler tous les indices en leur possession. Ils avaient procédé à une fouille minutieuse des cinq pièces de son appartement avant de regrouper les papiers dispersés dans les poches de ses vêtements, des sacs à main et les cachettes de ses meubles. Ils y trouveraient sûrement des courriers de la maison Chauchard et la facture des cinq couteaux, peut-être un élément de réponse à cette question essentielle qui préoccupait Mathilde : qui avait dérobé le laguiole dans la bibliothèque des Princes ?

– Et pourquoi ? ajouta-t-elle.

L'obscurité enveloppait maintenant l'esplanade, et le brigadier Lambert considérait qu'il avait accompli sa mission. Enlevant ses lunettes, rangeant son écritoire et ses papiers dans sa sacoche, il avait l'intention de rejoindre son bureau pour achever un rapport destiné au commandant de la compagnie d'Espalion au sujet de la préparation des prochaines élections municipales.

– C'est urgent !

Il ajustait la ceinture de son uniforme lorsque Mathilde l'arrêta :

– Une seconde, brigadier !

Elle disparut aussitôt en direction de son bureau pour ramener une épaisse chemise dans laquelle s'entassaient les feuillets que Bayard avait distribués depuis la démission d'Eugène Raynaldy du gouvernement de Camille Chautemps en janvier 1934. Mais son intervention mécontenta le brigadier Lambert qui l'interrompit d'une manière cassante :

– Monsieur l'inspecteur n'est pas descendu en Aveyron pour des commérages !

Les joues écarlates, il indiqua ensuite à Étienne Balleret :

– Ne l'écoutez pas ! Bayard est un farfelu comme il en existe partout dans les campagnes. Il est étranger à notre affaire…

– Qu'en savez-vous ? rétorqua l'inspecteur.

Malgré l'heure tardive, il souhaita examiner les attaques que la jeune femme avait conservées puis entendre ses commentaires pendant que les gendarmes bouillaient d'exaspération. Comme elle le pressentait, il y accorda de l'importance.

– Les corbeaux impriment rarement leur littérature ! affirma-t-il. C'est de la propagande politique.

Les gendarmes ne paraissaient pas convaincus et il expliqua les dangers que représentait, pour la République, la prolifération d'organisations extrémistes depuis que les escroqueries avaient discrédité les hommes politiques.

– Comme les Jeunesses patriotes et la Solidarité française ! souligna le brigadier Lambert qui cherchait auprès de l'inspecteur à minimiser les menaces de Bayard.

– Détrompez-vous ! tempêta Étienne Balleret. Ces groupes clandestins sont bien plus redoutables.

Ils réunissaient des officiers à la retraite, des anciens poilus de la guerre de 14, des militants fascistes, des royalistes et jusqu'à des gangsters notoires pour préparer des opérations destinées à déstabiliser les institutions républicaines. Certains entretenaient des relations avec des phalangistes espagnols de Franco et les mouvements mussoliniens. Depuis quelque temps, les services de la Sûreté générale et du ministère de l'Intérieur disposaient à leur propos d'informations préoccupantes qui laissaient craindre prochainement la multiplication d'entreprises criminelles, à travers la France, contre des hommes politiques, des industriels et des banquiers. Pour compléter ses affirmations, il ne manqua pas de rappeler aux gendarmes les propos du colonel de La Rocque qui rassemblait sous la bannière des Croix-de-Feu des milliers d'anciens poilus dont certains organisés en groupes armés.

– Vous souvenez-vous, messieurs ?

Penauds, ils répondirent par la négative.

– Même le colonel de La Rocque qui en connaît un rayon en ce domaine prétend que les extrémistes sont increvables, qu'ils s'agitent de génération en génération, qu'ils complotent dans les administrations et les ministères, qu'ils embrigadent souvent des hommes troubles pour les basses besognes et qu'ils appellent également au meurtre…

En l'entendant reprendre ces paroles qui sonnaient comme un avertissement, Mathilde et Pierre frissonnèrent. Il poursuivit :

– Bayard a peut-être constitué, dans la région, une équipe qui passera bientôt à l'action… Les montagnes de l'Aveyron ? C'est une planque parfaite. Qui le suspecterait ? La preuve…

Il regarda fixement le brigadier Lambert avant d'ajouter :

– Vous le considériez comme un illuminé !

L'acharnement que déployait le commando Bayard après les Chauchard et les Pouget l'intriguait. Ses accusations redoublées, ses informations surprenantes à propos des scandales financiers et politiques qui avaient secoué la France depuis quelques mois, la conjonction de coïncidences troublantes l'amenaient désormais à prendre en compte Bayard dans son enquête. Il n'excluait pas une participation de son groupe au meurtre du métro parisien.

– Pourquoi pas !

Cette conversation, qui passionna Mathilde, Blanche, Pierre et même Clément, les entraîna jusqu'à 20 heures. Les gendarmes et l'inspecteur dégustèrent une nouvelle rasade de la liqueur de gentiane qu'ils semblaient apprécier depuis leur arrivée.

– Elle est fameuse : je reviendrai ! promit Étienne Balleret en emportant sa précieuse sacoche.

Ses révélations alimentèrent les discussions de la maisonnée pendant le dîner. Elles encouragèrent Baptiste à ne pas relâcher sa surveillance dans les prochains jours.

– Je continuerai à camper dans l'arrière-boutique et à monter la garde en attendant que l'inspecteur arrête Bayard ! décida-t-il. Cet homme est devenu trop dangereux.

Pierre se proposa de le relayer pour qu'il puisse prendre son temps de repos. Leur présence dans la maison, les promesses d'Étienne Balleret de démasquer Bayard permirent à Mathilde de trouver le sommeil cette nuit-là.

Le policier parisien retourna à Laguiole en milieu d'après-midi mais aucun gendarme ne l'escortait. Il conduisait une Peugeot au moteur poussif qu'il avait empruntée au commandant en second du groupement de gendarmerie de l'Aveyron. Le matin même, il avait obtenu du magistrat instructeur et du directeur de la Police judiciaire à la préfecture de police l'autorisation de séjourner dans l'Aveyron jusqu'au dimanche 23 septembre pour continuer ses investigations ; il avait également rencontré à Rodez le procureur de la République et le colonel de gendarmerie pour s'assurer de leur collaboration dans son enquête. L'inspecteur était convaincu que Bayard réagirait aux reportages consacrés à l'assassinat de Francesca Piazzesi, en y associant les Chauchard et les Pouget puisque la victime avait fréquenté l'hôtel des Princes. Blanche et Mathilde partageaient cette opinion :

– C'est l'affaire de deux ou trois jours ! Bayard ne tardera pas à nous mouiller dans ce crime…

Depuis l'annonce du meurtre dans les colonnes du *Figaro*, du *Petit Parisien* et du *Temps*, les journaux aveyronnais reprenaient dans leurs éditions des passages des chroniques consacrées à cette « célèbre espionne italienne poignardée par un laguiole ». On les commentait dans les familles de la région, les commerces et les auberges. On espérait secrètement que le meurtrier et ses complices n'étaient pas originaires de l'Aveyron.

– Pourquoi ? demanda l'inspecteur.

– Ils déshonoreraient la communauté rouergate de la capitale ! répondit Mathilde.

– Leurs affaires en souffriraient ! surenchérit Blanche.

– C'est sûrement un Italien jaloux ! les rassura-t-il.

Il s'installa à l'auberge des Gentianes en précisant les raisons de sa présence pour que la patronne et son personnel puissent les divulguer rapidement. L'inspecteur avait l'intention d'intimider les corbeaux qui accablaient la famille Chauchard de calomnies à la moindre occasion tout en encourageant Bayard à le provoquer à travers la diffusion de nouvelles attaques contre Mathilde. Cependant, ni le lendemain de son arrivée à Laguiole ni même les jours suivants, le facteur ne déposa à la boutique une lettre anonyme parmi son courrier. Dans le même temps, la jeune femme ne découvrit pas de feuille imprimée sous la porte à l'heure matinale où elle libérait Toscane. Pendant leurs veilles, Baptiste et Pierre ne repérèrent aucun mouvement inhabituel à proximité de la maison alors qu'ils s'imaginaient surprendre les hommes à toutes mains de Bayard recouvrant d'inscriptions accusatrices les panneaux de protection de la devanture. Ils remarquèrent également que le voisinage de l'auberge du Foirail demeurait silencieux, dès le début de soirée, comme si les habitués des comptoirs hésitaient à traverser les places et les ruelles à une heure tardive.

Lorsqu'il rejoignait Mathilde à la fabrique en milieu de matinée, l'inspecteur Balleret débarquait aussi bredouille. Cette tranquillité apparente l'intriguait.

– C'est étrange ! murmurait-il en écoutant le rapport de Pierre et de Baptiste à propos de leur tour de garde. Il ne réagit pas !

Rallumant son mégot, il s'enfermait dans ses pensées tout en arpentant la coutellerie pendant que le vacarme des enclumes et des polissoirs reprenait. Il fumait des cigares mais jamais dans la maison pour ne pas incommoder Clément et Blanche.

– Une habitude ! avait-il expliqué. Pour mieux supporter la puanteur des cadavres…

Il revenait après le déjeuner pour savourer une bonne rasade de liqueur de gentiane autour de la table de la salle à manger ou dans le bureau de Mathilde et concéder quelques informations à propos de l'avancement de l'enquête parisienne qui semblait piétiner. Il disparaissait ensuite en annonçant un rendez-vous à la Sûreté générale à Rodez ou des vérifications à effectuer auprès du secrétariat de la compagnie de gendarmerie d'Espalion dont le commandant, le capitaine Bertrand, l'autorisait à dépouiller les plaintes enregistrées depuis le printemps précédent.

– Je cherche des indices qui pourraient m'indiquer des pistes mais je ne les trouve pas ! avouait-il.

Perplexe, il s'était résigné à boucler son bagage le dimanche 23 septembre et à prendre à Rodez l'express de 19 h 45 pour la capitale. Sa décision suscitait la déception de la maisonnée.

– N'abandonnez pas l'enquête ! le suppliait Mathilde. Si vous ne démasquez pas Bayard, nous ne pourrons pas entreprendre la construction de la manufacture : il a promis de la détruire ! Il sabotera le travail des ouvriers…

– Ne renoncez pas ! l'exhortait Blanche. Bayard exulterait et il continuerait à nous harceler.

– Vous ne pouvez pas maintenant décevoir les espoirs que votre arrivée à Laguiole a suscités ! poursuivait Pierre. La majorité des habitants ne supporte plus cette ambiance détestable qui empoisonne le quotidien. Certains sont armés ! Comme nous… Après une journée de marché, quand les hommes traînent dans les auberges et braillent dans les ruelles pendant toute la soirée, ils commettront l'irréparable sous le coup de l'énervement et de l'alcool, et ils provoqueront une catastrophe… Évitez-nous des drames !

Il comprenait leurs attentes et leur désarroi mais son supérieur le rappelait de toute urgence. Malgré l'audition d'une centaine de témoins en moins d'une semaine, l'enquête ne progressait pas ! Le commissaire Bombard et ses inspecteurs n'arrivaient pas à démêler l'écheveau.

– C'est un embrouillamini inimaginable ! Certaines personnes disparaissent bizarrement depuis le meurtre de Francesca tandis que les directions du ministère de l'Intérieur et de la Chancellerie nous interdisent d'interroger le personnel de l'ambassade d'Italie pour ne pas déclencher d'incidents diplomatiques…

Le 23 septembre, quelques heures avant qu'il ne quitte le pays, les « préposés » de Bayard s'employèrent à distribuer auprès des Laguiolais des pamphlets dont les révélations paraissaient aussi déconcertantes qu'à l'ordinaire. En effet, elles prétendaient que Mathilde Chauchard s'était associée à Francesca Piazzesi et à Marceau Pouget pour acheminer des armes depuis la frontière italienne jusqu'en Espagne à travers le Sud de la France puis les Pyrénées. « D'après les informations que nous avons recueillies, elles équiperaient en Espagne les communistes qui cherchent à instaurer le bolchevisme à nos portes puis à s'infiltrer en France ! soutenait-il. On ne s'étonnera pas d'apprendre que le palace de la famille Pouget accueille le quartier général des trafiquants, que des hommes politiques, des membres de cabinets ministériels, des banquiers et de grands industriels apportent leur concours à cette entreprise crapuleuse… La situation impose aujourd'hui que nous débarrassions la France de tous ces parasites. L'assassinat de Francesca Piazzesi le 16 septembre à la station Reuilly constitue notre premier avertissement. D'autres suivront prochainement et nous continuerons le "nettoyage" politique de la France… » Ce pamphlet était assorti d'une lettre manuscrite qui s'adressait à Mathilde. « Grâce à vos relations, vous avez réussi à déplacer à Laguiole un inspecteur de la Criminelle dans l'espoir de me démasquer mais il n'y parviendra jamais ! écrivait Bayard. C'est votre vanité de femme médiocre qui vous pousse à vous mettre en valeur. Vous souhaiteriez peut-être paraître à nouveau dans les journaux, peut-être dans *Police-Magazine* et *Détective*. C'est enviable, n'est-ce pas ? Mais nous préférerions que vous vous contentiez désormais de fabriquer des couteaux. Ne vous amusez pas à devenir l'auxiliaire des services de police qui sont incapables d'accomplir leur mission. Songez à votre tranquillité, à votre bonheur et à votre avenir. Sinon vous le regretteriez ! »

D'évidence, Bayard n'appréciait guère la présence à Laguiole d'un inspecteur de la Criminelle et il s'efforçait d'impressionner la jeune femme pour qu'elle le persuade de clore l'enquête dans l'Aveyron puis de retourner dans ses bureaux parisiens.

– Il redoute d'être découvert ! expliqua-t-elle à Pierre.

Ses menaces l'inquiétaient ; elle avait toujours pensé qu'il était dangereux et elle redoutait sa vengeance. L'image de Francesca Piazzesi sauvagement poignardée la tourmentait. Ils patientèrent jusqu'à 8 heures pour rejoindre Étienne Balleret à l'auberge des Gentianes. À leur arrivée, il feuilletait des journaux dans la salle à manger avant de prendre son petit-déjeuner. Il connaissait déjà les accusations de Bayard.

– Je m'y attendais ! Dans leur propagande, les groupuscules extrémistes s'attaquent aux communistes, aux parlementaires et aux fonctionnaires corrompus ; ils dénoncent les trafics d'armes et ils promettent des « nettoyages » politiques qui annoncent des enlèvements… Peut-être des assassinats… C'est très sérieux !

Il était animé désormais de la conviction que Bayard avait une responsabilité dans la disparition tragique de Francesca Piazzesi et que l'exécuteur n'avait pas emporté par hasard un couteau de Laguiole pour trancher la carotide de la jeune femme.

– C'était l'occasion d'atteindre votre réputation !

Tous deux s'était installés à sa table pour l'écouter. Mathilde avait apporté les feuillets que le responsable du commando avait rédigés à son attention en empruntant cette curieuse signature du « Chevalier Bayard par la grâce de Dieu et du Roi ».

– Le chantage maintenant…

L'inspecteur remarqua que Bayard avait employé des feuilles fleurdelisées à l'image de quelques militants de l'Action française pour des correspondances personnelles qu'il avait examinées à l'occasion d'une enquête. Mais il observa qu'elle s'ornaient d'une étrange devise : *« Ad majorem Galliæ gloriam. »*

– Elle a sûrement une signification !

Comment l'interpréter ? Il n'avait aucune formation de latiniste. Mathilde suggéra qu'il sollicite les services de l'abbé Delouvrier. À cette heure, il transmettait sûrement ses directives au sacristain avant de célébrer le premier office. L'instant d'après, l'inspecteur Balleret endossait son pardessus puis galopait dans la direction de l'église Saint-Mathieu.

– Décevant ! soupira-t-il à son retour.

Grâce à la diligence du prêtre, il avait appris que cette formule d'apparence pompeuse constituait une imitation de la devise de la compagnie des Jésuites : *« Ad majorem Dei gloriam. »* (Pour la plus grande gloire de Dieu.) Bayard s'était contenté seulement de remplacer Dieu par la France.

– Ce qui n'éclaire pas nos lanternes ! déplora-t-il.

La patronne interrompit soudain leur discussion pour remettre à l'inspecteur un message qu'on avait déposé à la réception en son absence. Il décacheta l'enveloppe puis parcourut une feuille dont le contenu, bien que lapidaire, le réjouissait. Son visage s'illumina tandis qu'il affirmait :

– Nous tenons une piste !

Il demanda à Mathilde l'autorisation d'appeler la préfecture de police de Paris depuis son bureau.

– Les auberges manquent toujours de discrétion.

– Pourquoi ne vous servez-vous pas du téléphone de la brigade ? rétorqua Pierre.

L'inspecteur haussa les épaules mais il ne répondit pas. Tous deux comprirent que les hommes de la Brigade criminelle et les gendarmes appliquaient des méthodes différentes, qu'une méfiance réciproque s'était instaurée entre leurs services et que cette enquête n'échappait pas aux pratiques habituelles ! Ils en conclurent que l'inspecteur Balleret ne souhaitait pas remettre dans l'immédiat certaines informations au brigadier Lambert.

Pendant qu'ils marchaient jusqu'à l'esplanade, la jeune femme pressentit que le policier parisien ne prendrait pas l'express de 19 h 45. Il s'enferma dans le bureau pendant toute la matinée et ils entendirent souvent la sonnerie du téléphone qui continua à le déranger encore pendant le déjeuner.

– Mon enquête démarre enfin ! jubila-t-il.

Le commissaire Bombard acceptait que deux inspecteurs le retrouvent dès le lendemain en Aveyron pour entreprendre des investigations à propos de Bayard.

– Et le confondre.

Il ne souhaitait pas en révéler davantage mais il s'engageait à leur expliquer le cheminement de l'enquête de manière détaillée lorsqu'il aurait arrêté Bayard.

– Ne m'en demandez pas plus aujourd'hui !

Cette annonce les soulagea. Ils avaient tellement redouté qu'il retourne dans la capitale sans résoudre l'énigme.

– La résoudrons-nous ? rétorqua-t-il. Je l'espère…

Pour l'heure, il proposait d'assurer la protection de la famille en attendant l'arrivée de ses collègues parisiens.

– C'est plus prudent.

Il rapporta son bagage de l'auberge en début d'après-midi et il le déposa au deuxième dans la chambre réservée aux invités.

Le soleil et la douceur incitaient à la promenade dans les bois. Les amoureux y renoncèrent : Étienne Balleret leur conseillait de ne pas s'éloigner de Laguiole. Pendant que l'inspecteur travaillait dans le bureau de Mathilde, ils se réfugièrent sous la tonnelle de chèvrefeuille dont les feuillages étaient encore suffisamment fournis à cette saison pour qu'ils puissent passer l'après-midi à l'ombre. Ils jouèrent aux dames en songeant aux journées d'automne qui les ramèneraient dans la montagne des Delagnes après le retour du troupeau dans la vallée. Le refuge les y attendait…

L'inspecteur Balleret ne les abandonna pas une seule soirée même s'il consacrait ses journées à ses recherches à Rodez et à ses interrogatoires à travers les campagnes. Dès le couchant, sa présence rassurait toute la maisonnée. Toutefois, par précaution et par habitude, le contremaître persistait à camper dans l'arrière-boutique. L'importance que la Criminelle accordait dorénavant au mystérieux Bayard l'impressionnait.

– Trois inspecteurs ? C'est vraiment du « gros gibier » !

Les Laguiolais le pensaient également. Ce qui les paniquait ! Une intervention de Tiburce Cassant auprès du commandant du groupement de l'Aveyron avait permis de doubler l'effectif de la brigade et les gendarmes multipliaient les patrouilles nocturnes à travers les quartiers. Un sentiment de suspicion s'était instauré à Laguiole et il avait engendré une atmosphère exécrable : il était manifeste que le groupuscule bénéficiait de complicités parmi la population pour rassembler autant d'informations à propos des Chauchard et des Pouget. Désormais, une question tourmentait les habitants : qui s'abaissait à bavasser ? Comme à l'ordinaire, les commères alimentaient les conversations en désignant des coupables au jugement populaire. Certains détracteurs habituels des Chauchard changèrent brusquement de position pour apporter leur soutien à Mathilde.

– Quelle comédie ! tempêta-t-elle devant leur comportement. Ils nous calomnient depuis des années et ils deviennent soudain les meilleurs défenseurs de la coutellerie Chauchard. Étrange ! Ils débordent subitement d'amabilités et ils nous proposent même leurs services en s'imaginant que nous ne penserons plus jamais à toutes les lettres ordurières qu'ils nous ont envoyées…

Un après-midi, Thérèse Falguière la dérangea à la coutellerie. Méconnaissable, elle l'embrassa en sanglotant :

– Combiner une machination pareille ? Quelle époque ! Mon Edmond t'aurait défendue…

Elle espérait que les enquêteurs démasqueraient Bayard et ses complices laguiolais.

– Qu'ils nous en débarrassent !

Des corbeaux l'avaient harcelée au lendemain des obsèques d'Edmond en proférant des accusations sans fondements contre leur maison depuis la falsification des factures des fournisseurs et la corruption des fonctionnaires des Finances jusqu'à l'importation frauduleuse de défenses d'éléphant et un commerce irrégulier à travers la France auprès de collectionneurs. Ils l'avaient menacée de révélations publiques auprès des habitants de Laguiole. Elle demeurait toujours convaincue que Bayard était à l'origine de ces médisances mais elle ne comprenait pas pourquoi les corbeaux avaient brusquement suspendu leurs courriers deux mois après la disparition tragique d'Edmond.

– C'est un mystère !

Thérèse reconnaissait qu'elle avait souffert de ces calomnies.

– Dans mon malheur, je pensais même que vous…

Mathilde l'interrompit pour dissiper les malentendus :

– Vous vous trompiez. Nous ne nous acharnons jamais après des concurrents…

Elle la regarda durement avant d'ajouter :

– Certains n'ont pas autant de scrupules !

Thérèse Falguière répliqua aussitôt en affirmant qu'elle n'avait jamais envoyé de potences et de cercueils aux Chauchard pour assouvir ses rancœurs après le meurtre de son époux ainsi qu'ils l'avaient prétendu.

– Jamais ! répéta-t-elle.

Sa sincérité dissuada Mathilde de poursuivre cette discussion qui risquait de s'envenimer. Elle n'avait plus l'intention désormais de liquider leurs différends mais de restaurer la concorde entre les couteliers.

– Ne gaspillons pas notre énergie dans des querelles et des rivalités stupides ! suggéra-t-elle. Il y a plus important aujourd'hui pour l'avenir de nos maisons…

La jeune femme renouvela auprès de Thérèse la proposition que Tiburce Cassant avait transmise à ses trois concurrents mais qu'elle avait repoussée. Après l'ouverture de la manufacture, elle pourrait répondre à leurs commandes de ressorts, de platines et d'estampes pour qu'ils assurent le montage des couteaux grâce à des pièces produites à Laguiole. Elle développa les mêmes arguments qui avaient persuadé les Maillebuau de modifier leurs habitudes. Les deux femmes en discutèrent longuement dans le brouhaha de la fabrique pendant que les employés continuaient à travailler. Thérèse Falguière y avait réfléchi ; elle n'y semblait plus opposée. Mieux ! Elle n'y entrevoyait que des avantages.

– Je pourrais présenter des modèles d'une meilleure qualité ! souligna-t-elle tout en reconnaissant la pertinence des exigences de Mathilde que les Falguière avaient longtemps dénigrée.

Désormais, elle affrontait à la boutique les critiques de certains amateurs qui déploraient les médiocres finitions de ses laguioles tandis qu'elle constatait une baisse de recettes dans les marchés de l'Aveyron où l'Auvergnat déballait ses caisses.

– Ses boniments ne suffisent plus pour rameuter le chaland ! concéda-t-elle. Les paysans détestent qu'on les trompe. Quand un marchand a perdu leur confiance…

La situation délicate de la maison Falguière n'échappa guère à la jeune femme qui se contenta de l'écouter en n'apportant aucun commentaire à ses confidences pour ne pas l'enfoncer.

– Nous pouvons redresser les comptes ! prétendit-elle. Dès que nous monterons les nouveaux laguioles grâce à tes pièces, nous retrouverons notre clientèle…

Elle cherchait par ailleurs à s'affranchir de l'omnipotence de ses fournisseurs auvergnats qui imposaient leurs conditions.

– Et leur camelote !

Puis elle poursuivit :

– Nous pourrions peut-être nous entendre…

– Sûrement.

Toutes deux décidèrent d'en débattre lorsque les inspecteurs termineraient leur enquête et que la sérénité reviendrait parmi les Laguiolais. Oubliant leurs désaccords et leurs ressentiments, la jeune femme souligna qu'elle était disposée à la soutenir dans les prochains mois.

– Vraiment ?

Bouleversée, Thérèse l'embrassa en balbutiant des excuses pour les blessures et les humiliations que la famille Falguière leur avait infligées.

– Sottement !

Depuis l'entrée de la coutellerie, Mathilde la regarda traverser l'esplanade dans une lumière d'automne puis elle retourna à son enclume en chantonnant.

19

Pendant une semaine, les inspecteurs de la Criminelle et les gendarmes sillonnèrent la région.

– Nous progressons ! prétendait Étienne Balleret en réponse aux interrogations insistantes des Chauchard.

Il ne concédait aucune révélation malgré sa présence parmi la maisonnée qui autorisait une certaine familiarité. Ce qui froissait le contremaître. Il ne parvenait pas à arracher la moindre indication à propos de ses recherches, même en l'entraînant au comptoir de l'auberge du Foirail devant une chopine.

– C'est un coriace !

L'attente s'acheva bientôt. Le dimanche 30 septembre, dans la matinée, des rumeurs persistantes colportèrent la nouvelle de l'arrestation de Bayard.

– On affirme que c'est Raoul Riffard ! rapporta Baptiste après sa tournée habituelle dans les auberges.

Le brigadier Lambert le confirma à la famille Chauchard après le déjeuner mais il ne pouvait dévoiler encore aucune précision à propos des motivations de Bayard qui n'était pas en mesure de répondre aux questions de la Criminelle avant deux à trois jours. Il souffrait d'une poussée de paludisme, héritage de ses années de service dans la Coloniale. Des gendarmes l'avaient conduit à l'hôpital de Rodez où les médecins le soignaient avant de le remettre au commissaire Bombard et à l'un de ses collègues de la direction des Affaires criminelles de la Sûreté générale qui s'étaient tous deux déplacés de Paris pour l'entendre.

– Comme l'avait pensé l'inspecteur, c'est du « gros gibier » ! consentit-il à admettre. Désormais, il ne vous harcèlera plus.

Ils en éprouvèrent du soulagement ! Cette annonce dissipait les angoisses et les crispations qui s'étaient accentuées depuis deux semaines. Elle permettrait maintenant à Pierre de regagner la capitale : il y poursuivrait ses tournées jusqu'à la Toussaint tout en cherchant un acquéreur pour son deux-pièces et en préparant son déménagement. Dès la première semaine de septembre, il avait dévoilé ses intentions à ses quatre patrons. Les directeurs de la faïencerie Chabrier d'Orchies et de la verrerie Pellereau de La Rochelle avaient regretté sa décision mais l'avaient remercié à leur manière en le chargeant de cadeaux qui équiperaient le jeune ménage. En revanche, il avait provoqué une tempête à la coutellerie Guillaume dont les responsables l'avaient accusé de concurrence déloyale avant de le congédier sur-le-champ. Quant au porcelainier Gautier de Limoges, il avait accepté de prolonger leur collaboration dans les conditions que Pierre avait souhaitées. Ce dimanche

30 septembre, quand elle l'emmena à Saint-Flour prendre l'express, Mathilde ne put que remarquer son impatience à s'installer à Laguiole, près d'elle, après les deux semaines pénibles qu'ils avaient partagées mais qui avaient renforcé leur amour. En route, ils ne songèrent qu'à leur bonheur. Libérés de tout ce qui pouvait l'entraver.

Étienne Balleret manifesta la même discrétion que le brigadier Lambert tout en promettant quelques informations surprenantes après les interrogatoires de Raoul Riffard.

– Surprenantes ! répéta-t-il.

Mathilde et Blanche essayèrent de découvrir des justifications au harcèlement que Le Sanglier leur avait imposé mais elles n'en trouvèrent pas. Il ne fréquentait pas leur boutique tandis qu'aucun différend ne les avait opposés.

– Nous ne comprenons toujours pas pourquoi il s'est acharné sur notre famille ! expliquèrent-elles à Philippe Delagnes dès le lendemain de son arrestation.

Le pharmacien, qui se réjouissait de l'heureux dénouement de l'enquête, demeurait tout aussi perplexe.

– Il pourrait avoir disjoncté en choisissant de s'enfermer dans la propriété de ses parents au milieu des montagnes ! avança-t-il prudemment. Il paraîtrait que certains officiers ne supportent pas l'inactivité après des années de baroud dans le monde et qu'ils s'inventent des ennemis…

La jeune femme partageait son opinion. C'était la seule raison qui pouvait paraître plausible.

Indifférents aux commérages que leur rapportait Charlette et aux affirmations contradictoires que publiaient les quotidiens de l'Aveyron, ils patientèrent jusqu'au vendredi 5 octobre avant de pénétrer dans les méandres de l'affaire Bayard. Quelle stupeur ! Ils apprirent de l'inspecteur Étienne Balleret que les menaces de Raoul Riffard à leur encontre étaient réelles.

– Il prévoyait de détruire à la dynamite votre manufacture dès l'achèvement du bâtiment ! les assura-t-il.

– Et de m'assassiner également ? demanda Mathilde.

– Je ne pense pas mais…

Après un moment de silence, il poursuivit :

– C'est un homme insaisissable. J'imagine qu'il aurait cherché à vous intimider en vous traquant dans les clairières pendant vos promenades ou en sabotant le moteur de votre berline…

Frissonnant d'angoisse, la jeune femme murmura :

– C'est un malade.

– Un paranoïaque.

Enfermé dans une cellule à la caserne de Rodez, les mollets attachés aux pieds d'un fauteuil et les menottes aux poignets, Le Sanglier avait résisté pendant une journée aux pressions que le commissaire Bombard, le divisionnaire de la Sûreté générale et les inspecteurs de la Criminelle avaient exercées sans relâche pour l'amener aux aveux.

– Il possède un blindage de cuirassé.

Riffard avait dépensé ses réserves d'énergie dans cet ultime sursaut d'orgueil pour capituler le lendemain après la reprise des interrogatoires : la poussée de paludisme dont il souffrait depuis une semaine l'avait trop affaibli.

– C'était une chance pour nous !

Maintenant, il croupissait à Rodez dans une cellule sombre de l'impasse des Capucins avant son transfert jusqu'à la centrale de Fresnes. Ce qui permettait à l'inspecteur Balleret d'honorer en ce vendredi 5 octobre l'invitation des Chauchard.

– Et ma promesse à propos de l'enquête.

Il confirmait aujourd'hui qu'elle avait abouti grâce au message déposé à la réception de l'auberge des Gentianes le dimanche 23 septembre : « Intéressez-vous à Raoul Riffard… » Étienne Balleret avait prévenu aussitôt son supérieur qui avait obtenu de la Sûreté générale des renseignements préoccupants sur Raoul Riffard. Le Sanglier était un ancien officier de la Coloniale qui avait combattu dans la Somme de 1915 à 1918 ; il avait adhéré aux Croix-de-Feu du colonel de La Roque mais également à l'Action française qu'il avait quittée au lendemain de la condamnation du mouvement par le Vatican en 1926 mais sans abandonner ses convictions monarchistes. Dans son dossier, la Sûreté générale mentionnait la virulence de son comportement à l'occasion de la manifestation des épargnants à Espalion après la déconfiture de la banque millavoise. Sa tentative de séquestration du directeur de l'agence s'était terminée en mascarade mais le rapport établi après cette journée indiquait clairement : « Individu dangereux et emporté qui pourrait entraîner des hommes dans une entreprise hasardeuse ! » Malgré ces incidences politiques, le ministère de l'Intérieur n'avait pas dessaisi la préfecture de police de l'enquête mais il avait dépêché à Laguiole un commissaire divisionnaire de la Sûreté générale qui était spécialisé depuis quelques années dans l'infiltration de groupuscules extrémistes. Dès le lendemain, l'inspecteur Balleret et ses collègues parisiens avaient entrepris de surveiller le domicile de Raoul Riffard. Ils avaient entendu des dizaines de personnes dans le pays pour constater qu'il recevait d'une manière régulière des livraisons nocturnes et qu'il accueillait d'étranges visiteurs. Son fermier l'avait rencontré, sur les chemins proches de ses forêts, en compagnie d'hommes qu'il présentait comme des « camarades » de la Coloniale : ils paradaient en pantalons et en chaussures de combat, équipés d'une provision de munitions exhibées en bandoulière et d'un pistolet accroché à la ceinture.

– Pourquoi le fermier n'a-t-il jamais prévenu les gendarmes ? l'interrompit Mathilde.

– Le Sanglier le terrorisait ; il l'avait menacé : « Si tu parles, on te crèvera la paillasse ! »

Toutefois, il s'était enhardi à le dénoncer à travers un message anonyme qu'il avait transmis aux Gentianes le 23 septembre.

– C'était courageux : il risquait sa peau ! souligna l'inspecteur.

Ignorant encore qu'il était l'auteur du courrier, les hommes de la Criminelle l'avaient interrogé de la même manière que toutes les familles installées dans un périmètre de 3 kilomètres autour de la propriété du Sanglier. Leur présence à Laguiole l'avait poussé à communiquer les observations qu'il avait accumulées depuis le printemps précédent ; il était conscient désormais des dangers que constituait Raoul Riffard pour la sécurité publique. Quelques présomptions demeuraient insuffisantes pour le confondre et les enquêteurs avaient besoin de preuves. Où les trouver excepté à son domicile ? Le fermier leur avait déconseillé d'explorer les bâtiments désaffectés et même la maison en son absence : trois molosses les dissuaderaient de s'en approcher. Étienne Balleret en avait la certitude : ils avaient aboyé furieusement lorsqu'il avait effectué son premier repérage.

– Ils étaient déchaînés comme des fauves !

À leur arrivée à Rodez le 3 octobre, les deux commissaires s'étaient décidés à y pénétrer par la force. En un après-midi, ils avaient obtenu l'autorisation de perquisitionner la propriété, la participation d'un détachement de gendarmes pour en arrêter ses occupants et la présence d'un officier de la brigade des recherches d'Espalion pour les assister dans l'opération. À 7 heures, le 30 septembre, ils avaient investi les bâtiments après avoir neutralisé les chiens de garde et enfoncé la porte d'entrée de la maison. À leur étonnement, Raoul Riffard n'avait opposé aucune résistance. Enfermé dans sa chambre depuis deux jours, il grelottait de fièvre et il tremblait de tout son corps.

Pendant que des gendarmes le conduisaient à l'hôpital de Rodez, l'équipe de la Criminelle avait entrepris une fouille minutieuse de son refuge. Dans une remise, elle avait découvert une presse artisanale, des casses de plomb et des cartons de feuilles blanches qui avaient permis d'imprimer les pamphlets distribués pendant des mois à Laguiole et à Espalion. Sous les meules de fourrage à la grange, Bayard avait dissimulé des caisses de munitions et des pistolets en quantité suffisante pour équiper une centaine d'hommes. Des réserves d'explosifs s'y trouvaient également. Au cours de son interrogatoire à Rodez, il avait reconnu qu'il les avait dérobés sur le chantier du barrage de Sarrans et qu'il comptait les utiliser pour dynamiter la manufacture des Chauchard.

– Pourquoi ? s'indigna Blanche.

– Pour montrer que son commando ne rassemblait pas des plaisantins mais des hommes déterminés.

– Pourquoi s'acharner après nous ? enchaîna Mathilde.

– Une vendetta. Comme en Corse.

Blanche regarda Clément. Stupéfaite ! Elle ne conservait pas le souvenir d'un quelconque accrochage, depuis son installation à Laguiole, entre leurs deux familles. Pourtant… S'appuyant sur les déclarations de Bayard, l'inspecteur rappela le différend qui avait opposé Clément Chauchard et Raoul Riffard dans une auberge de Laguiole à l'occasion d'une permission du militaire.

– Le 25octobre 1905.

– Quelle mémoire ! s'exclama Mathilde.

– Il ne l'a jamais oublié.

Laguiole accueillait, ce jour-là, un marché aux bestiaux. Bayard, qui avait passé sa journée au comptoir, avait importuné gravement la jeune serveuse de l'auberge de la Fontaine où Clément, Blanche et un petit-cousin prenaient un verre après la fermeture du magasin. Le coutelier n'avait pas supporté ses paroles avilissantes et ses gestes obscènes ; il l'avait sermonné devant les clients avant de l'expulser sous les moqueries. Cette incartade avait alimenté les conversations pendant une semaine. Raoul Riffard y avait gagné une réputation de soudard qui l'avait blessé ; il n'avait pas reparu à Laguiole avant de retourner dans son régiment au Sénégal et il avait attendu la retraite pour revenir dans l'Aveyron.

– La rancune chevillée au corps ! Il reconnaît aujourd'hui qu'il ressassait toujours cette journée et le camouflet.

– Encore humilié après des années ? s'étonna Blanche. Étienne Balleret confirma avant d'ajouter :

– Il était décidé à réparer l'offense.

Clément tremblait en entendant l'inspecteur évoquer la scène qui remontait à ses années de bonheur. Soudain, il articula :

– Da-ns sa jeu-nes-se, c'é-tait une cer-vel-le brû-lée.

Le comportement de Riffard désorientait Blanche et Mathilde. Pourquoi ressentait-il autant de rancœurs à l'encontre de Clément pour une punition qu'il avait méritée ? Ses sentiments révoltaient Blanche dont les souvenirs de cette journée du 25 octobre 1905 remontaient maintenant à sa mémoire.

– Il empestait la vinasse ; il caressait la serveuse et il essayait de l'embrasser ; il passait une main sous ses jupes et personne dans l'auberge n'avait l'intention d'intervenir…

– Même pas les patrons ? coupa Mathilde.

– Tout le monde le redoutait quand il était saoul.

– Et que reproche-t-il à Marceau pour l'attaquer ? demanda la jeune femme à l'inspecteur.

Il esquissa un sourire avant de répondre :

– La terre ! Toujours la terre ! C'est important pour les familles paysannes.

– Et pour les limonadiers qui réussissent ! renchérit-elle.

Au lendemain de la guerre, Marceau avait soufflé la ferme de Pomiès à un cousin germain de Riffard qui dirigeait une brasserie dans la capitale.

– Le Sanglier ne l'a pas supporté ! indiqua-t-il. Il s'était promis de détruire la réputation des Pouget…

Les accablant de calomnies à la moindre occasion, il éprouvait une certaine jubilation à associer la famille Chauchard, grâce au mariage d'Élodie, dans sa dénonciation des complicités entre les hommes politiques, les banquiers et les affairistes.

– Comment s'informait-il ? s'étonna Mathilde. Il avait révélé la situation précise des hôtels de Marceau !

Enfoncé dans un fauteuil, Étienne Balleret savoura un verre de vieille prune avant de concéder :

– C'était sa grande force.

Depuis la création de son groupuscule politique et militaire en 1931, Raoul Riffard était parvenu à constituer son propre service de renseignements grâce à des fonctionnaires des ministères qui avaient rallié son organisation.

– Des fonctionnaires ? s'offusqua Blanche.

– Des nostalgiques de la monarchie, des anciens militants des Croix-de-Feu, des partisans de la discipline…

Mathilde comprenait maintenant comment il avait découvert la commande de couteaux passée par Eugène Raynaldy pour le ministère de la Justice.

Son mouvement disposait de ramifications à travers la France depuis Limoges et Clermont jusqu'à Rennes, Orléans, Marseille et Toulouse en passant par Bordeaux et Lyon.

– Il espérait nous échapper la semaine dernière en rejoignant des membres de son commando à Limoges mais le paludisme l'a brusquement terrassé puis condamné à ne plus bouger de sa chambre ! Heureusement…

Certain que la Criminelle fouillerait sa maison, il avait détruit des papiers avant l'arrivée des inspecteurs qui avaient trouvé tout de même quelques adresses mais également des rapports et des messages qui n'étaient pas cryptés. Ils fournissaient les preuves qu'il envisageait d'assassiner un membre de la commission de la Défense nationale. Il accusait ce député du Loiret de renseigner les services allemands à propos de la ligne Maginot.

– Et il reprochait à Francesca Piazzesi d'appâter des hommes politiques, des industriels et des officiers pour leur extorquer des informations ! enchaîna Mathilde.

– Nous le pensions mais il le conteste…

Pendant les trois journées d'interrogatoires, il s'était obstiné à prétendre que les activistes de son commando n'avaient aucune responsabilité dans le meurtre de l'espionne italienne même s'ils l'approuvaient. Les inspecteurs en doutaient ; ils poursuivaient le dépouillement des centaines de dénonciations qui parvenaient à leurs bureaux parisiens depuis l'annonce de l'assassinat dans les journaux, en espérant y découvrir des éléments convaincants qui pourraient démontrer le contraire. En revanche, grâce aux indices qu'ils étaient parvenus à recueillir, ils avaient amené Raoul Riffard à reconnaître l'horrible châtiment imposé à Edmond Falguière au printemps 1934 dans les pâturages de Montpeyroux.

– Falguière le fréquentait ? s'étonnèrent-elles en chœur.

– C'était «un homme de troupe » ! expliqua Étienne Balleret. Leur organisation regroupait des fonctionnaires pour recueillir des renseignements dans les administrations et les antichambres du gouvernement, des militaires de réserve et des officiers d'active pour préparer les opérations destinées à fragiliser la République mais également des subalternes pour les exécuter…

– Et pour distribuer ses torchons ! en déduisit Mathilde.

– Entre autres.

– Baptiste avait raison ! observa Blanche.

Dès la première accusation du commando après la démission d'Eugène Raynaldy du ministère de la

Justice, il avait affirmé que leur principal concurrent y était associé.

– Et il ne s'occupait pas seulement de diffuser la propagande,souligna l'inspecteur.

Raoul Riffard n'ignorait pas que le coutelier laguiolais détestait les radicaux au pouvoir mais il l'avait engagé en premier pour sa passion des armes. Edmond Falguière, en chasseur chevronné, collectionnait les carabines ; il les avait accrochées à des râteliers dans son arrière-boutique, n'hésitant jamais à les présenter à des amateurs de passage. Il entretenait la provision de pistolets que le commando avait subtilisés aux magasins de l'armée grâce à la complicité de quelques officiers : il les démontait, il les nettoyait, il les bichonnait. La semaine où un mystérieux correspondant avait apporté au quartier général du groupe « l'automatique » que les manufactures allemandes d'armement produisaient pour équiper les régiments d'Hitler et qui employait des munitions de 9 mm, à l'efficacité redoutée, Falguière avait prétendu dans une auberge d'Entraygues qu'il l'avait manipulé. Comme souvent, il cherchait à impressionner ses compagnons de comptoir. L'indiscrétion était parvenue jusqu'aux oreilles de Bayard.

– Quelle imprudence ! souligna Étienne Balleret. Falguière ne pouvait quand même pas ignorer que l'organisation disposait d'informateurs dans les campagnes, que Bayard apprendrait ces fanfaronnades et qu'il ne les apprécierait pas…

L'ancien officier, qui imposait à ses hommes de respecter une discipline sévère, l'avait sermonné mais la menace n'avait pas dissuadé le coutelier de récidiver dans le Carladès.

– L'inconscient ! gronda l'inspecteur. C'était courir au-devant de la mort. Pourtant… Il connaissait les châtiments que le commando réservait aux bavards, aux rebelles et aux traîtres… Mais il était convaincu que Raoul Riffard passerait encore l'éponge : il s'imaginait que le commando avait besoin de ses services pour assurer l'entretien des caisses d'armes… Il se trompait !

Bayard avait appliqué la loi du groupe en organisant son exécution en compagnie de deux de ses « camarades » de la Coloniale. Il conditionnait toute admission dans le commando à une prestation de serment : l'impétrant promettait obéissance de manière solennelle devant une bannière fleurdelisée et le portrait du prince de Bourbon d'Espagne, prétendant des légitimistes à la couronne de France ; il s'exposait à des sanctions s'il manquait à ses obligations et s'il divulguait la moindre information à propos de ses activités clandestines. À l'encontre du coutelier laguiolais, chapitré à deux reprises, Bayard avait prononcé sans scrupule la condamnation suprême.

– Quelle cruauté ! s'indigna Blanche. C'est un homme au cœur de pierre ! Un officier qui n'a pas de principes et qui a perdu son honneur… Je n'imagine pas qu'on puisse, dans l'armée, exécuter aussi sauvagement pour quelques vantardises… Sauf peut-être en temps de guerre… Et encore !

– C'est de la barbarie ! continua Mathilde. En le bâillonnant, en le dépouillant de ses vêtements et en l'attachant à un arbre avant de l'abandonner au milieu d'une prairie dans la nuit froide, Riffard a cherché le châtiment le plus féroce pour Falguière : il voulait qu'il meure à petit feu. C'est horrible !

Elle en était bouleversée.

L'inspecteur considérait que son comportement correspondait à son caractère emporté et autoritaire, exacerbé par ses années d'armée dans des territoires de l'Empire où certains officiers ne respectaient pas toujours la dignité humaine.

– C'est un homme inflexible ! ajouta-t-il. Personne ne pourrait l'émouvoir ni le convaincre de modifier une décision… Il avance à la manière d'un bulldozer.

– Pourquoi reconnaître ce meurtre ? s'étonna la jeune femme. Il s'était entouré de tellement de précautions que les gendarmes ne l'avaient pas inquiété pendant leur enquête et qu'ils n'auraient jamais découvert le coupable…

– Il l'a avoué pour nous démontrer que son organisation était suffisamment déterminée pour être capable de supprimer froidement un homme.

Raoul Riffard avait souhaité à la faveur des interrogatoires que les policiers de la Criminelle prennent conscience des résolutions de son commando : il avait annoncé fièrement qu'il avait songé à multiplier les assassinats politiques dans la capitale et à travers la France dès l'automne pour provoquer l'affolement des députés, des sénateurs et du gouvernement.

– De toute manière, même s'il n'avait pas lâché le morceau à propos de Falguière, nous étions en mesure de le coincer pour cet assassinat !

Parmi les pistolets, Étienne Balleret avait déniché des chiffons maculés de graisse d'où s'étaient échappés les lambeaux d'une commande de couteaux de Laguiole. Déployant des trésors de perspicacité, il l'avait soigneusement reconstituée pour constater qu'elle provenait de la maison Falguière. Comme les Chauchard l'avaient prévenu de la disparition tragique de leur concurrent dès leur première rencontre, il avait demandé à Thérèse Falguière de pouvoir examiner un écusson que les gendarmes avaient trouvé dans une poche de la canadienne de son époux et qu'ils avaient mentionné dans leur rapport. Il ne comportait aucune initiale mais sa décoration l'avait intrigué. L'inspecteur l'avait emporté pour le soumettre à un héraldiste ruthénois avant d'obtenir la confirmation qu'elle reproduisait les armoiries d'un gentilhomme de l'époque de la Renaissance : Pierre du Terrail, seigneur de Bayard dans la région de Grenoble et homme de légende grâce à des exploits militaires que les manuels d'histoire avaient retenus.

– Le célèbre chevalier sans peur et sans reproche ! en conclut aussitôt Mathilde.

– Et le «maître » de Raoul Riffard ! précisa-t-il.

Il disposait soudain d'un mobile qui pouvait justifier l'exécution de Falguière et d'une preuve que Bayard bénéficiait localement de complicités.

– Comment sa femme l'a-t-elle accepté ? demanda Blanche.

– Thérèse peinait à le croire ! Elle connaissait ses convictions mais elle n'aurait jamais imaginé qu'il s'associe à des extrémistes pour assassiner des hommes politiques… Depuis des mois, elle était persuadée qu'il avait une maîtresse dans le pays et que l'époux trompé s'était vengé…

Étienne Balleret pressentait aujourd'hui que Raoul Riffard était parvenu à entraîner sous la bannière de Bayard des dizaines de sympathisants dans des communes de l'Aveyron, de la Lozère et du Cantal qui avaient répondu à la mobilisation des royalistes contre la Révolution en 1793.

– En dépit de l'arrestation de Bayard, ils pourraient devenir dangereux dans les prochaines semaines.

Le ministère de l'Intérieur avait ordonné à ses services de les identifier dans les trois départements puis de les rechercher pour démanteler l'organisation. La Sûreté générale avait la conviction que Raoul Riffard recrutait parmi les rangs royalistes. Le Sud du Massif central abritait de nombreux militants qui étaient partagés entre partisans des Bourbon et des Orléans mais qui s'affairaient à propager leur philosophie à travers des conférences dans des villes comme Rodez. Les inspecteurs s'intéressaient également aux dissidents des Ligues catholiques, des Croix-de-Feu et de l'Action française qui cherchaient à se regrouper.

– Les sociétés secrètes inquiètent le gouvernement. Depuis quelque temps, elles prolifèrent jusque dans les campagnes…

Pendant son interrogatoire, la détermination de Raoul Riffard à renverser la République l'avait frappé.

– Quelle hargne !

Surmontant l'extrême fatigue qu'il ressentait, il avait montré de l'agressivité à l'encontre des hommes politiques, des banquiers, des affairistes, des grands industriels.

– C'est un révolté ! Il accuse la République de tous les maux après l'avoir servie pendant des années. Il avait la folle intention de la renverser pour construire une société nouvelle… Poursuivant des chimères, il devenait aussi dangereux que certains anarchistes !

À la lumière de ces révélations, Mathilde, Clément et Blanche prirent conscience qu'ils avaient échappé à sa vengeance grâce à des événements tragiques où, pourtant, sa culpabilité n'était pas encore démontrée. Sans le meurtre de Francesca Piazzesi et la mission en Aveyron d'Étienne Balleret qui s'était montré attentif à leurs propos et très opiniâtre, personne n'aurait jamais découvert les agissements de Raoul Riffard ou peut-être avant longtemps. Mathilde était certaine qu'il aurait procédé à la destruction de la manufacture dès l'achèvement des travaux. « La semaine de notre mariage et de son inauguration ! songeait-elle. Ou même quelques heures auparavant… » Elle en frémissait d'indignation. Même Clément mesurait la gravité de la situation. On approchait de minuit. Depuis le début de la soirée, tout à la fois captivé et effrayé, il avait redoublé d'attention pour comprendre les explications de l'inspecteur de la Criminelle que Mathilde et Blanche avaient souvent résumées ou complétées à sa demande. Ses réactions prouvaient qu'il y était parvenu ; il paraissait plus détendu désormais, soulagé de constater que l'arrestation de Bayard intervenait au moment où il prévoyait d'attaquer Mathilde. Il souriait en silence tandis que tout le monde trinquait. Le cauchemar s'éloignait.

20

Étienne Balleret retourna dans la capitale le lendemain pour y poursuivre ses recherches à propos du groupuscule extrémiste. Il y rejoignait quatre inspecteurs et le commissaire Delagrave qui avaient interpellé dans la semaine sept personnes à Limoges, à Bordeaux, à Orléans et à Marseille grâce à des documents que Raoul Riffard n'avait pas détruits. En souvenir de son enquête à Laguiole, il emporta un couteau à la décoration originale. Mathilde, qui souhaitait le remercier de son soutien sans failles pendant ces journées difficiles, avait fabriqué à son attention un laguiole de 15 centimètres que distinguait un portrait de Marianne sculpté dans l'ivoire du manche.

– Ce qui me changera des royalistes ! plaisanta-t-il.

Laguiole retrouva la sérénité après le départ de l'équipe de la Criminelle mais l'arrestation du Sanglier, son organisation militaire, ses intentions criminelles à l'encontre de la famille Chauchard et le châtiment appliqué à Edmond Falguière continuèrent à alimenter des discussions passionnées. Bientôt, les Laguiolais changèrent de conversation lorsque débutèrent les premiers terrassements de la manufacture Chauchard. C'était un événement ! Beaucoup brûlaient d'impatience de découvrir le chantier. Dès le 1er octobre, disposant désormais de la certitude que Riffard ne pouvait plus les importuner, Mathilde avait obtenu de l'entrepreneur ruthénois de commencer rapidement les fondations. Honorant sa parole, à 8 heures sonnantes le mercredi 10 octobre, il l'attendait devant la barrière du champ d'Hortense en compagnie du contremaître. Ils consacrèrent leur matinée à mesurer et à piqueter sous le regard intéressé de badauds qui commentaient déjà les dimensions du bâtiment. Au début de l'après-midi pendant que le contremaître regagnait la parcelle pour y retrouver ses équipes de terrassiers, Honoré Bousquet emmena la jeune femme dans une carrière qui fournirait les pierres du bâtiment et où des Espagnols travaillaient depuis huit jours. Ensuite, il la conduisit dans la région du Cayrol où il avait l'habitude d'acheter les lauzes pour couvrir les toitures. Ils s'éloignèrent de la nationale, traversèrent quelques hameaux, abandonnèrent la voiture devant l'étable d'une exploitation dont il connaissait le propriétaire et empruntèrent un chemin escarpé avant de parvenir jusqu'au chantier. Ils marchèrent pendant près d'une heure ; elle imposa rapidement son rythme à tel point que l'entrepreneur, homme corpulent et aux jambes courtes, respirait de manière saccadée au moment où ils achevèrent leur parcours au milieu de la pierraille. Pendant leurs discussions, elle remarqua qu'il montrait beaucoup d'exigences mais que les responsables de la carrière l'estimaient. Dès qu'ils retournèrent à Laguiole, aux environs de 18 heures, il souhaita découvrir la coutellerie puis les différents modèles qu'elle fabriquait. Avant qu'il rejoigne Rodez, ils évoquèrent encore la disposition des ateliers dans la nouvelle manufacture. Cette construction le passionnait et la jeune femme s'en réjouissait. Maintenant que les tensions s'étaient apaisées, grâce aux interventions conjointes de Tiburce Cassant, Philippe Delagnes et des Maillebuau, Mathilde avait la conviction que les travaux s'engageaient dans les meilleures conditions.

Le lendemain, elle déchanta à l'heure où son personnel arrivait à la fabrique. Le contremaître d'Honoré Bousquet déboula dans le bâtiment pour s'indigner aussitôt :

– On a saboté notre boulot !

Plus de piquets. Plus de cordes. Maurice Bonnet ne les avait même pas retrouvés ! Des personnes malveillantes les avaient emportés avant de recouvrir la première tranchée.

– C'est du sabotage ! répéta-t-il, furieux.

Mathilde manifesta de l'étonnement ; elle ne pensait pas que le démarrage des travaux provoquerait de semblables réactions parmi les Laguiolais : elle ne recevait plus depuis longtemps de courriers l'accusant de broyer ses concurrents à travers son usine à couteaux. Gênée, elle comprenait sa colère mais elle admettait qu'elle ne disposait d'aucun moyen pour empêcher à l'avenir les déprédations.

– Prévenez les gendarmes ! conseilla-t-il.

Elle préférait attendre pour ne pas entraîner des ripostes plus violentes encore.

– Comme vous vous voudrez ! répliqua-t-il, mécontent.

Après son départ, Baptiste entraîna la jeune femme près de son enclume ; il était persuadé que ces anicroches constituaient la réponse de quelques artisans grincheux du bourg à sa décision de solliciter une entreprise ruthénoise.

– Ils auraient apprécié que tu les consultes…

– J'étais certaine qu'ils refuseraient ! À Laguiole et à Espalion, personne n'était en mesure de me remettre le bâtiment terminé avant l'automne prochain.

– Tu leur aurais démontré que tu les considérais ! Nous avons d'excellents tailleurs de pierres…

Mathilde haussa les épaules.

– M'auraient-ils épargnée ? Non ! Il y a toujours des jaloux de tout…

Les incidents ne se renouvelèrent pas, permettant à l'équipe des terrassiers de travailler normalement grâce à la clémence du temps qui leur épargna les gelées, la neige et même la pluie. Le 29 octobre, ses bagages à peine déballés dans le deux-pièces qu'il occuperait désormais à Laguiole, Pierre pouvait effectuer sa première inspection du chantier en compagnie de Mathilde. Le contremaître leur confirma qu'il prévoyait d'achever les fondations pendant la première quinzaine de décembre.

– Peut-être même les dalles !

Ils s'en réjouirent.

– Si l'automne persiste dans la douceur ! souligna-t-il.

En cette matinée ensoleillée, ils observèrent les hommes qui s'affairaient dans le champ d'Hortense et ils en ressentirent une grande satisfaction. Comme ils l'avaient souhaité, la construction de la manufacture les associait tous deux en une entreprise commune dont la réussite mobiliserait l'énergie et les efforts de chacun tandis qu'ils éprouvaient le sentiment que personne ne pourrait s'opposer à leurs desseins : ils avaient maintenant les coudées franches pour les conduire jusqu'à leur terme.

L'installation de Pierre à Laguiole bouleversa leur quotidien et leurs habitudes. Dès la fermeture de la fabrique, ils rejoignaient le deux-pièces où ils partageaient le dîner que leur préparait Charlette puis ils prolongeaient leurs discussions de la journée avant d'évoquer leurs prochaines escapades dans la campagne et la préparation du mariage. L'horloge de l'église Saint-Mathieu égrenant les douze coups de minuit, ou la fatigue les ramenait à la réalité. Ils écourtaient la veillée et Pierre raccompagnait la jeune femme jusqu'à l'entrée de sa maison. Chaque semaine, ils retrouvaient la montagne des Delagnes et son refuge de basalte que l'équipe des vachers avait libéré le 13 octobre. Le samedi, ils n'attendaient pas l'heure de l'angélus et le départ des ouvriers pour s'éclipser : ils prenaient le chemin de Saint-Urcize en milieu d'après-midi. La lumière déclinait rapidement à cette saison mais, dès leur arrivée, ils pouvaient encore s'aventurer dans les drailles pour une promenade avant le crépuscule. Ils regagnaient ensuite la demeure des buronniers où une flambée répandait un parfum de sous-bois tout en chassant l'odeur de renfermé et la fraîcheur. Dans la cheminée, ils grillaient des châtaignes qu'ils croquaient en fredonnant des chansons et en dégustant une bolée de cidre. Ils ressentaient toujours le même plaisir à reprendre possession de ce bâtiment dont la rusticité et l'austérité les réjouissaient. En pleine nature, ils se sentaient protégés des regards indiscrets tandis que l'isolement leur permettait, pendant quelques heures, d'échapper à leurs préoccupations. Installés devant les flammes qui s'attaquaient vaillamment à une vieille souche, les soucis et le temps ne comptaient plus. Lorsqu'ils avaient assouvi l'ardeur qui dévorait leur corps, Mathilde se pelotonnait dans ses bras et ils s'endormaient en entremêlant leurs rêves.

Ils retournèrent également dans les pâturages du Causse qui baignaient dans des senteurs de genièvre ; ils fréquentèrent les auberges qui organisaient des matinées dansantes le dimanche ; ils commandèrent dans un magasin spécialisé de Saint-Flour un équipement confortable et moderne pour que Pierre profite des plaisirs de la neige à l'occasion des belles journées d'hiver mais, toutefois, ils espéraient que les campagnes ne blanchiraient pas avant le 15 décembre pour que les travaux avancent au champ d'Hortense. Un dimanche, ils poussèrent jusqu'à Nasbinals où la jeune femme souhaitait le présenter à sa famille maternelle avant de l'entraîner dans le souvenir de ses vacances lozériennes. Il ne subsistait que les planches à demi pourries des cabanes qu'une bande de joyeux gamins avait construites autrefois au milieu du bois de hêtres et de sapins attenant à l'auberge.

– Dans quelques années, nos enfants les rebâtiront peut-être lorsqu'ils retrouveront leurs cousins ! l'assura-t-elle. Nous y étions tellement heureux que nous y emportions le goûter pour ne pas revenir à la maison en pleine après-midi… C'était l'époque où je dévorais des romans d'aventures ; je m'imaginais que nous étions des naufragés. Comme Robinson !

Elle l'accompagna jusqu'aux portails d'entrée de la maison de Gaspard qui avait souvent alimenté leurs conversations pendant les journées difficiles qui avaient succédé à la faillite de la banque millavoise et qui appartenait dorénavant à un limonadier parisien. Ils admirèrent la demeure bourgeoise, aux moellons de basalte, grâce à laquelle ils avaient préservé l'avenir de la fabrique. Dans son enfance, des locataires l'occupaient et Mathilde avait toujours regretté de ne pouvoir y pénétrer ! Depuis que sa cadette avait manifesté l'intention de s'y installer dans quelques années pour y séjourner à l'occasion des vacances, elle s'était réjouie de penser qu'ils s'y retrouveraient bientôt en famille, que ses enfants et ses neveux prendraient sa revanche en chahutant dans les escaliers. Les événements en avaient décidé autrement. Toutefois, elle ne ressentait aujourd'hui aucune nostalgie à renoncer à ses projets. Mieux ! Elle était persuadée que l'arrière-grand-père Gaspard, à la réputation généreuse comme le rappelaient quelques anciens de Nasbinals, l'approuvait. En ce dimanche de novembre, au cimetière paroissial où ils se recueillirent devant sa tombe avant d'y déposer un bouquet de fleurs, la jeune femme s'engagea à ne pas le décevoir.

Le 22 novembre, Pierre regagna la capitale où il prévoyait de rencontrer leurs détaillants en coutellerie, sa clientèle habituelle de limonadiers et d'amateurs de porcelaines de Limoges. Dans ses mallettes, il emporta un laguiole que Mathilde souhaitait réserver aux sommeliers pour déboucher les bouteilles ; il envisageait de le présenter à des maîtres d'hôtel pour connaître leur opinion et prendre en compte leurs critiques avant qu'elle ne le fabrique. Mais il comptait également effectuer un déplacement à Thiers où des industriels avaient accepté de le recevoir : il cherchait toujours de l'outillage de coutellerie pour équiper la manufacture. Depuis des semaines, il multipliait les démarches auprès des responsables des chambres consulaires et du tribunal de commerce de Thiers pour connaître les maisons qui avaient l'intention de liquider leurs machines. Il avait obtenu un rendez-vous pour le 30 novembre auprès de trois patrons et il débordait de confiance.

– Nous avons nos chances ! Les difficultés persistent dans la coutellerie industrielle ; les acheteurs ne se bousculent pas et les banques réclament leur argent aux entreprises qui traversent une situation délicate. Certaines ont diminué leurs effectifs ; elles sont prêtes aujourd'hui à se séparer d'une partie de leur matériel pour échapper à la faillite…

Par avance, la jeune femme espérait que les résultats de ses entrevues correspondraient à ses souhaits ; elle était disposée à effectuer un voyage de deux jours dans le bassin thiernois pour examiner le matériel puis engager des pourparlers.

Le 30 novembre, au début de la soirée, il l'appelait de Thiers pour annoncer la nouvelle qu'elle attendait :

– Tu pourras peut-être t'équiper !

Edmond Fontanier cherchait un repreneur pour son entreprise qui fabriquait, découpait et estampait les fournitures destinées à la coutellerie fermante.

– Y compris le laguiole !

Confronté à d'importants déboires financiers, il avait licencié son personnel au printemps. Depuis, les machines demeuraient silencieuses mais il avait accepté de les actionner.

– Elles tournent comme une horloge…

Cependant, Edmond Fontanier n'entendait rétrocéder son équipement qu'à un industriel susceptible d'acheter le bâtiment et d'embaucher à nouveau ses ouvriers.

– Quelle exigence ! s'exclama Mathilde.

À l'évidence, ils n'arriveraient pas à un accord.

– Je ne deviendrai jamais thiernoise.

Modérant sa déception, il évoqua longuement leur discussion pour esquisser le caractère d'Edmond Fontanier qu'il comparait à Baptiste : un homme travailleur et compétent dont les manières bourrues cachaient de la sensibilité. Tous deux appartenaient à la génération qui avait combattu dans les tranchées.

– Sa fabrique ? C'était sa seconde famille. Comme Baptiste. Il y passait ses journées jusqu'à une heure avancée ; il bichonnait ses machines le dimanche… Il essayait de concevoir des couteaux originaux qui remplissent aujourd'hui une caissette dans son bureau… En moins d'une année, la dégringolade ! Une baisse en cascade des commandes ; des factures impayées et des fournisseurs impatients… Il a congédié ses employés et il a échappé de justesse aux huissiers en bradant une propriété de famille… Il a ressenti la fermeture comme un coup de poignard et un déshonneur. C'est un homme malheureux : il pleurait comme un gamin en me racontant ses malheurs…

Ses révélations la touchèrent ; elles paraissaient confirmer qu'il ressemblait, sur beaucoup de points, à Baptiste. « Il éprouverait aujourd'hui les mêmes sentiments si la déconfiture de la banque millavoise nous avait obligés à débaucher tout le personnel ! en déduisit la jeune femme. Y compris notre contremaître malgré sa compétence et son ancienneté. » L'infortune et le désarroi de cet homme l'émouvaient. Que proposer à Edmond Fontanier ? Elle était toujours décidée à acheter ses machines et elle pensait qu'il pourrait les déménager dans l'Aveyron puis peut-être s'installer à Laguiole dès l'automne 1935 pour apprendre aux nouveaux employés comment chauffer les crampons dans les fours et les travailler au marteau mécanique comme les « métallos », marquer les lames, découper les platines, guillocher les ressorts.

– Nous aurons besoin d'un homme d'expérience !

– S'établir à Laguiole ? Il refusera.

– On peut toujours le lui proposer.

– Il ne quittera jamais son quartier.

– Il changera peut-être d'opinion…

– Cela m'étonnerait mais ce serait une vraie chance pour nous.

Il pressentait tout au moins qu'elle parviendrait à le persuader d'emporter son outillage à Laguiole en acceptant de l'écouter, en déployant des trésors de diplomatie, en fournissant les preuves de ses compétences, en expliquant sa démarche.

– Tu y réussiras sûrement ! Il a une obsession : il aimerait que ses machines tournent à nouveau…

Il l'avait convaincu de le recevoir à nouveau dans trois jours, le 3 décembre, en compagnie de Mathilde.

– Ne tardons pas ! Nous le regretterions peut-être. Il prétend que deux industriels auvergnats s'intéressent à sa fabrique…

Il suggéra à la jeune femme de le retrouver à Clermont dès le lendemain, samedi 1er décembre, puis de consacrer leur matinée de dimanche à présenter ses laguioles dans des coutelleries de la capitale auvergnate avant de prendre un express pour Thiers.

– Excellent programme ! répondit-elle aussitôt en approuvant son initiative. Le temps de préparer mon bagage et je m'installe dans le premier autobus pour Saint-Flour !

Bien que le contremaître affirmât que la neige les épargnerait avant Noël, elle préférait redoubler de précautions pour rejoindre Clermont en choisissant l'autocar de Laguiole à Saint-Flour plutôt que la voiture ; c'était plus prudent à cette saison.

Le lendemain, un autobus des Rapides Saintflorains la conduisit jusqu'à la sous-préfecture cantalienne en deux heures de parcours inconfortable et interminable pour une soixantaine de kilomètres ! Le chauffeur s'arrêtait souvent dans des villages pour décharger des paquets et en emporter pendant que des passagers descendaient ou montaient. Ils n'atteignirent Saint-Flour qu'à 13 heures et la jeune femme déjeuna dans une auberge attenante aux entrepôts de la compagnie pour emprunter l'express de 14 heures qui l'emmènerait à Clermont-Ferrand. La machine serpenta à travers les montagnes du Cantal et de la Haute-Loire avant de parvenir dans la capitale de l'Auvergne après trois heures de voyage. Pierre l'attendait au milieu du brouhaha. Dès son arrivée de Thiers, dans la matinée, il avait réservé une chambre dans le quartier. Malgré la fatigue de la journée, Mathilde rayonnait. Il la souleva par la taille devant les manœuvres stupéfaits avant de l'embrasser.

– Dépêchons-nous ! murmura-t-elle.

Il pleuvait maintenant mais elle ne songea même pas à ouvrir son parapluie qui les aurait protégés de l'averse. Ils coururent en direction du *Terminus*, pénétrèrent en trompe à la réception puis ils s'engouffrèrent dans l'escalier sous le regard interdit du patron. Ils grimpèrent jusqu'au second et, l'instant suivant, ils s'écroulaient dans les fauteuils de leur chambre sans même prendre le temps de refermer la porte. Essoufflés ! Transpirants ! Leurs chaussures, leur chapeau et leur manteau ruisselaient pendant que leurs pommettes dégoulinaient. Dans la précipitation, ils arrachèrent presque leurs vêtements pour disparaître sous les couvertures jusqu'à l'heure du dîner.

Comme convenu, ils consacrèrent la matinée du lendemain à proposer un éventail de laguioles à des couteliers du quartier de Jaude. En complément des modèles ordinaires que Pierre avait l'habitude d'emporter dans ses mallettes, Mathilde avait apporté quelques ouvrages de prestige pour qu'ils puissent découvrir ses qualités d'artisan.

– Et une sensibilité de femme ! avait-elle glissé à Pierre.

Ils observèrent les sculptures à la loupe puis les guillochages avant de reconnaître sa capacité à transformer des couteaux en œuvres d'art à la manière de Nicolas Crocombette.

– Vous le pensez réellement ? demanda-t-elle.

Depuis des années, le dimanche après-midi lorsqu'un succès de Catherine Hessling ou d'Orane Demazis l'amenait à Espalion, Mathilde ne manquait jamais de s'attarder devant la boutique de la famille Salettes qui exposait des laguioles de l'artisan thiernois dont elle admirait les talents.

– Vous pourriez sans problème vous comparer à Nicolas ! affirmèrent-ils.

Comme ils le côtoyaient souvent à Clermont, ils l'appelaient familièrement par son prénom.

– Vous vous imposez les mêmes exigences pour fabriquer vos couteaux.

Parmi leurs points communs, ils soulignèrent la maîtrise de la technique, l'originalité de la décoration et la finesse de l'exécution.

– Vous avez de la magie dans les doigts.

Ils l'encouragèrent sans flagornerie.

– Continuez ainsi !

Leurs commandes la réconfortèrent également. En cet instant, elle souhaitait que les membres du jury du concours du Meilleur Ouvrier de France remarquent les mêmes qualités dans son ouvrage pour la sélectionner pour les secondes épreuves qui se dérouleraient la dernière semaine de décembre dans les bureaux parisiens de la Fédération des chambres des métiers. Le règlement prévoyait que quatre maîtres renommés interrogeraient les candidats retenus à propos de l'histoire de la coutellerie, des techniques de fabrication, des innovations, des matériaux, de l'outillage, des modèles régionaux, des couteaux les plus courants en Europe. Depuis le début de l'automne, elle complétait ses connaissances en épluchant scrupuleusement les trois volumes de l'ouvrage que Camille Pagé avait consacrés à la coutellerie depuis la préhistoire jusqu'au XIXe siècle. La référence des couteliers ! Par avance, elle redoutait de manquer de temps pour digérer cette « somme » jusqu'à son dernier chapitre…

Ils rejoignirent la capitale française de la coutellerie au milieu de l'après-midi en empruntant l'express qui conduisait de Clermont jusqu'à Saint-Étienne. À leur arrivée, il persistait à pleuvoir d'une manière soutenue tandis que les maisons aux toitures rouges disparaissaient dans le brouillard. La lumière déclinait doucement. C'était lugubre. La jeune femme frissonna sous son parapluie en traversant des ruelles sombres et désertes qui menaient à l'hôtel de l'Univers où ils avaient réservé ; elle préférait sans hésitations les clairières de Laguiole dans la froidure de décembre, malgré leur dénuement que beaucoup détestaient. Elle ne changea pas d'opinion le lendemain en découvrant les quartiers de la ville qui dévalaient jusqu'au Creux de l'Enfer. Ils baignaient dans d'épaisses fumées qui picotaient les yeux et la gorge ; ils résonnaient d'un tintamarre qui assourdissait les passants de la première heure de la journée jusqu'au crépuscule ; ils exhalaient des odeurs de résine chaude, d'huile bouillante et de corne brûlée qui s'incrustaient même dans les vêtements ; ils rassemblaient des dizaines de bâtiments aux fenêtres immenses et aux murailles noirâtres qui ressemblaient à des casernements. Elle n'avait pas ressenti la même impression dans la Haute-Marne, à Nogent, où les entreprises de coutellerie demeuraient modestes.

Edmond Fontanier les attendait devant sa fabrique, les mains fourrées dans les poches de son pantalon, le regard accroché au chemin caillouteux que ne fréquentaient plus son personnel ni les camions de livraison mais qu'il continuait à entretenir. Chaussé de galoches montantes comme beaucoup de paysans et d'artisans des campagnes du Massif central, il s'était équipé d'un chapeau et d'une vareuse pour affronter l'averse. Gonflée des pluies des journées précédentes, la Durolle rugissait en contrebas dans des gerbes d'écume.

– Elle est déchaînée comme le diable ! souffla-t-il.

Puis il les précéda dans son bureau où ronronnait un poêle. Ils enlevèrent leur manteau avant de s'installer devant le foyer et d'engager la conversation autour des caprices de la rivière tandis qu'il préparait de la chicorée. Ils apprécièrent cette attention avant de découvrir les deux niveaux du bâtiment, de s'attarder devant chaque machine et d'écouter ses explications au milieu d'une température réfrigérante. Quelle flamme ! Mathilde grelottait dans ses bottines humides mais elle l'interrompit pour demander des précisions. Il s'appliqua à répondre à sa curiosité et elle se revit dans la maison Lecollier de Nogent, en présence de son maître, puis elle pensa avec plaisir qu'elle avait encore à apprendre.

Comme il occupait ses journées à actionner des marteaux et des meules, à contrôler des courroies, à démonter et à remonter des mécanismes, à promener sa burette d'huile dans le moindre engrenage, Edmond Fontanier possédait un excellent outillage ; il le souligna fièrement.

– C'est étonnant, n'est-ce pas ?

Ne manquaient que des forgerons, découpeurs et émouleurs pour accomplir la gestuelle des couteliers.

Elle reconnaissait que c'était exceptionnel dans une entreprise au lendemain d'une déconfiture financière.

– C'est un avantage pour l'acheteur ! indiqua-t-il en tortillant sa moustache blanche entre ses doigts maculés de graisse.

Il considérait également que les nouveaux propriétaires de la manufacture auraient la possibilité d'embaucher dans la région du personnel compétent : ses anciens ouvriers chômaient dans leur majorité depuis le printemps.

– Si c'était nécessaire, nous pourrions reprendre la production dans la semaine… Elle se contenta de sourire.

– Et si vous le souhaitiez, je pourrais vous seconder pendant quelques semaines…

Mathilde détourna la conversation pour ne pas le braquer ni le décevoir ; elle ne comptait présenter ses propositions qu'après leur passage dans les ateliers.

Lorsque les sirènes des usines retentirent, ils avaient exploré seulement le premier niveau du bâtiment. Ils convièrent Edmond Fontanier à prolonger les discussions et à partager leur déjeuner dans un restaurant que Pierre connaissait dans le quartier du marché couvert. Ils remontèrent le chemin escarpé qui desservait le Creux de l'Enfer. Il avait cessé de pleuvoir mais le ciel restait menaçant. Autour d'un chateaugay qui détendit l'atmosphère, l'industriel leur raconta l'histoire des couteliers du Creux de l'Enfer, son apprentissage auprès d'un maître de la maison Maucourt, la modernisation de sa manufacture avant-guerre, ses déboires. Il n'avait pas terminé ses confidences que la patronne débarrassait les tables voisines. Il était déjà 14 heures. Ils renoncèrent à cette ambiance chaleureuse pour affronter à nouveau l'averse.

Lorsqu'elle retrouva le bâtiment aux plafonds sombres où les moindres bruissements résonnaient de manière curieuse comme dans un sépulcre, Mathilde éprouva l'impression de découvrir un « cimetière » de machines. En le parcourant, elle imagina aussitôt les marteaux mécaniques, les découpoirs et les meules dans sa nouvelle coutellerie à Laguiole. Puis les hommes à l'ouvrage ! Ils achevèrent l'inventaire de l'outillage dans la pénombre avant de rejoindre le bureau où elle exposa ses projets pendant près d'une heure. Pour le convaincre, elle avait emmené des laguioles de prestige qu'elle avait fabriqués, quelques reportages que les journaux avaient consacrés à ses couteaux mais également des esquisses de la manufacture qui mentionnaient la disposition des machines. Il l'écouta d'une oreille attentive avant de se gratter les cheveux de la pointe de son crayon et de grimacer :

– C'est très intéressant et courageux mais il m'est impossible d'accepter vos propositions…

Il évoqua son attachement au Creux de l'Enfer, ses bonheurs d'enfance et ses souvenirs familiaux dans le quartier, la demeure aux murailles épaisses que les Fontanier habitaient depuis sept générations à l'ombre de l'église Saint-Genès, l'enracinement de son épouse dans la vallée de la Durolle, les tombes à entretenir dans les cimetières des alentours. Même si les projets de Pierre et de Mathilde le séduisaient, il craignait avant tout de ne pas supporter le déménagement.

– C'est m'arracher à l'Auvergne…

– Et l'occasion de transmettre votre savoir ! coupa-t-elle.

– Sûrement mais…

Sans relâcher la pression, elle enchaîna :

– Les machines tourneraient sous votre direction…

– Et elles ne deviendraient jamais des pièces de musée que personne n'utiliserait ! affirma Pierre.

Il admettait la pertinence de leurs arguments mais il demeurait intransigeant.

– C'est impossible.

Pour ne pas les froisser, il consentit toutefois à en débattre en compagnie de son épouse dans le courant de la soirée avant de prétendre qu'elle refuserait :

– Julienne n'a jamais voyagé ; elle ne connaît pas Clermont… L'Aveyron et Laguiole ? C'est…

– C'est encore dans le Massif central ! plaisanta Mathilde. On y trouve des montagnes et des anciens volcans, des troupeaux, des fromages et des couteaux comme en Auvergne…

Puis elle ajouta :

– Laguiole a son charme ! Essayez de la convaincre.

Ils retournèrent à l'*Univers* dans l'obscurité tout en pataugeant dans les flaques du chemin. Mathilde ne cacha pas sa déception mais elle considérait que les hésitations d'Edmond Fontanier étaient légitimes.

– À son âge, on ne quitte pas facilement sa ville, son usine et ses souvenirs pour une autre vie : il faut beaucoup de courage.

– C'est un homme pondéré ; il discutera de nos propositions avec son épouse ; ils réfléchiront…

Pierre était persuadé qu'il ressentait des tiraillements en dépit des apparences ; il avait observé que ses yeux pétillaient en examinant les ébauches de la manufacture et qu'il s'était autorisé des commentaires quant à la répartition des « métiers » dans les nouveaux bâtiments puis le montage manuel des laguioles. Ses remarques pertinentes semblaient montrer qu'il éprouvait bien la tentation de participer à une fabrication traditionnelle de couteaux associant d'une manière intelligente l'expérience des maîtres de l'artisanat et la modernité.

– C'est une aventure originale qui le changerait de sa routine ! Il pourrait nous apporter plus qu'il ne l'imagine : il a du métier et un esprit créatif.

Mathilde partageait son analyse mais elle avait conscience de la vulnérabilité d'un homme que des déconvenues financières, le licenciement du personnel, la fermeture d'une affaire centenaire et l'inactivité soudaine avaient beaucoup affecté. Elle pensait que l'amertume et la mélancolie l'empêchaient de percevoir lucidement les réalités. Refusant d'admettre que la coutellerie connaissait des difficultés, il demeurait persuadé qu'un industriel providentiel reprendrait la fabrique dans les prochains mois. Quelle illusion ! La récession continuait à entraîner des cessations d'activités à Thiers, à Nogent et à Langres. Mathilde redoutait qu'Edmond Fontanier ne saisisse pas cette chance de prendre un nouveau départ.

– Il y réfléchira ! l'assura Pierre.

Elle s'inquiétait qu'il n'ait pas l'énergie nécessaire pour renoncer à ses habitudes et à ses convictions, entraîner son épouse jusqu'à Laguiole.

– Quel dommage ! C'est vraiment l'homme, l'expérience et le matériel dont nous avons besoin.

Lorsqu'ils retrouvèrent la réception de l'*Univers*, on approchait de 19 heures. Fatigués et frigorifiés, ils regagnèrent leur chambre où ils enlevèrent aussitôt leurs chaussures que Pierre entreprit de nettoyer : elles étaient maculées d'une couche de « chocolat », le mélange de limaille et de poudre de meulage dont les industriels recouvraient les chemins. Les muscles endoloris, la jeune femme s'allongea sur la couverture avant de s'assoupir. Il la regarda amoureusement : sa poitrine se soulevait à intervalles réguliers. Elle paraissait déjà plus détendue que tout à l'heure comme si elle envisageait soudain une conclusion heureuse aux tractations. Dès qu'elle se réveilla, il l'embrassa tendrement puis il s'attacha à restaurer sa confiance : ils poursuivraient leurs démarches dès le lendemain auprès des deux industriels que le secrétaire général de la chambre de commerce leur recommandait également.

– Je te promets que nous ne repartirons pas bredouilles et que nous réussirons à les convaincre qu'ils peuvent nous vendre leur matériel en toute confiance…

Son optimisme soulevait l'admiration de Mathilde : il réagissait comme s'il avait grandi dans le monde du couteau et il s'associait pleinement à toutes ses initiatives. En l'écoutant, elle songea à la manière dont il aurait assumé la gérance d'une brasserie ou d'un restaurant de la capitale. « Brillamment ! supposait-elle. C'est un homme audacieux… » C'étaient ces qualités qui l'avaient séduite.

Ils dînèrent au restaurant attenant à la réception, désert en cette soirée pluvieuse. Une vieille souche flambait dans l'immense cheminée. Ils apprécièrent la tranquillité et les spécialités de la maison. Installés devant le feu de bois, ils évoquèrent ensuite l'avancement des préparatifs de leur mariage tout en dégustant une liqueur.

Soudain, la patronne les interrompit :

– Monsieur Fontanier vous demande.

La pendule du restaurant indiquait 23 heures.

– À cette heure ?

– Il prétend que c'est important.

L'instant d'après, Edmond Fontanier bredouillait des excuses pour sa visite aussi tardive mais il était pressé de leur annoncer qu'il acceptait d'emmener son matériel à Laguiole et d'y emménager en compagnie de son épouse.

– Vous déménageriez ? s'exclama Mathilde, incrédule.

Edmond Fontanier répondit par un hochement du menton tout en tortillant son chapeau.

Dans l'euphorie, elle l'embrassa.

– Formidable !

L'industriel reconnut que son épouse avait enlevé sa décision en employant les mêmes arguments que Mathilde. Depuis le printemps, elle s'appliquait à l'arracher à ses chimères. Sans succès.

– Je n'aurais pas pensé qu'elle me pousserait à préparer nos bagages pour nous installer dans l'Aveyron…

Julienne l'avait libéré de ses scrupules en lui présentant la réalité d'une situation sans espoir et il en éprouvait du soulagement.

– Mais nous vous proposons également, si vous êtes d'accord, de nous accepter comme associés !

– Vous accepter comme associés ? dirent-ils ensemble tant ils étaient étonnés par la proposition.

– Les machines remplaceraient, dans le capital de la fabrique, les milliers de francs que nous n'avons plus… Vous n'auriez pas un centime à débourser ! Ce qui vous arrangerait sûrement… Et comme vous cherchez un contremaître, je reprendrais du service pendant quelques années… Vous êtes jeunes, vos projets nous plaisent et vous voulez percer… Je possède de l'outillage et de l'expérience… On pourrait tout mettre en commun ! Nous avons confiance en vous… Vous n'avez pas essayé de me bluffer par de beaux discours. Ni même de me tromper ! Julienne a raison : c'est l'occasion ou jamais de changer de vie en participant à votre aventure qui promet d'être passionnante et de ne pas terminer notre vie professionnelle sur un échec. Vous m'avez redonné du punch : il me tarde déjà de démonter les machines pour les transporter à Laguiole et de les voir tourner à nouveau. La chance ne nous a pas servis ces dernières années mais nous sommes sûrs qu'elle nous sourira à Laguiole… Grâce à vous !

Gagnée par l'émotion, Mathilde l'embrassa. Elle reconnaissait que cette décision était audacieuse, que les Fontanier avaient du courage pour s'arracher à leurs racines et à leur fabrique, pour reconstruire leur existence ailleurs à l'approche de la soixantaine. Le remerciant chaudement pour cette proposition inespérée, elle souligna :

– Nous avions besoin d'un associé de votre étoffe mais nous n'avions jamais imaginé que nous croiserions son chemin ! Dans une période de difficultés, c'est tellement rare de rencontrer un homme qui souhaite prendre des risques. Surtout après une épreuve pénible. Grâce à vos conseils, à vos relations, à votre savoir-faire, nous aurons tous les moyens pour réussir…

Malgré l'heure, ils continuèrent leur discussion devant un verre dans le salon de l'hôtel. Mathilde l'invita à passer quelques jours à Laguiole en compagnie de sa femme au printemps prochain dès l'apparition des premières narcisses dans les prairies du plateau ; ils pourraient découvrir les travaux de la nouvelle coutellerie, la fabrication artisanale de leurs laguioles, la beauté des clairières dans la fraîcheur d'une matinée ensoleillée, les pâturages, leurs murets de pierres et les burons.

– Pas d'usines ! Pas de fumées ! Pas de sirènes !

– Mais c'est toujours le Massif central ! compléta Pierre d'une pointe d'humour.

Quant à Edmond, il souhaitait qu'ils partagent leur déjeuner du lendemain.

– Julienne aimerait vous rencontrer, tous les deux, avant que vous ne quittiez Thiers.

Disposé à s'investir pleinement dans leur projet, il suggéra de s'occuper après leur départ de rassembler le matériel dont il ne disposait pas pour le polissage et le montage des laguioles mais dont il était essentiel d'équiper la manufacture. Il avait retrouvé son énergie au point de négliger les réactions d'hostilité auxquelles il s'exposerait désormais.

– Certains m'accuseront de trahison ! Qu'importe…

– Quelle trahison ? protesta Mathilde.

– M'installer à Laguiole.

– Quelle affaire !

– Je ne défendrai plus les traditions auvergnates et j'enlèverai des commandes à des maisons thiernoises…

– C'est de bonne guerre.

Elle fit remarquer que personne à Thiers ne s'était intéressé à son outillage depuis le printemps.

– Ni à vos compétences ! Personne ne vous a proposé une association ni même une embauche…

Il en convenait tandis qu'elle enchaînait :

– Ne vous préoccupez pas des mesquineries ! Pour vous et pour nous, il y a plus important. À Laguiole, vous continuerez à défendre l'héritage de la coutellerie !

21

Une heureuse surprise les attendait, à leur arrivée à Laguiole, le mercredi 5 décembre dans l'après-midi. Le facteur avait déposé pour Mathilde un courrier du secrétariat du concours du Meilleur Ouvrier de France. Elle embrassa ses parents puis le décacheta d'un doigt nerveux sans prendre le temps d'enlever son chapeau et son manteau. Elle explosa aussitôt de bonheur : les maîtres couteliers l'avaient sélectionnée. Quelle fierté ! Depuis la création du concours en 1924, aucun laguiolais n'y avait participé. C'était un événement. Pierre l'entraîna dans une danse endiablée au milieu de la salle à manger pendant que Blanche et Clément la félicitaient. Heureux, ils pensaient toutefois à Baptiste, leur contremaître, qui avait contribué à développer sa passion au cours de ses années d'adolescence.

– Tu le re-mer-cie-ras ! souffla son père.

Elle téléphona à Élodie et à Gontran puis se précipita jusqu'à la fabrique pour prévenir les employés qui l'accueillirent sous des tonnerres d'applaudissements.

Après l'avoir fait asseoir, ils soulevèrent ensuite son siège pour la porter en triomphe et la promener à travers le bâtiment sous le regard amusé de Pierre. Une fierté légitime les animait ! Depuis des semaines, ils étaient convaincus qu'elle accéderait aux secondes épreuves.

– C'était une évidence ! affirmait Octave.

Ils considéraient aujourd'hui que cet honneur rejaillissait sur tout le personnel.

– Et l'ensemble des Laguiolais ! surenchérit le contremaître.

La jeune femme modéra leur emballement. Le 28 décembre, les membres du concours réuniraient les candidats à Paris ; ils les interrogeraient longuement avant de délibérer puis d'attribuer les diplômes. Elle ne disposait que de trois petites semaines pour parfaire ses connaissances.

Pour qu'elle puisse y parvenir dans les meilleures conditions, Blanche, Pierre et Baptiste allégèrent ses journées. Ils permirent à Mathilde de préparer son examen de manière soutenue sans négliger les exigences de la clientèle et l'avancement du chantier de la manufacture que surveillait Pierre. Grâce à un temps automnal, les équipes de maçons s'activèrent sans rencontrer de contretemps ni d'embûche. Leur contremaître respecta la parole de l'entrepreneur. Il réussit à remplir son contrat au point que les fondations et les dalles des ateliers étaient achevées le samedi 15 décembre ; il en ressentit du soulagement. Mathilde partagea d'autant plus sa satisfaction que les températures baissèrent dès la semaine suivante, obligeant les ouvriers de la région à remiser leur matériel jusqu'au printemps. Elle souhaitait maintenant que le mauvais temps les épargne pour qu'elle puisse rejoindre sans encombre la capitale le 26 décembre en compagnie de Pierre. Baptiste, qui observait les caprices du ciel pendant les douze journées des calendes et qui consultait sans cesse les almanachs, prétendit que la neige ne tomberait pas avant le changement de lunaison le 8 janvier. Elle n'avait pas encore blanchi la campagne le 25 décembre, permettant aux Chauchard de recevoir Juliette, Norbert et leurs deux enfants comme les années précédentes. Ils trouvèrent Mathilde fatiguée et anxieuse : elle semblait absente tandis qu'elle mangea sans appétit. Les secondes épreuves du concours approchaient. Certes elle avait parcouru les trois tomes de l'ouvrage de Camille Pagé mais elle craignait de confondre le couteau de brèche et le couteau de vénerie, le couteau de filetier et le couteau de matelot. Pierre la gronda gentiment :

– Tu pinailles et tu veux trop en faire !

Il estimait que Mathilde connaissait l'essentiel de l'histoire de la coutellerie et de ses évolutions techniques pour l'avoir interrogée à propos de ces thèmes, à sa demande, pendant ses révisions auxquelles elle avait consacré des soirées entières.

– Tu baignes dedans !

Le lendemain, en l'embrassant devant l'autobus des Rapides Saintflorains qui l'emmenait en compagnie de Pierre à Saint-Flour pour prendre l'express, Blanche insista encore :

– N'y pense plus : détends-toi !

C'était une journée glaciale. Le train les déposa à minuit dans une capitale qui grelottait depuis une semaine.

– C'est la Sibérie ! plaisanta Pierre à sa descente du compartiment, lorsqu'ils arrivèrent à la gare de Lyon. Prévoyante, elle avait emporté une fourrure et un chapeau à bordures rabattues qui protégeait ses oreilles.

Après l'avoir embrassée, Élodie s'attacha à son tour à la mettre en confiance :

– Ils ne pourront pas te piéger : tu es une trop bonne professionnelle.

Ils rejoignirent sans plus attendre l'appartement de Gontran et d'Élodie qui les accueilleraient pendant leur semaine parisienne, découvrant au passage les décorations des grands magasins et les illuminations des boulevards. Autour d'une collation, Mathilde retrouva quelques couleurs et de l'énergie après la fatigue du voyage, puis les deux sœurs échangèrent des nouvelles de Laguiole et de leur famille jusqu'à une heure tardive. Le lendemain, Mathilde ne s'éveilla qu'à l'approche du déjeuner. La pendule égrenait les douze coups de midi tandis que le soleil illuminait sa chambre d'une lumière douce à travers les rideaux. Le marché de la place n'avait pas troublé son sommeil : elle était angoissée mais en pleine forme. Lorsqu'elle manifesta l'intention de consacrer son après-midi à des révisions pour les épreuves du lendemain, Pierre l'en dissuada :

– Ne te soucie plus de tes cahiers !

Il considérait qu'elle avait préparé son concours d'une manière intensive depuis des semaines et qu'elle pouvait s'accorder des moments de détente.

– Vraiment ? s'inquiéta-t-elle.

Balayant ses scrupules, il la pressa de s'habiller :

– Nous sortons et tu oublies ton examen !

– Où m'emmènes-tu ?

– C'est une surprise ! répondit-il en souriant.

Ils passèrent l'après-midi dans les allées du jardin des Plantes qui résonnaient des exclamations et des galopades des enfants en cette journée de vacances scolaires. Ils explorèrent le labyrinthe, visitèrent les ménageries, s'attardèrent devant des volières pour essayer de distinguer l'aigle botté et le milan royal au milieu des rapaces qui occupaient les branches. Un employé leur distribuait de la nourriture ; il accepta de satisfaire la curiosité du couple mais le crépuscule interrompit leur discussion.

– C'était passionnant ! souligna-t-elle l'instant d'après au milieu de l'agitation du boulevard de l'Hôpital.

La jeune femme n'avait jamais imaginé qu'elle apprendrait, grâce à un gardien du jardin des Plantes, bien plus qu'après des années d'observation dans les clairières de Laguiole.

Ils regagnèrent le quartier de Saint-Sulpice où elle raconta ses découvertes à Élodie qui avait terminé son service à la réception de l'hôtel des Princes. Puis elle la pressa de questions à propos du programme des animations du Club.

– Tu te souviens de ta promesse de l'année dernière pour la Saint-Sylvestre ? demanda-t-elle à sa sœur.

En réponse, Élodie murmura à son oreille :

– Tu ne le regretteras pas ! Il flotte toujours la même liberté et la même ivresse dans Paris…

Pour l'heure, elle proposait de l'accompagner le lendemain à 8 heures devant l'immeuble qui regroupait dans le quartier de la Madeleine les bureaux de la Fédération nationale des chambres de métiers où les maîtres couteliers accueilleraient les candidats. Mathilde apprécia l'attention. À nouveau tenaillée par l'angoisse, elle craignait d'échouer pour des peccadilles. Cherchant à la rassurer, Élodie rappela les doutes qui l'avaient assaillie pour le passage du certificat d'études : elle confondait la Restauration et la Régence, les plissements hercyniens et les bassins sédimentaires, le passé antérieur et le plus-que-parfait.

– J'étais morte de peur !

Pourtant, elle avait obtenu brillamment son diplôme au point que la directrice s'était efforcée de la convaincre de continuer ses études à Espalion pour préparer l'examen d'admission à l'École normale mais elle n'était pas parvenue à infléchir sa décision. Mathilde avait l'impression, aujourd'hui, d'éprouver la même appréhension que les historiens, les géographes, les médecins, les géologues amenés à présenter les résultats de leurs travaux devant les meilleurs spécialistes de leur discipline. Même si les membres du concours avaient déjà remarqué ses capacités, elle redoutait leurs jugements pointilleux…

Pierre s'appliqua également à dissiper ses inquiétudes et ils parlèrent longuement après le dîner.

– Ne te tourmente plus ! Tu pourras répondre sans problème aux questions des examinateurs… Et comme tu te perfectionnes depuis des années et que tu cherches toujours à innover, il n'y a aucune raison pour que tu n'obtiennes pas ton diplôme !

Malgré ces assurances, elle dressa en se couchant un inventaire des thèmes difficiles que les maîtres de Langres, Nogent et Thiers pourraient proposer aux candidats. Puis elle s'endormit fort tard et s'éveilla au moment où la circulation des autobus reprenait sur le boulevard tandis que les éboueurs déversaient le contenu des poubelles dans la benne de leur camion tout en sifflant sous les fenêtres. Debout à 5 heures, elle paressa pendant un moment dans la salle de bains avant de passer un ensemble crème dont elle appréciait l'élégance et la sobriété ; elle entendait démontrer qu'une coutelière pouvait être coquette malgré les contraintes de sa profession. L'angoisse chevillée au corps, Mathilde ne goûta pas aux croissants que Pierre était allé chercher dans une boulangerie du boulevard Saint-Germain pendant qu'elle s'habillait ni au chocolat qu'Élodie avait préparé. Les mâchoires crispées, elle était incapable d'avaler même la moindre gorgée d'eau.

Boulevard Malesherbes, ils patientèrent pendant un moment devant l'immeuble de la Fédération nationale des chambres des métiers dans l'attente de l'ouverture des bureaux. Le froid glacial et le vent du nord les obligèrent bientôt à trouver refuge dans la brasserie la plus proche. Ils commandèrent une boisson chaude tout en surveillant la porte d'entrée de l'immeuble tandis que cinq hommes s'installaient à la table voisine autour d'un verre d'alcool. Ils s'exprimaient sans retenue et Mathilde comprit qu'ils arrivaient de la Haute-Marne pour participer aux épreuves du concours.

– Des couteliers de Nogent ! souffla-t-elle. Ou de Langres…

L'humeur hâbleuse, ils racontaient leur équipée nocturne dans les cabarets de Montmartre.

– Des noceurs ! commenta Élodie.

Les paupières lourdes de sommeil, les deux plus jeunes, qui approchaient la quarantaine, bâillaient de fatigue.

Ils s'attardèrent à la brasserie pendant que Mathilde, Élodie et Pierre remontaient le boulevard pour retrouver les bureaux de la Fédération. Ils ne la remarquèrent qu'au moment où la secrétaire les introduisit dans une bibliothèque dont la hauteur et la longueur des rayonnages impressionnaient : elle s'y trouvait déjà.

– Une femme au concours ? s'esclaffa un échalas en enlevant son chapeau.

– Une jeunette fringuée comme une cocotte de Montmartre ? s'exclama un rougeaud qui avait de la bedaine.

– C'est une coutelière d'opérette ! prétendit le troisième en la dévisageant d'une manière indiscrète.

Il observa son ensemble, son chapeau et ses gants de peau avant d'ajouter :

– Le couteau ? C'est un métier d'homme.

Elle encaissa mais ne répliqua pas.

Puis la secrétaire l'appela pour la conduire dans un bureau où l'accueillit un maître coutelier de Langres. C'était un homme d'une corpulence de forgeron, aux cheveux clairsemés et grisonnants, aux mains larges et rêches, au visage parcheminé. Il l'interrogea tout d'abord à propos de ses origines familiales, des raisons qui l'avaient poussée à prendre la succession de ses parents puis à fabriquer des laguioles, de son apprentissage en Haute-Marne, des difficultés techniques qu'elle rencontrait dans la production de couteaux de prestige pour satisfaire les exigences de la clientèle et de ses détaillants. Il commenta ensuite les qualités du modèle qu'elle avait présenté au concours en l'admirant à la lumière d'une lampe et il manœuvra la queue de la levrette qui permettait de le déverrouiller en toute sécurité.

– C'est très astucieux ! reconnut-il.

Les thèmes qu'elle avait approfondis pendant des semaines, en décortiquant l'ouvrage de Camille Pagé, constituèrent ensuite l'essentiel de leur entretien comme le prévoyait le règlement. Il la questionna longuement puis il multiplia les chausse-trappes mais la jeune femme ne trébucha pas. Ni à propos du damas ni de la technique de gravure qu'utilisaient les Esquimaux. Elle décrivit à la perfection les couteaux mythiques de la conquête de l'Ouest, les fameux Bowie Knife, puis les modèles « skinners » à la lame courbe et large que les trappeurs employaient au Canada pour dépouiller les animaux à fourrure. La diversité et la précision de ses connaissances l'étonnèrent. Depuis la création du concours, il n'avait jamais interrogé une femme.

– Ni même de candidat aussi savant.

Il la complimenta.

– Nous avons besoin de couteliers passionnés comme vous pour perpétuer et enrichir notre savoir-faire…

À 13 heures, le président du concours proclamait les résultats dans la bibliothèque où ils s'étaient retrouvés dès le début de la matinée. Souriante, Mathilde débordait de confiance : elle n'avait commis aucune erreur.

– Le diplôme ne peut pas m'échapper ! avait-elle expliqué à Élodie et à Pierre.

Elle le décrocha avec panache en s'attirant les félicitations des examinateurs.

– Laguiole a de la chance ! s'exclama le président dont tout le monde connaissait les origines thiernoises.

La performance apparaissait d'autant plus méritoire à la lecture du palmarès que les maîtres couteliers consentaient à n'admettre que deux postulants pour l'année 1934 : Mathilde et un coutelier de Saint-Rémy-de-Durolle, en Auvergne. Les cinq candidats de la Haute-Marne ne fanfaronnaient plus ! Déconfits, ils regrettaient leurs paroles désobligeantes en découvrant le superbe laguiole que le président ouvrait maintenant pour montrer les talents de la jeune femme. Sans rancune, ils s'excusèrent et la félicitèrent.

Mathilde baignait dans l'euphorie en savourant une coupe de champagne ; elle embrassa même le président et les membres du concours ! Cette reconnaissance symbolisait l'aboutissement d'une quinzaine d'années d'apprentissage, de tâtonnements, de perfectionnements et d'acharnement. Elle n'avait jamais renoncé malgré les moments de déception et les embûches. Maintenant qu'elle mesurait le chemin parcouru, elle songeait à ses parents : ils partageraient son bonheur. Par avance, elle imaginait que son père éprouverait le sentiment qu'elle avait accompli l'œuvre que l'accident et la maladie l'avaient empêché de terminer. Une heure plus tard, elle l'appela depuis l'hôtel des Princes et, avec l'aide de Blanche, il essaya de l'exprimer à sa manière en affirmant comme il le pouvait qu'elle avait fabriqué le plus beau laguiole des quatre générations de couteliers de la famille. Mieux ! Il réussit à lui faire comprendre qu'elle rétablissait « l'esprit de concours » qui avait toujours prévalu depuis l'année où Renaud Chauchard avait remporté à Marseille sa première médaille. Clément avait la certitude qu'elle ramènerait une récompense plus marquante encore du concours de l'exposition universelle que la France accueillerait en 1937.

– Et tu sur-pas-se-ras ton gra-nd-pè-re.

Mathilde pressentit qu'il lutterait contre la maladie pour assister à l'événement.

– Promis ?

Heureuse de le sentir si fier d'elle, elle s'y engagea.

Un tourbillon de festivités célébra le brillant succès de la jeune coutelière. Avec Pierre, ils dînèrent à *La Coupole* en compagnie de la famille Pouget tandis que les cousins Charrié organisaient une soirée rouergate en leur honneur ; ils dansèrent le slow-fox et le one-step dans un cabaret de Montparnasse ; ils applaudirent des musiciens américains au Club des Princes puis le spectacle de Mistinguett à *Bobino*. Le 31 décembre, grâce à Élodie, ils apprécièrent les nouvelles chansons de Marie Dubas et dégustèrent des huîtres au *Wepler* avant de swinguer jusqu'à l'aube au Club. À 7 heures, Gontran leur proposa une promenade à travers les avenues qui connaissaient toujours une animation exceptionnelle à l'occasion de la Saint-Sylvestre. Rassemblés autour d'une limousine qu'ils avaient décorée, des fêtards les arrêtèrent à un carrefour pour terminer une bouteille de champagne, esquisser un tango à la lumière d'un réverbère puis entonner des chansons à la mode. Ils s'amusèrent pendant une heure encore. Élodie exultait.

– Qu'est-ce que je te disais ? souffla-t-elle à sa sœur lorsqu'ils se quittèrent. Paris ne s'endort jamais…

Cette ambiance séduisait Mathilde. Son succès l'avait libérée des tensions qui s'étaient accumulées depuis des semaines : la jeune femme brûlait d'envie de découvrir les plaisirs parisiens en compagnie de l'homme qu'elle aimait…

Elle rencontra également ses détaillants. En apprenant qu'elle avait décroché le diplôme de Meilleur Ouvrier de France, certains s'empressèrent de commander des couteaux de prestige qu'ils refusaient jusqu'à présent de présenter dans leurs boutiques.

– Ils inventaient toujours des prétextes pour ne pas prendre de risques ! précisa Pierre.

– Et ils n'admettaient pas qu'une femme puisse fabriquer des modèles d'exception ! ironisa-t-elle.

– Ils avaient besoin de garanties…

– Qu'ils n'exigeaient pas des couteliers de Nogent, de Thiers ou de Langres !

– Peut-être…

– Sûrement.

Elle considérait que les femmes, peut-être plus qu'ailleurs, ne pouvaient s'imposer dans la coutellerie qu'en travaillant plus durement que les hommes et qu'en déployant une somme d'imagination pour démontrer leurs capacités à proposer des modèles originaux.

– C'est injuste et épuisant !

Elle était consciente désormais que son diplôme modifierait le comportement des coutelleries renommées.

– Ils ne m'ignoreront plus car ils pourront vendre des couteaux avec la signature de Meilleur Ouvrier de France.

– Même les Laguiolais changeront d'attitude…

– Certains ! rectifia-t-elle.

Certes elle s'attirerait les compliments des familles qui avaient l'habitude de fréquenter leur boutique, des Delagnes, de Tiburce Cassant et des notabilités de la commune mais elle redoutait que cette distinction, à nouveau, ne provoque des jalousies.

– Ne te t'en soucie pas ! rétorqua-t-il en balayant ses craintes. Notre chiffre d'affaires de l'automne est excellent ; le modèle que tu réserves aux sommeliers suscite de la curiosité et de l'intérêt… Nous pourrons le proposer dans le catalogue dès cette année… À ce propos, comment comptes-tu l'appeler ?

– Le laguiole du sommelier.

Il l'approuva en la regardant tendrement puis ajouta :

– Mais, pour nous, un événement surpassera la présentation du laguiole du sommelier et des autres nouveaux modèles…

– Notre mariage !

Ils y pensaient souvent. Gontran et Élodie avaient promis de leur réserver une surprise. Ils ne doutaient pas que cette journée les marquerait pendant longtemps : ils l'attendaient depuis cette première échappée hivernale qu'ils avaient partagée au cœur de la montagne enneigée.

Pendant que Pierre débutait une tournée des couteliers qui le conduirait à Limoges, à Bordeaux, à Toulouse, à Montpellier et à Marseille, l'express la ramena à Saint-Flour dans l'après-midi du jeudi 3 janvier 1935. Confirmant les prévisions du contremaître, la neige n'était pas tombée depuis la Noël mais la froidure et la grisaille persistaient. En attendant de s'installer dans l'autobus de Rodez, elle rejoignit le comptoir du *Terminus* pour y commander une boisson chaude. Après un voyage aussi interminable que la semaine précédente, le chauffeur la déposa enfin à Laguiole. La casquette bien enfoncée, les mains fourrées dans les poches de la canadienne, une cigarette aux lèvres, Baptiste battait la semelle devant l'auberge des Gentianes. Il l'embrassa avant de prendre ses bagages.

– Félicitations ! Quand ta mère nous a appris la nouvelle, tous les camarades t'ont applaudie. C'était émouvant ! Tu démontres aux « seigneurs » de la coutellerie qu'une Laguiolaise a autant de compétences et de qualités que les meilleurs des Thiernois. Les Auvergnats doivent enrager ; cela les rendra peut-être plus modestes.

Son succès au concours ne l'avait pas surpris.

– Depuis ton enfance lorsque tu bricolais des couteaux dans la fabrique, j'avais l'espoir que tu décrocherais un jour ce diplôme. Tu le mérites largement : tu as bataillé pendant des années pour apprendre ton métier et honorer la tradition familiale. Maintenant que tu y es parvenue, il était bien normal que ces messieurs du concours te récompensent.

Il considérait que sa réussite conforterait sa réputation dans les départements du Massif central et à travers la France.

– Elle mouchera les imbéciles !

Clément regarda longuement le diplôme et le conserva entre ses mains tremblantes tout en l'écoutant raconter le déroulement de l'épreuve, l'annonce du palmarès, les réactions des candidats de la Haute-Marne puis ses journées parisiennes.

Ils descendirent ensuite à la boutique où Blanche avait convié le personnel à partager un apéritif et des gâteaux après leur journée à l'atelier. Les ouvriers l'acclamèrent joyeusement puis commentèrent les questions du maître coutelier de Langres avant de reconnaître sa performance.

Le lendemain, dans l'après-midi, Tiburce Cassant transmettait à son tour ses compliments à la jeune femme.

– C'est un honneur pour la commune !

Elle l'accueillit sans manières dans ses vêtements de forgeron qu'elle avait enfilés à nouveau.

– Et pour notre famille ! souligna-t-elle.

Le matin même, elle avait apposé à l'extérieur de la boutique le panonceau du Meilleur Ouvrier de France que le comité remettait aux lauréats. Puis elle avait déposé sur une étagère de la devanture le laguiole du concours. Les passants ne pouvaient que le remarquer : elle l'avait présenté sur un coussin de velours dont la couleur éclatante provoquait la curiosité et attirait les badauds depuis la bordure de l'esplanade avant d'y adjoindre un écriteau indiquant en lettres capitales la distinction qu'il avait obtenue. Dans la matinée, des ménagères et le préposé des Postes l'avaient découvert avant de répandre la nouvelle auprès des familles, des commerces et des auberges de Laguiole. Elle était parvenue jusqu'au domicile de Tiburce Cassant après le déjeuner.

– Pourquoi ne pas m'avoir prévenu ? reprocha-t-il à Mathilde.

Haussant les épaules, elle ne répondit pas.

– Un Meilleur Ouvrier de France en coutellerie en Aveyron et à Laguiole ? C'est un événement ! enchaîna-t-il.

La jeune femme ne le contestait pas mais elle précisa qu'elle n'avait pas l'intention de s'en glorifier.

– Je continuerai à travailler de la même manière au milieu des polissoirs et de la limaille !

Coiffée de son turban, habillée d'un pantalon, d'un chandail et d'un veston de métallo comme à son habitude, elle le démontrait en martelant des barres de métal devant son enclume.

Quoiqu'il appréciât sa modestie, Tiburce Cassant comptait en informer les habitants de Laguiole.

– Les journaux s'en chargeront ! estima-t-elle.

Le secrétariat du concours prévoyait d'envoyer le palmarès à la presse parisienne, régionale et spécialisée.

– Je ne m'en contenterai pas ! assura-t-il.

Il souhaitait organiser une réception pour mettre en évidence ses qualités.

– Et déclencher encore des jalousies ? rétorqua-t-elle.

Elle s'y opposait mais il n'en démordit pas.

– Nous suggérerons au président du conseil général…

– N'insistez pas !

– Nous associerons la cérémonie à l'ouverture de la nouvelle manufacture.

Puis il la regarda fixement avant de demander :

– Vous envisagez bien de l'inaugurer ?

– Peut-être.

– C'est indispensable pour prouver aux Laguiolais que vous ne fabriquerez pas des couteaux à la chaîne.

– Nous en reparlerons…

Impatient et intrigué, il retrouva néanmoins son sourire mais elle ne dévoila pas ses projets.

Le 7 janvier, les quotidiens aveyronnais publièrent dans leurs informations départementales les résultats de la onzième édition du concours du M.O.F. et le commentaire des maîtres couteliers à propos de la singularité de son couteau.

– C'est de l'excellente publicité ! triompha Baptiste.

– Sans dépenser un centime ! souligna Blanche, fidèle à elle-même.

Elle surveilla la parution des articles dans les trois journaux qui étaient disponibles à Laguiole et *Le Bulletin d'Espalion* puis elle les découpa pour les classer dans un album qui rassemblait des souvenirs familiaux. Quant à Mathilde, elle les conserva pour les remettre à Pierre : ils compléteraient ses arguments auprès des limonadiers et de leurs détaillants. Dès le lendemain, elle recevait des télégrammes de présidents d'amicales parisiennes, de ses revendeurs cantalous et aveyronnais, de couteliers clermontois qu'elle avait rencontrés en décembre et d'Élisabeth Deffontaines qui persistait à demander régulièrement de nouveaux modèles de la collection Mademoiselle Laguiole qui ne parvenait pas à conquérir les femmes malgré ses efforts redoublés. Des lettres de félicitations leur succédèrent. Puis des commandes. La jeune femme s'en réjouissait sans retenue.

– Cette année débute en fanfare ! répétait-elle à Pierre quand il l'appelait depuis ses étapes. C'est exceptionnel. À ce rythme, nous pourrons bientôt renforcer le personnel…

– En débauchant d'excellents couteliers auvergnats que nous présentera Edmond Fontanier !

– Je n'aurai aucun scrupule à les solliciter et Edmond trouvera les arguments pour les convaincre...

Pierre comptait la rejoindre à Laguiole le 20 janvier, après ses derniers rendez-vous à Montpellier, mais les caprices du temps en décidèrent autrement. La neige tomba au matin du 18 janvier. Dès 5 heures, à travers les persiennes, Mathilde remarqua que l'esplanade avait blanchi pendant la nuit. Des flocons continuaient de tourbillonner. À 7 heures, au moment de libérer Toscane, une couche de 30 centimètres s'était déjà accumulée devant la porte permettant d'accéder à la terrasse. Comme chaque année, dès que survenaient les premières neiges, une question l'assaillait : échapperaient-ils à la tourmente, aux coupures d'électricité et à la paralysie des activités de la coutellerie ? Lorsqu'il la retrouva à 8 heures près de la forge dont elle attisait les braises, elle constata que Baptiste nourrissait les mêmes inquiétudes. Il avait observé en traversant les places que le vent s'orientait au nord. Comme sa patronne, il redoutait qu'il redouble d'intensité et qu'il détériore le réseau électrique.

– Et qu'il nous empêche de travailler !

Il neigea toute la matinée au point que la couche atteignait une soixantaine de centimètres lorsque les cloches de Saint-Mathieu sonnèrent l'angélus. Les ouvriers abandonnèrent les marteaux et les polissoirs pour déblayer un premier passage jusqu'à l'arrière de la maison puis un deuxième pour parvenir jusqu'à la route. Lorsqu'ils regagnèrent la fabrique, au début de l'après-midi, des bourrasques soulevaient la poudreuse et comblaient peu à peu les chemins qu'ils avaient dégagés. La tourmente approchait. Dans deux heures, des congères les retiendraient certainement prisonniers à l'intérieur de la coutellerie. Consciente du danger qui les guettait, la jeune femme congédia ses employés avant de leur conseiller de retourner auprès de leur famille.

– Ne traînez pas !

Ils disparurent comme une bande de moineaux à l'exception de leur contremaître qui éteignait les braises du foyer de la forge et qui débranchait les polissoirs pendant que Mathilde fermait les contrevents qui préservaient des tourbillons les fenêtres les plus exposées. Ensuite, ils détachèrent Toscane et Fédérof pour les emmener jusqu'à la maison. En traversant le jardin, les chiens ne cherchèrent pas à s'ébattre dans la neige ; ils étaient pressés de retrouver la boutique où ils passaient les soirées glaciales. Cette nervosité inhabituelle impressionna aussitôt Blanche qui décida de fermer le comptoir malgré l'heure.

– C'est plus prudent !

Depuis le matin, elle n'avait accueilli personne.

– Une journée de misère !

Sous les grains glacés qui leur mordaient la peau, Mathilde et Baptiste s'activèrent à dégager les abords du magasin avant de pouvoir accrocher les panneaux de la devanture. Il était 4 heures de l'après-midi lorsqu'ils remisèrent les pelles dans la réserve du charbon. Couverts de flocons que le froid avait déjà solidifiés, ils ressemblaient à des esquimaux dans leur canadienne et leurs galoches montantes.

– Maintenant, nous pouvons affronter la tempête ! s'exclama la jeune femme, satisfaite, avant d'entraîner le contremaître dans la boutique où Blanche les attendait.

Épuisés et affamés, tous deux dévorèrent les provisions que la cuisinière avait préparées. Puis ils enlevèrent leurs chaussures et leurs chaussettes pour réchauffer leurs pieds devant le poêle. Mathilde remercia Baptiste.

– Seule…

– Justement ! répondit-il.

Persuadé qu'elle rassurerait toute la maisonnée, il proposa sa compagnie pour la soirée.

Sa patronne accepta sa proposition dans l'instant et avec gratitude :

– Nous nous sentirons plus en sécurité !

Dans ces circonstances pénibles à supporter pour un malade, elle craignait toujours que son père ne ressente un malaise et qu'elle ne puisse pas prévenir le médecin.

Blanche apprécia également son initiative, convaincue que sa présence permettrait à Clément de repousser les angoisses qui redoublaient pendant les coups de vent.

– Je camperai dans la réserve ! suggéra le contremaître.

Elles s'y opposèrent.

– C'est une glacière !

Elles décidèrent de l'installer dans une chambre du second qui avait accueilli l'inspecteur Balleret pendant son enquête.

– Vous y dormirez plus à l'aise ! imposa Blanche.

Quoiqu'il habitât à 500 mètres seulement de la fabrique, elle l'engagea à rapporter quelques vêtements en prévision des intempéries qui pouvaient perdurer et l'empêcher de repasser chez lui.

– Dépêchez-vous ! ajouta-t-elle, inquiète.

L'heure tournait et la lumière déclinait. On ne distinguait plus la coutellerie depuis la terrasse.

– Ne vous retardez pas en chemin avec un froid pareil ! recommanda-t-elle tandis qu'il endossait sa canadienne.

Il marmonna une promesse puis sa silhouette s'évanouit dans la pénombre.

La tourmente se déclencha après son retour ; elle essaya de soulever les lauzes des toitures et de décrocher les persiennes ; elle s'engouffra dans les cheminées et sous les portes d'entrée ; elle arracha des branches aux arbres ; elle décapita des poteaux électriques et de téléphone. Réfugiés dans la salle à manger, les Chauchard et Baptiste écoutaient les commentaires de l'actualité internationale à l'antenne de Clermont-Auvergne quand le poste et l'ampoule du plafonnier s'éteignirent brusquement. Ils dînèrent à la lumière d'une lampe à pétrole puis ils veillèrent jusqu'à minuit dans un silence religieux tout en écoutant les hurlements du vent et les craquements des boiseries dans les étages de la maison. Ils guettèrent le moment où la tempête s'amollirait. Sans succès. Mathilde capitula la première pour rejoindre sa chambre. Moulue, elle s'endormit aussitôt entre les draps tièdes malgré le vacarme qui résonnait au-dehors.

Les bourrasques persistaient le lendemain au moment où elle entrebâilla ses persiennes. Des congères bloquaient les entrées de certaines habitations du quartier et elles atteignaient parfois le premier étage.

– Un spectacle saisissant ! s'exclama Baptiste. On a comme l'impression que des bulldozers ont travaillé pendant des heures pour rassembler la neige, la transporter devant les maisons puis l'entasser jusqu'au premier pour emprisonner les occupants.

Depuis une fenêtre de la cuisine, il contempla l'esplanade qu'il ne reconnaissait plus, comme à chaque fois que la tourmente s'abattait sur l'Aubrac. La froidure l'avait pétrifiée à la manière d'un paysage sibérien alors que des bourrelets de neige et de glace entouraient les troncs d'arbres.

Dès la première accalmie, en milieu de matinée, il entreprit de dégager la terrasse exposée au midi où l'épaisseur de neige ne dépassait pas un mètre. Comme Mathilde refusait de passer sa matinée derrière une fenêtre, ils s'échinèrent jusqu'au moment du déjeuner sous le regard intrigué de Toscane. L'embellie perdura dans l'après-midi et ils poursuivirent leur besogne pour atteindre la fabrique que des murs de glace ceinturaient. Il ne neigeait plus, le soleil chassait les nuages mais la température avait baissé. Ils éprouvaient tous deux l'impression d'avancer dans une tranchée réfrigérante. Souffrant de morsures au visage, d'ampoules et de crevasses dans les mains, ils désertèrent leur chantier avant que les derniers rayons ne basculent derrière l'horizon. Malgré la fatigue, ils ne résistèrent pas à la tentation d'admirer le paysage dans le crépuscule. Des lueurs rouges incendiaient la neige.

– C'est tellement beau ! murmura Baptiste. Ça plairait à un peintre ! La couche de neige est épaisse et personne ne l'a encore salopée. Il pourrait en profiter ! Dans quelque temps, nous n'aurons plus la même blancheur… Et puis la couleur du soleil claque bien : il n'y a pas de nuages… Quel calme et quel silence après une tourmente aussi rude !

Ils recommencèrent à déblayer dès le milieu de la matinée et ils dégagèrent jusqu'à l'entrée du bâtiment. Ensuite, ils renoncèrent à attaquer à la pioche les congères que la tempête avait édifiées. C'était une entreprise titanesque que la jeune femme refusait d'imposer à son contremaître.

– Nous attendrons le redoux ! décréta-t-elle.

Hélas ! Le mercure ne remonta pas et la froidure resserra plus encore ses mâchoires. Pendant trois semaines, ils supportèrent l'isolement comme tous les habitants de Laguiole. Pas de lettres ni de journaux. Pas d'électricité ni de téléphone. Pas d'autobus ni de ravitaillement des commerces alimentaires… Depuis toujours, les familles du plateau étaient habituées à endurer ces conditions spartiates, constituant dès la Toussaint leurs provisions pour les périodes d'hiver, mais elles languissaient que le beau temps survienne.

Mathilde songeait souvent à Pierre ; elle avait l'espoir que ce temps ne l'avait pas empêché de rejoindre ses parents à Bozouls où il pourrait attendre que l'autobus circule à nouveau en direction de Laguiole. Elle imaginait sa déception de ne pouvoir la retrouver et de ne plus obtenir de nouvelles. Mais la capitale de la Montagne était coupée du monde ! Même si le bureau de poste n'ouvrait plus, la jeune femme rédigeait deux à trois feuillets tous les jours à l'attention de Pierre. Elle ressentait la nécessité de raconter les moments privilégiés qu'elle partageait avec son père. Tous deux évoquaient les humeurs du temps à l'époque de sa jeunesse, la mémoire du grand-père Renaud, les particularités du couteau qui deviendrait l'emblème de la maison et la construction de la manufacture, l'installation des machines dans le bâtiment… Dans ces feuillets qui s'entassaient ensuite dans son armoire, elle n'oubliait pas de souligner son absence. « Enfermée à Laguiole, prisonnière des congères qui ressemblent aux murailles d'une forteresse, les soirées n'en finissent pas ! avouait-elle. Je n'arrive pas à trouver le sommeil ; je regarde ton portrait et je me plonge à nouveau dans tes lettres que je connais par cœur… Quand les rigueurs de l'hiver s'achèveront-elles ? J'ai l'impression de t'avoir abandonné depuis longtemps, des années peut-être, pour me réfugier dans les montagnes… Tu me manques tellement que je ne voudrais plus te quitter… »

22

Le 10 février, le thermomètre qu'elle consultait tous les matins à l'extérieur de la boutique après le petit-déjeuner n'indiqua plus des températures glaciales. Les journées suivantes confirmèrent le radoucissement, permettant à ses employés d'abattre en une après-midi les murailles compactes qui empêchaient d'accéder à la coutellerie. Heureux de reprendre leurs postes, ils marquèrent leur contentement lorsqu'elle ralluma le foyer de la forge le 14 février. Ils débordaient d'enthousiasme après un chômage imposé de quatre semaines, déterminés à redoubler d'activité pour approvisionner leurs détaillants et satisfaire les commandes en souffrance. Dans un premier temps, comme les ouvriers de la Compagnie du Bourbonnais s'affairaient à remettre en service le réseau électrique que la tempête avait détérioré, ils travaillèrent à la lumière de quelques lampes à pétrole sans pouvoir utiliser les polissoirs et les tourets.

La situation s'améliora après le 20 février grâce au retour de la douceur. Les cantonniers rétablirent la circulation entre Saint-Flour et Rodez ; les préposés distribuèrent à nouveau les journaux et les courriers ; l'alimentation en électricité des quartiers de Laguiole transforma le quotidien des familles ; des équipes du téléphone s'activèrent également pour désamorcer la grogne des abonnés qui pressaient Tiburce Cassant d'intervenir auprès de la direction générale. Dès le 23 février, les Rapides Saintflorains assurèrent à nouveau leurs services quotidiens entre Saint-Flour et Rodez. C'était un samedi lumineux. Le soleil régnait sans partage tandis que l'épaisseur de neige s'amenuisait. Depuis qu'il était retourné chez ses parents à Bozouls, le 22 janvier, au terme d'un voyage interminable entre Montpellier et l'Aveyron en raison du mauvais temps, Pierre manifestait son impatience à emprunter le premier autobus qui s'aventurerait en direction de Laguiole. Pendant des semaines, auprès de la patronne de l'auberge de la Rotonde où les Rapides Saintflorains déposaient et emportaient les paquets qu'ils transportaient, il s'était informé chaque matin des intentions de la compagnie pour entendre la même réponse : « Attendez que les cantonniers puissent dégager les routes ! » Ce qui l'avait exaspéré. Trente-cinq kilomètres le séparaient de Mathilde mais Laguiole était inaccessible et l'isolement amplifiait les distances. Il éprouvait le sentiment que des montagnes infranchissables les empêchaient de se rejoindre. En cette matinée du 23 février, son entêtement était désormais récompensé : l'aubergiste de la Rotonde confirmait le passage du premier autobus à destination de Saint-Flour. Enfin ! Ce dernier arriva à Bozouls avec trois heures de retard, à l'approche du déjeuner mais, cette attente dans la salle bruyante de l'auberge n'entama nullement la bonne humeur de Pierre : Mathilde absorbait tellement ses pensées que les contretemps l'indifféraient. Le parcours s'avéra périlleux après Espalion. Des plaques de verglas parsemaient encore la montée du Cayrol au point que le chauffeur demanda aux passagers de descendre et aux hommes de pousser le véhicule. L'horloge de l'église Saint-Mathieu indiquait plus de trois heures lorsque l'autobus stationna devant l'auberge des Gentianes à Laguiole.

Immédiatement, Pierre s'engagea à longues enjambées dans la direction de l'esplanade puis de la coutellerie. Lorsqu'il pénétra dans le bâtiment, le vacarme assourdissant des polissoirs et des marteaux l'accueillit. Le premier, Baptiste remarqua sa présence. Il se pressa de prévenir Mathilde qui s'affairait dans la réserve où elle rangeait les pièces et les stocks de corne. Dans la seconde, elle abandonna ses caisses pour se précipiter à sa rencontre. Ils se retrouvèrent devant son enclume. Il la souleva dans ses bras et il l'entraîna dans une valse joyeuse avant de l'embrasser. Tandis que chacun reprenait son poste après l'avoir salué, ils se réfugièrent dans la réserve pour échapper à leurs regards. Mathilde resserra son étreinte avant de murmurer :

– Pierre ! Ne me laisse plus seule ! Repousse tes prochaines tournées au printemps… Tu m'as tellement manqué pendant ces journées et ces semaines… Un cauchemar ! Je te cherchais partout dans la maison… Je redoutais même de te perdre : j'ignorais si tu avais réussi à gagner l'Aveyron malgré la neige…

Il reconnut qu'il avait souffert tout autant de ces sept semaines de séparation. Dès que le téléphone avait fonctionné à nouveau à Bozouls, il s'était obstiné à demander le 8 à Laguiole.

– Les standardistes me répondaient poliment que les liaisons étaient coupées et…

– Et que les ouvriers ne répareraient pas avant Pâques.

– C'était désespérant !

Maintenant que leur attente s'achevait, tous deux ressentaient une profonde émotion qui les remplissait du bonheur d'être ensemble.

Les semaines s'écoulèrent mais les campagnes conservèrent leur manteau d'hermine jusqu'à Pâques. Pour parvenir à satisfaire les nombreux amateurs qui découvraient les laguioles ouvragés de Mathilde depuis son admission parmi les Meilleurs Ouvriers de France, ils consacrèrent beaucoup de temps et d'énergie à la direction de la coutellerie. Les dimanches ensoleillés au sommet enneigé du Roussillon, les randonnées en raquettes à travers les chemins forestiers, les échappées d'un week-end au refuge des Delagnes leur permettaient de se ressourcer pour affronter les contraintes quotidiennes. Lorsqu'ils revenaient à Laguiole après une journée dans les montagnes, fatigués mais radieux, ils s'attiraient toujours les compliments unanimes de la maisonnée. Ces soirs-là, Pierre trouvait Mathilde plus en beauté que d'habitude :

détendue, les pommettes rougies par le soleil, pétillante d'entrain, le regard tellement tendre…

Les offices de Pâques ponctuèrent à leur manière l'arrivée du printemps. En l'espace d'une semaine, la neige disparut et les pâturages adoptèrent leur couleur blonde de saison. Le champ d'Hortense bourdonna à nouveau d'activité dès que les équipes de maçons et de manœuvres s'y installèrent pour poursuivre les travaux de la manufacture. La construction du bâtiment était bien avancée quand les Chauchard accueillirent comme convenu leurs associés auvergnats, Edmond et Julienne Fontanier, au moment où les narcisses fleurissaient dans les prairies. Dès la Saint-Jean, du premier angélus jusqu'au crépuscule, on entendit résonner les marteaux des charpentiers qui besognèrent sans relâche malgré la fournaise. Le 15 juillet, dans la matinée, ils pouvaient accrocher fièrement une branche de verdure à la poutre maîtresse sous les applaudissements de l'entrepreneur, de la famille Chauchard et de ses employés qui avaient déserté la fabrique pour assister à l'événement. Sous les ombrages, Mathilde déboucha quelques bouteilles. Ils trinquèrent puis ils entonnèrent joyeusement des bourrées de la Montagne. Comme le chantier progressait plus rapidement que ses prévisions, Honoré Bousquet et son contremaître espéraient désormais que les couvreurs placeraient les faîtières de la toiture avant le samedi 17 août.

– Vous inaugurerez, pour votre mariage, un bâtiment auquel il ne manquera que les menuiseries ! promirent-ils.

Par avance, Mathilde et Pierre s'en réjouissaient. Toutefois, le 31 juillet, un contretemps les contraignit à reporter la cérémonie : le sculpteur et l'ébéniste du faubourg Saint-Antoine, qui avaient accepté de décorer le couteau appelé à prendre place devant la manufacture, leur annoncèrent qu'ils ne pourraient pas en assurer la livraison à Laguiole avant le 15 septembre. Quelle déception ! Ils repoussèrent à regret l'inauguration au dimanche 22 septembre, à l'occasion des festivités annuelles de la Saint-Mathieu, pour que les familles de la commune et les Parisiens apprécient cette œuvre originale en même temps qu'ils découvriraient la nouvelle coutellerie.

– Et la manière dont nous fabriquerons désormais nos modèles ! précisa Mathilde en informant Blanche de leur décision. Edmond Fontanier envisage d'installer ses machines dès le 15 septembre : il en expliquera le fonctionnement et tous les amateurs reconnaîtront alors que nous n'avons nullement l'intention de produire de la camelote... ou de pratiquer le travail à la chaîne comme dans certains centres industriels ! C'est important qu'ils le constatent. Nous recevrons les Laguiolais qui le désireront ; nous prendrons le temps de répondre à leurs questions...

Blanche les approuva. Elle était persuadée que cette initiative contribuerait à dissiper les malentendus qui subsisteraient encore parmi la population. Gontran et Élodie le pensaient également.

– Tous les Laguiolais se déplaceront ! prétendirent-ils. Même les esprits critiques... La curiosité les y poussera ! Ils admettront après leur passage que nous n'avons pas cherché à les tromper et qu'ils n'avaient pas de raisons de s'alarmer…

Le jeune couple les rejoignit la semaine suivante pour seconder Blanche à la boutique, pendant les journées d'affluence de la « quinzaine des Parisiens », puis il participa à la préparation du mariage qui accaparait toute la maisonnée.

– Nous ne serons pas de trop !

Les futurs époux ne se préoccupaient plus de leurs couteaux et de leurs travaux : ils peaufineraient désormais les détails de cette journée qu'ils attendaient avec impatience. Ils y travaillaient depuis le printemps mais ils redoutaient toujours les imprévus fâcheux.

– Une maladresse qui gâcherait la cérémonie !

Gontran et Élodie les rassurèrent :

– Tout se passera bien !

Malgré leur insistance, ils refusèrent en revanche de révéler la surprise qu'ils leur réservaient.

– Vous patienterez comme tous les invités ! dirent-ils en esquissant un sourire malicieux.

Ils ne la découvrirent qu'au moment où le cortège s'arracha à la quiétude des tilleuls pour traverser l'esplanade et s'éloigner dans la direction de la mairie ! En ce début de matinée, déjà chaud, les convives bavardaient sous les arbres depuis près d'une heure ; ils avaient applaudi quelques minutes auparavant l'apparition de Mathilde qui resplendissait de beauté dans sa toilette en crêpe crème. Les insomnies, l'énervement et la fatigue des dernières journées n'étaient plus qu'un mauvais souvenir. Elle rayonnait de bonheur à tel point que Pierre n'avait pas résisté à la tentation de l'embrasser devant l'assemblée. Les deux accordéonistes et les deux cabrettaïres qui les accompagneraient jusqu'à la mairie puis à l'église avaient accordé leurs instruments ; ils attendaient que la famille de la mariée leur ordonne de s'élancer en interprétant une bourrée. Soudain, deux voitures s'arrêtèrent devant la boutique. Cinq musiciens américains en descendirent : deux trompettistes, deux saxophonistes et un clarinettiste. C'était un orchestre de La Nouvelle-Orléans que Gontran avait engagé pour les soirées du Club des Princes et qui débarquait de la capitale pour animer les réjouissances en compagnie des quatre Laguiolais au chapeau, à la blouse sombre et au foulard rouge. Cherchant à étonner pour marquer cette journée, Gontran avait souhaité associer la tradition et la modernité. D'emblée, les musiciens fraternisèrent ! Dès que les noirs américains interprétèrent *Oh ! When the Saints !* avant même que le cortège ne s'ébranlât, les accordéonistes et les cabrettaïres frappèrent dans les mains pour soutenir le rythme bientôt imités par certains convives. Gontran ne boudait pas son plaisir ; il avait redouté un moment que les deux formations ne s'entendent pas.

– Les barrières des origines et de la langue sont tombées en quelques secondes grâce à la musique ! expliqua-t-il à Élodie en les observant.

L'horloge les rappela à la réalité. Il était 10 h 30 et le maire les attendait. Comme Gontran et Élodie le pensaient, les Laguiolais remarquèrent la présence des cinq musiciens américains parmi le cortège. Quelle révélation ! Beaucoup n'avaient jamais rencontré d'hommes à la peau sombre, à la chevelure crépue et au sourire aussi déconcertant qui exécutaient en sautillant des chansons aux rythmes méconnus dans la région. Intrigués et fascinés, d'aucuns les escortèrent jusqu'à la place de la mairie pour les écouter. Leur participation au mariage décontenança le premier magistrat de la commune que Gontran n'avait pas prévenu ! Il avait préparé une allocution copieuse pour célébrer les mérites des jeunes mariés dans le renouveau économique de Laguiole mais, impressionné par la stature des cinq gaillards en costume et en nœud papillon, il mélangea ses feuillets au point que son discours n'avait plus aucune cohérence. Rouge de confusion, il l'escamota. Ce qui n'empêcha nullement les convives de l'applaudir. Il bredouilla au moment de l'échange des consentements et il déclencha l'hilarité générale en déclamant d'une voix grave :

– Mademoiselle Laguiole, voulez-vous prendre comme…

Pour reprendre aussitôt confus :

– Mathilde, Camille, Angèle Chauchard, voulez-vous prendre comme époux…

À sa stupéfaction, tandis qu'il félicitait les mariés, les musiciens américains entonnèrent *La Marseillaise* avant que l'assistance n'en poursuive les couplets dans l'enthousiasme général tandis que les musiciens laguiolais les accompagnaient. L'émotion l'étreignit en constatant qu'ils connaissaient aussi bien notre hymne national.

– Je me souviendrai longtemps de votre mariage ! affirma-t-il en embrassant Mathilde.

Le desservant de la paroisse partagea cette opinion dès que la cérémonie religieuse s'acheva. Il avait accepté sans sourciller que les accordéonistes et les cabrettaïres jouent à l'issue de la bénédiction des alliances un classique du répertoire aveyronnais, *Ô Vierja de las montanhas* (Ô Vierge des montagnes), mais Gontran était parvenu à le convaincre que les trompettistes exécutent ensuite l'*Ave Maria* puis que les cinq jazzmen interprètent dans le chœur quelques negro-spirituals que les chrétiens de leur communauté chantaient aux États-Unis. Une révolution dans ses habitudes. En les écoutant, l'abbé Delouvrier ne le regretta pas ; il demeura admiratif devant leur énergie et leurs convictions avant de les complimenter.

– Quelle révélation ! confessa-t-il ensuite à Gontran. Enfermés dans les montagnes, nous n'avons jamais l'occasion de découvrir des cultures différentes ! C'est dommage… Sans vous, j'aurais terminé mon ministère en ignorant toujours qu'il existe des chants chrétiens aussi beaux aux États-Unis…

Sous le charme de ces musiques d'ailleurs, les jeunes mariés remercièrent chaleureusement Élodie et Gontran pour la surprise qu'ils leur avaient ménagée.

– Quelle superbe journée ! souffla Mathilde à sa cadette lorsqu'elles quittèrent l'église Saint-Mathieu. Inoubliable ! Il y a de la magie et du soleil dans le rythme de ces chants.

Elles observèrent ensuite leurs parents qui échangeaient des impressions en compagnie de leurs petits-cousins de Curières à l'ombre d'un tilleul : leurs toilettes estivales les rajeunissaient.

Assis sur une chaise que Gontran avait empruntée au sacristain à la sortie de l'église, Clément était souriant.

– Ils sont heureux que tu te maries ! souligna Élodie. Et que tu épouses un homme comme Pierre… Ils l'apprécient beaucoup… Pendant des années, ils avaient désespéré que tu ne rencontres jamais l'amour…

Mathilde se contenta de sourire en lui serrant affectueusement la main.

Gontran et Pierre les arrachèrent bientôt à leur discussion.

– On nous attend à la fabrique !

Les couteliers avaient préparé un cadeau à leurs patrons que les deux plus jeunes présentèrent sur un coussin de velours : ils avaient fabriqué deux laguioles de 12 centimètres en décorant le manche en ivoire d'une tête d'oiseau. Honorant une tradition que les familles de la bourgeoisie rouergate avaient établie depuis le Second Empire, ils avaient gravé le prénom des mariés sur des plaques en argent. Touchés par leur attention, Mathilde et Pierre conservèrent précieusement les couteaux dans leurs mains pour en admirer les finitions. C'était de l'excellent ouvrage. Tous deux les félicitèrent puis les embrassèrent. Le temps de trinquer et les convives rejoignirent les salons de l'hôtel Auguy. Il était 2 heures de l'après-midi ! Le cuisinier s'impatientait devant ses fourneaux. Les bourrées, les valses et les classiques du jazz s'enchaînèrent pendant le déjeuner dans une ambiance survoltée qui s'empara ensuite des quartiers de Laguiole à l'occasion de la tournée dans les auberges des musiciens et des deux familles. Respectant la coutume, les Chauchard avaient demandé à trois boulangers de confectionner en commun une énorme fouace pour satisfaire tous les appétits : elle avait nécessité la bagatelle de 350 œufs et de 60 kilos de farine ! Maintenant, joliment enrubannée, elle paradait en compagnie d'un tonnelet sur une charrette que deux chevaux mèneraient à travers les places jusqu'en début de soirée. Grâce à leurs nouveaux laguioles dont ils apprécièrent le tranchant, les jeunes époux commencèrent à la découper devant l'auberge du Foirail où la joyeuse assemblée s'était retrouvée pour le périple puis ils en distribuèrent aux habitués de la maison et aux familles qui guettaient leur passage depuis le milieu de l'après-midi. Ils la dégustèrent tout en chantant et en dansant. Pendant trois heures, Mathilde ne refusa aucune invitation ! Radieuse dans une toilette aussi élégante que sa longue robe de mariée mais plus pratique pour tourner la bourrée et plus légère pour supporter la chaleur, elle changeait sans cesse de cavalier tandis qu'elle leur apprenait le fox-trot et le onestep. Quelle fougue ! Elle était déchaînée comme son époux qui avait enlevé cravate et veston depuis le déjeuner. Lorsqu'ils s'installèrent dans les salons de l'hôtel Régis pour le banquet, ils n'étaient pas fatigués au point d'entraîner les convives dans une farandole à l'invitation des trompettistes. Les réjouissances ne s'achevèrent qu'au petit matin autour d'un casse-croûte mais les mariés s'étaient déjà éclipsés. Gontran les avait emmenés jusqu'au domaine de Pomiès où les Pouget leur avaient préparé une chambre. Ils étaient épuisés mais si heureux ! Montant l'escalier, Pierre avait soulevé Mathilde dans ses bras pour respecter la coutume.

– Maintenant, tu es ma femme ! avait-il murmuré. Madame Charrié !

– Madame Charrié ! avait-elle répété, rêveuse.

– Tu t'y habitueras !

– Mathilde Charrié…

Mais pour beaucoup, et peut-être plus encore pour Pierre, la jeune femme demeurerait toujours Mademoiselle Laguiole.

Dès le lendemain, leur voyage de noces les conduisit à Saint-Jean-de-Luz, Biarritz et Bayonne. Ils emportèrent dans la berline le matériel de camping des Delagnes pour pouvoir profiter des pinèdes de la région. Tous les matins, à l'aube, ils couraient dans la direction de la plage. Le visage fouetté par le vent du large qui leur apportait la fraîcheur et des senteurs entêtantes, ils ne se lassaient pas de marcher sur le sable en écoutant le grondement des vagues qui déferlaient à intervalles réguliers et le piaillement des oiseaux tournoyant au-dessus de l'océan. À cette heure de la matinée, la plage était déserte ; elle leur appartenait comme la Montagne lorsqu'ils sillonnaient les drailles pendant les dimanches hivernaux.

Ils ne retournaient au campement qu'au moment où la faim les tenaillait.

Ils revinrent à Laguiole le 25 août pour préparer l'inauguration de la manufacture. La toiture désormais achevée, les menuisiers s'activaient à équiper le bâtiment de fenêtres tandis que Gabriel Charrié, honorant sa parole, terminait la fabrication des étagères pour les rangements, des caissons pour le stockage des pièces, des râteliers pour l'outillage des monteurs. Clément s'intéressait à l'avancement de la construction ; il interrogeait souvent Mathilde qui l'accompagnait après le déjeuner jusqu'au champ d'Hortense. Il s'accrochait à son bras pour traverser lentement le bâtiment où les ouvriers s'activaient toujours et les regarder travailler avant de revenir à la maison pour se reposer. Chaque après-midi, il avait l'habitude de somnoler dans la salle à manger ou sous la tonnelle, en fonction des caprices du temps. Le 31 août, il s'endormit mais ne se réveilla pas… Charlette le découvrit inanimé à l'ombre du chèvrefeuille. Prévenu aussitôt, le médecin constata son décès :

– C'est un arrêt cardiaque…

Clément avait les mains jointes et le visage reposé. La maladie l'avait tellement diminué depuis plusieurs années que sa disparition soudaine ne surprenait personne.

– Peut-être l'accumulation de l'émotion du mariage de Mathilde, des travaux de la fabrique et de sa prochaine ouverture ! expliqua-t-il à Blanche. Ou encore la chaleur de ces dernières semaines qu'il n'aura pas supporté… Il avait le cœur très fatigué…

Baptiste, Octave et Félicien le transportèrent dans la chambre qu'il occupait au premier étage. Alors que Charlette refermait les persiennes, stoppait le balancier de la pendulette puis recouvrait d'une étoffe les deux miroirs, Blanche sortait de son armoire le costume qu'il avait étrenné à l'occasion du mariage de Mathilde deux semaines auparavant… Puis les deux femmes l'habillèrent pour son dernier voyage.

Ce samedi d'août, depuis le début de la matinée, Mathilde et Pierre déménageaient les menuiseries que Gabriel Charrié avait assemblées pour la manufacture. Un négociant en bestiaux des Bessades avait accepté de les convoyer, dans son camion, de Bozouls jusqu'à Laguiole. Ils n'apprirent la nouvelle du décès de Clément qu'aux environs de 18 heures. Dès leur arrivée devant la boutique, ils remarquèrent que les panneaux de protection de la devanture étaient accrochés.

– Maman a déjà fermé ? s'étonna Mathilde.

Elle entendit soudain les cloches de l'église égrener tristement l'annonce d'un décès. Elle se précipita en direction de la tonnelle pour pénétrer en trombe dans la maison et monter les escaliers quatre à quatre. Blanche l'attendait. À sa toilette sombre, la jeune femme comprit dans l'instant que les cloches sonnaient pour son père. Elle essaya de contenir sa douleur en serrant les poings et en fermant les yeux avant de murmurer :

– Papa… Papa…

Blanche la pressa contre sa poitrine.

– Maintenant, il ne souffrira plus ! chuchota-t-elle.

Entre-temps, Pierre les avait rejointes. Tous trois entrèrent dans la chambre mortuaire où Baptiste et Charlette veillaient près des cierges à la lumière vacillante. Ployant sous le poids d'un fardeau invisible, le contremaître avait les joues humides au moment où il les embrassa ; il n'avait jamais imaginé que Clément les quitterait d'une manière aussi soudaine.

– Il n'avait peut-être plus la force de lutter ! soupira-t-il.

Ils récitèrent des prières puis s'éclipsèrent. Dès que le silence retomba dans la pièce, Mathilde s'agenouilla à même le parquet devant la dépouille de Clément et plongea son visage au creux de ses mains avant qu'une plainte ne déchire sa gorge. Des scènes de son enfance, avant l'accident, défilèrent dans sa mémoire : les histoires de magiciens qu'il racontait toujours à l'heure du coucher ; le polichinelle qu'il avait rapporté de Mende pour son cinquième anniversaire ; ses recommandations lorsqu'elle avait entrepris de démonter puis de remonter le premier laguiole. Ensuite, la jeune femme songea à sa passion du métier, à ses qualités d'artisan et de créateur que la maladie l'avait empêché d'exploiter mais dont elle avait hérité. Pourquoi la mort l'avait-elle brutalement enlevé à leur affection trois semaines seulement avant l'inauguration de la manufacture ? « C'est injuste ! Il était tellement heureux que je construise une nouvelle coutellerie. Il avait accepté d'en couper le ruban… »

– Comme tu vas me manquer ! dit-elle à mi-voix.

On inhuma Clément au cimetière paroissial, dans l'après-midi du 2 septembre, sous une pierre sobre où reposaient déjà cinq générations de Chauchard. Toutes les familles de Laguiole sans exception assistèrent à ses obsèques ; elles s'y retrouvèrent en compagnie des collectionneurs et des amateurs de couteaux qui s'étaient déplacés depuis Saint-Flour, Mende, Espalion, Rodez pour honorer sa mémoire. Certains constatèrent la présence de Jacques Chauchard, de son épouse et de ses deux enfants. « Il était temps que les Chauchard se réconcilient après toutes ces années de brouille ! » pensèrent-ils lorsqu'ils le reconnurent au milieu de la famille. Dans la matinée du dimanche, encouragée par ses filles, Blanche avait expédié un télégramme à son beau-frère d'Espalion pour le prévenir de la disparition de Clément ; elle ne souhaitait pas qu'il l'apprenne par les journaux. « Il nous en voudrait ! précisa-t-elle à Mathilde et à Élodie. C'est l'occasion ou jamais de nous revoir, de nous expliquer et de pardonner. Peut-être, dans quelque temps, nous pourrions nous fréquenter à nouveau… » Il avait apprécié sa démarche. L'après-midi même, il était resté longtemps dans la demeure familiale où le ramenaient des souvenirs de ses grands-parents, de ses parents, de son enfance. Il s'était recueilli devant le cercueil de Clément avant que sa belle-sœur ne l'entraîne sous les ombrages pour qu'ils échangent des nouvelles de leurs deux familles.

Après la cérémonie, Jacques accepta l'invitation de Blanche de prendre une boisson fraîche à l'ombre des tilleuls où la parentèle se rassembla. Il y retrouva des cousins éloignés qui avaient soutenu Clément dans sa décision et qu'il n'avait pas embrassés depuis ces années sombres. Il y rencontra Élodie et Gontran qu'il ne connaissait pas encore : ils n'étaient pas arrivés à Laguiole au moment de son passage. Il était heureux de pardonner les blessures dont il avait souffert et de retrouver une famille. Ce qui gênait, en revanche, sa femme Mélanie et ses enfants. Réfugiés sous la tonnelle, ils ne parlaient à personne. Dès qu'elle le remarqua, Mathilde les rejoignit pour engager la conversation. La glace rompue, elle ne les quitta pas. Ses cousins, Charles et Émile, avouèrent devant leur mère qu'ils l'enviaient depuis des années.

– Pour tes qualités de créatrice !

Charles, qui secondait son père, ne pratiquait pas le métier de la même manière que sa cousine. Certes il effectuait des travaux de montage et de réparation mais il demandait également à une manufacture auvergnate de fabriquer leurs laguioles.

– C'est tellement commode ! admettait-il.

Bien que spécialisé dans les armes de chasse qu'il proposait désormais dans la boutique familiale, Émile s'intéressait toujours à la coutellerie.

– Il m'arrive de bricoler le dimanche !

Mathilde leur suggéra de consacrer un après-midi à découvrir la fabrique de leurs grands-parents.

– Une fabrique à l'ancienne ! insista-t-elle. Elle n'a pas changé depuis un demi-siècle…

La semaine suivante, ils honoraient leur promesse à la grande satisfaction de la jeune femme. Ils passèrent des heures dans le bâtiment où leur grand-père Renaud décorait de guillochures les ressorts de ses laguioles et martelait les crampons de lames. Devant son enclume, ils l'écoutèrent expliquer la technique qu'elle avait adoptée grâce à leur contremaître pour transformer les barres d'acier. Captivés, ils l'accablèrent de questions pendant sa démonstration.

– Tu méritais de prendre la succession familiale et d'obtenir le diplôme de Meilleur Ouvrier de France ! affirmèrent-ils. Même si Baptiste t'a transmis les secrets du grand-père, reconnais aussi que tu possèdes l'étoffe des grands couteliers…

Le laguiole qu'elle avait fabriqué pour le président Lebrun les avait enthousiasmés par sa beauté et ses finitions.

– C'était un ouvrage magnifique que je n'aurais jamais le talent de produire ! souligna Charles. Ni le temps. Il nous a amené une nouvelle clientèle ! Les amateurs pensaient que nous pourrions leur proposer des modèles semblables. Hélas ! Nous frappons nos couteaux de la même marque que Mathilde Chauchard mais nous ne sommes pas capables de les embellir de sculptures et de gravures. Nous nous sommes adressés à des Thiernois et la maison a profité sans scrupule de tes lauriers !

Pouvait-elle le leur reprocher ? Charles avait la franchise de le reconnaître. « Jacques avait une revanche à prendre depuis des années : c'était l'occasion ! » pensa-t-elle. Elle était consciente de l'intransigeance de Clément au moment de son installation et elle n'approuvait pas la manière dont il avait repoussé la proposition de son frère.

– Puisque tu investis, nous pourrions peut-être nous entendre aujourd'hui ! poursuivit-il. Oublions les querelles de nos parents ! Travaillons ensemble ! Nous sommes cousins et voisins… Il me semblerait logique que tu nous fournisses désormais des pièces pour le montage et même une partie de nos laguioles… Nous ne raconterions plus de mensonges en affirmant à notre clientèle que tous nos modèles sont produits par l'autre branche de la famille à Laguiole… Connaissant ta réputation, je suis persuadé que nous y gagnerions en qualité !

Mathilde accepta dans l'instant. Restaurer la concorde chez les Chauchard après des années de zizanie grâce au laguiole qui les avait divisés ? C'était inespéré.

– Qu'en pensent tes parents ? demanda-t-elle.

– Depuis quelque temps, ils étaient devenus moins agressifs à l'encontre de ton père. Sa maladie les avait amenés à réfléchir : ils étaient décidés à pardonner son égoïsme de jeunesse et son acharnement à saborder leurs projets. Ils guettaient une occasion pour s'expliquer… Blanche avait raison : l'accident de Clément pouvait les réconcilier mais nos parents n'étaient pas prêts. Elle a essayé et elle a échoué malgré ses efforts. C'était très méritoire ! Mon père ne l'a pas ménagée et il le regrette aujourd'hui… Maintenant, laissons ces vieilles histoires. Pensons à l'avenir ; c'est plus important.

Mathilde partageait son point de vue ; elle le remercia pour sa confiance.

– Ensemble, nous pourrons défendre le laguiole et l'héritage des Chauchard dans de meilleures conditions ! souligna-t-elle en réponse. Et nous aurons plus de chances de résister à l'industrie qui nous menace…

Toute la famille abonda dans le même sens.

– Je pense que ton père y aurait consenti ! reconnut Blanche. Tes arguments l'auraient convaincu…

Charles retourna à Laguiole la semaine où Edmond Fontanier procéda à l'installation de ses machines ; il n'avait jamais travaillé dans une manufacture puisqu'il avait appris le métier dans l'atelier d'Espalion et il manifestait de l'impatience à tout découvrir avant la cérémonie d'inauguration du dimanche 22 septembre. Pendant une matinée, il interrogea Edmond Fontanier et quatre de ses anciens employés qu'il était parvenu à entraîner à Laguiole : un forgeron, un émouteur et deux monteurs. Ces hommes qui subissaient le chômage depuis un an et demi dans le bassin coutelier thiernois avaient déménagé de l'Auvergne sans hésitation pour emmener leur famille jusqu'en Aveyron où Mathilde les avait engagés.

– Expérimentés et consciencieux ! indiqua Edmond Fontanier qui les considérait comme les meilleurs de sa fabrique. Ils pourront encadrer les apprentis qui débuteront…

Pendant leurs discussions, Charles remarqua qu'ils adhéraient pleinement à la démarche de Mathilde.

– Dans quelque temps, grâce à ton associé et à ses ouvriers, tu provoqueras les jalousies des Thiernois !

Il remarqua également qu'elle avait persuadé des buronniers d'abandonner leur métier de vacher de la Saint-Urbain à la Saint-Géraud et leurs migrations saisonnières dans la capitale de la Toussaint au printemps pour devenir couteliers. Les relations de Baptiste avaient permis l'embauche de cinq jeunes de Laguiole qui rejoindraient la manufacture le 15 octobre après le retour des troupeaux dans les fermes. Sans excès d'optimisme, la jeune femme espérait qu'ils monteraient leurs premiers laguioles d'une manière correcte dans sept à huit mois.

– Et qu'ils ne regretteront pas les montagnes ! expliqua-t-elle à Charles en parcourant le bâtiment. Pour nous, le temps presse aujourd'hui ! Nous recevons des commandes à envoyer pour le printemps et l'automne 1936... Si nous ne voulons pas décevoir notre nouvelle clientèle, nous aurons besoin d'ouvriers efficaces et qualifiés...

Grâce au parrainage de quelques notables de la communauté aveyronnaise de Marseille, rencontrés à l'occasion d'une tournée, Pierre avait obtenu au début de la semaine que les amicales de Tunisie et d'Algérie achètent cinq cents couteaux à expédier en septembre 1936.

Le dynamisme de l'entreprise, ses prévisions d'activités pour l'année 1936, les réservations que transmettaient les limonadiers et leurs détaillants pour la fabrication prochaine du « laguiole du sommelier » impressionnaient Charles.

– C'est un démarrage exceptionnel ! s'exclama-t-il.

Le premier magistrat de la commune, le conseiller général de Laguiole et le député d'Espalion le remarquèrent le dimanche 22 septembre dans leurs allocutions qui succédèrent à la cérémonie d'inauguration. Comme chaque année, c'était une journée festive à Laguiole. Pour la Saint-Mathieu, les manèges, les bateleurs et les musiciens envahissaient l'esplanade. Les Chauchard avaient annoncé dans les journaux qu'ils accueilleraient les amateurs de couteaux et les Laguiolais à 16 heures : entre les vêpres que le desservant de la paroisse célébrait d'ordinaire à 15 heures et le départ de la course cycliste que le président du comité des fêtes prévoyait à 18 heures. Dès le début de l'après-midi, délaissant les attractions foraines, des dizaines de personnes se pressaient devant la barrière du champ d'Hortense. Les rangs ne cessèrent de grossir tandis que l'heure avançait ! Bientôt, Mathilde et Pierre s'inquiétèrent : ils redoutaient, par avance, une bousculade dans le bâtiment lorsqu'ils guideraient leurs visiteurs. En effet, ils avaient demandé à Edmond Fontanier et à ses anciens ouvriers de leur expliquer la manière dont ils utiliseraient les machines. Le forgeron proposait notamment d'écraser, au marteau mécanique, des crampons rougeoyants pour démontrer comment il travaillait les barres de métal et fabriquait des ébauches de lames. Dans le désordre qui risquait de régner, d'aucuns pouvaient provoquer des accidents. Ce que les Chauchard entendaient prévenir. Dès 15 heures, devant autant d'affluence, ils décidèrent de restreindre les groupes à une quinzaine de personnes pour les visites.

– Et nous ne fermerons les portes de la manufacture qu'après le départ des derniers ! décréta Mathilde.

– Même si nous devons attendre 11heures ou minuit ! ajouta son époux devant Blanche que la présence d'autant de femmes et d'hommes intéressés par leur coutellerie effrayait.

Ils se félicitèrent de cette précaution ! Quatre cents personnes pénétrèrent dans le champ d'Hortense lorsque Gontran et Pierre ouvrirent la barrière à l'approche de 16 heures. L'instant d'après, les officiels les retrouvaient autour de l'œuvre que les artisans du faubourg Saint-Antoine avaient réalisée. Depuis son installation, le 18 septembre, une étoffe masquait à la curiosité des habitants de Laguiole et des derniers touristes de cette saison le couteau de 3 mètres de hauteur qu'ils avaient fabriqué. Comme convenu depuis longtemps, il revint à Blanche l'honneur de le dévoiler aux regards. Dès que le métal de la lame scintilla sous le soleil, un murmure d'étonnement parcourut l'assistance qui découvrit les richesses naturelles de la Montagne : les sources, les pâturages, les forêts, les burons, les chemins, les murets. L'instant d'après, des acclamations marquèrent l'apparition du taureau sculpté dans l'ébène. Quelle puissance ! Quelle majesté ! Parmi les éleveurs, beaucoup ne purent résister à la tentation d'embrasser Mathilde pour la remercier d'associer un taureau d'Aubrac au couteau de Laguiole dont ils ne se séparaient jamais. On commenta la singularité de l'œuvre, son élégance et son harmonie avant que les Chauchard ne conduisent les officiels devant le bâtiment que ceinturait un ruban tricolore. En l'absence de Clément, à qui attribuer l'honneur de le couper ? Mathilde avait longuement interrogé ses proches avant de prendre sa décision. Comme Pierre et Élodie, elle considérait que le privilège revenait d'une manière logique à Blanche pour son obstination et son courage dans la direction des affaires pendant les années difficiles mais elle ne l'avait pas convaincue ! La jeune femme avait alors songé à Baptiste : il était le plus ancien ouvrier de la fabrique et il avait souvent remplacé Clément après son accident. Discrètement. Il méritait aujourd'hui un hommage. Toute la famille l'avait persuadé d'accepter. Même s'il détestait les cérémonies et les honneurs, le contremaître avait surmonté ses réticences. Maintenant, gauche dans son costume, il s'approchait du bâtiment. L'instant suivant, entouré de la famille, il exhumait de sa poche le premier laguiole qu'il avait fabriqué en compagnie de Clément sous l'autorité de Renaud pendant leurs années d'adolescence : un modèle ordinaire qui avait aujourd'hui la lame usagée et la corne ternie. Dès qu'il le déplia, des scènes remontèrent à sa mémoire : il se revoyait aux côtés de Clément autour de l'enclume. Son regard se troubla puis sa main trembla lorsque le couteau trancha le ruban au milieu d'un silence recueilli. Il entreprit ensuite de le découper pour que chacun dans la famille emporte un morceau d'étoffe en souvenir ; il proposa le premier à Blanche que l'émotion étreignait et qu'il embrassa puis il poursuivit la distribution auprès de ses deux enfants et de ses gendres. On n'entendait pas de bavardages parmi l'assistance : Clément absorbait les pensées.

Les allocutions que les notables prononcèrent ensuite devant la manufacture retracèrent l'histoire de la maison Chauchard avant d'évoquer l'héritage que Clément avait transmis à Mathilde.

– Quelle créativité ! indiqua Tiburce Cassant. Quelle flamme ! C'est un honneur pour Laguiole et ses couteliers. Clément nous manque aujourd'hui pour que nous puissions apprécier le chemin parcouru par Mathilde depuis l'époque où elle démontait et remontait ses premiers laguioles grâce à ses conseils…

En reconnaissance, la jeune femme avait accroché son portrait à l'intérieur du bâtiment dans un espace qu'elle avait réservé à la présentation des modèles et à la réception des amateurs. Cette photographie le représentait en 1900 dans le pavillon d'honneur de l'exposition universelle de Paris recevant la médaille d'argent du concours pour un laguiole au plein manche dont il avait décoré le ressort d'une rosace. En compagnie de quelques œuvres des générations précédentes, Mathilde avait regroupé des couteaux d'exception qu'il avait fabriqués et des laguioles originaux qu'elle avait découverts dans son armoire personnelle. En cette journée lumineuse qui l'entraînait désormais dans une nouvelle existence après quinze années de ténacité, elle ressentait cruellement son absence : il avait suscité sa vocation. Mais elle songeait encore à Blanche qui l'avait toujours soutenue, à Élodie qui avait contribué à sa manière à la réalisation de ses projets, à Baptiste qui avait accepté de partager son savoir, à Pierre qui avait rompu sa solitude et qui n'avait jamais douté de ses capacités.

Brusquement, son époux la ramena sur terre :

– Ne nous attardons pas ! Le forgeron nous attend depuis un bon moment pour la première démonstration…

Jusqu'à une heure tardive, elle conduisit les groupes à travers la manufacture en répondant à leurs questions et en essayant de satisfaire leur curiosité dans le vacarme des machines. Lorsque le bâtiment retrouva sa quiétude aux environs de 22 heures, après le départ des derniers Laguiolais, elle s'effondra dans un fauteuil que Gontran et Pierre avaient installé pour Blanche dans l'entrée. Moulue de fatigue. Elle ne pouvait plus parler, la gorge sèche et la voix cassée ! Tandis que les hommes éteignaient les lampes dans les ateliers, elle pensa qu'elle avait tout pour être heureuse aujourd'hui : un métier passionnant ; une coutellerie prospère ; un homme qui l'aimait et qu'elle aimait… Toutefois, l'avenir l'inquiétait. Elle constatait que la récession économique et l'instabilité politique perduraient. Les gouvernements, de plus en plus éphémères, démontraient leur incapacité à résoudre les difficultés des Français et à trouver des remèdes durables au chômage tandis que les mouvements corporatistes et les organisations fascistes proliféraient. Mathilde remarquait encore que la peste brune galopait à nos frontières et que les Allemands reconstituaient leur armée. Suscitées par les ambitions belliqueuses d'Hilter et de Mussolini, les sources de conflits se multipliaient en Europe. Un signe ne trompait pas : la France, qui achevait la construction de la ligne Maginot dans l'Est pour pouvoir repousser toute attaque allemande, avait décidé de porter la durée du service militaire à deux ans. Mathilde était consciente que si la guerre éclatait à nouveau avec l'Allemagne, Pierre n'échapperait pas à la mobilisation, mais elle espérait que les hommes de raison réussiraient à l'éviter, préservant ainsi son bonheur…

Épilogue

Répondant à ses souhaits, les pleurs et les rires de deux garçons résonnèrent bientôt dans la maison familiale : la naissance de Bertrand, en septembre 1936, marqua à sa manière le premier anniversaire de l'inauguration de la manufacture puis la jeune femme accoucha de Guillaume le jour où elle obtint pour ses laguioles une mention spéciale au concours de l'exposition universelle de Paris en novembre 1937.

Mais comme Mathilde le craignait, les événements s'enchaînèrent dès le printemps 1936. Les grèves qui paralysèrent l'activité de nombreuses entreprises au lendemain de l'arrivée au pouvoir du Front populaire n'affectèrent pas le fonctionnement de la fabrique à l'inverse de l'institution de la semaine de travail de 40 heures et de deux semaines de congés payés annuels qui modifièrent les habitudes du personnel et les rythmes de production. Depuis sa fondation, la maison Chauchard n'avait jamais cessé d'assembler des couteaux y compris après l'accident de Clément et au cours des années de guerre. Fermer la coutellerie plus d'une matinée, excepté à l'occasion des rigueurs hivernales ou d'un décès dans la famille, paraissait jusqu'alors impensable. Désormais, Mathilde avait à respecter de nouvelles dispositions législatives ; elle les appliqua dès cette année-là en autorisant les ouvriers à déserter ses ateliers du 1er au 15 août. Parmi les employés et à Laguiole, elle provoqua une deuxième « révolution » au printemps 1937 en embauchant un Espagnol, Enrique Navarro, qui avait grandi à Albacete dans une famille de couteliers renommés mais dont les convictions ne pouvaient plus s'accommoder de l'instauration par Franco d'un régime fasciste. Grâce au soutien de Baptiste, à ses qualités de forgeron et de sculpteur, Enrique ne tarda pas à être adopté par ses camarades tandis que les habitants de Laguiole apprécièrent sa gentillesse et sa discrétion.

À l'automne 1937, les attentats perpétrés dans la capitale par les extrémistes de la Cagoule puis les révélations des intentions du groupuscule de renverser la République pour imposer une dictature et restaurer la monarchie rappelèrent aux Chauchard les agissements du commando Bayard qui poursuivait les mêmes objectifs en 1933-1934. Réveillant de mauvais souvenirs parmi la maisonnée, les exactions des cagoulards démontrèrent que la démocratie était menacée même en France. Lorsqu'elle feuilletait les journaux, Mathilde le constatait à travers les articles consacrés aux échauffourées qui opposaient souvent les militants fascistes et les communistes ; elles entretenaient à Paris une atmosphère insurrectionnelle qui accentuait l'instabilité politique. L'annexion de l'Autriche puis des Sudètes par les troupes d'Hilter la préoccupa davantage : elle avait désormais la certitude qu'on n'éviterait pas la guerre en Europe et que personne ne parviendrait à arrêter la frénésie de conquête du chancelier allemand... Dès le printemps 1939, l'invasion de la Tchécoslovaquie confirma ses craintes. Le 3 septembre, la France déclarait la guerre à l'Allemagne et Pierre rejoignit à Rodez la caserne du 122e régiment d'infanterie que les généraux envoyèrent bientôt dans la Somme pour creuser des fossés antichars. Le 15 septembre 1939, une longue et pénible attente débutait pour Mathilde en compagnie de ses enfants et de Blanche.

Quelques semaines après le départ de Pierre, le médecin de Laguiole confirma à Mathilde qu'elle attendait un troisième enfant. Heureuse, elle s'empressa de prévenir son époux qui continuait ses travaux de terrassements dans la Somme et qui n'avait pas encore combattu... Bertrand et Guillaume accueillirent Juliette une matinée du printemps 1940 pendant que les armées françaises essayaient de repousser l'offensive des divisions allemandes. La défaite entraîna leur père derrière les barbelés d'un stalag et il ne retrouva sa famille qu'en octobre 1945 après sa libération et un périple douloureux à travers la Russie. En Aveyron, Mathilde avait affronté pendant cinq années le rationnement alimentaire, la pénurie de matières premières, les réquisitions pour l'occupant ; elle n'avait pas ménagé son énergie pour préserver la fabrique en s'efforçant d'inculquer à ses enfants la passion du métier. À 9 ans, Bertrand imitait ses gestes devant l'établi : il était capable de monter des laguioles comme sa mère au même âge.

Les années passèrent. Bertrand rejoignit la maison Lecollier à Nogent pour son apprentissage. Bientôt, il seconda ses parents dans la direction des affaires familiales en y apportant sa fougue, sa jeunesse et son esprit inventif. En 1986, pour ses cinquante ans, il demanda à des créateurs de dessiner un laguiole moderne pour l'exporter à travers le monde. Ce fut un succès fulgurant ! Des États-Unis, de Suisse et du Japon, on commanda les laguioles de Bertrand Charrié pour leur ligne épurée et leur manche en aluminium ; ils ressemblaient à certains modèles originaux que sa mère avait imaginés avant la guerre mais qu'elle n'avait jamais fabriqués. Ce renouveau réjouissait Mathilde. « Tu me rajeunis en produisant ces couteaux ! expliquait-elle à Bertrand. J'avais à peine trente ans quand j'essayais de "dépoussiérer" le laguiole à ma manière ! » Elle pensait souvent à son exposition parisienne dans le palace des Pouget et au laguiole qui avait disparu alors des vitrines : l'énigme du meurtre de Francesca Piazzesi, qui n'était pas encore résolue malgré les années, la tourmentait ! Arrêterait-on jamais le coupable ? Saurait-on jamais pourquoi il avait choisi son couteau pour commettre ce crime ? Il lui fallut attendre son quatre-vingt-dixième anniversaire pour connaître enfin la vérité. Dans une lettre qu'il envoya à la Brigade criminelle, le 7 juillet 1995, un homme avouait l'assassinat du 16 septembre 1934 à la station Reuilly. Il avait côtoyé

Francesca Piazzesi à l'hôtel des Princes où il avait travaillé comme groom. À trois reprises, la jeune et belle femme avait repoussé ses avances et il ne l'avait pas supporté. Il avait décidé de se venger ! « Je n'ai plus aucun remords aujourd'hui ! écrivait-il. Il me semble que je vous raconte l'histoire d'un homme qui m'est étranger… Ne me prenez pas pour un criminel ! C'est une tragédie amoureuse que le tribunal aurait jugée si la police m'avait arrêté alors… » Mathilde s'appliqua à retrouver, dans sa mémoire, le visage de ce garçon d'hôtel qu'elle avait rencontré au mois de novembre 1933 à l'occasion de son exposition parisienne et qui avait dérobé son laguiole. Sans succès ! Soixante et un ans s'étaient écoulés. C'était l'époque où les journalistes de *L'Aurore* et du *Petit Parisien* l'appelaient Mademoiselle Laguiole…

Du même auteur au Rouergue

Romans

• *Une mère à aimer*, 2013.

• *L'Héritier*, 2010.

• *Les Chapeaux d'Amélie*, 2007,
Grand prix du roman de la ville de Pamiers, 2008.

• *La Kermesse des célibataires*, 2006.

• *Mademoiselle Laguiole*, 2005.

• *L'Alouette*, 2004.

• *Monsieur le Gouverneur*, 2003.

• *Ces gens du beau monde*, 2002.

• *Le Bal des gueules noires*, 2001.
Prix du salon d'Hermillon, 2002.

• *La Montagne sacrée*, 2000.

• *Julie*, 1999.

• *La Fille de La Ramière*, 1998.

• *La Gantière*, 1997. Prix Lucien-Gachon 1998.
Prix des Inter-CE (comités d'entreprises)
des Pays de la Loire 1998.

• *Le Café de Camille* (avec Danielle Magne), 1995.

• *Le Pain blanc*, 1994. Prix Mémoire d'oc 1994.

• *Les Neiges rouges de l'an II*, 1991.

• *La Cloche volée*, 1989.

• *Les Feux de la Liberté*, 1988.

Albums et essais

• *La France des métiers. Dans les fermes et caves de Roquefort*,
photographies de Jean Ribière, 2013.

• *La France des métiers. Dans les burons de l'Aubrac*,
photographies de Jean Ribière, 2013.

• *Éleveurs. Au temps des champs de foire*,
photographies de Denis Barrau, 2013.

• *Les 501 proverbes de l'Aveyron*, ill. Séverin Millet, 2013.

• *Le Clan des 12. Aveyronnais d'ici et d'ailleurs*,
ill. Séverin Millet, 2012.

• *L'Estofi. Un plat qui venait du froid*
(avec Christian Bernad), 2012.

• *Les Bêtes noires. Des chemins de fer dans le Massif central*, 2011.

• *La Petite Encyclopédie de l'Aveyron*, ill. Séverin Millet, 2011.

• *Les 1001 mots de l'Aveyron*, ill. Séverin Millet, 2010.

• *Sentinelles des montagnes. Les burons de l'Aubrac,
des monts du Cantal et du Cézallier*, 2008.

• *L'Aubrac. La belle aux yeux noirs*, 2006.

• *Le Laguiole. Éloge du couteau*, 2005.

• *Ces objets qui nous habitent*, 1999.

• *Le Laguiole. Une lame de légende*, 1996.

• *L'Année des treize lunes. Almanach perpétuel*, 1996.

• *Métiers de tradition, coutumes en fête*, 1995.

• *Daniel Crozes vous guide en Aveyron*, 1994 ;
nouvelles éditions revues et réactualisées sous le titre
Le Guide de l'Aveyron, 2000 et 2004.

• *Les Aveyronnais. L'esprit des conquérants*
(avec Danielle Magne), 1993.

• *Raymond Lacombe. Un combat pour la terre*, 1992.

• *De corne et d'acier. L'épopée du couteau de Laguiole*, 1990.

• *Douze métiers, treize coutumes*, 1987.

• *La Bête noire. L'aventure du rail en Aveyron depuis 1858*, 1986.

Dans la collection Rouergue en poche

1. *La Gantière*, de Daniel Crozes
2. *Les Chapeaux d'Amélie*, de Daniel Crozes
3. *Mademoiselle Laguiole*, de Daniel Crozes
4. *La Pomme bleue*, de Roger Béteille

Ouvrage réalisé par Cédric Cailhol Infographiste.

Reproduit et achevé d'imprimer en septembre 2013
par l'imprimerie Black Print (Espagne)

Dépôt légal : octobre 2013
ISBN : 978-2-8126-0588-8